Ombres et flammes

Les Aventuriers de la mer

****

Robin Hobb

Ombres et flammes

Les Aventuriers de la mer

****

ÉDITIONS FRANCE LOISIRS

Titre original : *Ship of destiny*
Deuxième partie, *The Liveship Traders – Livre III*

Traduit de l'anglais par Véronique David-Marescot

Édition du Club France Loisirs,
avec l'autorisation des Éditions Pygmalion

Éditions France Loisirs,
123, boulevard de Grenelle, Paris
www.franceloisirs.com

ISBN : 978-2-298-00607-0

Celui-là, c'est pour Jane Johnson
et Anne Groell, qui ont eu la bienveillance
d'insister pour que je ne me trompe pas.

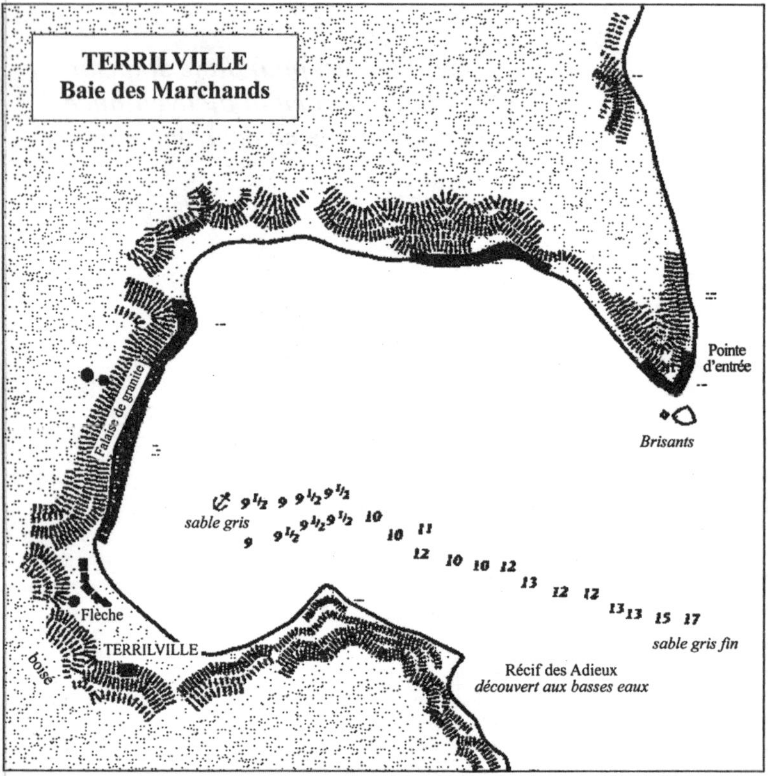

TERRILVILLE
Baie des Marchands
Falaise de granite
Pointe d'entrée
Brisants
sable gris
9 1/2 9 9 1/2 9 1/2
9 9 1/2 9 1/2 9 1/2 10
10 11
12 10 10 12
13 12 12
13 13 15 17
sable gris fin
Flèche
TERRILVILLE
boisé
Récif des Adieux
découvert aux basses eaux

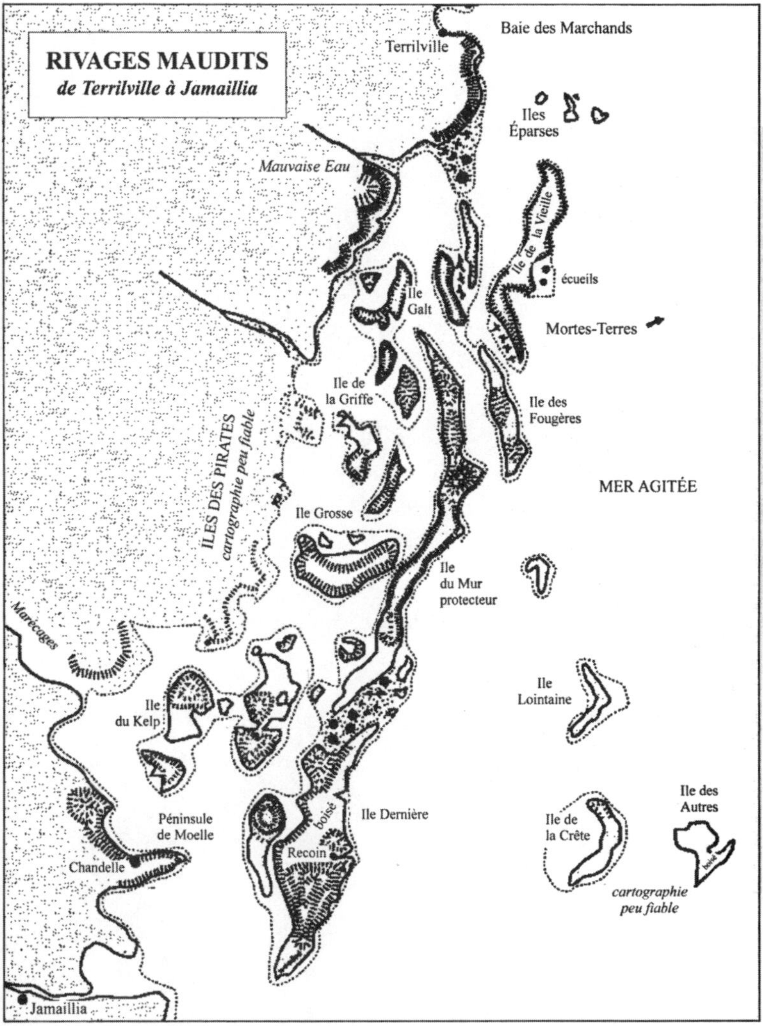
RIVAGES MAUDITS
de Terrilville à Jamaillia
Baie des Marchands
Terrilville
Iles Éparses
Mauvaise Eau
Ile de la Vieille
écueils
Ile Galt
Mortes-Terres
Ile de la Griffe
Ile des Fougères
ILES DES PIRATES
cartographie peu fiable
MER AGITÉE
Ile Grosse
Ile du Mur protecteur
Marécages
Ile Lointaine
Ile du Kelp
Ile des Autres
Péninsule de Moelle
Ile Dernière
boisé
Ile de la Crête
Recoin
Chandelle
boisé
cartographie peu fiable
Jamaillia

HIVER

1

Alliances

« Parangon, Parangon, que faut-il que je fasse avec toi ? »

Le ton de Brashen était très doux. Le bruissement de la pluie qui aspergeait le pont était plus sonore que la voix grave du capitaine. Et, de cette voix la colère semblait absente, ne se devinait que le chagrin. Parangon ne répondit pas. Depuis que Brashen avait interdit qu'on adressât la parole à la figure de proue, elle-même avait gardé le silence. Lavoy était venu à la lisse, une nuit, et avait tenté d'enjôler Parangon pour le faire sortir de son mutisme mais il était resté inébranlable dans sa résolution. Même quand le second était passé des plaisanteries à la compassion. Si Lavoy avait vraiment jugé que Brashen s'était montré injuste, il aurait essayé quelque chose. Qu'il n'ait rien fait prouvait bien qu'il était du côté du capitaine.

Brashen serra la lisse de ses mains froides et s'y accouda. Parangon faillit tressaillir sous l'effet de sa détresse. L'homme n'était pas un membre de sa famille et le navire n'était pas toujours capable de déchiffrer ses émotions. Mais, à des moments comme celui-là, quand il y avait contact de la chair avec le bois-sorcier, il avait une conscience assez nette de son capitaine.

« Ce n'est pas comme je l'imaginais, navire, lui dit Brashen. Commander une vivenef. Tu veux savoir quel était mon rêve ? Je rêvais que, d'une certaine façon, tu me rendrais réel, solide. Je ne serais plus le marin bourlingueur qui a déshonoré sa famille et perdu à jamais sa place à Terrilville. Je serais le capitaine Trell de la vivenef *Parangon*. Ça sonne bien, non ? J'ai cru qu'on se rachèterait l'un par l'autre. Je nous voyais retourner à Terrilville en triomphe, moi commandant un équipage bien aguerri et toi voguant comme une mouette à ailes grises. On nous aurait regardés en disant : "Ça, c'est du navire, et celui qui le commande connaît son affaire." Et nos deux familles qui nous ont rejetés se seraient peut-être demandé si elles n'avaient pas fait une bêtise. »

Brashen eut un petit rictus de mépris pour ses rêves insensés. « Mais je ne crois pas que mon père me reprendrait jamais. Je ne crois même pas qu'il aurait un mot aimable pour moi. Je resterai toujours seul, navire, j'en ai peur, et je me retrouverai à la fin de ma vie comme un vieil abruti, une épave échouée sur un rivage étranger. J'ai cru que nous avions une chance et je me suis dit : "Allons, une vie de capitaine est solitaire." Il ne s'agit pas de me dénicher une femme qui me supporterait plus d'une saison. Mais avec une vivenef, au moins, on sera toujours deux. J'ai cru honnêtement que je pourrais te faire du bien. J'ai imaginé qu'un jour je m'allongerais sur ton pont pour mourir, sachant qu'une partie de moi-même continuerait avec toi. Ça ne m'a pas paru si mal, à un certain moment.

« Mais aujourd'hui, regarde-nous. Je t'ai laissé tuer de nouveau. On navigue en plein dans les eaux pirates avec un équipage incapable de se réformer. Je n'ai aucune idée de la façon dont on peut s'en sortir, je ne sais pas si on a la moindre chance, et on se rapproche de Partage à chaque lame qu'on hume. Je suis plus seul que je ne l'ai jamais été. »

Parangon ne put résister au plaisir d'enfoncer le coin, quitte pour cela à rompre son vœu de silence. « Et Althéa est furieuse contre toi. Elle bouillait de colère, maintenant, c'est de la rage froide. »

Il avait espéré le mettre en fureur. Il lui était plus facile d'affronter la colère que cette profonde mélancolie. Face à la colère, on n'a qu'à crier plus fort que l'adversaire. Mais il sentit lui-même la terrible secousse qui ébranla le cœur de Brashen.

« Il y a ça aussi, admit-il, accablé. Et je ne sais pas pourquoi, c'est à peine si elle m'adresse la parole.

— Elle te parle », rétorqua Parangon rageusement. Le silence glacial, c'était à lui qu'il appartenait. Personne ne savait se taire comme lui, et certainement pas Althéa.

« Oh, elle parle, convint Brashen. Oui, commandant. Non, commandant. Et ces yeux qu'elle a, ses yeux noirs restent plats et froids comme de l'ardoise mouillée. Elle est inaccessible. » Les mots s'échappaient tout à coup, des mots qu'il aurait retenus, s'il l'avait pu. « Et j'ai besoin d'elle, ne serait-ce que pour me soutenir. J'ai besoin d'être sûr qu'il y a au moins une personne dans cet équipage qui ne me poignardera pas dans le dos. Mais elle reste là, à me regarder comme si j'étais transparent, et j'ai l'impression d'être moins que rien. Il n'y a qu'elle qui puisse me rendre malade à ce point. Et cela me donne envie de... » La phrase demeura en suspens.

« Tu n'as qu'à la flanquer sur le dos et la prendre. Ça te rendra tangible à ses yeux », compléta Parangon. Voilà qui allait sûrement le faire réagir.

Mais un silence révolté suivit ces paroles. Ni explosion de fureur ni dégoût. Au bout d'un moment, Brashen demanda à mi-voix : « Où as-tu appris à être comme ça ? Je connais les Ludchance. Ce sont des gens durs, grippe-sous, impitoyables en affaires. Mais ils sont convenables. Les Ludchance que j'ai connus étaient incapables de viol ou de meurtre. D'où cela te vient-il ?

— Les Ludchance que *moi* j'ai connus n'étaient peut-être pas si délicats. J'en ai vu, et combien ! des viols et des meurtres, Brashen, précisément là où tu te trouves, sur mon pont. » *Et peut-être suis-je davantage qu'un objet façonné par les Ludchance. Peut-être avais-je forme et substance bien avant qu'un Ludchance ne pose la main sur mon timon.*

Brashen ne répondit pas. La tempête s'annonçait. Une bourrasque de vent frappa la toile mouillée et fit gîter légèrement le navire. Le timonier et Parangon lui-même firent le rappel avant que la gîte ne s'accentue. Il sentit Brashen resserrer sa prise sur la lisse.

« Tu as peur de moi ?

— Je suis bien obligé, déclara simplement le capitaine. A une époque, nous étions seulement amis. Je croyais bien te connaître. Je savais ce qu'on disait de toi mais je pensais que peut-être ce n'était pas ta faute. Quand tu as tué cet homme, quand je t'ai vu le secouer jusqu'à le faire mourir, quelque chose a changé en moi. Alors, oui, j'ai peur de toi. » D'une voix plus basse, il ajouta : « Et ce n'est bon ni pour l'un ni pour l'autre. »

Il lâcha la lisse et se tourna pour s'en aller. La figure de proue se lécha les lèvres. La pluie diluvienne de la tempête hivernale ruisselait sur son visage entaillé. Brashen allait être trempé jusqu'aux os, et transi comme seuls peuvent l'être les mortels. Parangon chercha des mots susceptibles de le retenir. Il n'avait plus envie, subitement, d'être seul, de naviguer en aveugle dans cette tourmente, en s'en remettant au timonier qui le traitait à part soi de « maudit bateau ». « Brashen ! » appela-t-il.

Le capitaine s'arrêta, hésitant. Puis il revint sur ses pas, sur le pont qui tanguait, pour se placer à nouveau près du garde-corps. « Parangon ?

— Je ne peux pas te promettre de ne plus tuer. Tu le sais. » Il s'efforçait de se justifier. « Toi-même, tu pourrais avoir besoin que je tue. Et alors, voilà, je serais lié par ma parole…

— Je sais. J'ai essayé de réfléchir à ce que je te demanderais. Ne pas tuer. M'obéir, toujours. Mais je te connais, je sais que tu ne pourras jamais faire ces promesses. » Il ajouta, d'une voix morne : « Je ne te somme pas de promettre. Je ne veux pas que tu me mentes. »

Parangon eut soudain pitié de Brashen. Il détestait quand ses émotions fluctuaient ainsi. Mais il ne pouvait les maîtriser. Il déclara impulsivement : « Je te promets que je ne te tuerai pas, Brashen. Ça te va ? »

Il le sentit se contracter à ces mots. Et il comprit que Brashen n'avait jamais envisagé que son navire pût le tuer, *lui*. C'est donc que Parangon en aurait été capable ! Qu'il en était encore capable, s'il décidait de rompre sa promesse. Au bout d'un moment, Brashen dit d'une voix blanche : « Evidemment que ça me va. Merci, Parangon. » Et il se retourna pour s'en aller.

« Attends ! Tu vas laisser les autres me parler maintenant ? »

Il crut sentir son soupir. « Bien sûr. Cela ne sert pas à grand-chose de te refuser ça. »

L'amertume gagna Parangon. Il avait voulu, par sa promesse, réconforter Brashen mais celui-ci s'obstinait à en être affligé. Les humains. Ils ne sont jamais contents, quoi qu'on leur sacrifie. Si Brashen était déçu, c'était sa faute. Comment ne comprenait-il pas que les premiers qu'il faut tuer, ce sont les proches, ceux qui vous connaissent le mieux ? C'est la seule façon d'éliminer ce qui vous menace. A quoi bon tuer un étranger ? Les étrangers n'ont guère d'intérêt à vous nuire. Ce sont la famille et les amis qui s'en chargent toujours le plus efficacement.

*

On sentait dans la pluie le frisson de l'hiver. Agaçante mais inoffensive, elle éclaboussait les ailes déployées de Tintaglia. D'un battement régulier, elle survolait le désert des Pluies en amont du fleuve. Il lui faudrait bientôt tuer et manger mais la pluie avait refoulé tout le gibier sous le couvert des arbres. Il était difficile de chasser dans les marais limitrophes du fleuve. Même par temps sec, on avait vite fait de s'y embourber. Elle ne s'y risquerait pas.

Ce jour froid et gris convenait à son humeur. Ses recherches en mer avaient été complètement infructueuses. A deux reprises, elle avait entrevu des serpents. Mais quand, en volant bas, elle les avait salués en trompetant, ils avaient plongé dans les profondeurs. Les deux fois, elle avait tournoyé, plané, tournoyé encore, appelant, rugissant, insistant pour qu'ils revinssent. Mais tous ses efforts avaient été vains. On aurait dit que les serpents ne la reconnaissaient pas. Constater que les survivants de son espèce l'ignoraient la décourageait jusqu'au fond de l'âme. Le terrible sentiment de son inutilité mêlé à la faim qui la harcelait alimentait en elle la colère. La chasse sur les grèves avait été maigre, les mammifères marins qui auraient dû pulluler le long de la côte étaient tout simplement absents. Guère surprenant, étant donné que cette même côte dont elle gardait le souvenir n'était pas là non plus.

Sa reconnaissance aérienne lui avait dessillé les yeux sur les grands changements qui s'étaient opérés dans le monde depuis que son espèce avait pris son dernier vol. Toute une partie de ce continent s'était engloutie. La chaîne de montagnes qui jadis dominait les plages de sable formait aujourd'hui un long chapelet d'îles. La plaine fertile où abondaient les troupeaux sauvages et domestiques n'était plus qu'une vaste étendue de jungle marécageuse. La mer intérieure fumante, autrefois enclavée, sourdait jusqu'à l'océan en une multitude de cours d'eau qui serpentaient à travers de larges prairies.

Tout était différent. Comment s'étonner que les siens ne la reconnaissent pas ?

Les humains s'étaient multipliés comme des puces sur un lapin mourant. Leurs colonies fangeuses et enfumées encombraient le monde. Elle avait entrevu leurs minuscules îlots d'habitations et leurs ports au cours de ses recherches. Par une nuit constellée d'étoiles, elle avait survolé Terrilville qu'elle avait vue comme une tache sombre piquée de lumière. Trois-Noues n'était qu'une série de nids d'écureuils reliés par des toiles d'araignée. Elle éprouvait malgré elle une certaine admiration pour l'aptitude des humains à se fabriquer des gîtes où bon leur semble, tout en méprisant quelque peu ces êtres sans défense, incapables de s'en sortir dans la nature sans constructions artificielles. Les Anciens au moins étaient de merveilleux bâtisseurs. Quand elle songeait à leur gracieuse architecture, à ces cités majestueuses et accueillantes qui n'étaient plus aujourd'hui que tas de décombres ou ruines hantées d'échos, elle était consternée que les Anciens aient péri et que les humains aient hérité la terre.

Elle avait laissé derrière elle les masures des hommes. S'il fallait qu'elle reste seule, elle vivrait à proximité de Kelsingra. Là-bas, le gibier abondait et le terrain était assez ferme pour qu'elle puisse se poser sans enfoncer jusqu'aux jarrets. Au cas où elle désirerait se protéger des intempéries, les édifices des Anciens lui fourniraient un abri. Elle avait devant elle de longues années. Autant les passer dans un lieu où subsistait un souvenir de splendeur.

En volant dans la pluie battante, elle guettait les rives

du fleuve, à l'affût du gibier. Elle n'avait guère d'espoir de trouver un être vivant. Les eaux coulaient blanches et acides depuis le dernier tremblement de terre, fatales aux animaux dépourvus d'écailles.

Loin en amont de Trois-Noues, elle repéra un serpent qui se débattait. D'abord, elle crut qu'il s'agissait d'un fût de bois entraîné par le courant. Elle cligna les yeux et s'ébroua pour secouer la pluie qui l'aveuglait, puis elle braqua le regard sur lui. Quand elle perçut l'odeur de reptile, elle descendit en flèche pour essayer de comprendre ce qu'elle voyait.

Le fleuve était peu profond, ses eaux laiteuses et impétueuses ruisselaient sur des roches dures. Voilà qui différait encore du souvenir qu'elle en avait. Jadis, ce fleuve pénétrait loin dans les terres par un chenal régulier et profond, vers des cités comme Kelsingra, les communautés de paysans et, au-delà, vers les villes vivant du troc. Les serpents mais aussi de grands vaisseaux y naviguaient à l'aise. A présent, le serpent bleu tout meurtri luttait faiblement contre le courant, dans l'eau qui ne le recouvrait même pas.

Elle tourna deux fois avant de trouver un endroit où elle puisse atterrir en sécurité, puis elle pataugea précipitamment vers le pauvre serpent échoué. Vue de près, sa situation était déchirante. Il était prisonnier ici depuis un certain temps déjà. Le soleil lui avait brûlé le dos et, en se débattant dans le lit rocheux du fleuve, il avait déchiqueté sa crinière, arraché la peau écailleuse qui le protégeait et l'eau acide avait creusé de profondes lésions dans sa chair. Il était dans un tel état qu'elle ne put même pas déterminer son sexe. Il lui faisait penser à un saumon épuisé après la montaison, échoué dans les bas-fonds pour y mourir.

« Bienvenue au pays », dit-elle sans sarcasme ni amertume. Le serpent la considéra d'un œil chavirant puis redoubla d'efforts désordonnés pour reprendre sa route en amont. Il la fuyait. Impossible de se méprendre sur sa peur panique ni sur l'infecte odeur de mort qu'il dégageait.

« Doucement, doucement, petit nageur. Je ne vais pas te faire de mal, je suis venue t'aider, si je le peux. Laisse-moi te pousser en eau profonde. Ta peau a besoin d'être humidifiée. » Elle parlait avec douceur, sur un ton mélodieux, empreint de bonté. Le serpent cessa de se débattre, mais c'était surtout parce qu'il était à bout de forces. Il jetait des regards dans tous les sens, cherchant une fuite que son corps exténué lui interdisait. Tintaglia refit une tentative. « Je suis ici pour t'accueillir et te guider au pays. Peux-tu parler ? Peux-tu me comprendre ? »

Pour toute réponse, le serpent dressa la tête hors de l'eau. Il essaya de hérisser vaguement sa crinière mais elle ne se gorgea pas de venin. « Va-t'en, siffla-t-il. Te tuer.

— Tu dis n'importe quoi. Je suis ici pour t'aider. Tu te souviens ? Quand vous remontez le fleuve pour frayer, les dragons vous accueillent et vous viennent en aide. Je te montrerai le meilleur sable avec lequel fabriquer ton moule. Avec ma salive, je déposerai dans ton cocon les souvenirs de notre espèce. N'aie pas peur. Il n'est pas trop tard. L'hiver approche, mais je veillerai sur toi pendant la saison froide. Quand l'été viendra, je te débarrasserai des feuilles et de la boue qui t'auront recouvert. Le soleil caressera ton cocon, qui fondra. Tu deviendras un beau dragon. Tu seras un Seigneur des Trois Règnes. Je te le promets. »

Le serpent baissa les paupières sur ses yeux ternes puis les rouvrit lentement. Tintaglia devina la méfiance qui le disputait au désespoir. « Eau profonde, implora le serpent.

— Oui », acquiesça-t-elle. Elle leva la tête et regarda autour d'elle. Mais il n'y avait pas d'eau profonde, sauf à traîner le pauvre animal en aval, où il ne trouverait ni nourriture ni endroit pour fabriquer son cocon. La cité de Trois-Noues marquait le premier lieu de nidification. Et il avait été englouti par la crue des eaux. Autrefois, il en existait un autre, non loin en aval. Mais le fleuve avait changé son cours et coulait à présent dans un lit maigre et pierreux au-delà des berges de boue sableuse striée d'argent. Comment allait-elle aider le serpent à atteindre cet endroit ? Et une fois sur place, où se procurer la boue et l'eau qu'il puisse ingérer pour sécréter son cocon ?

Il leva péniblement la tête et émit un son de trompe grave et désespéré, qui poussa Tintaglia à agir. Elle avait transporté sans effort deux humains mais le serpent était presque aussi lourd qu'elle. Quand elle tenta de le tirer dans un petit chenal plus profond, près de la berge, ses serres écorchèrent les chairs flaccides et s'enfoncèrent dans les plaies béantes. L'animal hurla et se débattit violemment. Sa queue fouetta Tintaglia et la fit chanceler. Elle reprit son équilibre en retombant sur ses quatre pattes. Son pied rencontra au fond de l'eau quelque chose de lisse, de dur et d'arrondi qui roula et craqua sous son poids. Spontanément, elle l'attrapa avec ses griffes et le tira à la surface.

Un crâne. Un crâne de serpent. L'os massif, attaqué par les eaux acides, était devenu poreux ; il se désagrégea dans ses serres. Elle fouilla les bas-fonds, la mort dans l'âme. Là gisaient trois colonnes vertébrales épaisses, encore entières. Un autre crâne. Elle laboura le fond, en ressortit des côtes et une mâchoire, à différents stades de décomposition. Quelques ossements conservaient encore des restes de cartilage aux jointures ; d'autres étaient polis ou rongés et piqués. Les ossements de sa race se trouvaient là. Ceux qui étaient parvenus à se rappeler le chemin de la migration s'étaient heurtés à cet ultime obstacle et avaient péri ici même.

L'infortuné serpent était couché sur le flanc, la respiration sifflante. Les quelques gouttes de poison qu'il avait pu sécréter coulaient de sa crinière jusque dans ses yeux. Tintaglia s'approcha à grandes foulées et le contempla. L'animal baissa brièvement les paupières. Puis il souffla dans un râle : « Je t'en prie. »

Tintaglia rejeta la tête en arrière et d'une voix brisée exhala sa colère et sa répugnance. Elle laissa libre cours à sa fureur, qui troubla son esprit et sa vue d'une brume rouge. Puis elle accéda à la requête. De ses puissantes mâchoires, elle saisit le col du serpent, juste en dessous de la crinière dégouttante de toxines. D'une seule morsure sauvage, elle lui sectionna l'échine. Un frisson parcourut le corps du serpent, le bout de sa queue fouetta l'eau. Dressée au-dessus de l'animal agonisant, elle vit ses yeux se révulser une dernière fois, lentement, ses mâchoires s'ouvrir et se fermer convulsivement. Enfin, il s'immobilisa.

Le goût du sang était acerbe dans sa gueule. Les toxines affadies lui piquaient la langue. Au même moment, elle connut la vie du serpent. Elle était lui, temporairement, et elle trembla d'épuisement et de souffrance. Le désarroi s'insinuait partout. Alors que Tintaglia redevenait elle-même, l'absolue inutilité de la vie du serpent la laissa ébranlée. Saison après saison, son corps avait répondu aux signes qui lui ordonnaient de migrer et de se transformer. Elle n'aurait su dire combien de fois ce malheureux animal avait quitté les lieux foisonnant de nourriture pour aller vers le nord.

Alors qu'elle ployait le cou et dévorait sa chair, tout devint clair. La réserve de souvenirs du serpent s'ajouta à la sienne. Si le monde avait continué son cours normal, elle aurait transmis ces souvenirs à ses petits avec les siens propres. Quelqu'un aurait profité de cette vie gâchée. Il ne serait pas mort en vain. Elle vit tout ce qu'il avait vu et vécu. Elle connut tous ses dépits, elle l'accompagna quand le dépit dégénéra en désarroi puis en bestialité. A chaque migration, il avait cherché des paysages marins familiers et Celle-Qui-Se-Souvient. Saison après saison, il avait été déçu. Les hivers l'avaient poussé vers le sud, afin qu'il se nourrît et refît ses réserves jusqu'à ce que le retour de la saison le renvoyât une fois de plus vers le nord. Cela, elle put le comprendre de son point de vue de dragon. Mais que le serpent, lui, fût parvenu si loin guidé par ses seuls souvenirs, voilà qui tenait du miracle. Elle baissa les yeux sur ses os nettoyés, elle gardait dans sa gueule le goût infect de sa chair. Quand bien même elle eût été en mesure de l'aider à gagner des eaux plus profondes, il serait mort de toute façon. Le mystère des serpents de mer qui la fuyaient était résolu. Elle laboura le fond de l'eau pour exhumer d'autres ossements qu'elle examina machinalement. Ici reposaient ses semblables ; ici était sa race. Ici était l'avenir, ici était le passé.

Elle tourna le dos à la dépouille du serpent. Que le fleuve le dévore comme il en avait déjà dévoré tant d'autres. Et comme il en dévorerait sans doute bien d'autres encore, jusqu'au dernier. Elle était impuissante à changer les choses. Elle ne pouvait approfondir le lit du fleuve ni modifier son cours pour le rapprocher des berges de terre striée d'argent. Elle ricana. Les Seigneurs des Trois Règnes. Les Souverains de la Terre, de la Mer et du Ciel, qui cependant n'étaient maîtres de rien.

Le fleuve était glacé et la caresse acide de ses eaux commençait à l'irriter. Même sa peau aux écailles serrées n'y était pas insensible quand le courant était aussi fort. Elle s'éloigna de la rive en patouillant jusqu'au mitan du fleuve où le ciel s'étirait au-dessus de sa tête, elle déploya ses ailes, reporta son poids sur ses membres postérieurs. Elle bondit mais retomba lourdement dans l'eau. Les galets avaient glissé sous ses pattes griffues et freiné son élan. Elle était fatiguée. Elle regretta les terrains d'atterrissage bien tassés que les Anciens avaient aménagés avec amour pour leurs hôtes ailés. S'ils avaient survécu, la race des dragons serait encore prospère. Ils auraient tourné à leur profit ces bas-fonds pour l'amour de leurs frères dragons.

Mais les Anciens étaient tous morts, en laissant leurs pitoyables héritiers, les humains.

Elle s'était ramassée pour tenter un autre saut quand une idée frémit en elle. Les humains bâtissaient. Pouvaient-ils draguer le fleuve, le canaliser et l'approfondir ? Pouvaient-ils le domestiquer de façon qu'il coule plus près de la terre argentée, nécessaire à la fabrication des cocons ? Elle songea à ce qu'elle avait vu de leurs constructions.

Ils le pouvaient. Mais le voudraient-ils ?

Gonflée d'une grande résolution, elle s'élança d'un bond puissant et ses ailes battantes l'enlevèrent. Il fallait qu'elle chasse pour s'ôter de la bouche le goût infect de la chair corrompue du serpent. Elle irait chasser et réfléchirait. La contrainte ou la subornation ? Elle envisagerait toutes les solutions avant de retourner à Trois-Noues. Elle pouvait obliger les humains à la servir. Son espèce allait peut-être survivre.

*

Le coup frappé à la porte de la chambre du capitaine était un peu trop sec. Brashen se redressa sur son siège, les dents serrées. Il s'exhorta à ne pas tirer de conclusions hâtives. Il respira profondément et dit à mi-voix : « Entrez. »

Lavoy pénétra dans la pièce, referma la porte. Il venait de terminer son quart. Son caban l'avait protégé de la pluie mais quand il ôta sa casquette, ses cheveux étaient lissés par l'humidité. La tempête n'était pas déchaînée mais la monotonie de la pluie battante était démoralisante. On était transi jusqu'à la moelle. « Vous vouliez me voir. »

Brashen remarqua l'omission de « commandant ». « Oui, en effet, dit-il posément. Il y a du rhum dans le placard. Réchauffez-vous. Ensuite, j'aurai quelques consignes à vous donner. » Le rhum était une faveur qu'on devait au second par gros temps. Le capitaine la lui accordait, tout en s'apprêtant à lui administrer une bonne semonce.

« Merci, commandant. » Brashen l'observa tandis qu'il se versait une rasade et l'avalait d'un trait. Lavoy avait baissé sa garde. Ses manières avaient perdu de leur hargne quand il s'approcha de la table. « Les consignes, commandant ? »

Brashen pesa ses paroles avec soin. « Je tiens d'abord à préciser la façon dont j'entends être obéi, et ceci vous concerne personnellement. » L'homme se raidit à nouveau. « Commandant ? » fit-il froidement.

Brashen s'adossa à son siège. Il garda une voix sans timbre. « Le comportement de l'équipage au cours de l'attaque pirate a été exécrable. Les hommes étaient dispersés et désorganisés. Il faut leur apprendre à se battre en groupe. Je vous avais ordonné de mélanger les esclaves affranchis au reste de l'équipage. Cela n'a pas été exécuté à ma convenance. En conséquence, je vous somme de les faire passer dans le quart du lieutenant qui se chargera de les incorporer. Faites-leur bien comprendre que ce n'est pas une mesure de rétorsion. Je ne veux pas qu'ils prennent ce changement comme une punition. »

Lavoy respira. « Mais ils vont le prendre comme

ça. Ils sont habitués à travailler pour moi. Ils vont rechigner.

— Vous veillerez à ce qu'ils ne rechignent pas, ordonna Brashen laconiquement. Deuxièmement, c'est à propos de la figure de proue. » Les yeux de Lavoy s'élargirent, brièvement, juste assez pour confirmer les soupçons de Brashen. Le second avait déjà passé outre l'interdiction de parler à Parangon. Le cœur du capitaine se serra encore un peu. C'était pire que ce qu'il craignait. Il poursuivit d'une voix ferme : « Je vais lever l'interdiction de parler à Parangon pour l'équipage. Je tiens cependant à ce que vous compreniez bien ceci : pour *vous*, l'interdiction est maintenue. Pour des raisons de discipline et pour le moral du navire, je vous permets de garder cette affaire entre nous. Néanmoins, je ne tolérerai pas la moindre entorse. Vous ne devez pas vous entretenir avec la figure de proue. »

Le second serra les poings. Il maugréa avec un semblant de respect peu convaincant : « Et puis-je savoir pourquoi, commandant ? »

Brashen répondit d'un ton neutre : « Non. Vous n'avez pas besoin de le savoir. »

Lavoy s'efforça de jouer à l'innocent. Il prit une expression de martyr. « Je ne vois pas de quoi vous voulez parler, commandant, ni qui m'a calomnié. Je n'ai rien fait de mal. Comment veut-on que je fasse mon travail si vous vous interposez entre l'équipage et moi ? Et que dois-je faire si le navire s'adresse à moi ? L'ignorer ? Comment puis-je... »

Malgré l'envie qu'il avait de lui tordre le cou, Brashen resta assis et réussit à conserver une attitude de capitaine. « Si le poste vous dépasse, Lavoy, dites-le. Vous pouvez vous désister. Il y a d'autres marins capables à bord.

— Vous voulez parler de cette femme. Vous me rétrograderiez pour la faire monter au grade de second. » Ses yeux devinrent noirs de fureur. « Eh bien, je vais vous expliquer quelque chose, moi. Elle n'arrivera même pas au bout de son premier quart. Les hommes ne l'accepteront pas. Vous et elle, vous pouvez toujours prétendre qu'elle est à la hauteur, mais ce n'est pas vrai. Elle est…

— Il suffit. Vous avez vos ordres. Allez. » Il eut toutes les peines du monde à rester sur son siège. Il ne voulait pas que l'entretien se termine en bagarre. Lavoy n'était pas homme à profiter d'une rossée ; il ne ferait que remâcher sa rancune. « Lavoy, je vous ai enrôlé alors que personne ne voulait de vous. Je vous ai donné une chance de faire vos preuves. Vous avez encore cette chance. Vous êtes capable d'être officier en second, soyez-le. Mais n'essayez pas d'être autre chose sur ce navire. Veillez à exécuter et à faire exécuter mes ordres. C'est votre seule tâche. Si vous y manquez, je vous débarque à la première occasion. Je ne vous garderai pas comme simple matelot. Vous feriez obstacle à la bonne marche du navire. Vous pouvez réfléchir à ce que je viens de dire. Maintenant, sortez. »

L'homme lui lança un regard noir dans un silence pesant puis il se tourna et se dirigea vers la porte. Brashen ajouta en conclusion : « Je suis disposé, cependant, à maintenir secrète cette conversation. Je vous suggère de faire de même.

— Commandant », dit Lavoy. Ce n'était pas un acquiescement. C'était une simple constatation. Il referma la porte derrière lui.

Brashen s'appuya au dossier de sa chaise. La tension lui faisait mal au dos. Il n'avait rien résolu. Il avait acheté un peu de temps, peut-être. Il fit la grimace. Bien heureux s'il pouvait éviter la désagrégation jusqu'à l'arrivée à Partage.

Il resta assis un moment, redoutant sa dernière tâche de la nuit. Il avait parlé à Parangon, il avait affronté Lavoy. Il fallait encore qu'il ait une explication avec Althéa. Il repensa aux sarcasmes du navire : elle bouillait de colère, maintenant c'est de la rage froide. Il savait exactement ce que la vivenef avait voulu dire et ne doutait pas de l'exactitude de ses paroles. Il chercha en lui le courage de la convoquer puis décida brusquement d'attendre la fin de son quart. C'était préférable.

Il gagna sa couchette, retira ses bottes, desserra sa chemise et se jeta sur le dos. Il ne dormit pas. Il s'appliquait à se tracasser au sujet de Partage et de ce qu'il y ferait. Mais le spectre de la rage froide d'Althéa planait, plus sombre que l'ombre de tous les pirates. Il redoutait l'entretien, non à cause des mots qu'elle lui lancerait au visage mais parce qu'il désirait si intensément avoir le prétexte d'un tête-à-tête avec elle.

*

C'était une sale pluie, froide et pénétrante, mais le vent qui l'apportait était régulier. Althéa avait posté Cyprin à la barre cette nuit. Il n'avait pas grand-chose à faire d'autre qu'y rester et garder le cap. Jek était de vigie sur le gaillard d'avant. La pluie torrentielle pouvait déloger des tronçons de bois mort sur les îles aux alentours. Jek avait l'œil pour ce genre de choses et elle avertirait à temps le timonier. Parangon préférait Jek à tous les autres de son quart. Quoique Brashen ait interdit qu'on parle à la figure de proue, elle avait l'art de rendre son silence agréable par l'absence d'arrière-pensées réprobatrices.

En arpentant le pont, Althéa ressassait ses soucis. Elle s'obstinait à se convaincre que Brashen n'en faisait pas partie. Sa plus grande erreur avait été de laisser un homme la détourner de ses véritables buts. Maintenant qu'elle savait ce qu'il pensait vraiment d'elle, elle pouvait l'écarter et consacrer toute son énergie à reprendre sa vie en main. Dès qu'elle cessait de songer à lui, tout devenait clair.

Depuis le jour de la bataille, Althéa s'était fixé de plus hautes exigences. Peu importait que Brashen la considère comme faible et incompétente, du moment qu'elle s'en tenait à un haut niveau personnel. Elle centrait désormais sa vie sur le navire et veillait à ce qu'il soit dirigé à la perfection. Elle avait renforcé la discipline de son quart, sans coups ni cris à la manière de Lavoy, mais en insistant simplement sur l'accomplissement des tâches selon ses ordres, et elle avait mis au jour les forces et les faiblesses de ses hommes. Sémoi n'était pas rapide mais il possédait une connaissance approfondie des navires et de leur nature. Au cours de la première partie du voyage, il avait beaucoup souffert d'être privé de boisson. Lavoy avait placé le vieux matelot dans son quart à elle, le jugeant agaçant, bon à rien avec ses mains tremblantes, mais maintenant qu'il s'était amariné, Sémoi avait prouvé qu'il en connaissait un bout sur le gréement et les cordages. Clapot était simplet, il n'avait pas d'esprit d'initiative et résistait mal à la pression, mais pour les corvées routinières et fastidieuses il était infatigable. Jek était tout l'opposé : rapide, elle avait le goût des défis, mais prompte à l'ennui et négligente dans un travail répétitif. Althéa se félicitait d'avoir à présent une équipe bien adaptée à ses tâches. Depuis deux jours, elle n'avait pas eu besoin de rudoyer quiconque.

Alors, Brashen n'avait guère de raison d'apparaître sur le pont pendant son quart, quand il aurait dû dormir. Ç'aurait été pardonnable si la tempête avait durement éprouvé l'équipage mais c'était du gros temps, simplement, sans réel danger. A deux reprises, elle avait croisé le capitaine sur le pont durant sa ronde. La première fois, il l'avait regardée et lui avait adressé un « Bonsoir ». Elle avait répondu gravement et poursuivi son chemin. Elle avait remarqué qu'il se dirigeait vers le gaillard d'avant. Peut-être, s'était-elle dit ironiquement, allait-il « regarder » Jek travailler.

La seconde fois, il avait eu la bonne grâce d'être décontenancé. Il s'était arrêté devant elle, avait fait une réflexion banale sur la tempête. Elle avait convenu que le temps était désagréable et allait passer son chemin.

« Althéa. » Sa voix l'avait retenue.

Elle s'était retournée. « Commandant ? » avait-elle demandé avec correction.

Il restait à la dévisager. Il fallait voir sa figure ! Les ombres jouaient sur les méplats de son visage à la clarté dansante du falot. Il cligna les yeux, la vue brouillée par la pluie glacée. Bien fait pour lui. Il n'avait aucune raison valable de se trouver sur le pont par ce temps. Il cherchait manifestement une excuse. Il respira. « Je voulais vous faire savoir qu'à la fin de votre quart, je lèverai l'interdiction de parler à la figure de proue. » Il soupira. « Je doute que cela lui fasse le moindre effet. Parfois, je crains que l'isolement ne le rende encore plus méfiant. Alors, je lève l'interdiction. »

Elle hocha la tête. « Compris, commandant. »

Il s'attarda un petit moment comme s'il s'attendait qu'elle ajoute quelque chose. Mais le lieutenant n'avait rien à déclarer au capitaine après cette annonce. Il allait donner un contrordre : elle veillerait à ce que son équipe obéisse. Il fit un bref salut et s'éloigna. Après quoi elle retourna à son travail.

Ainsi, on allait pouvoir de nouveau parler à Parangon. En était-elle soulagée ? Voilà qui remonterait peut-être le moral d'Ambre. Le charpentier du navire broyait du noir depuis que Parangon avait tué. Quand elles en parlaient toutes les deux, Ambre rejetait la faute sur Lavoy, en soutenant qu'il avait poussé le navire à cet acte. Althéa n'en disconvenait pas personnellement mais, en tant que lieutenant, elle ne pouvait l'admettre officiellement. En conséquence, elle avait tenu sa langue, ce qui n'avait fait qu'exaspérer son amie.

Elle se demandait ce que seraient les premières paroles d'Ambre à Parangon. Lui ferait-elle des reproches ou exigerait-elle qu'il explique sa conduite ? Quant à elle, Althéa savait ce qu'elle ferait. Elle traiterait l'affaire de la même façon qu'elle avait traité les autres méfaits de Parangon : elle la passerait sous silence. Elle ne lui en parlerait pas, pas plus qu'elle n'avait abordé le sujet des deux naufrages où avaient péri ses équipages. Certains actes sont trop monstrueux pour être mis en mots. Parangon savait ce qu'elle ressentait. C'était une vieille vivenef, dont la membrure était principalement de bois-sorcier. Althéa ne pouvait en effleurer une partie sans lui communiquer l'horreur et la consternation qu'elle éprouvait. Malheureusement, il ne lui renvoyait que méfiance et colère. Il jugeait son acte justifié. Il était furieux que personne ne partage son sentiment. Elle ajouta le fait à la liste interminable des mystères de Parangon.

Elle fit lentement un autre tour de pont mais ne trouva rien à redire. Elle aurait accueilli comme une distraction une tâche simple à accomplir. Cependant ses pensées se tournaient vers Vivacia. Chaque jour qui passait diminuait ses espoirs de récupérer son navire. La séparation était une ancienne blessure, maintenant. Elle en souffrait tout au fond d'elle-même, comme d'une plaie qui refusait de cicatriser. Parfois, comme aujourd'hui, elle la tâtait, comme on touche une dent douloureuse. Elle s'y attardait pour en raviver son chagrin, pour se prouver que son âme était encore vivante. Elle se persuadait que, si elle pouvait retrouver son navire, tout irait bien. Si elle sentait le pont de Vivacia sous ses pieds, qu'importeraient ses autres soucis ! Elle pourrait oublier Brashen. Ce soir, son rêve paraissait inaccessible. D'après ce qu'avait dit le prisonnier avant que Parangon ne le tuât, Kennit ne serait pas disposé à accepter une offre de rançon, encore moins si elle était modeste. Donc, il ne restait plus que la force ou la ruse. La défense désorganisée de Parangon au cours de l'attaque des pirates ne lui inspirait guère confiance quant à leur capacité à contraindre qui que ce soit.

Demeurait la ruse. Cependant, l'idée de jouer les fuyards de Terrilville espérant devenir pirates lui paraissait relever davantage d'une intrigue de comédie que d'un plan d'action. En fin de compte, la supercherie risquait de se révéler non seulement ridicule et vaine mais de faire directement le jeu de Lavoy. Manifestement, lui et son équipe de Tatoués en savouraient la perspective. Espérait-il pouvoir aller plus loin, s'emparer de Parangon et l'utiliser réellement comme vaisseau pirate ? Jouer la comédie donnerait inévitablement des idées aux matelots. Les fatras-de-marine qu'on avait enrôlés n'auraient guère de scrupules à changer ainsi de métier et de visées. Quant au navire lui-même, elle ignorait désormais ce qu'il ferait. Toute cette aventure avait révélé des facettes de son caractère totalement inconnues. Elle avait besoin de temps pour concocter un meilleur plan, du temps pour comprendre ce pauvre navire fou. Mais le temps lui échappait des mains comme un filin déchaîné. Chaque quart les rapprochait de Partage, la place forte de Kennit.

La pluie diminua vers le matin. A la fin du quart, le soleil perça la chape de nuages, zébrant la mer et les îles éparses de larges rayures de lumière. Le vent commença à fraîchir et à sauter. Elle rassemblait son équipe pour entendre les ordres nouveaux de Brashen quand les hommes de Lavoy arrivèrent sur le pont. Le second lui lança un regard menaçant en passant mais son hostilité n'étonnait plus Althéa. Cela faisait partie de son travail.

Quand tous les matelots furent rassemblés, le capitaine prit la parole. Elle l'écouta, impassible, lever l'interdit sur la figure de proue. Comme elle s'y attendait, l'expression d'Ambre refléta son soulagement. Brashen poursuivit en décrétant le changement de quart de certains de ses hommes pour intégrer des affranchis dans son équipe, et elle réussit à conserver son calme. Sans même la consulter, il avait réduit à néant les efforts qu'elle avait déployés pour rendre son quart aussi efficace que possible. Maintenant, alors qu'ils pénétraient toujours plus loin dans les eaux pirates, il lui confiait la responsabilité d'hommes qu'elle connaissait à peine, des hommes que Lavoy avait peut-être incités à se mutiner. Heureuse adjonction à sa bordée ! Elle bouillait de colère mais ne laissa rien voir de son indignation.

Quand Brashen en eut terminé, elle envoya ses matelots manger, dormir ou se divertir comme ils voulaient. La rage lui avait coupé l'appétit. Elle gagna directement sa cabine, regrettant de ne pas disposer d'un endroit à elle, au lieu de devoir partager cet espace exigu avec les deux autres. Pour une fois, la cabine était vide. Jek devait être en train de manger et Ambre était déjà probablement auprès de Parangon. Elle se sentit brièvement coupable d'éviter la figure de proue. Puis elle se concentra sur sa colère et conclut que c'était mieux ainsi. Elle n'avait pas seulement chassé Brashen de son cœur mais aussi le navire et Ambre. C'était plus simple ainsi, c'était mieux. Elle se montrait plus efficace dans ses fonctions de lieutenant quand elle ne laissait aucune considération personnelle s'interposer entre elle et ses devoirs.

Dormir, voilà surtout ce dont elle avait besoin. Elle avait sorti sa chemise humide de ses culottes et allait l'enlever quand elle entendit frapper à la porte. Elle siffla, exaspérée : « Qu'est-ce que c'est ? » La voix de Clef répondit doucement derrière le panneau de bois. Elle réajusta sa chemise, ouvrit la porte violemment et demanda : « Quoi ? »

Clef recula de deux pas. « L'cap'taine, y veut vous voir », lâcha-t-il. La vue de son visage alarmé la précipita dans la froide réalité. Elle respira et s'adoucit.

« Merci », dit-elle avec brusquerie, et elle referma la porte. Pourquoi Brashen ne s'était-il pas occupé du problème quand elle était sur le pont avec les autres ? Pourquoi fallait-il qu'il rogne encore le peu de solitude et de sommeil dont elle disposait ? Elle refourra les pans de sa chemise dans ses culottes et sortit en claquant la porte.

*

« Entrez ! » dit Brashen en réponse au coup sourd à sa porte. Il leva les yeux de ses cartes, s'attendant à l'irruption de Lavoy ou de l'un de ses hommes, porteur de nouvelles importantes. Mais ce fut Althéa qui entra à grands pas pour se camper devant lui.

« Vous m'avez fait demander, commandant. »

Le cœur de Brashen se serra. « En effet », reconnut-il, incapable de rien ajouter. Au bout d'un moment, il l'invita à s'asseoir ; elle prit la chaise avec raideur, comme s'il lui avait donné un ordre, et soutint son regard sans sourciller. Le capitaine Ephron avait toujours su lui faire baisser les yeux.

« Quand votre père me regardait comme ça, je savais que j'étais bon pour me faire frotter les oreilles. »

En voyant l'expression interdite d'Althéa, il se rendit compte qu'il avait parlé tout haut. Il en fut horrifié puis fut pris d'une irrésistible envie d'éclater de rire devant la tête qu'elle faisait. Il s'adossa à son siège et réussit à garder un visage calme et une voix égale. « Alors, pourquoi ne dites-vous pas ce que vous avez sur le cœur, qu'on en finisse ? »

Elle lui décocha un regard noir. Il devinait la colère qui montait en elle. Résister était au-dessus des forces d'Althéa. Il se raidit quand elle respira à fond, comme si elle allait se mettre à hurler. Puis, chose surprenante, elle soupira. D'une voix maîtrisée qui cependant tremblait un peu, elle déclara : « Ce n'est pas à moi de le dire, commandant. »

« Commandant. » Elle s'en tenait à la politesse formelle. Pourtant il sentait vibrer sa tension. Il la poussa délibérément dans ses retranchements, décidé à alléger l'atmosphère entre eux. « Je crois que je viens de vous donner la permission. Il y a quelque chose qui vous trouble. Qu'est-ce que c'est ? » Devant son silence obstiné, il se surprit à s'emporter aussi. « Parlez ! ordonna-t-il sèchement.

— Très bien, commandant. » Sa voix était coupante et ses yeux noirs flamboyaient. « Je trouve difficile de remplir mon devoir quand mon capitaine n'a manifestement aucun respect pour moi. Vous m'humiliez devant l'équipage et puis vous attendez de moi que je tienne mes hommes. Cela n'est pas bien, cela n'est pas juste.

— Quoi ? » fit-il, indigné. Comment pouvait-elle dire cela alors qu'il l'avait prise comme lieutenant, qu'il lui avait confié ses plans secrets, qu'il l'avait même consultée ? « Quand vous ai-je jamais "humiliée devant l'équipage" ?

— Pendant la bataille, répondit-elle d'une voix grinçante. Je faisais de mon mieux pour repousser les abordeurs. Non seulement vous êtes intervenu, vous m'avez écartée mais vous m'avez dit "Reculez. A l'abri". » Elle haussait la voix à mesure que sa colère montait. « Comme si j'étais une enfant que vous étiez obligé de protéger. Comme si j'étais moins compétente que Clef, que vous avez gardé à côté de vous.

— Pas du tout ! » protesta-t-il. Il s'interrompit en voyant son visage enflammé de colère. « J'ai fait ça ?

— Oui, confirma-t-elle froidement. Demandez à Clef. Je suis sûre qu'il s'en souvient. »

Il garda le silence. Il ne se rappelait pas avoir ordonné cela mais il se rappelait bien, en revanche, l'angoisse qui l'avait étreint quand il avait aperçu Althéa au cœur du combat. Avait-il dit cela ? Son cœur se serra de remords. Dans le feu de la bataille, dans le froid de la peur... peut-être que oui. Il imagina la blessure qu'il avait infligée à son orgueil, et à sa confiance en soi. Comment avait-il pu prononcer une chose pareille en plein combat et s'attendre qu'elle conservât le respect de soi ? Il méritait sa colère. Il s'humecta les lèvres. « Oui. Si vous le dites, c'est que je l'ai fait. J'ai eu tort. Je suis désolé. »

Il leva la tête. Ses mots d'excuse l'avaient stupéfiée. Elle écarquillait les yeux. Il aurait pu sombrer dans leur abîme. Il secoua légèrement la tête et haussa plus légèrement encore les épaules. Elle continuait à le regarder en silence. Ses excuses simples et sincères avaient fissuré la réserve qu'il observait à son égard. Il s'efforça désespérément de se maîtriser. « J'ai une grande confiance en vous, Althéa. Vous avez été à mes côtés quand nous avons affronté des obstacles, les serpents... Ensemble, nous avons remis à flot ce maudit navire. Mais pendant la bataille, je... » Sa voix s'étrangla. « Je ne peux pas. » Il posa les mains sur la table, paumes en l'air, et les examina. « Je ne peux plus continuer comme ça.

— Quoi ? » Elle avait parlé lentement, comme si elle ne l'avait pas bien entendu.

Il se leva d'un bond et se pencha au-dessus de la table. « Je ne peux pas continuer à faire comme si je ne vous aimais pas. Je ne peux pas faire comme si je ne mourais pas de peur quand je vous vois en danger. »

Elle bondit sur ses pieds comme s'il l'avait menacée. Elle se détourna mais en deux enjambées il vint s'interposer entre elle et la porte. Elle était comme une biche aux abois. « Au moins, écoutez-moi jusqu'au bout », supplia-t-il. Les mots se bousculaient. Il ne se laissa pas arrêter par la pensée que ses paroles lui paraîtraient ridicules ni qu'il ne pourrait jamais les retirer. « Vous avez dit que vous ne pouviez pas remplir vos devoirs sans mon respect. Ignorez-vous qu'il en est de même pour moi ? Sacré nom, un homme doit se voir reflété quelque part pour être sûr de sa propre réalité. Je me vois dans votre visage, dans vos yeux qui me suivent quand je me suis bien débrouillé, dans votre sourire goguenard quand j'ai agi stupidement mais que j'ai réussi tout de même à redresser la barre. Quand vous me privez de cela, quand... »

Elle restait là, interdite, les yeux ronds. Il sentit son cœur se serrer. Il se fit implorant. « Althéa, je suis si bougrement seul. Que nous réussissions ou que nous échouions, je vous perdrai de toute façon, c'est ça le pire. Savoir que vous êtes là, tous les jours, sur le même navire, et que je ne peux pas partager ne serait-ce qu'un repas avec vous, encore moins effleurer votre main, c'est déjà une torture. Quand vous ne m'accordez pas un regard, que vous ne me parlez pas... je ne peux pas supporter cette froideur entre nous. Je ne peux pas. »

Les joues d'Althéa étaient très roses. Ses cheveux trempés par la pluie commençaient à sécher, des frisons s'échappaient de sa queue de cheval et encadraient son visage. Durant un instant, il dut fermer les yeux, envahi par la douceur lancinante de son désir. « Il faut bien qu'un des deux soit raisonnable. » Ses paroles lui parvinrent, prononcées d'une voix très tendue. Elle était là, devant lui, à portée de main. Elle serra ses bras autour d'elle, comme si elle craignait de voler en éclats. « Laissez-moi passer, Brashen. » Sa voix n'était plus qu'un murmure.

Il en était incapable. « Laissez... laissez-moi vous prendre dans mes bras. Une minute seulement, et vous pourrez partir », implora-t-il, sachant qu'il mentait.

*

Il mentait, ils le savaient tous deux. Une minute seulement, ça ne suffirait jamais, à l'un comme à l'autre. Althéa respirait avec peine et quand la main calleuse de Brashen lui effleura la joue, elle fut prise d'un étourdissement subit. Elle tendit la main vers sa poitrine, pour garder l'équilibre, peut-être même pour le repousser, c'était tout, elle n'aurait pas la bêtise de consentir, mais elle sentit la tiédeur de sa peau à travers la chemise, et les battements de son cœur. Sa main la trahit, agrippa le tissu ; elle l'attira plus près. Il avança en chancelant, l'enlaça, et la serra si fort qu'elle en perdit presque le souffle. Ils ne bougèrent pas durant un instant. Puis il lâcha un soupir comme si une douleur en lui s'était subitement atténuée. Il dit tout bas : « Oh, Althéa. Pourquoi faut-il que cela soit toujours si compliqué pour nous ? »

Son haleine était chaude sur sa tête alors qu'il baisait doucement ses cheveux. Soudain, tout lui parut très simple. Quand il se pencha pour déposer un baiser sur son oreille et sur sa nuque, elle lui offrit ses lèvres et ferma les yeux. Qu'il en soit ainsi !

Elle sentit qu'il lui entrouvrait sa chemise, y glissait ses mains rêches mais douces dans leur caresse. Il prit un sein dans sa paume puis titilla le mamelon tendu. Elle était incapable de bouger, puis elle bougea. Elle posa les mains sur ses hanches et le tira à elle.

Il interrompit le baiser. « Attends. » Il inspira. « Arrête. »

Il avait retrouvé la raison. Elle vacilla, sous le coup

de la déception quand il se retourna. Il se dirigea vers la porte qu'il verrouilla de ses mains tremblantes. En revenant à elle, il lui prit la main. Il baisa sa paume, la lâcha puis resta là à la regarder. Elle ferma les yeux. Il attendit. Elle se décida. Elle l'entraîna et l'attira doucement vers la couchette.

*

Ambre parlait lentement, avec gravité. « Je ne crois pas que tu aies pleinement saisi la portée de ton acte. C'est pourquoi je peux te pardonner. Mais c'est la dernière fois. Parangon, il faut que tu apprennes ce que mourir signifie pour un homme. Je ne crois pas que tu comprennes la gravité de ton geste. » Le vent violent la secouait, mais elle se cramponnait à la lisse et attendait qu'il réponde. Il chercha ce qu'il pourrait dire pour lui faire plaisir. Il ne voulait pas qu'Ambre soit triste à cause de lui. Sa tristesse, quand elle lui permettait de la sentir, le touchait, plus profondément que celle des autres ; elle était presque aussi accablante que la sienne.

Parangon rentra en lui-même, tous les sens aux aguets. Il se passait quelque chose à l'intérieur du navire. Quelque chose de dangereux, d'effrayant. Il avait connu ça, et il se raidit contre ce supplice, contre la honte. Quand des humains s'unissaient ainsi, il en résultait toujours de la souffrance pour le plus faible. Qu'est-ce qui avait mis Brashen dans cette rage contre elle ? Pourquoi le laissait-elle faire ? Pourquoi ne se débattait-elle pas ? Avait-elle donc si peur de lui ?

« Parangon. Tu m'écoutes ?

— Non. » Il aspira un peu d'air, la bouche ouverte. Il ne comprenait pas. Il avait cru savoir ce que cela voulait dire. Si Brashen n'avait pas l'intention de la punir, s'il n'essayait pas de la maîtriser par la brutalité, alors pourquoi faisait-il cela ? Pourquoi Althéa consentait-elle ?

« Parangon ?

— Chut. » Il crispa les poings et les serra sur sa poitrine. Il ne crierait pas. Non. Ambre était en train de lui parler mais il se boucha les oreilles et se mit à l'écoute de ses sens. Ce n'était pas ce qu'il avait cru. Il avait cru comprendre les humains, savoir comment ils se faisaient du mal l'un à l'autre, mais là, c'était différent. C'était autre chose. Quelque chose qu'il se rappelait vaguement. Il ferma ses yeux qui n'existaient plus. Il laissa ses pensées flotter et d'anciens souvenirs remontèrent en lui.

*

Althéa étreignait Brashen et sentait son cœur battre à tout rompre. Il haletait près de son cou. Elle avait ses cheveux dans la figure. Elle promena les doigts sur la longue estafilade à peine cicatrisée, au bas de ses côtes. Puis elle posa la main à plat comme si par ce contact elle avait pu la guérir. Elle soupira. Il sentait bon la mer, et le navire, et son odeur à lui. Quand elle l'étreignait, elle étreignait tout cela en même temps. « J'ai cru, souffla-t-elle doucement, j'ai presque cru qu'on volait. »

2

Survivre

« Maman ? On voit le port de Terrilville maintenant. »

Keffria souleva sa tête douloureuse de l'oreiller. Selden se tenait sur le seuil de la petite cabine qu'ils partageaient à bord du *Kendri*. Elle ne s'était pas vraiment endormie. Elle s'était simplement lovée autour de son chagrin, tâchant de découvrir comment vivre avec lui. Elle regarda son fils. Il avait les lèvres gercées, les joues et le front rougis, irrités par le vent. Depuis ses mésaventures dans la cité ensevelie, il avait un regard distant, comme si d'une certaine façon il était perdu pour elle. Selden était son dernier enfant vivant, ce qui aurait dû l'amener à le chérir éperdument. Elle aurait dû vouloir le garder près d'elle tout le temps. Mais, au contraire, son cœur était engourdi. Il valait mieux ne pas trop l'aimer. Comme les autres, il pouvait lui être enlevé à tout moment.

« Tu viens voir ? C'est vraiment bizarre. » Selden s'interrompit. « Il y a des gens qui crient sur le pont.

— Je viens », dit-elle sur un ton las. Il était temps de faire front. Durant tout le voyage, elle avait évité de parler à Selden de ce qu'ils pourraient découvrir. Elle balança les jambes hors de la couchette, repoussa ses cheveux en arrière puis renonça. Elle les couvrirait d'un châle. Elle en trouva un, encore humide de sa dernière sortie sur le pont, le jeta sur sa tête et suivit son fils.

Le temps était gris, la pluie persistante. Comme de juste. Elle rejoignit les autres passagers qui regardaient en direction de Terrilville. Ni bavardage ni remarque : ils contemplaient en silence. Des larmes coulaient sur quelques visages.

Le port de Terrilville était un cimetière. Les mâts des vaisseaux sombrés pointaient hors de l'eau. Le *Kendri* manœuvrait avec prudence pour éviter les épaves, il ne se dirigeait pas vers le quai des vivenefs mais vers un autre, remis à neuf. Les planches jaunes, propres contrastaient singulièrement avec le reste, calciné et délavé par les intempéries. Des hommes étaient là pour les accueillir. Du moins espérait-elle que c'était pour les accueillir.

Selden se pressa contre elle. Elle posa une main distraite sur son épaule. Des quartiers entiers de la ville n'étaient plus que des ruines noircies, des carcasses carbonisées de bâtiments qui luisaient sous la pluie. Le garçon s'appuya plus lourdement. « Est-ce que grand-mère va bien ? demanda-t-il d'une voix étouffée.

— Je n'en sais rien », répondit-elle d'un ton las. Elle en avait assez de lui dire qu'elle ne savait pas. Elle ne savait pas si son père était en vie. Elle ne savait pas si son frère était en vie. Elle ne savait pas ce qui était arrivé à Malta. Le *Kendri* avait sillonné le fleuve jusqu'à l'embouchure, sans résultat. Sur l'insistance acharnée de Reyn, ils avaient fait demi-tour, avaient poursuivi les recherches en amont jusqu'à Trois-Noues. Ils n'avaient découvert aucune trace du petit canot que Reyn prétendait avoir aperçu. Keffria ne l'avait jamais dit tout haut mais elle se demandait si Reyn n'avait pas imaginé tout cela. Peut-être tenait-il tellement à ce que Malta soit vivante qu'il s'était raconté des histoires. Keffria était bien la première à le comprendre.

A Trois-Noues, Jani Khuprus avait embarqué sur le *Kendri*. Avant le départ de la cité des Pluies, ils avaient envoyé un oiseau à Terrilville, pour informer le Conseil qu'on n'avait pas retrouvé le Gouverneur mais qu'on continuait les recherches. L'espoir était insensé mais ni Keffria ni Reyn ne pouvaient y renoncer.

Durant cette traversée, Keffria avait passé toutes ses soirées sur le pont, les yeux perdus dans le crépuscule. A maintes reprises, elle avait cru apercevoir une petite embarcation sur le fleuve. Une fois, elle avait même vu Malta debout, qui levait une main suppliante, mais il s'agissait seulement d'un tronc mort, arraché à la berge, qui passait en flottant, pointant, désespéré, une racine en l'air.

Même après que le *Kendri* avait quitté le fleuve, elle s'était obstinée à ses veilles nocturnes sur le pont. Elle n'avait pas confiance dans la vigie, elle se fiait davantage à ses yeux de mère. La nuit précédente, à travers une pluie torrentielle et glacée, elle avait entrevu un navire chalcédien que le *Kendri* avait facilement doublé. Le vaisseau était isolé mais, durant leur voyage, la vigie en avait signalé d'autres, des galères groupées par deux ou trois, et deux grands bâtiments chalcédiens.

Ils n'avaient prêté aucune attention à la vivenef ou lui avaient fait une chasse symbolique. Qu'attendaient donc les envahisseurs ? Convergeaient-ils vers l'embouchure ? Vers Terrilville ? Faisaient-ils partie de la flotte qui allait s'emparer des Rivages Maudits ? Reyn et Jani s'étaient joints au capitaine dans ces vaines discussions mais Keffria ne voyait pas l'intérêt de se perdre en conjectures.

Malta avait disparu. Sa mère ignorait si elle avait péri dans la cité ou sur le fleuve. L'incertitude la rongeait comme un chancre. Et saurait-elle jamais ce qu'il était advenu de Kyle et de Hiémain ? Elle voulait espérer qu'ils étaient toujours vivants mais elle n'y parvenait pas. L'espoir, c'était une montagne trop raide à gravir. Elle redoutait de s'abîmer dans le désespoir quand l'espoir se révélerait vain. Elle vivait en suspens. Il n'y avait plus que cela, désormais.

*

Reyn Khuprus se tenait aux côtés de sa mère. La pluie trempait son voile. Le vent le plaquait sur sa figure. Voilà Terrilville, aussi ravagée qu'il s'y était attendu d'après les dernières nouvelles apportées à Trois-Noues par les oiseaux. Il chercha en lui une trace d'émotion à ce spectacle mais il en était dénué.

« C'est pire que ce que je craignais, marmonna sa mère. Comment puis-je demander le soutien du Conseil quand la ville est en ruine et la côte menacée par les Chalcédiens ? »

Une partie de leur mission consistait en effet à solliciter l'aide de Terrilville. Jani Khuprus avait souvent représenté les Marchands du désert des Pluies auprès de leurs parents mais rarement pour une mission aussi grave. Après avoir présenté au Conseil des excuses solennelles pour la disparition du Gouverneur et de sa Compagne, elle devait demander assistance au nom de Trois-Noues. La destruction de la cité des Anciens était presque totale. Avec un travail considérable et prudent, des parties de la ville pourraient peut-être être rouvertes. En attendant, les familles Marchandes qui dépendaient pour leur négoce des objets étranges et merveilleux exhumés dans la cité se retrouvaient brusquement démunies. Et ces familles constituaient l'ossature de Trois-Noues. Privée des richesses de la cité des Anciens, Trois-Noues n'avait plus de raison d'être. Si la ville tirait quelques moyens de subsistance de la forêt des Pluies, les habitants n'avaient pas de champs pour cultiver des céréales ni élever du bétail. Ils s'étaient toujours nourris en faisant du troc avec Terrilville. On se ressentait déjà de l'interruption du commerce due aux Chalcédiens. A l'approche de l'hiver, la situation ne tarderait pas à devenir désespérée.

Reyn connaissait la principale appréhension de sa mère. Elle croyait possible que ce désastre anéantisse le peuple du désert des Pluies. La population avait diminué au cours des deux dernières générations. Les enfants étaient souvent mort-nés, ou mouraient dans leurs premiers mois. Les autres avaient une vie plus brève que la normale. Reyn lui-même ne s'attendait guère à vivre au-delà de sa trentième année. C'était une des raisons pour lesquelles les Marchands du désert des Pluies cherchaient à se marier avec leurs parents de Terrilville. Ces unions avaient plus de chances d'être fécondes, et les enfants qui en étaient issus étaient plus résistants. Mais les gens de Terrilville, parents ou non, étaient moins disposés depuis deux générations à venir s'établir au désert des Pluies. Les cadeaux à la famille d'une future épouse avaient augmenté en importance, en valeur et en nombre. Comme en témoignait l'empressement de sa propre famille à effacer la dette d'une vivenef simplement pour assurer une femme à Reyn. Malta disparue, Jani savait que Reyn ne se marierait jamais et qu'il n'engendrerait pas d'enfant. Les présents à la famille Vestrit auraient été inutiles. Avec l'appauvrissement de Trois-Noues, les familles des Pluies auraient déjà du mal à nourrir leurs propres enfants, sans parler même de leur procurer des conjoints. Le peuple du désert des Pluies pourrait bien s'éteindre à jamais.

Alors Jani venait à Terrilville pour expliquer la disparition du Gouverneur et implorer secours. Les deux missions l'atteignaient profondément dans sa fierté. Reyn la plaignait mais il était distrait par son propre chagrin. La disparition du Gouverneur pouvait allumer une guerre qui entraînerait la destruction complète de Terrilville. La cité des Anciens qu'il aimait était déjà détruite. Mais ces tragédies n'étaient qu'une goutte d'eau en comparaison de l'atroce chagrin qu'il éprouvait de la perte de Malta.

Il avait causé sa mort. En l'amenant dans sa cité, il l'avait placée sur le chemin de la mort. Le seul être qu'il blâmât plus que lui-même, c'était Tintaglia. Il se méprisait d'avoir à ce point idéalisé le dragon. Il l'avait cru capable de noblesse et de sagesse, il l'avait porté aux nues, comme dernier représentant de sa race glorieuse. En réalité, Tintaglia n'était qu'un animal ingrat, égoïste et égotiste. Assurément elle aurait pu sauver Malta si seulement elle avait voulu s'y employer.

Par égard pour sa mère, il chercha à dire quelque chose de positif. « On dirait que certains ont commencé à reconstruire, fit-il observer.

— Oui. Des barricades », rétorqua-t-elle, tandis que le navire approchait du quai. Elle avait raison. Le cœur serré, Reyn remarqua que les hommes sur le quai étaient armés jusqu'aux dents. C'étaient des Marchands, il en reconnut quelques-uns, et le capitaine du *Kendri* les saluait déjà en criant.

Il entendit quelqu'un se racler la gorge. Il sursauta et se retourna : c'était KeffriaVestrit, enveloppée dans un châle. Son regard alla de Reyn à sa mère. « Je ne sais pas ce que je vais trouver à la maison, dit-elle à mi-voix. Mais je vous offre mon hospitalité. » Elle sourit tristement. « A condition que la maison des Vestrit soit toujours debout.

— Nous ne voudrions pas abuser, dit doucement Jani. Ne vous inquiétez pas pour nous. Il doit bien y avoir encore une auberge ouverte à Terrilville.

— Il n'est pas question d'abuser, insista Keffria. Selden et moi serions enchantés de votre compagnie. »

Reyn comprit alors que l'invitation était davantage qu'un échange de bons procédés. « Ce n'est peut-être pas prudent de retourner seule chez vous. Je vous en prie. Laissez-nous arranger notre affaire et nous vous accompagnerons là-bas pour vous aider à vous réinstaller.

— A dire vrai, je vous en serais très reconnaissante », admit humblement Keffria.

Après un instant de silence, Jani soupira. « J'étais occupée de mes propres soucis. Je n'ai pas pris le temps de réfléchir à ce que ce retour pourrait signifier pour vous. Je savais que ce serait douloureux mais je n'ai pas envisagé le danger. J'ai été inconséquente.

— Vous avez vos propres fardeaux, dit Keffria.

— Tout de même, déclara Jani solennellement. Il faut que l'honnêteté prenne le pas sur la politesse, pour un temps. Et pas seulement entre nous. Les Marchands doivent se montrer francs les uns avec les autres si l'on veut survivre. Ah, Sâ, regardez le Grand Marché ! Il en manque la moitié ! »

Alors que l'équipage effectuait les manœuvres d'accostage, Reyn promena les yeux sur les hommes qui se rassemblaient pour accueillir le navire, et il reconnut Grag Tenira. Il ne l'avait pas vu depuis la nuit du bal d'Eté. Il fut surpris par la force des sentiments mêlés qui surgirent en lui. Grag était un ami, et pourtant Reyn l'associait à la mort de Malta. La douleur l'accompagnerait-elle tout au long de sa vie ? Apparemment, il devait en être ainsi.

Le navire fut amarré, une planche de débarquement glissée sur le quai. La foule se précipita en avant et les questions se mirent à fuser de tous côtés. Reyn se fraya un chemin à travers les gens qui montaient. Sa mère, Keffria et Selden le suivaient. Dès qu'il eut mis le pied sur le quai, il vit Grag devant lui. « Reyn ? fit celui-ci à voix basse.

— Oui. » Il tendit une main gantée dont se saisit Grag

pour l'attirer plus près. Il demanda sur un ton inquiet à l'oreille de Reyn : « On a retrouvé le Gouverneur ? »

L'autre réussit à secouer la tête. Grag fronça les sourcils et dit précipitamment : « Venez avec moi. Tous. J'ai un chariot. J'avais posté depuis trois jours un gamin sur le promontoire pour guetter le *Kendri*. Vite. Il y a des bruits insensés qui courent à Terrilville, dernièrement. L'endroit n'est pas sûr pour vous. » De sous son manteau, Grag sortit une capote d'ouvrier en loques. « Couvrez votre costume du désert des Pluies. »

Reyn resta un moment interdit. Puis il secoua la capote et la jeta sur les épaules de sa mère avant de confier celle-ci à Grag. Il prit Keffria par le bras sans cérémonie. « Venez vite, en silence », chuchota-t-il. Il vit qu'elle serrait plus fort la main de Selden. Le garçon sentit que quelque chose clochait. Il écarquilla les yeux et leur emboîta précipitamment le pas. Ils laissèrent leurs bagages à bord. Pas moyen de faire autrement.

La carriole de Grag était découverte, destinée à transporter des fardeaux plutôt que des passagers. Elle sentait fort le poisson. Deux jeunes gens musclés vêtus de sarraus de pêcheurs étaient allongés à l'arrière. Reyn fit grimper les femmes tandis que Grag saurait sur le siège et prenait les rênes. « Il y a une bâche de toile à l'arrière. Couvrez-vous-en, cela vous protégera un peu de la pluie.

— Et nous cachera par la même occasion », fit remarquer Jani aigrement. Elle aida Reyn à déplier et étendre la toile. Ils se blottirent tous dessous. Leur escorte s'assit à l'arrière de la carriole, jambes ballantes, et Grag fouetta la vieille haridelle.

« Pourquoi le port est-il aussi vide ? demanda Reyn à l'un des pêcheurs. Où sont les navires de Terrilville ?

— Par le fond, ou partis à la poursuite des Chalcédiens. Ils ont tenté un coup hier. Deux bâtiments ont approché le port avec trois autres qui attendaient au large. Ophélie est sortie pour les chasser et nos navires l'ont suivie. Sâ, ils taillaient de l'avant ! Mais je suis sûr que nos navires les ont rattrapés. On attend qu'ils reviennent. »

Reyn sentait que quelque chose clochait mais il n'arrivait pas à mettre le doigt sur ce qui le troublait. Alors que le cheval tirait le chariot, il entrevit la ville de dessous la toile qui claquait. On faisait un peu de commerce mais il s'en dégageait une atmosphère de malaise. Les gens allaient à leurs affaires d'un pas pressé ou regardaient passer la carriole d'un air soupçonneux. Le vent portait la puanteur tenace de la marée basse et des bâtiments incendiés. Reyn eut l'impression qu'ils faisaient un détour pour gagner la propriété des Tenira. Au portail, des hommes en armes firent signe à Grag d'entrer et refermèrent après le passage de la voiture. Le jeune homme arrêtait le cheval lorsque la porte s'ouvrit en grand. Naria Tenira et les deux sœurs de Grag sortirent en trombe, suivies par d'autres gens. Les visages étaient inquiets.

« Tu les as trouvés ? Ils sont sains et saufs ? » demanda la mère de Grag alors que Reyn rejetait la bâche qui les couvrait.

Selden descendit à toute vitesse de la carriole en criant : « Grand-mère, grand-mère ! »

Sur le seuil de la demeure des Tenira, Ronica ouvrit tout grand les bras à son petit-fils.

*

Le Gouverneur Cosgo, héritier du Trône de Perle et de la Toge de Vertu, décolla de sa poitrine un long lambeau de peau fin comme de la pelure. Malta détourna les yeux et réprima une grimace. « C'est intolérable, geignit le Gouverneur, pour la énième fois. Ma peau est dans un état ! Et dessous, c'est rose, quelle horreur ! Mon teint est définitivement gâté. » Il la regarda d'un air accusateur. « Le poète Mahnke a comparé une fois la blancheur de mon front à l'opalescence d'une perle. Maintenant, je suis défiguré. »

Malta sentit le genou de Keki dans ses reins. La Compagne était allongée sur sa paillasse près du lit du Gouverneur et Malta était accroupie sur le sol à côté d'elle. C'était sa place dans le petit abri. Elle grimaça à la poussée dans son dos endolori mais comprit l'avertissement. Elle chercha une réponse puis mentit. « A Terrilville, on dit que la femme qui se lave le visage une fois par an dans le fleuve du désert des Pluies ne vieillira jamais. Le traitement n'est pas agréable mais il est réputé pour conserver une peau jeune et un beau teint. »

Keki laissa échapper un soupir approbateur. Malta s'en était bien sortie. Cosgo se rasséréna sur-le-champ. « Il faut souffrir pour être beau mais je n'ai jamais reculé devant un petit inconfort. Tout de même, je me demande ce qu'est devenu le navire que nous devions rejoindre à l'embouchure du fleuve. J'en ai assez d'être ballotté dans tous les sens. Un vaisseau de cette taille n'est pas fait pour naviguer en pleine mer. »

Malta baissa les yeux et ravala une remarque sur son ignorance. Les Chalcédiens voyageaient des mois durant sur leurs galères. Leur aptitude à subsister de maigres rations et à supporter les rudes conditions de la vie à bord était légendaire. C'est ce qui faisait leur réputation de marins et d'envahisseurs.

Voilà plusieurs jours qu'ils avaient quitté l'embouchure du fleuve. Le Gouverneur avait été furieux de constater que le navire ravitailleur chalcédien n'était pas là pour le prendre. Malta avait été amèrement déçue de constater l'absence de vivenefs pour garder l'embouchure. Elle avait rongé son frein en affectant de croire que les vivenefs arraisonneraient la galère et la sauveraient. Le désespoir qui l'avait submergée alors que la galère continuait à voguer librement était insupportable. Elle avait eu la bêtise de rêver au sauvetage. Cet espoir n'avait fait que l'affaiblir. Elle le chassa rageusement de son cœur : pas de vivenef, pas de Reyn parti à sa recherche, pas d'illusions. Personne n'allait apparaître comme par magie pour lui porter secours. Elle devinait que sa survie dépendait entièrement d'elle. Elle soupçonnait beaucoup de choses dont elle ne faisait pas part à Keki ni au Gouverneur. Entre autres, la galère était mal en point. Elle canardait, et embarquait beaucoup plus d'eau qu'elle n'aurait dû. Le fleuve du désert des Pluies avait sans aucun doute entamé le brai des coutures et peut-être même le bordage. Depuis qu'ils avaient quitté le fleuve, le capitaine avait mis cap au nord, vers Chalcède. La galère serrait la terre ; si elle était désemparée, ils auraient au moins une chance d'atteindre la côte sains et saufs. Malta estimait que le capitaine faisait route vers son port d'attache, et pariait qu'il y arriverait avec son navire et sa cargaison inattendue.

« De l'eau », croassa Keki. Elle ne parlait plus que rarement, à présent. Elle ne pouvait plus s'asseoir. Malta tâchait de la garder propre et attendait avec lassitude qu'elle meure. La bouche de la Compagne était entourée de lésions qui se crevassaient et saignaient quand on portait une tasse à ses lèvres. Elle réussit à avaler une gorgée. Malta lui tamponna les commissures d'où s'écoulait une eau rougie. Keki avait bu trop d'eau du fleuve pour pouvoir en réchapper mais pas suffisamment pour connaître une fin rapide. Ses entrailles étaient probablement aussi ulcérées que sa bouche. Rien que d'y penser, Malta avait envie de rentrer sous terre.

Malgré ses souffrances et sa faiblesse, la Compagne tenait parole. Malta l'avait gardée en vie, on les avait secourus, et maintenant Keki faisait de son mieux pour apprendre à Malta à survivre. Elle ne parlait que très peu, mais par de petits coups de coude ou des bruits, elle lui rappelait ses conseils. Certains de ses signes rendaient simplement la vie tolérable. Malta se devait de toujours réagir aux plaintes du Gouverneur avec un esprit positif ou bien en le complimentant sur le courage, la sagesse, la force et la patience qu'il montrait dans ces épreuves. Au début, les mots l'étouffaient mais la manœuvre détournait effectivement Cosgo de ses pleurnicheries. Si elle devait rester enfermée avec lui, mieux valait l'amadouer. Elle savourait les heures qui suivaient le repas du soir où, après avoir fumé avec le capitaine, il était lénifié, somnolent et accommodant.

Keki avait donné des conseils plus précieux encore.

La première fois que Malta avait pris le seau d'aisances pour le vider, les matelots avaient sifflé entre leurs dents sur son passage. A son retour, l'un d'eux lui avait barré le chemin. Yeux baissés, elle avait essayé de le contourner. Hilare, il l'en avait empêchée. Le cœur cognant dans la poitrine, elle avait regardé ailleurs et fait une autre tentative pour passer. Cette fois, il l'avait laissée se faufiler puis l'avait attrapée par-derrière, lui avait pris un sein qu'il avait pincé fort.

Elle avait crié de douleur et d'effroi. Il avait ri, l'avait renversée contre lui, en la serrant si étroitement qu'elle pouvait à peine respirer. Il glissa sa main libre sous la chemise et lui prit l'autre sein. Les doigts calleux caressaient brutalement sa peau nue. Muette de saisissement, elle resta figée sur place. Il se contorsionnait contre ses fesses. Les autres l'observaient, goguenards, le regard allumé. Quand il se baissa pour soulever sa jupe, elle retrouva subitement la maîtrise de ses muscles. Elle tenait toujours le lourd seau en bois. Elle se tourna et le balança de toutes ses forces dans l'épaule du matelot. L'eau sale qui restait au fond du seau lui éclaboussa la figure. Il avait poussé un rugissement de dégoût et l'avait relâchée, malgré les huées de ses camarades. Elle avait bondi, regagné en courant leur abri de toile, et s'était engouffrée à l'intérieur.

Le Gouverneur n'était pas là. Il était allé prendre un repas avec le capitaine. En proie à une terreur noire, Malta s'était recroquevillée par terre à côté de Keki endormie. A chaque pas qu'elle entendait, elle croyait que c'était le matelot qui venait la chercher. Elle grelottait de peur, claquait des dents. Quand Keki se réveilla, qu'elle vit Malta trembler dans son coin, avec une cruche à la main pour toute arme, elle la persuada par la douceur de raconter ce qui s'était passé. Elle écouta gravement son récit haletant. Puis elle secoua la tête. Elle s'exprima en phrases brèves pour épargner sa gorge et sa bouche.

« C'est mauvais... pour nous tous. Ils devraient craindre... de s'en prendre à vous... sans la permission de Cosgo. Mais ils n'ont pas peur. » Elle s'interrompit, pensive. Puis elle rassembla ses forces et respira. « Il ne faut pas qu'ils vous violent. S'ils le font... et que Cosgo ne proteste pas... ils vont perdre tout respect... pour nous trois. Ne dites rien à Cosgo. Il s'en servirait... pour vous forcer à obéir. Pour vous menacer. » Elle aspira avec peine un peu d'air. « Ou il vous livrerait à eux... pour s'acheter leurs faveurs. Comme Sérille. » Elle reprit son souffle. « Nous devons vous protéger... pour nous protéger tous. » Keki tâtonna faiblement autour d'elle, ramassa un des chiffons que Malta utilisait pour lui essuyer la bouche. « Tenez. Mettez ça... entre vos jambes. Toujours. Si un homme vous touche, dites *Fa-chejy kol*. Ça veut dire "Je saigne". Il s'arrêtera... quand vous le direz... ou quand il verra ça. »

Keki se pencha pour prendre de l'eau et but. Elle soupira puis se força à continuer. « Les Chalcédiens redoutent les menstrues. Ils disent... » Elle prit une respiration et esquissa un sourire, qui découvrit des dents tachées de rose. « Les parties génitales de la femme sont irritées et peuvent émasculer l'homme. »

Malta n'en revenait pas qu'on puisse croire une chose pareille. Elle regarda le chiffon strié de sang. « C'est idiot. »

Keki haussa péniblement les épaules. « Remerciez Sâ qu'ils soient idiots. Ne répétez pas cela trop souvent. Ils savent que vous ne pouvez pas saigner tout le temps. » Puis son visage et ses yeux devinrent graves. « S'il n'arrête pas... ne vous débattez pas. Il vous fera encore plus mal. » Elle aspira un peu d'air. « Ils vous feront mal jusqu'à ce que vous cessiez de vous débattre. Pour vous apprendre votre condition de femme. »

La conversation avait eu lieu quelques jours auparavant. Ce furent les derniers mots suivis que Keki prononça. Elle s'affaiblissait de jour en jour et l'odeur dégagée par ses blessures devenait plus perceptible. Elle ne tiendrait pas longtemps. Par compassion pour la Compagne, Malta souhaitait que la fin soit rapide mais pour elle-même, elle redoutait sa mort. Lorsque Keki disparaîtrait, Malta perdrait sa seule alliée.

Elle était lasse de vivre dans la peur mais elle n'avait guère le choix. Chaque décision qu'elle prenait, c'était avec la peur au ventre, c'était le centre de sa vie. Elle ne quittait plus la chambre, sauf sur l'ordre exprès de Cosgo. Alors, elle se dépêchait, revenait très vite en évitant de croiser le regard d'un homme. Ils continuaient à la siffler mais ils ne la tourmentaient plus quand elle vidait le seau d'aisances.

« Vous êtes sotte ou simplement fainéante ? » martela le Gouverneur en haussant la voix.

Malta le regarda en sursautant. Ses pensées l'avaient entraînée bien loin. « Excusez-moi, dit-elle en se forçant à paraître sincère.

— Je disais que je m'ennuyais. Même la nourriture est insipide. Pas de vin. Pas de quoi fumer, sauf à table avec le capitaine. Vous savez lire ? » Elle acquiesça, déconcertée, et il lui ordonna : « Allez voir si le capitaine a des livres. Vous pourriez me faire la lecture. »

Sa bouche devint sèche. « Je ne lis pas le chalcédien.

— Vous êtes d'une ignorance sans nom ! Moi, je comprends. Allez emprunter un livre pour moi. »

Elle tenta de masquer sa peur. « Mais je ne parle pas chalcédien. Comment vais-je le demander ? »

Il eut un reniflement de dégoût. « Comment des parents peuvent-ils laisser leurs enfants dans pareille ignorance ! Terrilville n'a-t-elle donc pas de frontières avec Chalcède ? On aurait pu penser que vous apprendriez au moins la langue de vos voisins. Maudits provinciaux ! Pas étonnant que Terrilville ne s'entende pas avec eux. » Il poussa un profond soupir, en vraie victime. « Eh bien, je ne peux aller le chercher moi-même, avec ma peau qui pèle comme ça. Vous pouvez retenir quelques mots ? Frappez à la porte, agenouillez-vous, prosternez-vous, puis dites *La-ni-ra-ke-je-loi-en.* »

Il débita les syllabes à toute allure, d'une traite. Malta ne distingua même pas les mots séparés. « *La-ni-ra-ke-en*, répéta-t-elle.

— Non, sotte ! *La-ni-ra-ke-je-loi-en.* Oh, et ajoutez *re-kal* à la fin, qu'il ne vous croie pas impolie. Dépêchez-vous maintenant, avant d'oublier. »

Elle le regarda. Si elle l'implorait, il saurait qu'elle avait peur, il exigerait de savoir pourquoi. Elle ne lui fournirait pas cette arme pour qu'il la force à obéir. Elle s'arma de courage. Peut-être que les matelots ne la tourmenteraient pas si elle se rendait à la cabine du capitaine. Au retour, elle aurait un livre dans les mains.

Cela pouvait la protéger ; ils hésiteraient à abîmer un objet appartenant à leur capitaine. Comme une psalmodie, elle marmotta les syllabes en quittant la pièce.

Elle devait traverser toute la longueur de la galère entre les bancs de nage. Les sifflets et les claquements de langue la terrorisaient. Elle savait que son expression apeurée ne faisait que les encourager. Elle se força à répéter ses syllabes. Elle parvint à la porte du capitaine sans qu'un homme l'ait touchée, frappa, et souhaita désespérément n'avoir pas frappé trop fort.

Une voix masculine répondit sur un ton agacé. Priant qu'il lui ait dit d'entrer, elle ouvrit la porte et passa une tête timide. Le capitaine était étendu sur sa couchette. Il se souleva sur un coude pour la dévisager d'un air courroucé.

« *La-ni-ra-ke-je-loi-en* ! » lâcha-t-elle d'une traite. Puis se rappelant subitement les instructions du Gouverneur, elle se laissa tomber sur les genoux et inclina la tête très bas. « *Re-kal* », ajouta-t-elle, un peu tard.

Il répondit quelque chose. Elle osa lever les yeux. Il n'avait pas bougé. Il la considéra puis répéta les mêmes mots en haussant la voix. Elle baissa les yeux, secoua la tête, priant qu'il devine qu'elle ne comprenait pas. Il se leva et elle se raidit. Elle lui jeta un bref coup d'œil. Il lui montrait la porte. Elle recula à quatre pattes, se remit debout, s'inclina très bas encore une fois et referma derrière elle.

Dès qu'elle fut ressortie, les sifflets et les claquements de langue reprirent. L'extrémité du navire lui parut impossible à atteindre. Elle n'arriverait jamais entière. Serrant étroitement les bras autour d'elle, Malta se mit à courir. Elle était presque parvenue aux derniers bancs de nage quand quelqu'un l'attrapa à la cheville. Elle tomba brutalement en se cognant le front, les coudes et les genoux sur le bordage raboteux. Elle resta un instant étourdie, hébétée, puis elle roula sur le dos et regarda le jeune matelot qui la dominait en riant. Il était beau, grand et blond comme son père, avec des yeux bleus et francs, un sourire engageant. Il pencha la tête et dit quelque chose. Une question ? « Ça va, je n'ai rien », répondit-elle. Il lui sourit. Elle fut tellement soulagée qu'elle faillit lui rendre son sourire. Alors il tendit la main et rabattit le devant de ses jupes. Il se baissa sur un genou et s'affaira à déboucler sa ceinture.

« Non ! » s'écria-t-elle farouchement. Elle essaya de se remettre debout mais il lui prit la cheville et la renversa d'un geste désinvolte. Les autres se levaient pour mieux voir. Alors qu'il s'exhibait à ses yeux, les paroles de Keki revinrent brutalement à la mémoire de Malta. « *Fa-chejy-kol* ! lâcha-t-elle. *Fa-chejy-kol* ! » Il parut interloqué. Elle repoussa ses cheveux en arrière. Il recula tout à coup, horrifié, avec une exclamation de dégoût. Elle s'en moquait éperdument. La ruse avait pris. Elle se dégagea d'une secousse, parvint à se relever, franchit en courant les quelques pas qui la séparaient de l'abri, s'engouffra sous le rabat et s'effondra par terre. Elle haletait, hoquetait. Ses coudes la brûlaient. Elle cligna les yeux, quelque chose d'humide lui voilait la vue. Elle s'essuya. Du sang. La chute avait rouvert sa cicatrice.

Le Gouverneur ne souleva même pas la tête de l'oreiller. « Et mon livre ? »

Malta reprit haleine. « Je ne crois pas qu'il en ait », réussit-elle à répondre. Des mots calmes. Une voix posée. Ne lui montre pas ta peur. « J'ai répété ce que vous m'avez dit. Il s'est borné à me montrer la porte.

— Comme c'est agaçant ! Je crois bien que je vais mourir d'ennui sur ce bateau. Venez me frictionner les pieds. Je vais m'assoupir un peu. Il n'y a rien d'autre à faire, assurément. »

Pas le choix, se dit Malta, le cœur cognant toujours dans la poitrine, la bouche si sèche que l'air passait à peine. Pas le choix, sauf à mourir en souffrant. Les genoux et les coudes écorchés à vif lui cuisaient. Elle retira une écharde de sa paume puis traversa la petite pièce pour s'asseoir par terre aux pieds de Cosgo. Il lui jeta un coup d'œil puis retira brusquement ses pieds. « Qu'est-ce qui vous arrive ? Qu'est-ce que c'est ? » Il regardait fixement son front.

« Je suis tombée. Ma blessure s'est rouverte », dit-elle simplement. Elle leva la main pour se toucher le front avec précaution. Ses doigts se poissèrent de sang et d'une sanie épaisse, blanchâtre. Malta contemplait ses doigts, horrifiée. Elle ramassa un des chiffons de Keki, étancha son front. Ce n'était pas très douloureux mais le pus imprégna rapidement le tampon. Elle se mit à trembler. Qu'est-ce que c'était ? Qu'est-ce que ça voulait dire ?

Il n'y avait pas de miroir. Elle avait évité de toucher sa cicatrice. Elle avait voulu l'oublier. A présent, elle passa les doigts sur la plaie. C'était sensible mais pas autant qu'elle aurait pu croire, avec tout ce sang et ce pus. Elle se força à palper la blessure : une longueur d'index, et le bourrelet, une largeur de deux doigts. C'était noueux, plissé et tendineux comme l'extrémité d'un os de poulet. Elle frissonna. Elle avait envie de vomir. Elle leva la tête vers le Gouverneur. « C'est comment ? » demanda-t-elle à mi-voix.

Il ne parut pas l'entendre. « Ne me touchez pas. Allez vous nettoyer et mettre un pansement autour. Pouah ! Je ne peux même pas regarder. Allez-vous-en. »

Elle se détourna, replia le chiffon et le pressa sur son front. Le linge se satura rapidement. Un liquide rosâtre coula sur son poignet jusqu'à son coude. Et ça ne s'arrêtait pas. Elle fila s'asseoir à côté de Keki, en quête d'un peu de camaraderie. Elle était trop effrayée pour pleurer. « Et si je meurs à cause de ça ? » gémit-elle. Keki ne réagit pas. Malta lui jeta un coup d'œil puis la dévisagea de plus près.

La Compagne était morte.

Sur le pont, un matelot cria quelque chose d'une voix surexcitée. D'autres lui firent écho. Le Gouverneur s'assit brusquement sur sa paillasse. « Le navire ! Ils hèlent le navire ! Peut-être y aura-t-il maintenant une nourriture convenable et du vin. Malta, allez me chercher... oh, qu'avez-vous ? » Il lui lança un regard irrité puis suivit la direction de ses yeux, vers le corps de Keki. Il soupira. « Elle est morte, n'est-ce pas ? » Il secoua tristement la tête. « C'est bien fâcheux ! »

*

Sérille avait ordonné qu'on lui apportât son déjeuner dans la bibliothèque. Elle l'attendit avec une impatience qui ne devait rien à la faim. La servante tatouée le disposa devant elle avec une application pleine de déférence qui portait sur les nerfs de la Compagne.

« Laissez, dit-elle presque sèchement alors que la servante s'apprêtait à verser le thé. Je m'occuperai du reste. Vous pouvez aller. N'oubliez pas que je ne veux pas être dérangée.

— Oui, maîtresse. » La femme baissa la tête stoïquement et se retira.

Sérille se força à rester immobile devant la table jusqu'à ce qu'elle entende la porte se refermer. Alors elle se leva vivement, traversa la pièce à pas de loup et mit le loquet. Un domestique avait écarté les rideaux, laissant pénétrer l'humidité et le vent du dehors. Elle les tira et s'assura que les bords se chevauchaient. Quand elle eut la certitude que personne ne pouvait pénétrer dans la pièce ni l'espionner, elle revint à la table. Dédaignant le repas, elle prit la serviette et, pleine d'espoir, elle la secoua.

Rien.

La déception l'étreignit. La dernière fois, le billet avait été plié discrètement dans la serviette. Elle ignorait comment Mingslai s'était arrangé mais elle avait espéré qu'il la recontacterait. Elle avait répondu par un message, laissé sous un pot de fleurs dans le potager abandonné, derrière la maison, selon ses indications. Elle avait constaté plus tard que le billet avait disparu. Mingslai aurait déjà dû répondre.

A moins que tout ceci n'ait été qu'un piège combiné par Roed. Il soupçonnait tout et tout le monde. Il avait découvert le pouvoir de la cruauté qui le corrompait rapidement. Il était incapable de garder un secret mais il accusait tout le monde d'être à l'origine des rumeurs qui infectaient et terrorisaient Terrilville. Il se rengorgeait en évoquant le sort qui frappait ceux qui s'opposaient à lui, tout en n'avouant jamais y avoir directement part. « Le fils Duicker s'est fait rosser pour son insolence. Justice a été faite. » Peut-être pensait-il, par ce genre de phrases, l'assujettir plus sûrement. Mais cela produisait l'effet contraire. Elle se sentait si glacée, si dégoûtée qu'elle était prête à tout désormais pour se libérer.

Lorsque lui était parvenu le premier billet de Mingslai, proposant une alliance, elle avait été stupéfiée par son audace. Le papier avait glissé de la serviette sur ses genoux au cours d'un dîner avec les chefs du Conseil, mais si l'un d'eux avait été le messager, il n'en paraissait rien. Ce devait être un domestique. Il n'est pas difficile d'acheter ces gens-là.

La réponse qu'elle devait donner la taraudait. Il lui avait fallu une journée pour se décider et quand elle avait enfin rédigé son billet, elle s'était demandé s'il n'était pas trop tard. Elle savait qu'on avait trouvé son message. Pourquoi n'avait-il pas répondu ?

S'était-elle montrée trop prudente dans sa réaction ? Mingslai, lui, ne l'avait pas été. Le marché qu'il proposait sans détour l'avait tellement ahurie qu'elle avait eu toutes les peines du monde à converser avec ses hôtes pendant le reste de la soirée. Mingslai commençait par protester de sa loyauté à l'égard du Gouverneur et de sa représentante. Puis il se lançait dans une série d'accusations contre ceux qui manquaient à cette même loyauté. Il ne mâchait pas ses mots en révélant que des « Nouveaux Marchands félons » avaient eu l'intention de s'emparer du Gouverneur dans la maison de Davad et qu'ils avaient même eu le soutien des nobles de Jamaillia et des mercenaires chalcédiens à leur solde. Mais le projet avait fait long feu. Appâtés par la promesse d'un pillage immédiat, les Chalcédiens qui avaient attaqué Terrilville avaient trahi l'alliance. Les nobles jamailliens qui les avaient soutenus étaient plongés dans leurs propres conflits internes.

Des imposteurs et des imbéciles prétendaient que les conspirateurs jamailliens allaient armer une flotte pour les aider et renforcer leur mainmise sur Terrilville. Mingslai estimait la chose improbable. Les traditionalistes à Jamaillia étaient plus puissants que ne l'avaient cru les conspirateurs. Le complot avait piteusement échoué, à la fois à Jamaillia et à Terrilville, grâce à l'intervention de la Compagne. On savait avec quelle hardiesse elle avait enlevé le Gouverneur. Le bruit courait qu'il se trouvait désormais sous l'aile protectrice de la famille Vestrit.

Dans sa lettre bien rédigée aux termes mûrement pesés, Mingslai poursuivait en affirmant que les Nouveaux Marchands honnêtes, dont il était lui-même, étaient plus que désireux de laver leurs noms de tout soupçon et de récupérer leurs investissements à Terrilville. La Compagne avait eu le courage de reconnaître l'innocence de Davad Restart, ce qui leur avait mis à tous du baume au cœur. La logique la plus élémentaire voulait que, si Davad était innocent, ses anciens partenaires le soient aussi. Ces Nouveaux Marchands honnêtes, qu'on avait mal jugés, étaient fort impatients de négocier une paix avec les Premiers, et d'établir leur fidélité sans faille au Gouverneur.

Ensuite, il exposait son marché. Les Nouveaux Marchands « loyalistes » souhaitaient que Sérille intercède en leur faveur auprès du Conseil mais elle devait au préalable se débarrasser de cette « tête brûlée sanguinaire », Roed Caern. Ce n'était qu'à cette condition qu'ils traiteraient avec elle. En échange, Mingslai et ses loyalistes lui fourniraient la liste des Nouveaux Marchands qui avaient comploté contre le Gouverneur. La liste comprendrait les noms des conspirateurs jamailliens haut placés ainsi que les seigneurs chalcédiens impliqués. Il insinuait, sans grande subtilité, que cette liste, gardée secrète, avait une valeur considérable. Une femme en possession d'une telle information pourrait vivre dans l'aisance et l'indépendance jusqu'à la fin de ses jours, qu'elle décide de rester à Terrilville ou de retourner à Jamaillia.

Mingslai était très bien renseigné sur elle.

Dans sa réponse, Sérille s'était montrée réservée. Elle n'avait pas nommé le destinataire, elle n'avait pas signé. Sur une simple feuille de papier elle avait succinctement reconnu qu'elle trouvait la proposition intéressante et tentante. Elle avait insinué que certains de ses « alliés du jour » seraient accessibles à la négociation. Pourrait-il fixer une heure et un lieu de rendez-vous ?

En rédigeant le billet, elle s'était appliquée à réfléchir froidement. Dans ce genre de manœuvres politiques, il ne s'agissait pas de vérité, et guère plus de morale. Seules comptaient la position et l'attitude. Elle avait appris cette leçon du vieux Gouverneur. Aujourd'hui, elle tâchait d'appliquer la lucidité du vieux souverain à la situation. Mingslai avait été impliqué dans le complot visant à enlever le Gouverneur. Sa connaissance approfondie des faits le trahissait. Mais sa fortune avait tourné et il souhaitait maintenant renverser ses alliances. Elle l'y aiderait dans la mesure du possible. Il ne pouvait y avoir que profit pour elle, d'autant qu'elle était en train de faire la même chose. Elle utiliserait la coopération de Mingslai comme entremise pour asseoir son crédit auprès de Ronica Vestrit et des autres membres du Conseil qui partageaient ses opinions. Si elle déplorait que la Marchande ait quitté la maison, elle ne regrettait pas de l'avoir avertie et de lui avoir ainsi permis de s'enfuir : déjouer les projets de Roed Caern lui avait insufflé la petite dose de courage qui lui était nécessaire pour reprendre sa vie en main. Quand le moment serait venu, elle ferait savoir à Ronica quelle était celle qui l'avait aidée. Sérille eut un sourire sardonique. Elle pouvait, si elle le décidait, faire comme Mingslai : arranger tous ses actes de façon à se présenter sous un jour plus flatteur.

La Marchande lui aurait été bien utile à cette heure. Cet imbroglio d'accusations, de suspicions était difficile à démêler. Beaucoup de choses dépendaient de ce que Mingslai savait ou soupçonnait. Ronica avait le don de débrouiller tout cela.

Et le don de la faire réfléchir. Ses paroles lui revenaient sans cesse à l'esprit. Elle pouvait être façonnée par son passé sans en être prisonnière. A un certain moment, elle avait considéré ces mots sous le seul aspect du viol. Maintenant, adossée à son siège, elle élargit son interprétation. La Compagne du Gouverneur. Fallait-il que ce titre détermine son avenir ? Ou pouvait-elle l'écarter et devenir une femme indépendante de Terrilville ?

*

« Je suis désolé de vous presser », s'excusa Grag en pénétrant dans la chambre qu'occupait Reyn, les bras chargés de vêtements. Il referma la porte d'un coup de pied. « Mais les autres sont réunis et attendent. Certains sont ici depuis l'aube. Plus ils attendent, plus ils s'impatientent. Voici des vêtements secs. Vous devriez en trouver à votre taille. Les vôtres ne m'allaient pas mal quand j'ai joué au visiteur du désert des Pluies, pour le bal. » Il dut voir Reyn grimacer, car il se hâta d'ajouter : « Je regrette. Je n'ai pas encore eu l'occasion de vous en parler. Désolé pour ce qui s'est passé avec la voiture, et je regrette que Malta ait été blessée.

— Oui. Bon. Cela ne change pas grand-chose pour elle maintenant, je crois. » Reyn se rendit compte de la dureté de ses paroles. « Excusez-moi. Je ne peux pas... je ne peux pas en parler. » Il s'efforça de s'intéresser aux vêtements. Il prit une chemise à manches longues. Il n'y avait pas de gants ; il devrait remettre les siens qui étaient mouillés. Et le voile aussi. Peu importait. Rien n'importait vraiment.

« Malheureusement, vous allez être obligé d'en parler. » La voix de Grag était empreinte d'un regret sincère. « C'est votre lien avec Malta qui a attiré tout cela sur vous. Le bruit court en ville qu'elle a enlevé le Gouverneur, ou qu'elle a facilité sa fuite. Roed Caern a répandu la rumeur qu'elle l'a probablement livré aux Chalcédiens, parce qu'elle est chalcédienne elle-même, et…

— Taisez-vous ! » Reyn respira profondément. « Un instant, s'il vous plaît », dit-il d'une voix sourde. Quoique voilé, il tourna le dos à Grag. Il inclina la tête et serra les poings, espérant que les larmes ne couleraient pas, que sa gorge ne se serrerait pas à l'étouffer.

« Je suis désolé », répéta Grag.

Reyn soupira. « Non. C'est à moi de présenter des excuses. Vous ne savez pas, vous ne pouvez pas savoir par quoi je suis passé. Je suis même surpris que vous ayez entendu parler de quelque chose. Ecoutez. Malta est morte, le Gouverneur est mort. » Un rire saugrenu lui monta aux lèvres. « Je devrais être mort. Je me sens mort. Mais... non. Ecoutez. Malta s'est rendue dans la cité ensevelie à cause de moi. Il y avait un dragon. Le dragon était... entre deux vies. Dans un cercueil ou une sorte de cocon... je ne sais comment appeler ça. Le dragon me tourmentait, hantait mes rêves, influençait mes pensées. Malta le savait. Elle voulait que cela cesse.

— Un dragon ? » Le doute de Grag portait à la fois sur le mot « dragon » et la santé mentale de Reyn.

« Je sais que c'est une histoire de fous ! s'exclama-t-il farouchement. Ne me posez pas de questions et ne prenez pas cet air sceptique. Contentez-vous d'écouter. » Il relata rapidement tout ce qui s'était passé ce jour-là. En achevant son récit, il leva les yeux sous son voile pour soutenir le regard incrédule de Grag.

« Si vous ne me croyez pas, demandez au *Kendri*. Lui aussi il a vu le dragon. Cela... l'a changé. Depuis, il est morose, il recherche sans cesse l'approbation de son capitaine et sa proximité. Il nous a causé bien du souci. »

D'une voix radoucie, Reyn poursuivit : « Je n'ai pas revu Malta. Ils sont morts, Grag. Il n'y a pas eu de complot pour enlever le Gouverneur à Trois-Noues. Seulement une jeune fille qui a essayé de réchapper à un tremblement de terre. Elle n'a pas réussi. Nous avons fait des recherches le long du fleuve, deux fois. Aucune trace d'eux. L'eau a rongé le bateau et ils ont péri. C'est une horrible façon de se noyer.

— Par le souffle de Sâ ! dit Grag en frissonnant. Reyn, vous avez raison, je ne savais pas. A Terrilville, on n'entend que des rumeurs contradictoires. On a appris que le Gouverneur avait disparu ou péri dans le tremblement de terre. Puis on a dit que les Vestrit l'avaient enlevé pour le vendre aux Chalcédiens ou le livrer aux Nouveaux Marchands qui veulent l'assassiner. Ronica s'est cachée ici avec nous. Caern a fait courir le bruit qu'il fallait l'arrêter et la retenir prisonnière. En d'autres temps, nous aurions persuadé Ronica d'aller devant le Conseil et d'exiger d'être entendue. Mais dernièrement, il y a eu de terribles représailles contre les gens que Caern a accusés de trahison. Je ne sais pas pourquoi la Compagne lui fait une telle confiance. Le Conseil est divisé car certains affirment que nous devons l'écouter en sa qualité de représentante du Gouverneur, alors que mon père et moi nous estimons qu'il est temps pour Terrilville de se faire sa propre opinion. »

Il respira. Doucement, comme s'il craignait de blesser davantage Reyn, il ajouta : « Roed dit que les Vestrit ont comploté avec les Chalcédiens. Selon lui, les pirates n'ont peut-être jamais pris leur vivenef, il insinue que Kyle Havre faisait partie de cette « conspiration », qu'il a emmené la *Vivacia* sur le fleuve du désert des Pluies pour aller chercher le Gouverneur et Malta. Nous sommes trop nombreux à savoir que c'est un mensonge, alors il a changé de refrain, en prétendant que ce n'était pas forcément une vivenef, mais un navire chalcédien, peut-être.

— Roed est un imbécile, intervint Reyn. Il ne sait pas de quoi il parle. Nous avons eu des vaisseaux, chalcédiens ou autres, qui ont tenté de remonter le fleuve. Mais l'eau les ronge. Ils ont usé de tous les moyens que nous savons bien être inefficaces : ils ont graissé les coques, les ont calfatées. Il y a même eu un navire recouvert de terre cuite. » Reyn secoua sa tête voilée. « Ils périssent tous, qui rapidement, qui lentement. D'ailleurs, il y avait des vivenefs qui patrouillaient à l'embouchure du fleuve depuis que tout a commencé. On les aurait vus. »

Grag fit la grimace. « Vous avez plus confiance que moi dans nos patrouilles. Il y a eu une attaque des navires chalcédiens. On les a débordés du port et, pendant notre absence, une autre vague est arrivée. Ça m'étonne que vous soyez passés aussi facilement. »

Reyn haussa les épaules. « Vous avez raison, j'imagine. Quand le *Kendri* a atteint l'embouchure, il n'y avait pas une seule vivenef en vue. Nous avons repéré plusieurs vaisseaux chalcédiens sur notre route. La plupart nous ont parés ; les vivenefs ont bonne réputation, maintenant, grâce à votre *Ophélie*. Un navire chalcédien a eu l'air de s'intéresser à nous, la nuit dernière, mais le *Kendri* l'a rapidement distancé. »

Un silence tomba entre eux. Reyn tourna le dos et retira sa chemise humide. Pendant qu'il en enfilait une sèche, Grag reprit : « Il se passe tant de choses, je ne saisis pas tout. Un dragon ? D'une certaine façon, il est plus facile de croire à l'existence d'un dragon qu'à la mort de Malta. Quand j'y pense, je ne garde que cette image d'elle, cette nuit-là, dans vos bras, sur la piste de danse. »

Reyn ferma les yeux. Un petit visage blanc tourné vers le ciel le regardait fixement depuis une coquille de noix emportée sur le fleuve. « Je vous envie », dit-il à mi-voix.

*

« C'est toi la Marchande des Vestrit. Tu décides pour la famille. Si tu ne souhaites pas être mêlée à tout ça, je comprends. Mais en ce qui me concerne, je reste ici. » Ronica respira. « Je prends cette position en mon nom seul. Mais sache, Keffria, que si tu décides d'aller au Conseil, je serai aussi à tes côtés. C'est toi qui dois faire part de notre point de vue là-bas. Le Conseil ne m'a pas laissée parler sur l'affaire de la mort de Davad. Ils refuseront certainement de m'entendre sur ce sujet. Néanmoins, je serai à tes côtés quand tu interviendras. Et j'en accepterai les conséquences.

— Et je raconterai quoi ? demanda Keffria sur un

ton las. Si je leur dis que je ne sais pas ce qu'il est advenu de Malta, sans parler même du Gouverneur, cela aura l'air d'une tromperie.

— Tu as une autre possibilité : Selden et toi pouvez fuir Terrilville. On vous laissera tranquilles, au moins un certain temps, à la ferme des Atres. A moins que quelqu'un ne décide de se gagner les bonnes grâces de Sérille et Caern en te donnant la chasse jusque là-bas. »

Keffria mit la tête dans ses mains. Indifférente à ce qu'on pourrait en penser, elle posa les coudes sur la table. « On n'agit pas de cette façon à Terrilville. On n'en viendra pas là. » Elle attendit une approbation mais personne ne répondit. Elle releva la tête et regarda les visages graves qui lui faisaient face.

Tout allait trop vite. On lui avait laissé le temps de prendre un bain, et elle avait passé une robe propre, empruntée aux femmes Tenira. Elle avait pris un repas frugal dans sa chambre puis on l'avait appelée à cette réunion. Elle n'avait eu que peu de temps pour parler avec sa mère. « Malta est morte », lui avait-elle dit quand Ronica l'avait accueillie en l'embrassant. Elle s'était raidie dans les bras de sa fille, avait fermé les yeux. Quand elle les avait rouverts, Keffria y avait lu le chagrin qu'elle éprouvait de la perte de sa rebelle petite-fille, un chagrin sans larmes qui étincelait comme de la glace, froid, inaltérable, infrangible. Un bref instant, elles avaient partagé leur douleur et, chose curieuse, cette minute avait ressoudé la fêlure qui les séparait.

Mais, alors que Keffria avait envie de se blottir quelque part dans un coin jusqu'à ce que passe cette souffrance incompréhensible, sa mère tenait absolument à ce que la vie continue. Pour elle, vivre signifiait aussi lutter, lutter pour Terrilville et l'avenir de Selden. Ronica l'avait accompagnée à sa chambre, l'avait aidée à se changer tout en lui exposant rapidement la situation. Les mots bourdonnaient aux oreilles de Keffria, glissaient sur elle : paralysie du Conseil ; terreur que faisaient régner Roed Caern et une poignée de jeunes Marchands sur ceux qui n'étaient pas d'accord avec leurs idées ; nécessité de créer une nouvelle instance dirigeante pour Terrilville, qui serait composée de tous les habitants. Une conférence sur la politique, c'était bien la dernière chose dont Keffria eût envie ou besoin à cette heure. Elle hochait machinalement la tête d'un air hébété jusqu'à ce que Ronica la quitte pour aller discuter avec Jani Khuprus. Un bref moment de paix et de solitude. Puis elle était descendue, accompagnée de Selden, pour trouver cette assemblée hétéroclite dans le grand salon de la demeure des Tenira.

Les gens réunis autour de l'immense table composaient un tableau insolite. Les Tenira occupaient une rangée de chaises, puis près d'eux s'alignaient les représentants de six familles de Marchands au moins, parmi lesquels Keffria reconnut Devouchet et Risch. Elle ne connaissait pas les noms des autres ; les présentations lui avaient échappé. Ensuite venaient deux femmes et un homme aux visages tatoués, et quatre personnes qui, à en juger par leur vêtement, étaient des immigrés de Trois-Navires ; puis Reyn et Jani, et, complétant le cercle, les trois Vestrit. Keffria se retrouva à la gauche de Naria Tenira. La Marchande avait tenu à ce que

Selden prît place autour de la table et l'avait exhorté à écouter de toutes ses oreilles. « C'est de ton avenir qu'il va être question, mon garçon. Tu es en droit d'assister à la séance. »

D'abord, Keffria avait cru que Naria cherchait simplement à inclure le petit garçon et à le rassurer sur son importance. Depuis qu'ils avaient quitté Trois-Noues, Selden était toujours dans les jupes de sa mère, il était devenu renfermé. Il paraissait beaucoup plus jeune que le garçon qui s'était si rapidement adapté à la cité dans les arbres. Maintenant, elle se demandait si les paroles de la Marchande Tenira n'étaient pas prophétiques. Selden écoutait avec une rare concentration. En le regardant, Keffria avoua : « Je suis trop fatiguée pour m'enfuir de nouveau. Quoi qu'il arrive, nous devons faire face.

— Faire face ne suffit pas, corrigea Naria. Il faut contester. La moitié des gens ici sont si empressés à se terrer dans les ruines qu'ils ne mesurent pas le pouvoir que Sérille et son lèche-bottes de Caern se sont arrogé. Nous avions bien commencé à rétablir l'ordre. Ensuite, les événements se sont précipités. Le Marchand Duicker a convoqué une réunion. Il avait entendu dire que Sérille négociait une trêve avec les Nouveaux Marchands, sans tenir aucun compte du Conseil. Les membres ont condamné cette initiative à l'unanimité. Caern a nié, au nom de Sérille. C'est alors qu'on s'est rendu compte qu'ils étaient devenus très proches. » Elle marqua une pause et reprit son souffle. « Duicker a été retrouvé plus tard, battu à mort, il n'a pas pu parler avant de mourir. Un autre chef du Conseil a vu sa grange incendiée. Dans les deux cas, on a accusé les Nouveaux Marchands et les esclaves, mais d'autres bruits plus sinistres encore courent en ville. »

Une esclave prit la parole. « Vous apprenez ce qui affecte les Marchands. Mais les Tatoués ont subi bien pire, dit-elle sur un ton sévère. Des gens ont été agressés alors qu'ils étaient sortis simplement pour faire du troc ou acheter à manger. Des familles entières ont été brûlées vives. Tous les crimes commis à Terrilville nous sont imputés, et on ne nous donne pas le moyen de prouver notre innocence. Caern et sa bande sont connus et redoutés de tous. Les familles de Nouveaux Marchands les plus vulnérables ont été attaquées chez elles. On met le feu la nuit à leurs maisons et les gens qui fuient, jusqu'aux enfants, tombent dans des embuscades. Une façon lâche et sournoise de faire la guerre. Nous ne portons pas les Nouveaux Marchands dans notre cœur, ils ont fait de nous des esclaves, mais nous ne voulons pas participer au massacre des enfants. » Elle soutint le regard des Marchands autour de la table. « Si vous n'êtes pas capables de maîtriser Caern et ses hommes de main, vous perdrez la possibilité de vous allier avec les Tatoués. Le bruit court parmi nous que le Conseil cautionne Caern. On dit que, quand les Marchands auront repris le contrôle de la ville, on nous embarquera de force avec les Nouveaux Marchands, et que nous retrouverons nos chaînes. »

Ronica secoua la tête. « Terrilville est devenue une ville fantôme, en proie aux rumeurs. Aux dernières nouvelles, Sérille aurait nommé Caern chef de la Garde municipale, et il aurait convoqué une réunion secrète avec les derniers chefs du Conseil. Ce soir. Si nous parvenons à un accord aujourd'hui, nous y assisterons tous, pour mettre un terme à ces folies et aux violences de Caern. Terrilville a-t-elle jamais été régie par des réunions secrètes ? »

Un barbu roux de Trois-Navires intervint. « Les faits et gestes du Conseil des Marchands ont toujours été tenus secrets pour nous. »

Keffria le regarda, perplexe. « Il en a toujours été ainsi. Les affaires des Marchands ne concernent qu'eux », expliqua-t-elle simplement.

L'homme rubicond s'empourpra davantage. « Gouverner la ville entière, c'est ce que vous appelez les affaires des Marchands. C'est ce qui force les gens de Trois-Navires à vivre en marge. » Il secoua la tête. « Si vous voulez qu'on soit de votre côté, alors il faut que ce soit *à votre côté*. Pas derrière un mur, ni au bout d'une laisse. »

Elle le regarda, les yeux écarquillés, dans une totale incompréhension. Un trouble profond l'envahissait. On était en train de démanteler la Terrilville qu'elle avait connue et les gens dans cette pièce paraissaient disposés à accélérer le processus. Sa mère et Jani Khuprus étaient-elles devenues folles ? Allait-on détruire Terrilville en voulant la sauver ? Songeait-on sérieusement à partager le pouvoir avec des esclaves affranchis et des pêcheurs ?

Jani Khuprus prit calmement la parole. « Je sais que mon amie Ronica Vestrit partage votre sentiment. Elle m'a dit que les habitants de Terrilville qui ont les mêmes buts doivent s'allier, qu'ils soient ou non Marchands. »

Elle marqua une pause, et tourna son visage voilé pour embrasser du regard l'assistance autour de la table. « Malgré tout le respect que je porte aux gens présents ici, et aux opinions d'amis très chers, je ne sais si c'est possible. Les liens de sang qui unissent les Marchands de Terrilville à ceux du désert des Pluies sont anciens. » Elle s'interrompit. Elle haussa les épaules de façon éloquente. « Comment peut-on offrir cette loyauté à d'autres ? Peut-on l'exiger en retour ? Vos groupes sont-ils disposés à forger des liens aussi forts et à s'y soumettre comme nous, nous nous y soumettons nous-mêmes et les enfants de nos enfants ?

— Ça dépend. » Pelé Kelter ! Keffria se souvint subitement du nom du barbu. Il lança un coup d'œil aux esclaves, comme s'ils avaient déjà discuté du sujet entre eux. « Nous exigerons des contreparties en échange de notre loyauté. Je peux aussi les exposer maintenant. Elles sont simples et vous pourrez dire oui ou non. Si la réponse est non, je n'ai pas de raison de perdre une marée ici. »

Keffria songea alors à son père, qui répugnait tant à perdre son temps en simagrées.

Kelter attendit et, ne rencontrant pas d'objection, il déclara : « De la terre pour tous. On devrait être propriétaire du terrain sur lequel est bâtie notre maison, et je n'entends pas par là un bout de plage au sec. Nous sommes des gens de mer. Nous ne demandons guère plus qu'une parcelle suffisante pour y construire une maison convenable, un peu de terrain pour élever des poules, cultiver quelques légumes et ramender nos filets. Mais ceux qui ont le goût de cultiver ou d'élever du bétail auront besoin de plus. »

Il promenait le regard autour de la table pour guetter les réactions quand une Tatouée déclara : « Pas d'esclavage, dit-elle d'une voix enrouée. Que Terrilville devienne un endroit où les esclaves en fuite peuvent se réfugier sans craindre d'être rendus à leurs maîtres. Pas d'esclavage, et de la terre pour ceux qui vivent déjà ici. » Elle hésita puis lâcha résolument : « Et que chaque famille ait le droit de vote au Conseil.

— Les voix au Conseil ont toujours été de pair avec la propriété terrienne, fit remarquer Naria Tenira.

— Mais où cela nous a-t-il menés ? A ceci, à cette pagaille. Quand les Nouveaux Marchands ont réclamé le droit de vote en tant que propriétaires de terres achetées à des Premiers Marchands ruinés, nous avons été assez inconsidérés pour le leur octroyer. S'il n'y avait pas eu le Conseil, ce sont eux qui gouverneraient la ville, à l'heure qu'il est. » La voix douce et grave de Devouchet corrigeait ce que ses paroles pouvaient avoir de blessant.

« Nous avons toujours gardé le Conseil des Marchands indépendant », intervint Keffria. Elle se sentait influencée par ce qui venait d'être dit mais elle se devait, selon elle, de sauver les meubles pour Selden. Elle ne pouvait se contenter de rester sans rien faire, laisser le titre de Marchand se vider tout bonnement de son contenu. « Ne pouvons-nous le garder ainsi ? Avoir un Conseil où voteraient tous les propriétaires terriens et un Conseil indépendant pour les seuls Marchands ? »

Pelé Kelter croisa les bras. Sa voisine lui ressemblait beaucoup, elle devait être de sa famille, songea Keffria. « En ce cas, nous savons tous dans quelles mains restera le pouvoir réel, dit-il à mi-voix. Pas de bride. Le droit équitable à la parole.

— Nous avons entendu ce que vous demandez, mais pas ce que vous proposez », rétorqua un Marchand. Keffria admira la façon dont il avait éludé la remarque de Kelter tout en s'interrogeant sur ce qu'ils étaient en train de faire. A quoi bon soulever ces questions ? Personne ici n'avait le pouvoir de prendre des décisions définitives.

Pelé Kelter reprit : « Nous proposons des bras honnêtes, de l'énergie et un savoir-faire, et nous demandons la même chose. Etre sur un pied d'égalité pour partager le travail de reconstruction de la ville. Nous proposons de participer à sa défense, pas seulement contre les pirates et les Chalcédiens mais contre Jamaillia, si besoin est. Croyez-vous que le Trône de Perle va vous lâcher le collier sans broncher ? »

Tout à coup, Keffria saisit clairement les enjeux de la discussion. « Est-il question de nous séparer complètement de Jamaillia ? De rester seuls entre Jamaillia et Chalcède ?

— Et pourquoi pas ? demanda Devouchet. On a déjà soulevé la question, Marchande Vestrit. Votre propre père en parlait souvent en privé. Nous n'aurons pas de meilleure occasion. Est-ce un bien, est-ce un mal ? Le Gouverneur a péri. Le Trône de Perle est vacant. Les oiseaux en provenance de Jamaillia nous ont informés des troubles internes, fomentés par l'armée jamaillienne dont les soldes ne sont pas payées, d'une révolte des esclaves et même d'une condamnation de l'Etat par le Temple de Sâ, à Jamaillia. Le Gouvernorat est corrompu. Quand ils découvriront que le Gouverneur est mort, les nobles seront trop occupés à se disputer le pouvoir pour prêter attention à ce que nous faisons. Ils ne nous ont jamais traités en égaux. Pourquoi ne pas se libérer maintenant et faire de Terrilville un endroit où l'on pourra recommencer sa vie, où tous les hommes seront égaux ?

— Et les femmes aussi. » C'est sans doute la fille de Kelter, pensa Keffria. Ils avaient la même intonation de voix.

Devouchet la regarda avec surprise. « C'était une façon de parler, Eke, dit-il doucement.

— Une façon de parler devient vite une façon de penser. » Elle leva le menton. « Je ne suis pas ici seulement en tant que fille de Pelé Kelter. J'ai un bateau et des filets à moi. Si cette alliance se conclut, je veux de la terre à moi. Les gens de Trois-Navires savent que ce qu'on a dans la tête est plus important que ce qu'on a entre les jambes. Nous, femmes de Trois-Navires, ne céderons pas notre place à côté de nos hommes simplement pour avoir le plaisir de dire que nous faisons partie de Terrilville. Ça aussi, il faut bien le comprendre.

— Ce n'est que bon sens », affirma posément Grag Tenira. Il adressa un sourire chaleureux à Eke en ajoutant : « Voyez qui parle ici, autour de cette table. Les femmes fortes sont depuis longtemps dans notre tradition. Certaines d'entre elles sont présentes aujourd'hui. Cette tradition ne changera pas. »

Eke Kelter s'adossa à sa chaise. Avec naturel, elle rendit son sourire à Grag. « Je voulais seulement qu'on le précise tout haut », assura-t-elle. Elle lui fit un signe de tête et Keffria se demanda soudain s'ils n'étaient pas d'intelligence, tous les deux. Eke avait-elle parlé en sachant que Grag Tenira la soutiendrait ? Et la comptait-il, elle, Keffria, au nombre de ces femmes fortes ? Mais son intérêt retomba aussi subitement qu'il avait été éveillé. Elle prit une respiration et déclara : « Que faisons-nous ici ? Nous discutons d'accords mais aucun de nous n'a le pouvoir de rendre ces mesures exécutoires. »

Sa propre mère la contredit. « Ces derniers temps, nous avons autant de pouvoir que n'importe qui, et plus que le Conseil, car nous n'avons pas peur de l'exercer. Les membres du Conseil n'osent pas se réunir sans la permission de Sérille. Et elle n'ose pas la donner sans en référer à Caern. » Elle adressa à sa fille un sourire amer. « Nous sommes plus nombreux, Keffria, que ceux que tu vois ici. Nous ne pouvions tous nous rassembler de peur d'attirer l'attention. Un des chefs du Conseil est avec nous ; c'est lui qui nous a informés de la réunion secrète. Après ce soir, nous ne craindrons plus de nous rencontrer ouvertement. Notre force procède de notre diversité. Ceux d'entre nous qui ont été réduits en esclavage ont une connaissance approfondie des Nouveaux Marchands et de leurs propriétés. Les Nouveaux Marchands espèrent conserver ce dont ils se sont emparés avec l'aide des gens qu'ils ont tatoués. Les Tatoués affranchis vont-ils se battre pour leurs maîtres ? J'en doute. Quand les Nouveaux Marchands seront privés de leurs esclaves, leur nombre sera fortement réduit. De plus, ils ne défendent pas comme nous leurs familles et leurs foyers ; leurs foyers et leurs familles se trouvent à Jamaillia. Ils ont amené avec eux non leurs héritiers légitimes mais leurs maîtresses et leurs bâtards pour partager la vie précaire des Rivages Maudits. Jamaillia étant en proie à la révolte, les Nouveaux Marchands ne recevront pas d'aide de ce côté. Beaucoup vont se précipiter à Jamaillia pour défendre leurs biens ancestraux.

« Il faut aussi songer aux pirates. Il se peut que Jamaillia finisse par lever une armée pour nous ramener une fois de plus à l'obéissance, mais il lui faudra d'abord traverser les Iles des Pirates. Et ce n'est pas un voyage facile, je ne le sais que trop, malheureusement.

— Vous voulez dire que les Nouveaux Marchands ne constituent pas une menace pour Terrilville ? » demanda Jani Khuprus, sceptique.

Ronica eut un sourire amer. « Ils sont moins menaçants que certains voudraient nous le faire croire. Le danger le plus pressant vient de ceux qui, de l'intérieur, cherchent à corrompre les Marchands et nos coutumes. Ce soir, nous leur infligerons une défaite. Après quoi, le vrai péril, ce sera Chalcède, comme d'habitude. Pendant que Jamaillia se débat dans ses problèmes internes et que nous nous faisons la chasse les uns aux autres avec des épées, Chalcède a tout le loisir de débarquer et de nous asservir. » Elle parcourut du regard les gens autour de la table. « Mais si nous nous unissons, nous pouvons leur résister. Nous avons des navires, des vivenefs et les bateaux de Trois-Navires. Nous connaissons nos eaux mieux que personne.

— Vous parlez encore d'une cité unie contre Chalcède. Et sans doute contre Jamaillia, déclara un Marchand. Nous les tiendrions un certain temps en respect peut-être, mais à la longue ils pourraient nous affamer. Nous n'avons jamais été capables de vivre en complète autarcie. Et il nous faut des marchés pour écouler nos marchandises. » Il secoua la tête. « Nous devons conserver nos liens avec Jamaillia, même si cela implique de transiger avec les Nouveaux Marchands.

— Il faut transiger avec eux, approuva Ronica. Ils ne vont pas tous s'en aller comme ça. Faire des compromis incluant des accords commerciaux avec Jamaillia, pour un négoce équitable et libre. Mais ces compromis doivent être faits à nos conditions, pas aux leurs. Plus de fonctionnaires de taxes. Plus de taxes. » Elle chercha du regard un soutien dans l'assistance.

« Pas de compromis avec les Nouveaux Marchands. Une alliance. » Les regards stupéfaits se tournèrent vers Keffria. Elle était elle-même surprise de s'entendre parler, pourtant elle savait ses paroles dictées par la logique. « Nous devrions leur proposer de se joindre à nous ce soir quand nous ferons irruption à la réunion secrète de Sérille avec les chefs du Conseil. » Elle respira et franchit le pas. « Demandez-leur carrément de rompre avec Jamaillia, de se ranger à nos côtés et d'adopter nos coutumes. Si Terrilville doit s'unir, c'est aujourd'hui ou jamais. Maintenant. Nous devrions faire parvenir un message à cet ami de Davad... comment s'appelle-t-il ? Mingslai. Il paraît avoir de l'influence sur ses semblables. » Elle poursuivit d'une voix plus ferme : « L'unité est notre seul espoir face à Chalcède et à Jamaillia. Nous n'avons pas d'autres alliés. »

Un silence découragé accueillit ses paroles.

« Peut-être que le dragon nous aiderait. » La petite voix flûtée de Selden les fit sursauter.

Tous les regards convergèrent vers le garçon, assis très droit sur sa chaise. Les yeux grands ouverts, il ne regardait personne en particulier. « Le dragon pourrait nous protéger de Chalcède et de Jamaillia. »

Un silence embarrassé tomba. Enfin, Reyn prit la parole, d'une voix chargée d'émotion. « Le dragon ne se soucie pas de nous, Selden. Il l'a prouvé en laissant périr Malta. Oublie-le. Ou plutôt, souviens-t'en avec mépris.

— C'est quoi, cette histoire de dragon ? » demanda Pelé Kelter.

Naria fit remarquer doucement : « Le jeune Selden a été très éprouvé, dernièrement. »

Le garçon serra la mâchoire. « Croyez-moi. Et croyez le dragon. Il m'a transporté dans ses griffes, et j'ai vu le monde d'en haut. Savez-vous à quel point nous sommes petits, et pitoyables nos œuvres les plus prestigieuses ? J'ai senti son cœur battre. Quand il m'a touché, j'ai compris qu'il existait quelque chose au-delà du bien et du mal. Il... transcende. » Il avait les yeux perdus dans le vide. « Dans mes rêves, je vole avec lui. »

Un silence accueillit ces paroles. Les adultes échangeaient des regards amusés, agacés ou pleins de commisération. Keffria fut piquée par cette réaction à l'intervention de son fils. N'avait-il pas été éprouvé assez durement ?

« Le dragon est réel, déclara-t-elle. Nous l'avons tous vu. Et je suis d'accord avec Selden. Le dragon peut tout changer. » Ces paroles les scandalisèrent mais le regard que Selden lui lança la paya de son audace. Il y avait bien longtemps que son fils ne l'avait regardée avec des yeux aussi brillants.

« Je ne doute pas que les dragons soient réels, intervint précipitamment Kelter. J'en ai vu moi-même, il y a quelques années, quand je naviguais loin au nord. Ils nous ont survolés, ils étaient comme des joyaux chatoyant dans le soleil. Castelcerf les avait rassemblés pour combattre les Outrîliens.

— Cette vieille fable », marmonna quelqu'un. Pelé lui décocha un regard noir.

« Ce dragon est le dernier de son espèce. Il a éclos dans les ruines des Anciens, juste avant que le marécage n'engloutisse la cité, déclara Reyn. Mais il n'est pas notre allié. C'est une créature perfide et égoïste. »

Keffria regarda autour d'elle. L'incrédulité prévalait. Les joues roses, Eke proposa : « Peut-être devrions-nous en revenir à notre discussion sur les Nouveaux Marchands. »

Son père donna une grande claque sur la table de sa large paume. « Non. Je comprends maintenant que j'ai besoin de savoir tout ce qui s'est passé dans le désert des Pluies. Nous avons été trop longtemps tenus dans l'ignorance de ce qu'il y a en amont du fleuve. Que ce soit le premier gage de franchise de la part des Marchands à leurs nouveaux alliés. Je veux un récit complet de cette histoire de dragon, et la fin de Malta Vestrit et du Gouverneur. »

Un silence pesant accueillit ces paroles. Seul le rapprochement des têtes voilées de Reyn et de sa mère indiqua qu'ils se consultaient. Les autres Marchands autour de la table gardaient leur mutisme ancestral. Ils avaient tort, Keffria s'en rendait compte. Mais elle n'y pouvait rien. Le désert des Pluies devait seul décider de se révéler, ou de demeurer secret. Reyn se renversa en arrière. Il croisa les bras.

« Très bien, alors », déclara Pelé Kelter d'une voix morne. Il posa sur la table ses larges mains, rougies par le labeur, et repoussa sa chaise pour se lever.

Selden jeta un coup d'œil à sa mère, lui pressa brièvement la main et se mit debout à côté de sa chaise. Cela ne le grandissait guère mais l'expression de son visage en imposait. « Tout a commencé, fit la voix juvénile et flûtée, quand j'ai dit à Malta que je connaissais une entrée secrète pour pénétrer dans la cité des Anciens. »

Toutes les têtes se tournèrent vers le petit garçon. Il croisa le regard étonné de Pelé Kelter. « C'est autant mon histoire que celle des autres. Les Marchands de Terrilville et du désert des Pluies sont parents. Et j'étais là-bas. » Il défia Reyn du regard. « C'est autant mon dragon que le vôtre. Vous vous êtes peut-être retourné contre lui mais moi pas. Il nous a sauvé la vie. » Il prit une inspiration. « Il est temps de partager nos secrets, c'est ainsi qu'on pourra survivre. » Il promena les yeux autour de la table.

D'un geste brusque, Reyn retira son voile. Il rejeta son capuchon, secoua ses cheveux bruns et bouclés. De ses yeux cuivrés il scruta tous les visages, invitant chacun à contempler les écailles qui soulignaient à présent ses lèvres, ses sourcils et le bourrelet de peau grêlée qui marquaient son front. Quand il arriva à Selden, son regard était empreint de respect. « L'histoire remonte beaucoup plus loin que la mémoire de mon jeune cousin, dit-il à mi-voix. J'avais à peu près la moitié de l'âge de Selden quand mon père m'a emmené dans la salle souterraine du dragon. »

3

Partage

« Ma foi, je n'en sais trop rien. » Brashen se tenait sur le gaillard d'avant à côté d'elle. La brume du soir faisait boucler ses cheveux et emperlait sa veste de gouttelettes argentées. « Tout paraît différent, maintenant. Ce n'est pas seulement la mouscaille, mais le niveau des eaux, le feuillage, les contours du rivage. Tout était différent dans mon souvenir. » Il avait les mains posées sur la lisse, toutes proches de celles d'Althéa. Elle s'enorgueillit de pouvoir résister à la tentation de le toucher.

« On pourrait simplement mouiller ici. » Elle parlait doucement mais sa voix portait bizarrement dans la brume. « Attendre qu'un navire entre ou sorte. »

Brashen secoua lentement la tête. « Je ne veux pas être provoqué ni abordé. Cela nous arrivera peut-être de toute façon à Partage, mais je ne tiens pas à avoir l'air d'avancer à l'aveuglette. On va pénétrer dans le chenal et le remonter en jouant les arrogants et les malins, et mouiller à Partage comme si on était sûrs de l'accueil. Si je leur fais l'effet d'un bravache et d'un imbécile, ils baisseront plus vite leur garde. » Il lui glissa un sourire en coin dans l'obscurité croissante. « Je ne devrais pas me forcer beaucoup pour leur donner cette impression. »

Ils étaient mouillés au large d'une côte marécageuse et boisée. Les pluies hivernales avaient grossi les cours d'eau qui débordaient. A marée haute, les eaux douce et salée se mêlaient dans les marais saumâtres. Dans l'obscurité grandissante, les arbres, vivants et morts, surgissaient des brumes flottantes. Des déchirures révélaient par intermittence des murailles denses de troncs entremêlés de lianes pendantes, drapés de mousse. La forêt tropicale s'avançait jusqu'au rivage. En scrutant attentivement, Brashen et Althéa avaient repéré plusieurs percées, chacune pouvant être l'embouchure étroite du fleuve qui serpentait jusqu'au lagon stagnant donnant sur Partage.

Une nouvelle fois, Brashen examina en plissant les yeux le lambeau de toile qu'il tenait à la main. C'était le croquis sommaire qu'il avait fait quand il était second sur la *Veille du Printemps*. « Ça devrait indiquer un banc de varech découvert à marée basse, je crois. » Il jeta un coup d'œil alentour. « Je ne sais vraiment pas, confessa-t-il à mi-voix.

— Choisis-en un, proposa Althéa. Le pire pour nous, c'est de perdre du temps.

— Le *mieux* pour nous, c'est de perdre du temps, corrigea-t-il. Le pire est considérablement pire. On peut se retrouver coincés dans un bras de mer à fond vaseux et y rester échoués. » Il respira profondément. « Mais je décide et on prend le risque. »

Le navire était très silencieux. Sur ordre du capitaine, l'équipage se déplaçait sans bruit et ne parlait qu'en chuchotant. Aucune lumière. Parangon lui-même tâchait d'étouffer les petits craquements de ses membrures. La toile avait été carguée et ferlée. Les sons portaient trop bien dans cette brume. Brashen voulait être en mesure d'entendre si un autre navire approchait. Ambre apparut silencieusement à côté d'eux, comme un fantôme.

« Si nous avons de la chance, la brume se lèvera un peu dans la matinée, fit observer Althéa avec espoir.

— Il est plus probable que la mouscaille s'épaississe, répliqua Brashen. Mais on va attendre le jour avant de tenter le coup. Là-bas. » Il pointa le doigt et Althéa dirigea le regard sur le point indiqué. « Je crois que c'est l'entrée du chenal. On y va à l'aube.

— Vous n'êtes pas sûr ? chuchota Ambre, consternée.

— Si Partage était facile à trouver, la place forte des pirates n'en aurait pas réchappé pendant toutes ces années, fit remarquer Brashen. Cet endroit a ceci de particulier, justement, qu'on ne penserait jamais à le chercher si on ignore son existence.

— Peut-être, commença Ambre en hésitant, peut-être qu'un des esclaves affranchis pourrait nous aider. Ils viennent des Iles des Pirates... »

Brashen secoua la tête. « J'ai demandé. Ils prétendent ne pas connaître du tout Partage, ils nient même avoir été pirates. Interrogez-les. Ils étaient fils d'esclaves marrons qui se sont installés dans les Iles des Pirates pour recommencer leur vie. Les Chalcédiens ou les Jamailliens les ont capturés, tatoués et vendus à Jamaillia. De là, on les a amenés à Terrilville.

— Est-ce si difficile à croire ? questionna Ambre.

— Nullement, répondit Brashen sur un ton dégagé. Mais un gamin se fait presque toujours une idée générale de la ville où il grandit. Ces gars-là protestent trop de leur ignorance pour que je n'aie pas de doute de leurs histoires.

— Ce sont de bons marins, ajouta Althéa. Je m'attendais à des ennuis quand ils ont intégré mon quart mais il n'en a rien été. Ils auraient préféré rester entre eux, je ne les ai pas laissés faire et ils n'ont pas résisté. Ils y mettent de la bonne volonté, comme quand ils sont venus travailler secrètement à bord. Harg est mécontent, je crois, d'avoir perdu un peu de son autorité sur les autres ; dans mon quart, ils ne sont que des matelots, sur un pied d'égalité avec les autres. Mais ce sont de bons marins... un peu trop bons pour que ce soit leur premier voyage. »

Ambre soupira. « J'avoue que, quand je leur ai proposé de les amener à bord et que je leur ai donné la possibilité d'échanger leur labeur contre une chance de retourner chez eux, je n'ai pas pensé qu'ils pourraient être tiraillés entre deux camps. Aujourd'hui, cela paraît évident.

— Tu as été éblouie par l'occasion qui se présentait de rendre service. » Althéa lui sourit et lui donna une bourrade amicale. Ambre lui rendit un sourire entendu. Althéa se sentit gênée.

« Aurai-je l'audace de demander si Lavoy ne pourrait pas nous aider ? » poursuivit doucement Ambre.

Althéa secoua la tête devant le silence de Brashen. « Les cartes de Brashen, nous n'avons que ça. Avec le changement de saison et l'instabilité des îles, ça devient délicat.

— Je doute parfois que ce soient bien ces marais-là, ajouta-t-il avec aigreur. Il pourrait très bien s'agir d'un autre fleuve.

— Ce sont bien ces marais-là. » La voix grave de Parangon, très basse, se réduisait presque à une vibration. « C'est même la bonne embouchure. J'aurais pu te le dire il y a des heures si on s'était avisé de me le demander. »

Les trois humains se figèrent dans une immobilité absolue comme si bouger ou parler risquait de rompre quelque sortilège. Le soupçon qu'Althéa nourrissait depuis toujours mijotait dans sa tête.

« Tu as raison, Althéa. » Le navire répondait à sa pensée non formulée. « Je suis déjà venu ici. Je connais suffisamment Partage pour pouvoir y arriver par la nuit la plus noire, quelle que soit la marée. » Son rire profond fit vibrer tout le gaillard d'avant. « J'avais perdu la vue avant d'avoir remonté le fleuve la première fois, alors que j'y voie ou non ne change pas grand-chose. »

Ambre se risqua à dire tout haut : « Comment peux-tu savoir où nous sommes ? Tu as souvent répété que tu avais peur de naviguer en pleine mer à cause de ta cécité. Pourquoi n'as-tu plus peur maintenant ? »

Il émit un gloussement indulgent. « Il y a une grande différence entre la pleine mer et l'embouchure d'un fleuve. La vue, ce n'est pas le seul sens. Tu ne sens pas la puanteur de Partage ? Les feux de bois, les latrines, le charnier où ils brûlent leurs morts ? Quand ce n'est pas l'air, c'est le fleuve qui m'apporte le goût aigre de

Partage. Par toutes les fibres de mon bordage, je goûte l'eau du lagon, épaisse et verte. Je ne l'ai jamais oubliée. Elle est aussi limoneuse aujourd'hui qu'au temps du règne d'Igrot.

— Tu pourrais nous y conduire, même dans la nuit la plus noire ? demanda Brashen sur un ton circonspect.

— Je l'ai dit. Oui. »

Althéa attendait. Croire Parangon ou le craindre ? Se livrer à sa merci ou patienter jusqu'à l'aube et remonter à l'aveuglette le fleuve embrumé... Elle sentait qu'il les mettait à l'épreuve. Elle se félicita, soudain, de n'être pas le capitaine. Elle n'aurait pas aimé avoir à adopter cette décision.

Il faisait si noir à présent qu'elle distinguait à peine son profil. Elle le vit qui haussait les épaules en prenant une respiration. « Tu voudrais nous y conduire, Parangon ?

— Je veux bien. »

*

Ils travaillèrent dans le noir, sans falots, ils déferlèrent, hissèrent la toile, dérapèrent l'ancre. Il était ravi de les sentir qui couraient dans tous les sens, dans l'obscurité, aussi aveugles que lui. Ils virèrent au cabestan sans dire un mot, on n'entendait que le grincement des barres d'anspect et le cliquètement des chaînes. Il ouvrit ses sens à la nuit. « A tribord. Juste un poil », dit-il doucement, alors qu'ils hissaient la toile et que le vent lui donnait la tosse, et il entendit qu'on relayait l'ordre en chuchotant tout le long du pont.

Brashen était à la barre. C'était bon de sentir ses

mains fermes dessus ; encore mieux d'être celui qui décidait de la direction à prendre, de deviner les marins sauter à ses ordres. Qu'ils voient un peu quel effet ça fait d'être obligé de se mettre à la merci de quelqu'un qu'on redoute. Car ils le redoutaient tous, même Lavoy. Celui-là, il faisait de beaux discours sur l'amitié qui transcende le temps ou l'espèce, mais dans ses entrailles, le second craignait le navire bien plus que n'importe qui à bord.

Et ils font bien, pensait Parangon avec satisfaction. S'ils connaissaient ma vraie nature, ils se pisseraient dessus de terreur. Ils se jetteraient dans l'abîme en piaillant et s'estimeraient bien lotis. Parangon leva les bras très haut et écarta les doigts. Piètre comparaison, ce vent humide qui glissait sur ses mains alors que ses voiles le poussaient vers l'embouchure, mais elle suffisait à conforter son âme. Il n'avait pas d'yeux, il n'avait pas d'ailes mais son âme était toujours l'âme d'un dragon.

« C'est beau », lui dit Ambre.

Il sursauta. Bien qu'elle fût depuis longtemps à bord, elle demeurait encore parfois transparente pour lui. Elle était la seule dont il ne pouvait sentir la peur. Il arrivait qu'il partage ses émotions, mais il n'avait jamais accès à ses pensées, et quand il saisissait un soupçon de ses sentiments, il devinait que c'était parce qu'elle y consentait. En conséquence, ses paroles le déroutaient plus que le discours des autres. Elle était la seule à pouvoir lui mentir. Lui mentait-elle maintenant ?

« Qu'est-ce qui est beau ? » demanda-t-il à mi-voix. Elle ne répondit pas. Il se concentra sur sa tâche.

Brashen voulait qu'il remonte le fleuve aussi silencieusement que possible. Il souhaitait que Partage se réveille demain en le découvrant ancré dans le port. L'idée séduisait le navire. Qu'ils en restent bouche bée, qu'ils crient en le voyant revenu d'entre les morts. Si quelqu'un se souvenait encore de lui là-bas.

« La nuit est belle, dit enfin Ambre. Et nous sommes beaux dans la nuit. Il y a une lune, quelque part au-dessus de nous, qui fait luire la brume comme de l'argent. Ici et là, je distingue des parties de toi. Un chapelet de gouttelettes d'argent sur une aussière tendue. Une déchirure dans la brume et des rayons de lune éclairent notre route sur le fleuve. Tu glisses si doucement, sans à-coups. L'eau contre ta proue, qui ronronne comme un chat, et le vent qui nous fait taire. Le fleuve est si étroit ici ; on dirait qu'on coupe à travers la forêt, qu'on fend les arbres pour passer. Le même vent qui nous pousse fait bruire les feuilles. Cela fait si longtemps que je n'ai pas entendu le vent dans les arbres, senti les odeurs de la terre. C'est comme si j'étais dans un rêve argenté sur un vaisseau magique. »

Parangon se surprit à sourire. « Je *suis* un vaisseau magique.

— Je sais. Oh, je le sais bien, va, que tu es une merveille. Par une nuit comme celle-là, alors que tu files silencieux dans le noir, j'ai l'impression que tu pourrais déployer tes ailes et nous emporter haut dans le ciel. Tu ne ressens pas ça, Parangon ? »

Bien sûr que si. L'inquiétant, c'était qu'elle le ressente aussi, et qu'elle l'exprime. Il éluda la question. « Ce que je sens, c'est que le chenal est plus profond à tribord. Dirige-moi doucement dessus. Juste un peu. Je te dirai quand. »

Lavoy arriva sur le pont. Parangon le perçut qui arpentait l'arrière, où Brashen tenait la barre. Sa démarche était furieuse, agressive. Serait-ce pour ce soir ? Parangon éprouva une crispation fébrile. Ce soir, peut-être, les deux mâles allaient se défier, ils se tourneraient autour et frapperaient, ils échangeraient des coups jusqu'à ce que l'un des deux demeure étendu pour le compte, dans son sang. Il tendit l'oreille, curieux de ce qu'allait dire Lavoy.

Mais ce fut Brashen qui parla le premier. Sa voix grave et douce porta le froid jusqu'au cœur du bois de Parangon. « Qu'est-ce qui vous amène sur le pont, Lavoy ? »

Parangon sentit l'hésitation du second. Peur, incertitude, ou simple stratégie ? Il n'aurait su le dire. « Je croyais qu'on restait au mouillage toute la nuit. Le mouvement m'a réveillé.

— Et maintenant que vous avez vu où nous en sommes ?

— C'est de la folie. On peut toucher le fond à tout moment, et alors on sera une proie facile pour celui qui tombera sur nous. On devrait mouiller maintenant, si on le peut sans risque, et attendre demain matin. »

Une pointe d'amusement perça dans le ton de Brashen. « Vous n'avez pas confiance dans notre navire pour nous guider, Lavoy ? »

Le second baissa la voix jusqu'au murmure et siffla une réponse. Parangon sentit un picotement de colère. Lavoy ne chuchotait pas pour faire plaisir à Brashen ;

il chuchotait parce qu'il ne voulait pas que Parangon sache ce qu'il pensait vraiment.

Au contraire, le capitaine s'exprimait distinctement. Savait-il que Parangon entendait chaque mot ? « Je ne suis pas d'accord, Lavoy. Oui, je lui fais confiance. Et ce depuis le début du voyage. Il y a des amitiés qui vont au-delà de la folie ou de la raison. Maintenant que vous avez exprimé votre opinion sur le bon sens de votre capitaine et la fiabilité de votre navire, je vous suggère de vous retirer dans votre cabine jusqu'à l'heure de votre quart. Je vous réserve des tâches particulières demain. Qui peuvent se révéler fatigantes. Bonne nuit. »

Lavoy s'attarda quelques instants. Parangon imaginait bien leur attitude : babines retroussées, ailes légèrement soulevées, leurs longs cous puissants ployés prêts à l'attaque. Mais cette fois le provocateur détourna les yeux, courba la tête, baissa les ailes. Il s'éloigna lentement, manifestant sa soumission de mauvaise grâce. Le mâle dominant le suivit du regard. Les yeux de Brashen étincelaient-ils, roulaient-ils de triomphe ? Ou savait-il que ce duel n'était pas réglé, qu'il était simplement différé ?

*

Ils mouillèrent bien avant l'aube. Depuis qu'ils avaient quitté l'embouchure, on n'avait guère entendu d'autre bruit que le cliquètement de la chaîne d'ancre. Ils avaient accosté en douceur dans le port, pas trop près des trois autres navires qui étaient amarrés au quai. Tout était silencieux à bord des vaisseaux. Malheur à ceux qui étaient de quart ; gare à la punition demain ! Brashen avait envoyé l'équipage en bas sauf le quart de rade, soigneusement sélectionné. Puis il avait ordonné à son lieutenant de venir le rejoindre sur la dunette.

Brashen se tenait près du garde-corps et contemplait les lumières de Partage. Elles miroitaient comme des yeux jaunes à travers la brume, clignotaient puis scintillaient quand les vapeurs flottaient et se déplaçaient. Une lumière en particulier l'intriguait, qui brillait plus vivement et beaucoup plus haut que les autres. Quelqu'un avait-il laissé une lanterne au faîte d'un arbre ? Cette réponse était absurde, et il l'écarta. A l'aube le mystère s'éclaircirait sans doute. Les lumières éparses ne correspondaient pas tout à fait au souvenir qu'il gardait de la ville mais le brouillard y était sûrement pour quelque chose. Partage, de nouveau. L'infecte petite ville ne dormait jamais. La brume portait à ses oreilles des bruits déformés. Des cris joyeux, une bribe de chanson d'ivrogne, un aboiement de chien. Brashen bâilla. Il hésita à prendre quelques heures de sommeil avant que l'aube ne révèle le *Parangon* et son équipage aux yeux de Partage.

Des pieds nus s'approchèrent doucement derrière lui. « Elle n'est pas là, chuchota Althéa, déçue. En tout cas, je ne l'ai pas vue dans le port…

— Non. Je ne crois pas que Vivacia soit ici cette nuit. Ç'aurait été trop beau. Mais elle y était la dernière fois que je l'ai vue et elle va probablement revenir. Patience. » Il se tourna vers elle. Dans la brume qui les dissimulait, il se risqua à lui prendre la main et à l'attirer vers lui. « Qu'est-ce que tu imaginais ? Qu'on la trouverait ici, ce soir, et qu'on arriverait d'une façon ou d'une autre à la faire sortir discrètement sans se battre ?

— Un rêve d'enfant », convint Althéa. Elle posa brièvement le front sur son épaule. Il eut une envie irrésistible de la prendre dans ses bras et de l'enlacer.

« Alors, traite-moi d'enfant, car j'ai fait le même rêve. J'ai espéré que, pour une fois, ça pourrait être simple et facile pour nous. »

Elle se redressa avec un soupir, et s'écarta de lui. La nuit humide se fit plus froide encore.

La mélancolie l'étreignit. « Althéa ? Tu crois qu'il y aura un jour quelque part où ça sera simple et facile pour nous ? Un jour où je pourrai me promener dans la rue avec toi à mon bras, aux yeux de tous ? »

Elle répondit posément : « Je m'interdis de me projeter si loin dans l'avenir.

— Moi non, dit Brashen sans détour. J'ai imaginé que tu prendrais le commandement de Vivacia et que, moi, je continuerais avec Parangon. C'est l'issue la plus favorable que nous puissions envisager. Mais alors je m'interroge : où cela va-t-il nous mener ? Quand et où nous bâtirons-nous un foyer ?

— On sera quelquefois au port en même temps. »

Il secoua la tête. « Cela ne me suffit pas. Je te veux tout le temps, toujours à mes côtés. »

Elle répondit à mi-voix : « Brashen. Je ne peux pas me permettre de penser à tout ça maintenant. Malheureusement, tous mes projets d'avenir ne commencent qu'avec mon navire.

— Malheureusement, j'ai bien peur qu'il en soit

toujours ainsi. Tes projets commenceront toujours avec ton navire. » Brusquement, il se rendit compte qu'il s'exprimait comme un amant jaloux.

Althéa parut avoir la même impression. « Brashen, sommes-nous vraiment obligés d'en parler maintenant ? Ne pouvons-nous, pour le moment, nous contenter de ce que nous avons, sans songer au lendemain ?

— Ce serait plutôt à moi de dire ça, je crois, finit-il par répondre d'un ton bourru. Pourtant, je sais que, pour le moment, je dois me contenter de ce que j'ai. Des minutes volées, des baisers en cachette. » Il sourit tristement. « Quand j'avais dix-sept ans, j'imaginais que c'était le comble du romanesque : une passion secrète à bord d'un navire. Des baisers furtifs sur la dunette par une nuit de brume. » Il fit un pas, la prit dans ses bras et l'embrassa passionnément. Il ne l'avait pas surprise ; avait-elle attendu ce geste ? Elle répondit sans réserve à son élan ; son corps s'ajusta harmonieusement à celui de Brashen. Cette spontanéité l'émut si profondément qu'il gémit de désir. A contrecœur, il se sépara d'elle.

Il reprit son souffle. « Mais je ne suis plus un gamin. Aujourd'hui, tout ça me rend fou. Je veux davantage, Althéa. Je ne veux pas d'incertitudes, de querelles ni de jalousie. Je ne veux pas me cacher ni dissimuler mes sentiments. Je veux avoir la satisfaction de savoir que tu es à moi, je veux être fier que tout le monde le sache aussi. Je te veux dans mon lit, à côté de moi, toutes les nuits, et en face de moi à table le matin. Je veux être sûr que, dans des années, où que je sois, tu seras à mes côtés. »

*

Elle se retourna et leva vers lui un regard incrédule. Elle distinguait à peine ses traits. La taquinait-il ? Sa voix semblait sérieuse. « Brashen Trell, êtes-vous en train de me demander en mariage ?

— Non », répondit-il précipitamment. Il y eut un long silence embarrassé. Puis il rit doucement. « Oui. Je crois, oui. Le mariage ou quelque chose qui y ressemble fort. »

Althéa respira profondément et s'adossa à la lisse. « Tu me surprendras toujours, dit-elle d'une voix tremblante. Je... je n'ai pas de réponse. »

Sa voix à lui aussi trembla, bien qu'il tâchât d'être léger. « Ça ne fait rien, j'imagine, puisque je n'ai pas encore vraiment posé la question. Mais quand tout ceci sera fini, je la poserai.

— Quand tout ceci sera fini, alors j'aurai ta réponse. » Elle avait promis, sans avoir la moindre idée de ce qu'elle serait, cette réponse. Affolée, elle repoussa ce souci tout au fond de sa tête. Il y avait d'autres affaires plus urgentes à régler, même si ces affaires-là ne lui faisaient pas autant battre le cœur. Elle s'appliqua à ralentir le rythme de sa respiration, à réprimer le désir de sa chair.

« Que va-t-il se passer ensuite ? » demanda-t-elle en faisant un geste vers les lumières voilées.

Il répondit par une autre question. « Parmi ceux qui sont à bord, en qui as-tu le plus confiance ? Donne-moi deux noms. »

Elle n'eut pas de peine à répondre. « Ambre et Clef. »

Il eut un rire bref et triste. « Pareil pour moi. Et ceux dont tu te méfies le plus ? »

Là encore, elle n'eut pas besoin de réfléchir. « Lavoy et Artu.

— Alors ils ne figureront pas sur la liste de ceux qui débarqueront. Nous n'emporterons pas nos problèmes avec nous, et nous ne les laisserons pas sans surveillance sur le navire. »

Nous. Elle aimait bien entendre ce « nous ». « Alors qui emmenons-nous ? »

Il n'hésita pas. « Jek. Chypre et Kert. Je voudrais prendre aussi un ou deux affranchis, pour donner l'impression que notre équipage est mélangé. Il faudra que tu les choisisses. » Il s'interrompit, pensif. « Je laisse Clapot avec Ambre. Et je ferai savoir à Haff qu'il doit la seconder si elle le lui demande. A elle, je lui dirai qu'en cas de problème, à bord ou à l'extérieur, Clapot doit débarquer Clef pour nous prévenir.

— Tu t'attends à des difficultés avec Lavoy ? »

Il émit un bruit méprisant. « Je ne m'attends pas. Je prévois toutes les éventualités. »

Elle baissa la voix. « Cela ne peut pas continuer comme ça. Qu'est-ce que tu vas faire de lui ? »

Il répondit avec lenteur : « Laissons-le faire le premier pas. Ensuite, quand ce sera fini, je verrai où on en est. Qui sait ? Je pourrais en faire un matelot bon pour le service. »

*

L'aube parut, enfin, décevante. Un soleil jaune déchirait la brume dont les lambeaux flottaient comme des fantômes. Les nuages s'amoncelèrent, couvrirent le soleil, et une méchante pluie froide se mit à tomber, comme des hallebardes. Brashen donna l'ordre d'amener la yole. Pendant la manœuvre, il scruta Partage. Il reconnut à peine la ville. La lumière très haute de cette nuit se révéla être une tour de guet. Les quais avaient changé d'emplacement, bordés d'entrepôts neufs. A la périphérie de la ville, se dressaient des carcasses de bâtiments calcinés, comme si un incendie avait été à l'origine de la ville reconstruite. Brashen doutait qu'il s'agît d'un accident. La tour de guet prouvait que les habitants étaient bien décidés à ne plus se laisser surprendre.

Il eut un grand sourire vorace. Ils ne seraient sûrement pas contents de voir un vaisseau étranger dans leur port. Il songea à attendre à bord qu'on vienne les interroger puis se ravisa. Il se montrerait hardi et impétueux, il compterait sur un accueil fraternel, ensuite, il aviserait.

Il respira à fond. Il se surprit à sourire. Il aurait dû être exténué. Il était resté debout une bonne partie de la nuit, s'était levé avant l'aube, pour le seul plaisir de tirer Lavoy du lit. Il lui avait donné ses ordres. Le second devait veiller au bon ordre sur le navire, et interdire à l'équipage de le quitter ou de parler à quiconque s'approcherait d'eux. Le calme devait régner. Clef et l'autre embarcation du navire étaient à la disposition d'Ambre. Avant que Lavoy ait osé poser une question, Brashen avait ajouté qu'elle avait aussi ses ordres, et que le second ne devait pas intervenir. Entre-temps, il voulait que toute la literie des hommes soit sortie sur le pont et aérée, les logements enfumés pour éliminer poux et autre vermine, et la coquerie proprement récurée. Du travail destiné à occuper le second et les matelots, et ils le savaient tous deux. Brashen lui fit baisser les yeux. Lavoy avait fini par saluer de mauvaise grâce. Puis il avait tourné les talons.

A Ambre et à Parangon, il avait fait des recommandations plus délicates. Le navire devait rester immobile et silencieux, comme s'il n'était qu'un banal vaisseau en bois. Ambre devait l'aider en cela par tous les moyens. Il comptait sur elle pour comprendre à demi-mot. Rien ne devait troubler le navire. Personne ne devait le provoquer.

Brashen haussa les épaules, il se sentait entravé dans sa veste. Pour jouer son rôle de capitaine marchand, il avait revêtu ses plus beaux effets, qu'il n'avait pas portés depuis son départ de Terrilville. Il avait noué sur son front un mouchoir taillé dans sa chemise jaune, laissé ouvert son col de chemise. Il ne voulait pas avoir l'air trop sérieux. Il se demanda ce qu'aurait pensé le capitaine Vestrit s'il avait pu voir l'usage que son second faisait de sa veste bleue cintrée et de sa belle chemise blanche. Il espérait que le vieux capitaine le comprendrait et souhaiterait que ses vêtements lui portent chance.

« Yole parée à amener, cap'taine. » Clef, plein d'espoir, lui fit un grand sourire.

« Merci. Tu as tes ordres. Veille à t'y tenir. » Clef roula des yeux, mais répondit : « Oui, cap'taine », sans rechigner. Il sautilla sur les talons de Brashen qui se dirigeait vers la yole.

Alors que l'embarcation sortait de l'ombre du *Parangon*, le capitaine remarqua trois petits canots qui venaient à sa rencontre. « Aux avirons, ordonna-t-il à voix basse. Et appuyez sur la nage. Je veux qu'on ait bien débordé de Parangon avant qu'ils puissent nous intercepter. » Il lança un regard vers son navire. La figure de proue, muette et stoïque, avait les bras croisés sur la poitrine. Ambre était accoudée à la lisse derrière lui. Elle leva une main en signe d'adieu, et Brashen fit un bref salut de la tête. Puis il reporta le regard sur ses hommes. « N'oubliez pas les ordres. Nous sommes des amis. N'hésitez pas à dépenser l'argent qu'on vous a donné. Pas de bagarre. Et on ne se soûle pas au point de ne plus tenir sa langue. S'ils nous autorisent à nous balader librement en ville, dispersez-vous. Posez des questions. Je veux tous les renseignements possibles sur Kennit et la *Vivacia*, mais n'insistez pas trop. Faites-les parler, détendez-vous et écoutez. Curieux mais pas fouineurs. On se retrouve sur le quai à la brune. »

Ils étaient à mi-chemin des quais quand les trois canots les entourèrent. Sur un signe de Brashen, les nageurs firent lève-rames.

« Déclarez l'objet de votre visite ici ! » ordonna un homme maigre à barbe grise, dans un des canots. La pluie trempait son chapeau informe. Un ancien tatouage d'esclave était visible au-dessus de sa barbe.

Brashen eut un rire sonore. « L'objet de ma visite à Partage ? Il n'y a qu'un objet de visite à Partage, je parie que c'est le même que vous, mon vieux. Je m'appelle

Brashen Trell, et avant que je déclare quoi que ce soit, je voudrais savoir à qui j'ai affaire. » Il lui adressa un sourire cordial. Jek laissa pendre ses avirons en souriant aussi. Le sourire d'Althéa paraissait un peu forcé alors que les autres gardaient un air indifférent.

Le vieux se prenait très au sérieux. « Je suis Maistel Croupe, capitaine de port. C'est le capitaine Kennit lui-même qui m'a nommé, et j'ai le droit de demander à ceux qui arrivent ce qu'ils veulent.

— Kennit ! » Brashen s'assit tout droit. « C'est ça, capitaine, c'est ce nom-là qui m'amène ici. Je suis déjà venu, vous savez, à bord de la *Veille du Printemps*, c'était une visite brève et je n'en voudrai à personne si l'on ne se souvient pas de moi. Mais ce que j'ai entendu dire du capitaine Kennit m'a ramené ici, moi, et mon brave navire, et mon équipage. On voudrait faire partie de sa bande, pour ainsi dire. Vous croyez qu'il peut nous voir aujourd'hui ? »

Maistel le dévisagea d'un œil cynique. Il se lécha les lèvres, découvrant quelques rares dents jaunes. « Ça se pourrait. S'il était là. Si vous savez quelque chose sur Kennit, comment ça se fait que vous savez pas qu'il a une vivenef ? Vous voyez pas de vivenef dans notre port, à c't' heure, si ?

— J'ai entendu dire que Kennit avait beaucoup de navires. En plus, on raconte qu'on se trompe à tous les coups quand on fait des suppositions sur lui. Rusé comme un renard, qu'il est, c'est ce qu'on prétend, un œil d'aigle avec ça. Mais l'endroit n'est pas très confortable pour discuter de tout ça. Partage a changé, et pas qu'un peu, depuis la dernière fois que j'y étais. Mais il y a sûrement une taverne où on peut causer tranquillement ?

— Ouais. Quand on décide que quelqu'un est bienvenu à Partage. »

Brashen haussa une épaule. « Ça serait peut-être mieux de décider en buvant une petite goutte. Alors vous me direz si le reste de mon équipage est bienvenu à terre. Ça fait un bout de temps qu'on est en mer. Ils ont le gosier sec et des sous à dépenser pour l'humecter. Partage, qu'ils disent, serait un bon endroit pour partager notre galette. » Il fit un sourire engageant et tapa sur la bourse replète qu'il portait à la ceinture. Les pièces tintèrent contre les clous et la moitié de cuiller dont il l'avait bourrée. Il avait de quoi offrir une ou deux tournées et acheter quelques denrées pour le navire. Sa bordée de terre était suffisamment pourvue pour jeter de la poudre aux yeux. C'est qu'ils étaient des pirates prospères, avec de l'argent à dépenser.

Le sourire de Brashen se figeait dans la pluie glacée. Maistel lui adressa enfin un hochement de tête réticent. « Ouais. On peut causer à la taverne, j'crois. Mais vos hommes... votre bordée, y resteront avec nous, et ceux sur le navire, y resteront aussi pour l'instant. On apprécie pas beaucoup les étrangers par ici, à Partage. Surtout ceux qui se ramènent en douce en pleine nuit. »

Voilà qui l'intriguait, pas vrai ? Eh bien, qu'il se concentre sur le problème, le vieux. « A la taverne, alors ! » acquiesça Brashen cordialement. Il se rassit à l'arrière et débarqua en ville comme un roi, escorté par la maréchaussée de Partage. Cinq ou six badauds s'étaient massés sur le quai, épaules voûtées sous la pluie froide. Maistel avait précédé Brashen sur l'échelle. Le temps qu'il arrive en haut, il était déjà assailli de questions. Brashen attira sur lui l'attention générale quand il s'exclama : « Messieurs ! Est-ce qu'il y a quelqu'un pour nous mener à la taverne ? » Il adressa à la foule qui se rassemblait peu à peu un sourire radieux. Du coin de l'œil, il surprit l'expression réjouie de Jek qui appréciait les hommes du regard. Les sourires qu'elle s'attirait en retour ne pouvaient nuire à la cause. Alors que les matelots le rejoignaient sur le quai, les badauds se détendirent. Ce n'étaient pas des envahisseurs, ceux-là, mais d'honnêtes forbans, tout comme eux.

« La taverne, c'est par là », dit Maistel sur un ton rogue.

Peut-être était-il jaloux de son importance. Brashen le choisit immédiatement pour cible. « S'il vous plaît, conduisez-nous. » En suivant Maistel, il constata que leur escorte avait déjà diminué. Cela faisait son affaire. Il voulait recueillir des informations, non captiver toute la ville. Il remarqua qu'Althéa s'était placée à sa gauche, à un pas derrière lui. C'était rassurant de savoir qu'il y avait là quelqu'un avec un couteau paré au cas où les gens de Partage décideraient de s'en prendre à lui. Chypre et Kert venaient ensuite, suivis de Harg et Kitel, les deux tatoués qu'Althéa avait choisis. Jek qui fermait la marche avait déjà engagé la conversation avec un beau jeune homme. Brashen surprit un mot ou deux ; elle lui demandait s'ils pourraient se promener en ville, et en ce cas, quel divertissement il recommandait à un matelot solitaire pour sa première nuit à terre.

Brashen réprima un sourire. Eh bien, ne lui avait-il pas préconisé de se montrer amicale et de recueillir des renseignements ?

*

A l'intérieur de la taverne, il faisait sombre. La chaleur provenait plutôt des corps que du feu qui flambait dans l'âtre. Il flottait des odeurs de laine mouillée, de sueur, de fumée et de cuisine. Althéa déboutonna son manteau sans l'enlever. S'ils devaient ressortir en vitesse, elle ne voulait pas le laisser sur place. Elle regarda autour d'elle avec curiosité.

Le bâtiment était tout neuf mais les murs étaient déjà ternis par la fumée. On avait sablé le plancher pour faciliter le balayage du soir. A une extrémité, une fenêtre donnait sur la mer. Brashen se dirigea vers un coin près de la cheminée. Les tables de bois et les longs bancs étaient occupés par des mangeurs, des buveurs et des causeurs. A l'évidence, la tempête qui s'annonçait incitait les gens à rester à l'intérieur. On les regarda avec une curiosité plus ou moins marquée mais dépourvue de franche animosité. Brashen pouvait faire son numéro sans faux pas.

Il envoya une bourrade amicale à Maistel alors qu'ils s'attablaient et, avant que l'autre ait pu dire un mot, il commanda d'une voix forte de l'eau-de-vie pour le capitaine de port et lui-même et de la bière pour sa bordée. On apporta promptement une bouteille et deux petits pots en terre cuite. Alors que le garçon de taverne commençait à charger son plateau de chopes mousseuses, Brashen se tourna vers Maistel. « Eh bien, il y a eu du changement à Partage. De nouveaux bâtiments, et un comité d'accueil pour mon navire, pour débuter. Je n'ai jamais vu le port aussi désert. Dites-moi. Que s'est-il passé ici depuis ma dernière visite ? »

Le vieux parut momentanément déconcerté. Althéa se demanda s'il se souvenait même que c'était à lui de poser les questions. Mais Brashen avait bien détecté sa nature loquace. Il ne devait pas avoir souvent l'occasion de pérorer comme un expert. Brashen se fit le plus attentif, le plus flatteur des auditeurs tandis que Maistel lui relatait avec force détails l'attaque des trafiquants d'esclaves qui avait changé pour toujours la configuration et la nature même de Partage. En écoutant son interminable récit, Althéa commença à comprendre que ce Kennit n'était pas un pirate ordinaire. Maistel en parlait avec orgueil et admiration. Les autres ajoutaient leurs propres histoires sur les dires, les faits et gestes de Kennit. L'un des intervenants était manifestement quelqu'un de cultivé. Le tatouage sur sa joue se plissa quand il évoqua avec hargne les jours passés dans la cale d'un transport d'esclaves avant que Kennit ne le libérât. Althéa s'aperçut, mal à l'aise, qu'ils le dépeignaient en héros d'épopée. Elle en venait malgré elle à l'admirer tout en sentant son sang se figer. Un tel homme, brave, et sage, et noble, ne renoncerait pas facilement à la vivenef. Et si la moitié de ce qu'on racontait était vrai, peut-être Vivacia lui avait-elle donné son cœur. Alors quoi ?

Elle se forçait à garder le sourire et à hocher la tête aux histoires de Maistel, tout en réfléchissant. Elle avait considéré Vivacia comme un trésor de famille volé ou un enfant enlevé. Et si elle était bien plutôt une jeune fille entêtée qui se serait enfuie avec l'amour de sa vie ? Les autres étaient tous en train de rire à une plaisanterie. Althéa gloussa consciencieusement. Avait-elle le droit d'enlever Vivacia à Kennit, si elle s'était vraiment liée à lui ? Où était son devoir : envers sa famille ? Envers sa vivenef ?

Brashen se pencha pour prendre le flacon d'eau-de-vie. Prétexte pour lui frôler la jambe. Elle sentit la pression ferme et chaude de son genou contre le sien, comprit qu'il devinait son dilemme. Son bref coup d'œil était éloquent. Tu t'inquiéteras plus tard. Pour l'instant, écoute ; on réfléchira après sur les conclusions qu'il faudra tirer. Elle acheva sa bière et brandit sa chope pour qu'on la remplisse. Elle croisa le regard d'un inconnu en face d'elle. Il l'observait attentivement ; elle espéra que son air pensif de tout à l'heure n'avait pas éveillé chez lui une curiosité intempestive. A l'autre bout de la table, Jek était engagée dans une partie de bras de fer avec l'homme sur lequel elle avait jeté son dévolu tout à l'heure. Althéa jugea qu'elle le laissait gagner. Son vis-à-vis suivit la direction de son regard puis il reporta sur elle des yeux pleins de gaieté. Il était bien de sa personne, les traits un peu gâchés par une trace de tatouage sur la joue. Elle profita d'une pause dans ses explications pour demander à Maistel : « Pourquoi le port est-il vide ? Je n'ai vu que trois navires alors que des dizaines pourraient facilement y mouiller. »

Les yeux du capitaine de port s'allumèrent et son

sourire s'élargit encore. Il se pencha au-dessus de la table pour répondre sur le ton de la confidence : « Vous êtes nouvelle dans ce commerce, alors. Vous savez donc pas que c'est la saison de la moisson dans les Iles des Pirates ? Tous les navires sont en train de récolter notre gagne-pain pour l'hiver. Le gros temps est notre allié, car un bâtiment en provenance de Jamaillia peut avoir essuyé trois jours de tempête. L'équipage est pompé et négligent quand on sort de chez nous pour l'épingler. C'est l'hiver qui se charge de les harceler pour nous. A cette saison, les vaisseaux sont plus pansus car le produit des récoltes est en transit. »

Son sourire s'effaça quand il ajouta : « C'est aussi la pire période pour les captifs sur les transports d'esclaves. Le temps est mauvais, les mers sont froides. Les pauvres bougres sont enchaînés dans les cales humides, les fers sont si glacés qu'ils vous arrachent la peau. A cette saison, les transports d'esclaves sont guère que des cimetières flottants. »

Il sourit à nouveau, la figure éclairée d'une lueur féroce. « Mais en plus, cette année, y a du divertissement. La Passe Intérieure grouille de galères chalcédiennes. Ils battent pavillon du Gouverneur mais tout ça, c'est de la frime, ils veulent rafler les plus grosses prises. Ils se croient très malins. Le capitaine Brig, l'homme de Kennit, il nous a appris l'astuce. On laisse les galères partir en chasse, combattre et se goinfrer. Quand elles sont bien lourdes, le grain est mûr pour la moisson. On sort et, d'un coup d'un seul, on écrème tous les navires qu'ils ont pris. » Il se rassit sur le banc en riant à gorge déployée devant le regard incrédule d'Althéa, puis il empoigna sa chope qu'il fit claquer sur la table pour attirer l'attention du garçon de taverne. Quand on lui eut renouvelé sa bière, il demanda : « Comment vous en êtes venue à cette vie ?

— Par un chemin aussi tortueux que le vôtre, je parie, repartit-elle, en penchant la tête et en le dévisageant avec curiosité. Vous n'avez pas l'accent de Jamaillia. »

La ruse fonctionna. Il se lança dans le récit de sa vie. En effet, c'était une voie bien contournée qui l'avait amené à Partage et à la piraterie. Son histoire tenait de la tragédie et du mélodrame, et il contait bien. A son corps défendant, elle commença à l'apprécier. Il parla de l'attaque qui avait coûté la vie à ses parents, et d'une sœur disparue à jamais. Arraché à sa bergerie et emmené de force dans une petite ville côtière loin au nord, il était passé entre les mains de plusieurs maîtres chalcédiens, certains cruels, d'autres simplement insensibles, avant de se retrouver sur un bâtiment en route vers le sud, expédié avec cinq ou six autres en guise de cadeau de noces. Kennit avait arraisonné le navire.

Nous y voilà à nouveau ! L'histoire remettait en question l'idée qu'elle se faisait non seulement de Kennit mais aussi de l'esclavage et des esclaves. Les pirates étaient différents de ce qu'elle avait imaginé. Ces coupe-jarrets, ces rapaces sans foi ni loi qu'on lui avait décrits n'étaient plus soudain que des hommes poussés à bout, qui s'étaient déhalés de l'esclavage, et avaient repris un peu de ce qu'on leur avait volé.

Il lui raconta d'autres choses qui l'étonnèrent grandement. La stupéfaction d'Althéa venait en partie de ce qu'il présumait négligemment ces faits connus de tous. Il parla des pigeons voyageurs qui transmettaient les nouvelles entre les exilés des colonies pirates et leurs familles à Jamaillia. Il parla des navires marchands de Jamaillia et même de Terrilville qui faisaient des escales furtives et régulières dans les Iles des Pirates. Les derniers potins de ces deux villes circulaient à Partage. Les nouvelles qu'il relaya parurent invraisemblables à Althéa. Une insurrection à Terrilville avait ravagé la moitié de la ville. En représailles, les Marchands avaient pris le Gouverneur en otage. Les Nouveaux Marchands en avaient informé Jamaillia ; les fidèles du Gouverneur armaient une flotte de guerre afin de châtier proprement la province rebelle. Il y aurait une jolie gratte à grappiller dans les remous de la bataille entre Terrilville et Jamaillia. Les pirates escomptaient déjà des navires jamailliens bourrés des marchandises de Terrilville et du désert des Pluies. La discorde entre les deux cités ne pouvait que profiter aux Iles des Pirates.

Althéa était suspendue à ses lèvres, partagée entre l'horreur et la fascination. Y avait-il quelque chose de vrai dans tout cela ? Si oui, quelles étaient les conséquences pour sa famille, son foyer ? En admettant même que le temps et la distance aient amplifié la rumeur, cela ne présageait rien de bon pour tout ce qui lui était cher. Et le pirate de déployer toute son éloquence, flatté et encouragé par l'attention passionnée qu'Althéa lui prêtait. Il déclara en jubilant que, lorsque Kennit apprendrait ces nouvelles à son retour, il saurait que son heure avait sonné. Il pourrait profiter des dissensions entre ses voisins pour s'emparer du pouvoir. Il leur avait répété maintes fois que, le moment venu, il prévoyait de contrôler tout le commerce à partir des Iles des Pirates. Pour sûr, l'heure était proche.

Une brusque rafale de vent secoua la fenêtre de la taverne et fit sursauter Althéa. Il y eut une pause dans la conversation. « On dirait qu'il mérite d'être connu, ce Kennit. Il revient bientôt à Partage ? »

Le jeune homme haussa les épaules. « Quand ses cales seront pleines, il rentrera. Il nous apportera aussi des nouvelles de l'île des Autres ; il y a emmené son prêtre pour que les Autres lui prédisent son destin. Mais Kennit va sûrement prendre des vaisseaux sur le chemin du retour. Il navigue quand et où il veut mais il ne laisse jamais passer une proie. » Il pencha la tête. « Je comprends qu'il vous intéresse. Il n'y a pas une femme à Partage qui ne soupire après lui. Il nous relègue tous dans l'ombre. Mais il faut que vous sachiez qu'il a une compagne. Elle s'appelle Etta, et elle a la langue aussi acérée que son poignard. Certains disent que Kennit a trouvé en Etta son âme sœur. Si tous les hommes pouvaient avoir cette chance. » Il se pencha davantage, les yeux pleins de chaleur, et dit à mi-voix : « Kennit a une compagne, et il est satisfait. Mais pas moi. »

Brashen s'étira en roulant des épaules et en étendant les bras. Puis il se balança en avant et posa la main sur l'épaule gauche d'Althéa. Il s'inclina légèrement vers l'homme et lui confia doucement : « Dommage ! Moi, si. » Il sourit avant de retourner à sa conversation avec Maistel mais il laissa son bras sur l'épaule d'Althéa. Elle esquissa un sourire désarmant et se dégagea d'une secousse.

« Soit dit sans offense, souligna l'homme d'un air un peu contraint.

— Y a pas de mal », assura-t-elle. Elle rougit légèrement quand, à l'autre bout de la table, Jek croisa son regard et la félicita d'un clin d'œil. Sacré nom, Brashen avait-il donc complètement oublié qu'ils cherchaient à garder le secret ? Pourtant, elle ne pouvait nier qu'elle ressentait un vif plaisir à sentir sur l'épaule le poids de son bras. Etait-ce cela qu'il voulait dire, quand il parlait de la satisfaction éprouvée à déclarer publiquement leur liaison ? Dès qu'ils seraient de retour à bord, il faudrait donner le change en prétendant qu'ils avaient joué la comédie pour recueillir des informations. Mais pour l'heure... Elle se détendit, éprouva la chaude robustesse de son corps, de sa hanche. Il bougea légèrement pour qu'elle soit plus à l'aise.

Le pirate finit sa bière. Il reposa sa chope avec un bruit mat. « Eh bien, Maistel, ces gens-là ne m'ont pas l'air très menaçant. Il est passé midi, et j'ai du travail. »

Maistel, en plein milieu d'une histoire interminable, le fit taire d'un geste. L'homme gratifia Althéa d'un salut plutôt sec et s'en alla. Plusieurs autres le suivirent. Brashen lui pressa légèrement l'épaule. Bien joué. Ils avaient démontré qu'ils ne constituaient pas une menace pour Partage.

La pluie continuait à ruisseler sur la fenêtre de la taverne. La grisaille uniforme avait masqué le temps écoulé. Brashen attendit patiemment la fin de l'histoire de Maistel puis il entreprit de s'étirer exagérément. « Eh bien, je pourrais vous écouter toute la journée ; un homme qui raconte bien, c'est un vrai plaisir.

Malheureusement, ce n'est pas ça qui va me remplir mes barriques d'eau. Je ferais mieux d'y coller quelques-uns de mes hommes mais j'ai remarqué que le vieux quai à eau a disparu. Où prend-on de l'eau, maintenant ? Et j'ai promis à l'équipage un peu de viande fraîche, s'il y en a. Soyez gentil pour l'étranger que je suis. Indiquez-moi un bon boucher. »

Mais Brashen ne devait pas se débarrasser de Maistel aussi facilement. Le volubile capitaine de port lui indiqua où trouver de l'eau puis se mit à comparer en détail les mérites relatifs des deux bouchers de Partage. Brashen l'interrompit brièvement pour charger Jek de s'occuper des hommes. Ils avaient quartier libre mais il les prévint qu'il voulait les tonneaux remplis avant midi, le lendemain. « Soyez sur le quai à la brune. Le lieutenant vient avec moi. »

Quand un gamin arriva en courant pour dire à Maistel que ses porcs s'étaient encore échappés, le vieil homme sortit en trombe, en marmonnant des jurons et des menaces contre ces infortunés cochons. Brashen et Jek échangèrent un regard. Elle se leva, enjamba le banc où elle s'était assise. « Ça vous ennuierait de me montrer où on peut remplir nos barriques d'eau ? » demanda-t-elle à son interlocuteur qui accepta de bon cœur. Sans plus de façons, la bordée se dispersa.

A l'extérieur de la taverne, la pluie tombait avec obstination, poussée par un vent impitoyable. Les rues étaient fangeuses mais droites. Brashen et Althéa marchaient dans un silence complice sur un trottoir en bois. Une rigole en dessous drainait l'eau de pluie jusqu'au port. De rares bâtiments s'enorgueillissaient de vitres aux fenêtres et la plupart avaient les volets clos à cause du déluge. Si la ville n'avait ni le cachet ni la belle apparence de Terrilville, elle avait la même raison d'être : Althéa pouvait quasiment flairer l'odeur du commerce. Pour une ville qui avait été ravagée par le feu il n'y avait pas si longtemps, elle s'était bien relevée. Ils passèrent devant une autre taverne, en bois brut, et entendirent à l'intérieur un ménestrel qui chantait en s'accompagnant à la harpe. Depuis qu'ils avaient accosté, un navire était entré dans le lagon et s'était amarré au môle. Une file d'hommes avec des brouettes déchargeaient la cargaison dans un entrepôt. Partage était un port marchand animé et prospère ; partout, on en rendait grâce à Kennit.

Les passants qui se hâtaient sur le trottoir pour échapper à la pluie étaient vêtus de façon très diverse. Althéa ne reconnaissait pas toutes les langues dont elle surprenait des bribes. Nombre de gens étaient tatoués, pas seulement sur le visage mais sur les bras, les mains, les mollets. Les tatouages des visages n'étaient pas tous des marques d'esclavage : certains arboraient des dessins de fantaisie.

« C'est une manière de s'affirmer, expliqua Brashen à mi-voix. Beaucoup portent des tatouages qu'ils ne peuvent pas effacer. Alors ils les cachent par d'autres. Ils estompent le passé par un avenir plus radieux.

— Bizarre, marmonna-t-elle.

— Non », déclara-t-il. Elle se tourna, étonnée par la véhémence de sa voix. Il poursuivit, plus doucement : « Je comprends ce désir. Tu ne sais pas combien je me suis battu, Althéa, pour que les autres me voient tel que je suis et non comme le voyou que j'ai été. Si mille piqûres d'aiguille pouvaient effacer mon passé sur ma figure, je les supporterais.

— Partage fait partie de ton passé. » Il n'y avait pas d'accusation dans sa voix.

Il promena le regard sur le petit port animé comme s'il s'agissait d'un autre lieu, dans un autre temps. « Cela faisait partie. Cela fait partie, oui. La dernière fois, j'étais sur la *Veille du Printemps* et nos activités n'étaient pas très nettes. Mais je suis venu aussi, il y a des années. Je n'avais que quelques voyages à mon actif quand les pirates ont pris le navire sur lequel je servais. Ils m'ont donné le choix. Me joindre à eux ou mourir. Je me suis joint à eux. » Il repoussa en arrière ses cheveux mouillés et croisa son regard. « Et je ne fais pas d'excuses pour ça.

— Pas besoin d'excuses », répondit-elle. La pluie sur le visage de Brashen, les gouttelettes emperlant ses cheveux, ses yeux sombres et sa proximité la bouleversèrent soudain. Son émotion avait dû transparaître sur sa physionomie car elle vit ses pupilles s'élargir. Indifférente aux regards, elle lui prit la main. « Je ne peux pas expliquer », dit-elle en riant. A cet instant, le regarder, elle ne demandait rien d'autre. Il lui serra la main.« Allons. Allons faire nos achats et parler aux gens. C'est pour ça qu'on est là.

— Je le regrette. Tu sais, j'aime bien cette ville et ses habitants. Alors que ça devrait être le contraire. Si on pouvait simplement rester là, tout seuls comme maintenant. Si ça pouvait être notre vie réelle. J'ai presque l'impression d'être chez moi ici. Je parie que

Terrilville ressemblait à ça, il y a cent ans. La vie rude, l'énergie, les gens qui s'acceptent tels qu'ils sont ; ça m'attire comme un papillon est attiré par la chandelle. Sâ me pardonne, Brashen, mais j'aimerais bien envoyer promener les responsabilités que mon nom m'impose et être simplement un pirate. »

Il la regarda en silence, ahuri. Puis il eut un grand sourire. « Fais attention à ce que tu dis. »

C'était un étrange après-midi. Le rôle qu'elle jouait lui semblait plus naturel que la réalité. Ils achetèrent de l'huile pour les fanaux, qui devait être livrée au quai. Puis Althéa choisit des herbes et des potions pour regarnir la pharmacie de bord. Mû par une impulsion, Brashen l'entraîna dans une boutique de tissus et lui offrit une écharpe aux couleurs vives. Elle la noua autour de ses cheveux ; il y ajouta des boucles d'oreilles ornées de jade et de grenat. « Il faut que tu aies le physique de l'emploi », lui chuchota-t-il à l'oreille en attachant le fermoir d'un collier.

Dans le miroir embué que le marchand lui tendit, elle entrevit une Althéa différente, un côté d'elle-même qu'elle n'avait jamais laissé paraître. Derrière elle, Brashen se pencha pour lui déposer un baiser sur la nuque. Quand il releva la tête, leurs yeux se rencontrèrent dans le miroir. Le temps bascula, elle vit le voyou sauvage de Terrilville et l'amazone entêtée qui avaient scandalisé sa mère. Un couple idéal : piraterie et aventure avaient toujours été leur destin. Son cœur se mit à battre plus vite. A cet instant, elle n'eut qu'un seul regret : que tout cela soit de la comédie. Elle s'appuya contre lui pour admirer le collier scintillant sur sa gorge.

Ils se regardèrent dans le miroir, elle tourna la tête et l'embrassa.

Partout où ils firent halte, l'un ou l'autre engageait la conversation sur Kennit et sa vivenef. Ils grappillèrent quelques bribes d'information sur lui, à la fois utiles et insignifiantes. Comme une légende : chacun enjolivait l'histoire à sa guise. Le petit prêtre avait amputé la jambe mutilée de Kennit qui avait supporté l'opération sans proférer un son. Non, il avait ri face à la douleur, et à peine une heure plus tard, il avait couché avec sa compagne. Non, c'était grâce au garçon : le prophète du roi-pirate avait prié, et Sâ lui-même avait guéri le moignon de Kennit. Il était le bien-aimé de Sâ ; tout le monde savait cela. Quand des scélérats avaient tenté de violer la compagne de Kennit, ici même à Partage, le dieu l'avait protégée jusqu'à ce que Kennit parût pour massacrer une dizaine d'hommes à lui tout seul, la délivrât et l'emmenât avec lui. Etta avait vécu dans un bordel mais elle se réservait à Kennit. C'était une histoire d'amour à tirer des larmes au forban le plus endurci.

En fin d'après-midi, ils s'arrêtèrent pour acheter de la soupe de poisson et du pain frais. Là, ils apprirent comment le petit prêtre s'était entremis entre Kennit et la plupart des habitants de Partage, et comment il avait prédit qu'un jour Kennit deviendrait leur roi. Ceux qui avaient douté des paroles du garçon étaient tombés sous son poignard. L'étonnement d'Althéa avait dû flatter le marchand de poisson car il répéta l'histoire à trois reprises, en l'agrémentant chaque fois de détails supplémentaires. A la fin, il ajouta : « Et le pauvre petit gars, il savait ce que c'était, l'esclavage, car son propre père l'avait fait esclave, oui, il a fait tatouer le dessin de son navire sur la figure du gamin. J'ai entendu dire qu'en libérant la vivenef et le garçon, Kennit a conquis d'un coup leurs cœurs à tous les deux. »

Althéa se trouva muette. Hiémain ? Kyle avait fait cela à Hiémain, son propre fils, son neveu à elle ?

Brashen qui avait failli s'étouffer avec sa soupe réussit à demander : « Et quel sort Kennit a-t-il réservé à un père si cruel ? »

L'homme haussa les épaules avec indifférence. « Le sort qu'il méritait, pas de doute. Par-dessus bord, aux serpents, avec le reste. C'est ce qu'il fait avec l'équipage des transports d'esclaves qu'il capture. » Il haussa un sourcil. « Je croyais que tout le monde savait ça.

— Mais pas le garçon ? demanda doucement Althéa.

— Le garçon faisait pas partie de l'équipage. Je vous l'ai dit. Il était esclave sur le navire.

— Ah. » Elle regarda Brashen. « Ça se tient. » La vivenef qui se retourne contre Kyle et qui accepte Kennit, c'était compréhensible, maintenant. Le pirate avait sauvé et protégé Hiémain. Bien sûr, le navire serait fidèle à Kennit désormais.

Donc, où en était-elle à présent ? L'espace d'un instant, une petite voix perfide lui souffla qu'elle était libre. Si Vivacia était heureuse avec Hiémain à son bord, si elle était satisfaite de Kennit et de sa vie de piraterie, Althéa avait-elle le droit de la « sauver » ? Ne pouvait-elle revenir simplement chez elle, dire à sa mère et à sa sœur qu'elle avait échoué, qu'elle n'avait pas retrouvé leur vivenef ? Elle hésita même devant un parti plus insensé encore. Etait-elle vraiment obligée de rentrer ?

Ne pouvaient-ils, Brashen, Parangon et elle, continuer comme ils avaient commencé ?

Puis elle songea à Vivacia, s'éveillant sous ses mains alors qu'elle glissait la dernière cheville dans la figure de proue, la cheville que son père avait animée en mourant. C'était à elle. Pas à Hiémain. Certainement pas à Kennit. Vivacia était son navire, personne d'autre ne pouvait y prétendre. Si les racontars qu'elle avait entendus plus tôt contenaient une once de vérité, si Terrilville était en révolte, alors sa famille avait plus que jamais besoin de la vivenef. Althéa la reprendrait. Le navire réapprendrait à l'aimer, Hiémain retrouverait les siens.

Elle découvrit qu'elle imputait le massacre de l'équipage à Kyle plus qu'à Kennit. C'était par fidélité envers sa famille que ces hommes étaient restés à bord de Vivacia. Kyle avait bafoué les principes moraux d'Ephron, c'est cela qui les avait tués. Elle ne pouvait déplorer sa mort ; il avait été la cause de trop de malheurs. La compassion qu'elle éprouvait n'allait qu'à Keffria. Il vaut mieux qu'elle pleure la mort de son mari, pensa Althéa amèrement, plutôt que pleurer toute une vie avec lui.

*

Le temps était devenu un animal visqueux qui se tordait dans la poigne de Parangon. Mouillait-il dans le port de Partage ou ses ailes déployées l'envoyaient-elles planer sur un courant d'air ? Attendait-il le retour du jeune Kennit, en espérant de toutes ses forces qu'il lui reviendrait indemne cette fois-ci, ou attendait-il le retour d'Althéa et de Brashen qui devaient le conduire à sa vengeance ? Le mouvement des eaux placides du lagon, le fouettement décroissant de la pluie du soir, les odeurs, les bruits de Partage, le silence prudent de l'équipage, tout le plongeait dans un état de suspens, presque comparable au sommeil.

Au tréfonds de sa cale, dans l'obscurité, là où la courbe de la proue ménageait un espace exigu sous le pont, c'était l'endroit du sang. Trop petit pour qu'un homme puisse s'y tenir debout, ou même y ramper ; mais un enfant martyr pouvait s'y réfugier, roulé en boule, tandis que son sang dégouttait sur le bois-sorcier de Parangon, et là ils partageaient leur malheur. Là, Kennit pouvait se recroqueviller et voler un bref moment de sommeil, sachant que personne ne tomberait sur lui à son insu. Toutes les fois qu'Igrot se mettait à l'appeler en braillant, Parangon le réveillait. Prestement, il sortait de sa cachette et se présentait, préférant quitter son sanctuaire et affronter Igrot plutôt que risquer d'être découvert dans son refuge par l'équipage. Parfois Kennit dormait là. Il pressait ses petites mains contre les vaigrages de bois-sorcier et Parangon veillait sur lui et entrait dans ses rêves.

Et dans ses cauchemars.

A cette époque, Parangon avait découvert son exceptionnelle faculté : il pouvait ôter la douleur, les cauchemars et même les mauvais souvenirs. Pas complètement, bien sûr. Oblitérer la mémoire du gamin l'aurait rendu idiot. Mais il pouvait absorber la souffrance comme il absorbait le sang qui coulait des blessures. Il pouvait atténuer le supplice, émousser les arêtes vives des souvenirs. Tout cela, il en était capable – pour le garçon. Ce qui exigeait qu'il conserve en lui tout ce dont il soulageait Kennit. L'humiliation cuisante, l'indignité, la douleur lancinante, l'hébétude, la stupeur et la haine ardente, il se les appropriait et les gardait cachées au plus profond de lui. A Kennit il ne laissait que sa détermination glacée : un jour, il s'échapperait, il se détacherait de tout cela, et ses exploits effaceraient à jamais tout souvenir d'Igrot dans le monde. Un jour, Kennit l'avait décidé, il rétablirait ce qu'Igrot avait brisé et détruit. Comme si le vieux pirate malfaisant n'avait jamais existé. On oublierait jusqu'à son nom. Tout ce qu'Igrot avait souillé serait caché ou étouffé.

Y compris la vivenef familiale de Kennit.

Il aurait dû en être ainsi.

En reconnaissant cet état de fait, Parangon avait remué l'ancienne souffrance, elle ripait contre lui comme une cargaison mal arrimée qui cogne durant une tempête. La gravité de son échec le terrassa. Il avait trahi sa famille, il avait trahi le dernier membre fidèle de sa lignée. Il avait essayé d'être loyal, il avait essayé de rester mort, mais alors les serpents étaient venus, ils avaient rôdé autour de lui, ils l'avaient poussé du nez, ils lui avaient parlé sans mots, ils lui avaient embrouillé les idées. Ils l'avaient effrayé et, dans sa peur, il avait oublié ses promesses, oublié son devoir, il avait tout oublié sauf son besoin d'être réconforté et rassuré par sa famille. Il était rentré chez lui. Lentement, au fil des saisons, il avait dérivé, suivi des courants favorables, et l'épave avait fini par rejoindre son port d'attache, Terrilville.

Et tout ce qu'il lui était advenu là-bas n'était que le juste châtiment de son infidélité. Comment pouvait-il en vouloir à Kennit ? Parangon n'avait-il pas été le premier à le trahir ? Un profond gémissement lui échappa. Il agrippa comme un bouclier son immobilité et son silence.

Un léger piétinement sur son pont. Deux mains fines sur sa lisse. « Parangon ? Que se passe-t-il ? »

Il ne pouvait pas lui dire. Elle ne comprendrait pas et parler ne ferait que rompre irrémédiablement le serment auquel il avait déjà manqué. Il se cacha la tête dans ses mains tremblantes et sanglota, les épaules secouées.

« Voilà, qu'est-ce que je vous disais ! C'est lui. » Les voix provenaient d'en bas. Quelqu'un était là, sur l'eau, près de la proue, les yeux levés vers lui. A le dévisager, à se moquer, à railler. Bientôt, ils se mettraient à le bombarder. De poisson mort, de fruits pourris.

« Vous, en bas, écartez-vous du navire ! avertit Ambre d'une voix sévère. Débordez votre canot. »

Ils ne lui prêtèrent pas attention. « Si c'était le navire d'Igrot, où est son étoile ? fit une autre voix. Il apposait son étoile sur tout ce qui lui appartenait. »

Le souvenir lointain, affreux de cette étoile qu'on lui gravait sur la poitrine était éclipsé par celui d'un millier de piqûres d'aiguille qui incrustaient le même emblème sur sa hanche. Il commença à trembler. Chaque bordé de sa carcasse frémit. Les eaux calmes du lagon frissonnèrent contre lui.

« Parangon, du calme, du calme. Ça va aller. Ne dis rien. » Ambre essayait doucement de le calmer mais ses paroles ne pouvaient effacer l'ancienne brûlure.

« Etoile ou pas, j'ai raison. Je le sais, pardi ! » L'homme dans le canot en dessous paraissait très content de lui. « La figure mutilée est bien révélatrice. En plus, c'est une vivenef, c'est celle dont on parle toujours dans les histoires. Hé, hé, navire ! Tu étais à Igrot, pas vrai ? »

Ce vil mensonge, c'en était trop ! On l'avait trop souvent insulté de la sorte, trop souvent il avait été forcé d'acquiescer du bout des lèvres, par amour pour le garçon. Jamais plus. Jamais !

« NON ! rugit-il. Pas moi ! » Il battit l'air devant lui, espérant que ses persécuteurs se trouvaient à sa portée. « Je n'ai jamais été le navire d'Igrot ! Jamais ! Jamais ! Jamais ! » Il hurlait en répétant le mot qui résonnait à ses propres oreilles et noyait tous les mensonges. En dessous, au-dessus et à l'intérieur de lui, il entendit des cris confus, une cavalcade de pieds nus sur le pont, mais il ne s'en souciait plus. « Jamais ! Jamais ! Jamais ! »

Il continua à aboyer : s'il ne s'arrêtait pas, on ne lui poserait plus de questions. Et si on ne lui posait plus de questions, il pourrait tenir sa langue. En cela au moins, il resterait fidèle à sa parole et à sa famille.

*

Ils flânaient tranquillement tous les deux le long de la rue. La pluie avait diminué et quelques étoiles commençaient à apparaître dans le bleu profond aux confins du ciel. Les tavernes accrochaient leurs lanternes. La lumière des chandelles brillait à travers les volets clos des petites maisons. Le bras de Brashen entourait les épaules d'Althéa, elle le tenait par la taille. Leur journée s'était bien déroulée. Partage paraissait les avoir acceptés sur parole. Si les informations qu'ils avaient recueillies semblaient déroutantes, elles confirmaient cependant une chose. Kennit devait revenir à Partage. Bientôt.

Pour établir le fait, il avait fallu offrir quelques tournées dans la dernière taverne. Ils se dirigeaient à présent vers la yole. S'éclipseraient-ils discrètement de Partage demain ou resteraient-ils, peut-être jusqu'au retour de Kennit ? La décision n'était pas encore arrêtée. Les chances de récupérer Vivacia en acquittant une rançon semblaient bien minces ; la ruse paraissait la meilleure tactique. Ils hésitaient sur les nombreux partis à prendre. Il était temps de rentrer à bord pour les examiner tous.

Les passants se faisaient plus rares à cette heure. Alors qu'ils cheminaient sur le trottoir de bois, un couple devant eux s'engouffra dans une petite maison et referma la porte. Quelques instants après, la faible lueur d'une chandelle brilla à l'intérieur.

« Si ça pouvait être nous », fit Althéa d'une voix pleine d'un vague désir.

Brashen hésita puis ralentit le pas. Il l'attira à lui et proposa à mi-voix : « Je pourrais nous trouver une chambre tranquille quelque part. »

Elle secoua la tête avec regret. « L'équipage nous attend à la yole. On leur a dit d'être là à la brune. Si on tarde, ils vont croire qu'il nous est arrivé quelque chose.

— Qu'ils attendent. » Il baissa la tête et l'embrassa

avidement. Dans la nuit froide, sa bouche était d'une chaleur provocante. Elle émit un petit bruit de dépit. « Viens ici », dit-il d'un ton bourru. Il descendit du trottoir dans l'obscurité profonde de la ruelle et l'attira. Dans l'ombre, il la plaqua contre un mur et l'embrassa plus lentement. Il fit descendre les mains le long de son dos jusqu'à ses hanches. Brusquement, il la souleva sans effort. Le dos pressé contre le mur, elle sentit son désir. « Ici ? » demanda-t-il d'une voix étouffée.

Elle avait envie de lui mais c'était trop risqué. « Peut-être si je portais une jupe. Mais ce n'est pas le cas. » Elle le repoussa avec douceur et il la reposa sur le sol mais la garda clouée au mur. Elle ne lutta pas. Ses lèvres, ses caresses étaient plus enivrantes que l'eau-de-vie qu'ils avaient partagée. Sa bouche avait le goût de l'alcool et de la volupté.

Il interrompit abruptement le baiser, leva la tête comme un cerf aux abois. « Qu'est-ce que c'est ? »

Elle eut l'impression de s'éveiller d'un rêve. « Qu'est-ce que c'est quoi ? » Elle se sentait étourdie.

« Ces cris. Tu entends ? Ça vient du port. »

Des cris faibles, répétitifs lui parvinrent aux oreilles. Elle ne saisissait pas les mots mais elle reconnut la voix, avec une certitude glacée.

« Parangon. » Elle réajusta sa chemise dans sa ceinture. « Allons-y. »

Côte à côte, ils galopèrent le long du trottoir. Inutile de se montrer discrets. Dans une ville comme Partage, les cris n'étaient pas exceptionnels mais ils allaient finir par attirer l'attention. Parangon répétait toujours le même mot.

Ils avaient presque atteint le quai quand Clef fonça vers eux. « Faut v'nir su' l' navire, cap'taine. Parangon, il est dev'nu fou. » Il haletait, hors d'haleine, ils se remirent à courir tous les trois. Althéa aperçut les hommes de la bordée de terre qui les attendaient avec Clapot. Jek avait dégainé son couteau. « J'ai fait charger ce que vous avez acheté mais il manque deux hommes », annonça-t-elle. Il s'agissait des deux affranchis. Althéa devina qu'on aurait beau les attendre, rien n'y ferait.

« Démarrez, ordonna-t-elle laconiquement. Retour au navire, tous. On quitte Partage cette nuit. »

Il y eut un instant de stupéfaction et Althéa se maudit d'avoir trop bu. Alors Brashen déclara : « Vous n'avez pas entendu l'ordre du second ? Je dois répéter ? »

Ils se précipitèrent sur l'échelle et dans les canots. La voix de Parangon leur parvenait clairement. « Jamais ! Jamais ! Jamais ! » Il bramait plaintivement. Althéa distingua la forme de deux embarcations près de la proue. Il avait déjà attiré un auditoire. Le bruit allait se propager comme le feu que les nouveaux venus étaient arrivés à bord d'une vivenef. Que cette nouvelle évoquerait-elle pour la ville pirate ?

Ils eurent l'impression de mettre des heures à atteindre le navire. Alors qu'ils prenaient le pied sur le pont, ils furent accueillis par un Lavoy hargneux. « Je vous l'avais bien dit que c'était insensé ! Ce foutu navire est devenu cinglé et votre fou de charpentier n'a rien fait pour le calmer. Les voyous dans le canot en dessous braillaient qu'il était le navire d'Igrot. C'est vrai ?

— Dérapez l'ancre, étarquez les voiles, envoyez !

répondit Brashen. Servez-vous des canots pour virer. On quitte Partage.

— Ce soir ? s'exclama Lavoy, indigné. Dans le noir sur un navire cinglé ?

— Vous savez obéir ? fit Brashen en montrant les dents.

— Quand l'ordre est sensé ! » rétorqua Lavoy.

Brashen tendit le bras, saisit le second à la gorge. Il le tira et lui gronda à la figure : « Comprenez bien ceci. Si vous n'obéissez pas, je vous tue sur-le-champ. Dernière chance. J'en ai plus qu'assez de votre insolence. »

La scène se figea quelques secondes, la main de Brashen sur la gorge de Lavoy, et Lavoy le regardant fixement. Le capitaine avait l'avantage de la taille mais le second avait les épaules plus larges et la poitrine plus développée. Althéa retint son souffle. Alors Lavoy baissa les yeux.

Brashen le relâcha. « Au travail ! » Il se détourna.

Comme un serpent qui attaque, Lavoy tira son couteau et le lui plongea dans le dos. « Voilà pour toi ! » rugit-il.

Althéa bondit vers Brashen qui chancelait, les paupières serrées sous la douleur. En deux enjambées, le second atteignit la lisse. « Arrêtez-le ! Il va nous trahir ! » ordonna-t-elle. Plusieurs hommes se précipitèrent. Elle crut qu'ils allaient l'attraper. Du coin de l'œil, elle vit Lavoy sauter. « Morbleu ! » jura-t-elle et elle se retourna. A sa grande horreur, elle vit les hommes qui s'étaient élancés vers lui le suivre par-dessus bord. Pas seulement les Tatoués de Terrilville, mais d'autres matelots, qui sautaient après Lavoy comme des poissons dans un fleuve au moment du frai. Elle entendit le bruit des éclaboussements des nageurs, en bas. Lavoy allait les trahir à Partage. L'équipage loyal restait là, à les regarder bouche bée.

« Laissez-les, ordonna Brashen d'une voix rauque. Il faut qu'on décampe et on sera mieux sans eux. » Il la lâcha et se redressa.

Incrédule, Althéa le vit allonger le bras par-dessus son épaule et retirer d'un coup sec le couteau de Lavoy. Il le lança par terre avec un juron.

« C'est grave ? demanda Althéa.

— Oublie ça pour le moment. Il n'a pas pénétré très profond. Active l'équipage pendant que je m'occupe de Parangon. »

Sans attendre sa réponse, il gagna précipitamment le gaillard d'avant. Althéa le suivit des yeux, ahurie. Puis elle eut un sursaut, et se mit à hurler des ordres pour l'appareillage. Sur le gaillard d'avant, elle entendit la voix de Brashen : « Navire ! Ferme-la ! C'est un ordre. »

Chose étonnante, Parangon obéit. Il répondit au timon et aux canots qui le déhalaient tandis que les hommes en bas souquaient frénétiquement pour faire virer le navire. Le flux lent du lagon était avec eux ainsi que le vent dominant. Althéa volait pour exécuter ses tâches, tout en priant pour que Parangon reste dans le chenal et les fasse redescendre sans encombre le fleuve étroit. Comme une fleur qui s'ouvre, la toile s'épanouit dans le vent nocturne. Ils fuyaient Partage.

4

Le navire-serpent

Le serpent blanc passait sans relâche de la maussaderie aux sarcasmes. Il refusait de révéler son nom. Les noms, disait-il, qu'importent les noms à des vers mourants ? Lorsque Conteur insista pour qu'il donne un nom, le blanc finit par lui répondre, hargneux : « Charogne. Charogne, c'est le seul nom qui me sied, et bientôt, ce sera aussi le vôtre. Nous sommes des êtres morts qui continuons à bouger, de la chair pourrie qui n'est pas encore inerte. Appelle-moi Charogne, et je vous appellerai Cadavre. »

Il tint parole, c'est ainsi qu'il s'adressait à eux. C'était une constante source d'irritation. Sessuréa regrettait qu'ils aient rencontré cet animal, et plus encore qu'ils lui aient soutiré l'histoire de Celle-Qui-Se-Souvient.

Personne ne lui faisait confiance. Il enlevait la nourriture des mâchoires de ceux qui l'avaient capturée. D'une brusque morsure ou d'un battement de queue, il surprenait les serpents qui lâchaient leur proie, puis il s'en emparait. Pendant son sommeil, il laissait dégoutter de sa crinière les toxines fatales aux poissons, ce qui était parfaitement exaspérant car il dormait au milieu du nœud. Maulkin l'étreignait alors de peur qu'il ne tente de s'échapper durant la nuit.

Le jour, ils étaient obligés de le suivre. Il trouvait tous les moyens imaginables pour excéder le reste du nœud. Il lambinait, s'arrêtant souvent pour goûter le courant et s'interroger tout haut sur le chemin à suivre, ou il imposait une allure pénible et dédaignait toutes les protestations et les demandes de repos. Maulkin le suivait toujours de près mais il était visible que l'effort le minait.

Il se passait rarement une marée sans que Charogne défiât Maulkin de le tuer. Il affectait des attitudes insultantes ; il laissait s'écouler son venin en permanence et ne montrait aucun respect pour leur chef. Si Shriver avait été à la place de Maulkin, elle aurait depuis longtemps étranglé le serpent blanc mais lui contenait la violence de sa fureur, même quand le misérable se moquait de lui et de son rêve, ce qui n'empêchait pas Maulkin de fouetter l'eau rageusement ni ses ocelles dorés de luire comme le soleil sur la mer. Il ne voulait pas provoquer le blanc par des menaces ; celui-ci désirait trop ardemment mourir.

Son plus cruel tourment, c'était de garder pour soi les souvenirs que lui avait donnés Celle-Qui-Se-souvient. Quand les serpents s'installaient pour la nuit, en s'ancrant les uns aux autres, ils parlaient avant de s'endormir. Ils évoquaient et partageaient des réminiscences de leur héritage de dragon. Ce qui manquait à l'un, l'autre le fournissait ; ainsi s'assemblaient les fils de leurs souvenirs qui formaient comme des tapisseries usées jusqu'à la corde. Parfois, il suffisait de prononcer un nom pour faire jaillir une cascade de fragments oubliés. Mais Charogne ne livrait rien, ricanant d'un air entendu tandis que les autres fouillaient leurs cerveaux fatigués. On avait toujours l'impression qu'il aurait pu les éclairer, s'il l'avait voulu. C'est bien pourquoi Shriver n'avait qu'une envie : le tuer.

La conversation, cette nuit-là, avait vagabondé jusqu'aux lointaines terres du sud. Quelqu'un se rappelait un grand endroit sec, dépourvu de gros gibier. « Il a fallu des jours pour le survoler, affirma Conteur. Et il me semble que, quand on se posait, le sable était si brûlant qu'on ne pouvait pas y rester. Il fallait…

— Creuser ! intervint un autre, tout ému. Comme j'avais horreur des grains sous mes griffes et dans les plis de ma peau ! Mais pas moyen de faire autrement. Il ne fallait pas atterrir en douceur. On devait glisser, de façon à casser la croûte brûlante du sable et trouver une couche plus fraîche. Mais elle n'était pas si fraîche que ça ! »

Cet indice sensoriel, les grains de sable dans les plis de sa peau, s'empara de l'imagination de Shriver. Elle sentit non seulement le sable brûlant mais elle goûta aussi l'amertume particulière du lieu. Elle remua les mâchoires à ce souvenir. « Fermez vos naseaux à cause de la poussière ! » s'exclama-t-elle triomphante.

Un autre serpent trompeta, tout agité : « Mais cela valait la peine. Car une fois qu'on avait dépassé la région des sables bleus, il y avait... il y avait... »

Rien. Shriver se rappelait nettement l'impatience ressentie. Quand les sables passaient de l'or au bleu, on y était presque ; au-delà du sable bleu, il y avait quelque chose qui valait de supporter le long vol sans manger, quelque chose qui valait de braver les périls des tempêtes de sable. Pourquoi pouvaient-ils se souvenir de la chaleur et de l'irritation des grains de sable et non du but de leur voyage ?

« Attendez ! Attendez ! s'exclama soudain le blanc, saisi d'une vive émotion. Je sais ce que c'était ! Au-delà du sable bleu il y avait, oh ! C'était si beau, si merveilleux, quelle joie de le découvrir ! C'était... » Il tourna la tête, ses yeux écarlates chavirèrent pour s'assurer l'attention de tous. « De la crotte ! déclara-t-il tout réjoui. Des monceaux de crotte fraîche, marron et puante ! Et alors nous nous proclamions Seigneurs des Quatre Règnes. Seigneurs de la Terre, de la Mer, du Ciel et de la Crotte ! Ah, comme nous nous vautrions dans notre grandeur, fêtant tout ce que nous avions conquis et acquis ! Le souvenir est si clair, si brillant ! Dis-moi, Cadavre Sessuréa, ce souvenir-là n'est-il pas de tous le plus net, le plus... »

C'en était trop. La crinière orange de Sessuréa se dressa et il fondit sur le blanc, les mâchoires béantes. Avec une lenteur proche de l'indolence, Maulkin roula sur lui-même pour s'interposer entre eux. Sessuréa fut forcé de s'écarter. Il ne provoquerait jamais Maulkin mais il rugit de dépit et les serpents qui l'entouraient lui firent place afin qu'il exhale son courroux. Ses yeux verts tournoyaient furieusement. Il demanda : « Pourquoi doit-on supporter cet avorton visqueux ? Il se moque de nos rêves, il se rit de nous. Comment croire qu'il nous conduit vraiment à Celle-Qui-Se-Souvient ?

— Parce que c'est vrai », répondit Maulkin. Il ouvrit

les mâchoires, avala de l'eau saline, la rejeta par ses ouïes. « Goûte, Sessuréa. Le découragement a émoussé tes sens, mais goûte maintenant et dis-moi ce que tu perçois. »

Le grand serpent bleu obéit. Shriver l'imita ainsi que la plupart des autres. D'abord, elle ne perçut que leurs propres sels âpres, les toxines de Charogne. Puis lui arriva une bouffée, reconnaissable entre tout. Le goût d'un serpent qui portait les souvenirs enfermés dans sa chair flottait faiblement dans l'eau. Shriver pompa frénétiquement par ses ouïes, cherchant à avaler encore la saveur fugace qui pâlissait ; puis une traînée plus intense l'atteignit.

Conteur, le grand et mince ménestrel vert, fila comme une flèche vers le Manque. Il pointa la tête dans l'air nocturne, et claironna un appel interrogateur. Tout autour de Shriver, les serpents montèrent plus rapidement que des bulles et surgirent autour de Conteur. Ils joignirent leurs voix à la sienne et chantèrent leur quête. Brusquement, Maulkin jaillit parmi eux, en bondissant si haut qu'il s'arc-bouta de près d'un tiers de sa longueur au-dessus de l'eau avant de replonger.

« Silence ! ordonna-t-il quand il refit surface. Ecoutez ! »

Les têtes et les cols ployés du nœud flottaient au sein de la vague. Au-dessus d'eux luisait une lune froide et les étoiles brillaient comme de blanches anémones. Toutes les crinières se hérissèrent. La surface de la mer était devenue une prairie émaillée de fleurs nocturnes. Le temps d'un souffle, ils n'entendirent que le frissonnement du vent et de la mer.

Alors, aussi pure que la lumière, aussi douce que la chair, une voix s'éleva dans le lointain. « Venez, chantait-elle. Venez à moi et je vous donnerai la connaissance. Venez à Celle-Qui-Se-Souvient, et votre passé vous appartiendra et avec lui, tout votre avenir. Venez. Venez. »

Conteur trompeta une réponse enthousiaste mais un « Chut ! » sévère de Maulkin le fit taire. « Qu'est-ce ? »

Car montait un second chant. Les paroles étaient étrangement tournées, les notes abrégées, comme si le serpent qui chantait n'avait pas de voix. Mais quel qu'il soit, il faisait écho à l'appel de Celle-Qui-Se-Souvient. « Venez. Venez à moi. Votre passé et votre avenir vous attendent. Venez. Je vous guiderai, je vous protégerai. Obéissez-moi et je vous conduirai sains et saufs au pays. Une fois encore, vous prendrez votre essor, une fois encore vous volerez. »

Toutes les têtes, tous les yeux chavirés se tournèrent vers Maulkin. Sa crinière se dressait, toute raide, autour de son poitrail, le venin gorgeait ses piquants et débordait. « Nous y allons ! trompeta-t-il doucement, à l'intention de son seul nœud, et non aux voix des sirènes. Nous y allons, mais avec prudence. Il y a quelque chose de bizarre là-dedans, et nous avons déjà été trompés. Venez. Suivez-moi. »

Alors il rejeta en arrière son immense tête et ouvrit tout grand ses mâchoires dans la nuit. Ses ocelles étaient plus brillants que les astres. Quand il laissa éclater sa voix tonitruante, sa puissance fit vibrer l'eau autour de lui.

« Nous venons ! rugit-il. Nous venons chercher nos souvenirs ! »

Il replongea dans le Plein. Il fila dans l'eau, suivi de son nœud. Seul, le serpent blanc hésitait. Shriver, toujours méfiante, jeta un regard en arrière.

« Imbéciles ! Imbéciles ! Imbéciles ! trompeta sauvagement Charogne dans la nuit. Et je suis le plus grand imbécile de tous ! » Puis, avec un cri sauvage, il plongea pour les rejoindre.

*

Celle-Qui-Se-Souvient quitta le navire pour aller saluer les autres. Foudre la pressa de rester, en disant qu'elles les accueilleraient ensemble, mais elle ne pouvait pas attendre. Son destin était enfin venu la retrouver. Elle ne pouvait retarder davantage cette conclusion si longtemps attendue. Elle s'arc-bouta au-dessus d'eux, dans un saut maladroit qui se voulait gracieux. Il y eut un terrible conflit entre son corps rabougri et l'ancien souvenir qu'elle conservait de rencontres analogues. Elle aurait dû être deux fois plus grande, puissamment musclée, un géant parmi les serpents, suffisamment pourvue de toxines pour figer de stupeur nombre de nœuds en leur transmettant leur ancestrale mémoire. Elle écarta toute appréhension. Elle leur donnerait tout ce qu'elle possédait. Il fallait que ce soit suffisant.

Lorsqu'ils furent assez proches pour goûter mutuellement leurs toxines, elle s'arrêta. Elle se laissa enfoncer dans l'eau et battit des nageoires en les attendant. Le chef, un serpent tout bosselé qui rougeoyait du feu de ses ocelles, arrivait pour croiser les crocs avec elle. Les autres se déployèrent autour d'eux en éventail, les têtes alignées dans sa direction. Sous les remous des vagues, ils restaient tous ainsi en suspens, aussi immobiles que peuvent l'être des animaux marins, exactement espacés et alignés. Ils étaient nombreux, ils n'allaient bientôt plus former qu'un seul organisme, unis dans la mémoire de leur espèce. Elle ouvrit tout grand ses mâchoires, découvrant les dents dans un salut solennel. Elle secoua sa crinière jusqu'à ce que la collerette de piquants venimeux autour de son poitrail soit dressée dans toute sa splendeur. Chaque pointe était hérissée, gorgée des toxines qu'elle allait bientôt relâcher. Elle se maîtrisa avec rigueur. Il ne s'agissait pas de l'éveil d'un unique serpent : c'était la résurrection d'un nœud tout entier.

« Maulkin, du nœud de Maulkin te salue, Celle-Qui-Se-Souvient. »

Il promena ses grands yeux cuivrés sur le corps difforme du serpent, les fit tournoyer sous l'effet de la consternation ou de la compassion puis son regard s'immobilisa. Il découvrit ses crocs. Elle les heurta légèrement de ses dents. La crinière de Maulkin se raidit dans une réaction réflexe. Les serpents de son nœud, qu'une longue association avait habitués aux poisons de leur chef, seraient très vulnérables au mélange des toxines de l'étrangère avec celles de Maulkin, indispensables au processus d'éveil. Elle exhala un faible remous vers les mâchoires béantes, le vit avaler et en guetta l'effet. Les yeux du chef se mirent à tourner lentement, la couleur se répandit à travers sa crinière, des nuances de violet et de rose engorgèrent ses piquants. Elle lui laissa le temps de s'adapter. Alors, presque langoureusement, elle s'enroula autour de lui. Comme il convenait, il se soumit à elle.

Elle mesura son corps au sien, leurs sécrétions visqueuses se confondirent. Elle marqua une pause, paupières baissées, pour s'accorder aux acides. Puis, transportée dans l'extase du souvenir, elle emmêla sa crinière à la crinière de Maulkin, afin d'activer les glandes, qui épanchèrent un nuage de leurs venins fondus ensemble. Goûter à ces toxines qu'elle n'avait pas sécrétées faillit l'étourdir.

Puis sa perception du monde nocturne s'aiguisa. A l'instar de Maulkin, elle connut chaque serpent qui formait le nœud. Elle absorba les souvenirs confus qu'il avait de maintes pérégrinations migratoires, et les débrouilla pour lui. Elle partagea subitement l'errance d'une génération perdue. La pitié lui lacéra l'âme. Il restait si peu de femelles, elles étaient âgées. Leurs âmes avaient été emprisonnées pendant des décennies dans des corps destinés à n'être que provisoires. Pourtant, la compassion qui lui faisait vibrer le cœur fut noyée par la trompette triomphante de l'orgueil. En dépit de tout, son espèce avait survécu. Elle avait prévalu contre tous les obstacles. D'une façon ou d'une autre, les siens allaient achever leur migration, ils allaient fabriquer leurs cocons, en sortiraient dragons. Les Seigneurs des Trois Règnes repeupleraient le ciel.

Elle sentit l'esprit de Maulkin s'accoler au sien. « Oui ! » trompeta-t-il, et ce fut le signal. Elle lui souffla ses toxines en pleine face. Il ne se débattit pas. Au contraire, il plongea volontairement dans l'inconscience, il s'abandonna pour devenir le dépositaire des souvenirs de sa race. Elle fouettait de sa queue tordue tout en maintenant son étreinte. Lentement, en déployant de grands efforts, elle les fit tourner tous deux, les fit tournoyer dans un cercle ruisselant de toxines qui s'étendit peu à peu à la multitude en attente. Elle vit vaguement le poison atteindre les autres serpents. Ils se figèrent, raidis, envoûtés, puis ils se mirent par réflexe à battre des nageoires pour surnager tandis que leurs esprits s'ouvraient au trésor des souvenirs. Elle était petite, estropiée, elle se fatiguait trop vite. Elle espérait que ses glandes contiennent assez de poison pour eux tous. Elle écarta les mâchoires et fit fonctionner les muscles qui pompaient les toxines de sa crinière. Elle faisait de grands efforts, continua à se contracter convulsivement, longtemps après avoir tari ses glandes. Epuisée, elle s'acharna à faire tourner Maulkin, s'employant à disperser leurs poisons mêlés vers les ser pents fascinés. Elle peina ainsi, au-delà de l'instinct, poussant consciemment son corps jusqu'à la limite de ses forces.

Elle se rendit compte que Maulkin lui parlait. C'est lui qui la tenait, à présent. Elle était exténuée. Il bougeait avec elle, lui remplissait les ouïes.

« Assez, dit-il d'une voix douce. C'est assez. Repose-toi. Celle-Qui-Se-Souvient, le Nœud de Maulkin est désormais Nous-Qui-Nous-Souvenons. Tu as accompli ton devoir. »

Elle désirait ardemment se reposer mais elle réussit à les prévenir. « J'en ai éveillé une autre. L'argentée se réclame de notre parenté. Je me méfie d'elle. Pourtant elle est peut-être la seule à connaître le chemin du retour. »

*

La mer bouillonnait de serpents. Depuis qu'il naviguait, Kennit n'avait jamais vu pareil spectacle. Avant l'aube, leur chœur de trompettes l'avait réveillé. Ils grouillaient autour de sa vivenef. Ils dressaient leurs gigantesques têtes à crinières pour scruter le navire avec curiosité. Leurs longs corps fendaient l'eau devant la proue de Foudre, ruisselaient dans son sillage. Leurs couleurs étonnantes luisaient dans la lumière matinale. Leurs yeux immenses tournoyaient comme des roues.

Sur le gaillard d'avant, Kennit se sentait la cible de ces regards qui ne cillaient pas. Foudre était entourée de la cour de ses étranges soupirants. Ils émergeaient de l'eau, certains se dressaient presque au niveau de la figure de proue pour la regarder en silence, ou bien en trompetant et en sifflant. Quand elle leur chanta sa réponse, les énormes têtes se tournèrent vers Kennit pour le fixer des yeux. Pour un homme qui avait déjà perdu une jambe à cause d'un serpent, ces regards avides étaient troublants. Néanmoins, il demeurait à son poste et gardait le sourire.

Derrière lui, les hommes s'activaient sur le pont et dans le gréement avec une prudence accrue. En dessous béait la double menace de la mer et des crocs. Peu importait que les serpents ne manifestent pas d'agressivité. Leurs rugissements, leurs pirouettes suffisaient à intimider tout le monde. Seule Etta semblait s'être délivrée de sa peur des serpents. Elle se cramponnait à la lisse, les yeux élargis et les joues empourprées, en contemplant le spectacle de leur tapageuse escorte.

Hiémain se tenait derrière elle, les bras croisés étroitement sur la poitrine. Il s'adressa au navire : « Qu'est-ce qu'ils te disent, et que leur réponds-tu ? »

La figure de proue s'arc-bouta pour le regarder. Alors, sous les yeux de Kennit, le garçon tressaillit comme s'il avait été poignardé. Il pâlit tout à coup, ses genoux flageolèrent, et il s'écarta de la lisse en chancelant. La démarche incertaine, le regard vague, il quitta le gaillard d'avant sans ajouter un mot. Kennit songea un instant à l'interroger puis se ravisa. Il n'avait pas encore pris toute la mesure de Foudre. Il ne voulait pas risquer de l'offenser. L'expression aimable de la figure de proue ne s'était pas modifiée. Elle déclara à l'adresse de Kennit : « Ce qu'ils disent ne concerne pas les humains. Ils parlent de rêves de serpents, je leur assure que je fais les mêmes. C'est tout. Ils vont me suivre, maintenant, et m'obéir. Choisis ta proie, capitaine Kennit. Ils vont l'éperonner, la dépecer comme une harde de loups élimine le taureau faible du troupeau. Tu n'as qu'à dire où nous allons, et tout ce que nous croiserons sur notre route tombera comme un fruit mûr entre tes mains. »

Elle lui lança cette offre sur un ton désinvolte. Kennit se força à l'accepter avec équanimité mais il en comprit immédiatement les implications. Des navires, mais aussi des villes, mais aussi des cités à piller. Il regarda son escorte aux couleurs d'arc-en-ciel et l'imagina grouillant dans la baie de Terrilville, cabriolant devant les quais de Jamaillia. Elle pouvait faire un blocus qui paralyserait le commerce. Avec une flottille de serpents à ses ordres, il pouvait se rendre maître de l'ensemble des échanges dans la Passe Intérieure. Elle lui proposait la domination de la côte tout entière.

Il s'aperçut qu'elle l'observait du coin de l'œil. Elle savait parfaitement ce qu'elle lui offrait. Il s'approcha d'un pas pour n'être entendu que d'elle : « Et que m'en coûtera-t-il ? Seulement ce que tu demanderas, quand tu le demanderas ? »

Les lèvres écarlates s'incurvèrent en un sourire suave. « Exactement. »

Il n'était plus temps d'hésiter. « Tu l'auras, affirma-t-il à mi-voix.

— Je sais », répondit-elle.

*

« Qu'est-ce qui ne va pas ? » demanda Etta avec humeur.

Hiémain leva les yeux, surpris. « Pardon ?

— Pardon mon cul ! » Elle fit un geste en montrant le tablier posé entre eux sur la table basse. « C'est à toi de jouer. C'est à toi de jouer depuis belle lurette, j'ai eu le temps de finir ma boutonnière. Mais quand je lève les yeux, tu es là, à lorgner la lanterne. Alors qu'est-ce qui ne va pas ? Tu n'arrives pas à te concentrer, depuis quelque temps. »

Et cela parce qu'il avait l'esprit occupé d'une seule et unique pensée. Il aurait pu l'avouer mais il préféra hausser les épaules. « Je me sens un peu inutile, je crois, ces derniers temps. »

Elle sourit malicieusement. « Ces derniers temps ? Tu as toujours été inutile, petit prêtre. Pourquoi ça te tracasse, tout d'un coup ? »

Voilà, c'était la question. Pourquoi cela le tracassait-il ? Depuis que Kennit s'était emparé du navire, il n'avait aucun statut officiel. Il n'était pas le mousse, il n'était pas le valet du capitaine et personne n'avait jamais pris au sérieux son titre de propriétaire du navire. Mais il avait eu une fonction. Kennit lui avait assigné des corvées, lui avait aiguisé l'esprit en se mesurant à lui, mais tout cela n'avait fait simplement qu'occuper son temps. Et Vivacia avait occupé son cœur. Un peu tard pour s'en apercevoir, pensa-t-il amèrement. Un peu tard pour admettre que son lien avec la vivenef avait déterminé sa vie à bord. Elle avait eu besoin de lui et Kennit l'avait utilisé comme un pont entre eux. A présent il n'était plus nécessaire ni à l'un ni à l'autre. En tout cas, la créature qui habitait le corps de Vivacia n'avait plus besoin de lui. En réalité, c'est à peine si elle le tolérait. Il avait encore des élancements dans la tête après sa dernière rebuffade.

Il ne gardait qu'un souvenir vague de sa guérison. Des jours de convalescence avaient suivi. Il était resté allongé sur sa couchette à observer les jeux de lumière sur la cloison de sa cabine, sans penser à rien. La régénération rapide de ses tissus avait épuisé toutes ses réserves physiques. Etta lui avait apporté à manger, à boire, des livres qu'il n'ouvrait jamais. Elle lui avait aussi apporté un miroir, croyant par là le rasséréner. Il constatait que son corps s'était reconstitué sur l'injonction de Kennit. La peau de son visage s'était purgée de l'encre du tatouage. La marque que son père avait apposée sur lui pâlissait chaque jour un peu plus jusqu'à ce que l'image de Vivacia disparût complètement, comme si elle n'avait jamais été.

C'était l'action du navire. Il le savait. Kennit n'avait été que son instrument : un second miracle s'était accompli et le capitaine pouvait en récolter les bénéfices. Quant à Hiémain, Foudre lui avait bien fait comprendre qu'elle n'avait nul besoin de son acquiescement pour exercer sur lui sa volonté. Elle l'avait frappé de guérison. Elle n'avait pas régénéré son doigt manquant. Etait-ce parce que cette opération excédait les possibilités de son corps ou les pouvoirs curatifs de Foudre, ou bien parce qu'elle s'était refusée à agir ? Elle avait effacé de son visage l'image de Vivacia et la signification de cet acte était évidente.

Etta frappa sur la table et il sursauta.

« Tu recommences. Et tu n'as même pas répondu à ma question.

— Je ne sais plus que faire de moi-même, avoua-t-il. Le navire n'a plus besoin de moi. Kennit n'a plus besoin de moi. Je n'ai jamais été qu'un intermédiaire entre lui et le navire. Maintenant, ils sont ensemble et je suis...

— Jaloux, compléta Etta. Jaloux à en crever ! J'espère que j'étais plus subtile quand j'étais à ta place. Pendant longtemps, j'ai été comme toi à me demander où je me situais, si Kennit avait besoin de moi, et si oui pourquoi, je détestais ce navire qui le fascinait à ce point. » Elle lui adressa un sourire crispé, empreint de commisération. « Je te plains, mais ça ne t'avancera à rien.

— Qu'est-ce qui m'avancerait ?

— T'occuper. Surmonter. Apprendre quelque chose de nouveau. » Elle noua un fil. « Trouve quelque chose pour t'occuper l'esprit.

— Comme quoi ? » fit-il amèrement.

Elle rompit son fil d'un coup de dents et tira pour s'assurer que le bouton en os tenait solidement. Elle indiqua du menton le tablier de jeu négligé. « M'amuser, par exemple. »

A son sourire il comprit qu'elle plaisantait. Elle remua le menton et la lumière de la lampe coula sur les cheveux lustrés, effleura les pommettes saillantes. Etta lui lança un coup d'œil à travers ses cils baissés tout en enfilant son aiguille. La gaieté pétillait dans ses yeux sombres. La commissure de ses lèvres se retroussa légèrement. Oui, il pouvait trouver quelque chose pour s'occuper l'esprit, quelque chose qui probablement mènerait au désastre. Il se força à reporter son regard sur le tablier et joua son coup. « Apprendre quelque chose de nouveau. Comme quoi ? »

Elle eut un reniflement de mépris. Sa main jaillit, et d'un seul coup, elle démolit les défenses de Hiémain. « Quelque chose d'utile. A quoi tu t'appliquerais, au lieu de brasser de l'air en pensant à autre chose. »

D'un geste il balaya les pièces du jeu. « Qu'est-ce que je peux apprendre à bord que je n'aie déjà appris ?

— La navigation, suggéra-t-elle. Moi, ça me dépasse mais tu connais les chiffres déjà. Tu pourrais maîtriser la navigation. » Cette fois-ci, ses yeux étaient sérieux. « Cc que tu devrais apprendre, tu le repousses depuis trop longtemps. Remplis le vide que tu portes comme une blessure béante. Va là où ton cœur te mène toujours. Voilà trop longtemps que tu te renies. »

Il se figea. « Et c'est ? demanda-t-il à mi-voix.

— Apprends à te connaître. Ta prêtrise. »

Il fut saisi par l'acuité de sa propre déception. Il refusa même de penser à ce qu'il avait espéré entendre. Il secoua la tête, et répondit d'une voix amère : « J'ai laissé tout cela depuis trop longtemps. Ma foi en Sâ est solide mais ma dévotion n'est plus ce qu'elle était. Un prêtre doit être prêt à vivre pour les autres. A une époque, j'ai cru que j'y trouverais le bonheur. Maintenant... » Il croisa son regard avec franchise. « J'ai appris à vouloir des choses pour moi », dit-il à mi-voix.

Elle se mit à rire. « Ah, m'est avis que Kennit t'enseignerait ça à merveille. Pourtant, je crois que tu te méprends sur ton compte. Peut-être as-tu perdu l'intensité de ta concentration, Hiémain, mais sonde ton cœur. Si tu pouvais obtenir une chose, là tout de suite, que choisirais-tu ? »

Il ravala les mots qui lui venaient aux lèvres. Etta avait changé, il avait participé à ce changement. Sa façon de parler, de penser reflétait les lectures qu'ils avaient partagées. Elle n'était pas devenue plus sage, non ; la sagesse avait toujours brillé en elle. Mais maintenant elle avait les mots pour exprimer ses pensées. Elle avait été comme la flamme d'une lanterne qui brûle derrière un verre noir de suie. Aujourd'hui, le verre était clair et sa lumière brillait haut. Elle eut une moue irritée : il tardait trop à répondre. Il éludait sa question. « Vous vous rappelez la nuit où vous m'avez dit que je devrais découvrir où je me situais et repartir de là ?

Accepter la forme que ma vie avait prise et en tirer le meilleur parti possible ? »

Elle haussa un sourcil comme en signe de dénégation. Le cœur de Hiémain se serra. Etait-il possible que quelque chose d'aussi important pour lui n'ait laissé aucune trace en elle ? Alors elle secoua la tête avec regret. « Tu étais si sérieux. Je voulais te taquiner. Quel gamin tu faisais ! J'ai du mal à croire que tout récemment encore tu étais si jeune.

— Tout récemment ? fit-il en riant. Moi, j'ai l'impression que ça fait des années. J'ai connu tant de vicissitudes depuis. (Il rencontra son regard.) Je vous ai appris à lire, et vous avez dit que cela avait changé votre vie. Savez-vous à quel point vous avez changé la mienne ?

— Eh bien. (Elle se laissa aller contre son dossier et réfléchit.) Si je ne t'avais pas appris à te servir d'un couteau, tu serais mort à l'heure qu'il est. Donc je suppose que j'ai changé le cours de ta vie au moins une fois.

— J'essaie de m'imaginer mon retour au monastère. Il faudrait que je dise adieu à mon navire, à Kennit, à vous, à mes camarades de bord, à ma nouvelle vie. Je ne sais pas si je pourrais revenir en arrière, demeurer avec Bérandol à méditer ou à me plonger dans les livres. » Il eut un sourire de regret. « Ou travailler à ces vitraux dont je tirais une telle fierté. Ce serait renier tout ce que j'ai appris ici. Je suis comme un petit poisson qui s'est aventuré trop loin de sa mare tranquille et qui a été précipité dans le fleuve. J'ai appris à survivre ici, maintenant. Je ne sais pas si je pourrais encore me contenter d'une vie contemplative. »

Elle le regarda bizarrement. « Je ne voulais pas dire que tu retournes à ton monastère. Je songeais seulement que tu devrais redevenir un prêtre.

— Ici ? Sur le navire ? Pourquoi ?

— Et pourquoi pas ? Tu m'as dit une fois que si un homme est destiné à être prêtre, rien ne peut l'en détourner. Cela lui arrivera, où qu'il soit. Que peut-être Sâ t'avait placé ici parce que tu étais destiné à faire quelque chose ici. Le destin, et tout ça. »

Elle répétait ses paroles avec désinvolture mais, sous son ton léger, il devina un espoir fou.

« Mais pourquoi ? répéta-t-il. Pourquoi insistez-vous là-dessus aujourd'hui ? »

Elle se détourna. « Peut-être que je regrette la façon que tu avais de parler. Quand tu soutenais que dans tout ce qui arrivait il y avait un sens et une forme, même si on ne pouvait les discerner sur le moment. C'était réconfortant de t'entendre, même si je n'y croyais pas complètement. De t'entendre parler du destin et du reste. »

Elle laissa sa main errer sur sa poitrine, puis la retira vivement. Il savait ce qui l'avait fait tressaillir. C'était le petit sac qu'elle portait autour du cou, contenant l'amulette de l'île des Autres, la figurine d'un bébé. Elle la lui avait montrée alors qu'il se remettait tout juste de la « guérison miraculeuse ». Il avait deviné quelle importance revêtait pour elle ce charme mais n'y avait pas sérieusement réfléchi depuis lors. Ce qui, manifestement, n'était pas le cas d'Etta. Elle considérait l'étrange objet comme une sorte de présage. Si Hiémain avait cru les Autres véritablement clairvoyants et prophètes, peut-être aurait-il abondé dans son sens, mais ce n'était pas le cas. Il était probable que la figurine avait été rejetée sur la plage par les vents et les marées, avec toutes sortes de débris. Quant aux Autres, le serpent qu'il avait délivré avait gravé en Hiémain l'opinion qu'il avait d'eux.

Abominations. Si l'acception du mot n'était pas claire, l'horreur et la haine qu'il exprimait étaient sans ambiguïté. Les Autres n'auraient jamais dû exister. Ils avaient volé un passé qui ne leur appartenait pas, ils n'avaient nul pouvoir de prédire l'avenir. Le charme qu'Etta avait trouvé dans sa botte n'était que pure coïncidence, il n'était pas plus prodigieux que le sable qui l'accompagnait.

Il pouvait difficilement lui faire part de son sentiment sans l'offenser. Et ce serait pénible. Il commença avec circonspection : « Je crois toujours que chaque être a un destin unique et particulier. »

Elle sauta sur le sujet avant qu'il ait eu le temps de l'aborder en douceur. « Il se pourrait que ce soit mon destin de porter l'enfant de Kennit, de donner un prince au roi des Pirates.

— Il se peut aussi que votre destin soit de ne pas porter cet enfant », repartit-il.

Une expression fugitive de mécontentement passa sur le visage d'Etta, aussitôt remplacée par l'impassibilité. Il l'avait blessée. « Alors, c'est ce que tu crois. »

Il secoua la tête. « Non, Etta. Je ne crois ni l'un ni l'autre. Je dis simplement que vous ne devriez pas cantonner vos rêves dans un enfant ou dans un homme. Celui qui vous aime, celui que vous aimez a moins d'importance que ce que vous êtes. Trop de gens, hommes et femmes, aiment la personne qu'ils voudraient être, comme si en aimant cette personne, ou en en étant aimé, ils acquéraient de l'importance.

« Je ne suis pas Sâ. Je ne possède pas sa toute-puissante sagesse. Mais je crois que vous avez plus de chances de trouver le destin d'Etta dans Etta elle-même qu'en comptant sur Kennit pour vous féconder. »

La colère crispa le visage d'Etta. Puis les yeux toujours étincelants d'indignation, elle se mit à réfléchir à ces paroles. Enfin, elle déclara d'un ton bourru : « C'est difficile de se fâcher quand tu dis que je pourrais avoir de l'importance par moi-même. » Elle planta son regard dans le sien. « Je pourrais le prendre comme un compliment. Sauf que je doute de ta sincérité, puisque à l'évidence tu ne crois pas que ce soit vrai pour toi. »

Devant son silence ahuri, elle poursuivit : « Tu n'as pas perdu la foi en Sâ. Tu as perdu la foi en toi-même. D'après toi, je me mesure à l'aune de l'importance que Kennit m'accorde. Mais tu fais la même chose. Tu estimes ton utilité en fonction de Vivacia ou de Kennit. Prends ta vie en main, Hiémain, sois-en maître. Alors, peut-être pourras-tu avoir de l'importance à leurs yeux. »

Comme une clé qui tourne dans une serrure rouillée. Ce fut ce qu'il ressentit. Ou comme une blessure qui se rouvre et recommence à saigner, pensa-t-il avec ironie. Il passa les paroles d'Etta au crible, à la recherche d'un défaut dans sa logique, d'une astuce dans sa formulation. Il n'y en avait point. Elle avait raison. Il ne savait comment, un beau jour, il avait renoncé à être maître de sa vie. Ses méditations laborieuses — fruits de ses études et de la tutelle de Bérandol dans une autre vie — étaient devenues des platitudes qu'il débitait sans les appliquer à lui-même. Il se rappela tout à coup le petit novice qui confiait à son tuteur combien il redoutait le voyage en mer pour rentrer chez lui parce qu'il serait forcé de côtoyer des hommes du commun et non des acolytes réfléchis comme lui. Qu'avait-il dit à Bérandol ? « Des gens ordinaires, pas comme nous. » Il méprisait alors le genre de vie où le quotidien vous empêche de faire votre examen de conscience. Bérandol avait laissé entendre qu'en passant quelque temps dans le monde, il changerait peut-être de regard sur les gens qui gagnaient durement leur pain. Avait-il changé ? Ou avait-il changé de regard sur les acolytes, qui consacraient de si longues heures à l'introspection qu'ils ne faisaient jamais vraiment l'expérience de la vie ?

Il avait été plongé contre sa volonté dans le monde des bateaux et de la navigation. Il n'avait jamais adopté tout à fait cette vie, ni accepté ce qu'elle pouvait lui offrir. En prenant du recul, il discerna dans ses actes une résistance systématique. Il s'était opposé à son père, avait lutté contre Torg pour survivre, repoussé les avances de la vivenef qui voulait se lier avec lui. Il s'était allié avec les esclaves mais s'était méfié d'eux dès qu'ils s'étaient affranchis. Quand Kennit était arrivé à bord, Hiémain avait refusé de démordre de ses prétentions sur le navire en dépit des efforts que le pirate avait déployés pour conquérir Vivacia. Et, pendant tout ce temps, il avait mijoté dans l'attendrissement sur soi. Il s'était langui de son monastère, il s'était promis qu'à la première occasion, il redeviendrait ce Hiémain-là. Même après s'être résigné à accepter la vie que Sâ lui donnait et à y trouver du sens, il était demeuré sur la réserve.

Il avait superposé l'aveuglement à l'aveuglement, résisté obstinément à la volonté de Sâ, il s'en rendait bien compte aujourd'hui. Il n'avait pas embrassé son destin. Il s'y était résigné de mauvaise grâce, n'acceptant que ce qui lui était imposé, ne recevant que ce qu'il jugeait recevable au lieu d'englober le tout dans son sacerdoce.

Quelque chose. Il y avait quelque chose, là, une idée, une illumination qui frémissait à la frange de sa conscience. Une révélation prête à se dévoiler. Son regard perdit de sa fixité, sa respiration se ralentit et s'approfondit.

Etta déposa son ouvrage de couture. Elle ramassa les pièces du jeu et les replaça dans leur boîte. « Je crois qu'on en a fini avec les jeux pour un moment », dit-elle à mi-voix.

Il acquiesça d'un hochement de tête. Ses pensées réclamaient son attention, et il remarqua à peine qu'elle quittait la pièce.

*

Celle-Qui-Se-Souvient le reconnut. Sur le pont, le deux-pattes Hiémain regardait les serpents cabrioler dans le clair de lune. Elle fut étonnée qu'il soit vivant. Elle l'avait poussé à bord du navire dans la seule intention qu'il mourût parmi les siens. Ainsi, il avait survécu.

Quand il posa les mains sur la lisse, Celle-Qui-Se-Souvient perçut la réaction de Foudre. Ce n'était pas un tremblement physique mais un frisson de tout l'être. Une faible odeur de peur teinta l'eau. Foudre avait donc peur de ce deux-pattes ?

Perplexe, le serpent se rapprocha. Foudre était née dragon ; cela, au moins, Celle-Qui-Se-Souvient l'admettait. Mais Foudre aurait beau refuser vigoureusement le fait, elle n'était plus ni dragon ni serpent. Elle était un être hybride, sa sensibilité humaine se mêlait à son essence de dragon, et le tout était contenu dans sa forme de navire. Celle-Qui-Se-Souvient plongea sous l'eau, et s'aligna sur la quille argentée. C'était là qu'elle sentait le plus nettement la présence du dragon. Presque aussitôt, elle devina que la vivenef ne souhaitait pas sa proximité mais elle n'eut aucun scrupule à rester. Elle avait des obligations envers le nœud de serpents qu'elle avait éveillé. Si le navire présentait un danger pour eux, elle le découvrirait.

Elle ne fut guère surprise que Maulkin le Doré vienne la rejoindre. Il ne se souciait pas de dissimuler ses intentions. « Je veux en savoir plus », lui déclara-t-il. D'un léger redressement de sa crinière, il indiqua le navire qu'ils suivaient. « Elle nous exhorte à la patience, elle affirme qu'elle est là pour nous protéger et nous guider. Elle paraît en savoir long sur ce qui s'est passé depuis l'époque où les dragons peuplaient le ciel, mais je sens qu'elle tait autant qu'elle révèle. Tous mes souvenirs me disent que nous aurions dû atteindre le fleuve au printemps. L'hiver nous talonne maintenant, et pourtant elle nous conseille d'attendre. Pourquoi ? »

Elle admira sa franchise. Peu importait à Maulkin que le navire connaisse les doutes qu'il nourrissait à son endroit. Celle-Qui-Se-Souvient préféra montrer plus de délicatesse. « Il faut patienter pour le découvrir. Pour l'heure, elle est alliée aux deux-pattes. Elle prétend que, le moment venu, elle les utilisera pour nous aider. Mais pourquoi, alors, tremble-t-elle en présence de celui-là ? »

La vivenef ne manifesta d'aucune manière qu'elle entendait leur conversation sous-marine. Celle-Qui-Se-Souvient détecta un subtil changement dans le goût de l'eau autour d'eux. La colère, maintenant, s'ajoutait à la peur. Dépossédée de sa véritable forme, sa chair frustrée tentait malgré tout de sécréter le venin de ses émotions. Celle-Qui-Se-Souvient fit fonctionner ses glandes de poison. Elle n'en tira pas grand-chose ; il fallait du temps pour que son corps refasse ses réserves. Néanmoins, elle ouvrit tout grand ses mâchoires, absorba le faible venin de Foudre, et renvoya le sien. Elle s'ajusta au navire afin de mieux le sentir.

Au-dessus d'eux, le deux-pattes agrippa la lisse. En fait, il posa les mains sur le corps du dragon. Celle-Qui-Se-Souvient perçut le frisson de la vivenef qui reporta toute son attention sur Hiémain.

« Bonsoir, Vivacia. » La voix était étouffée par l'eau et la distance mais le contact de la main avec la lisse amplifiait la portée de ses paroles, qui se propageaient à travers la membrure jusqu'à Celle-Qui-Se-Souvient. *Je te connais*, disait ce contact. En prononçant le nom que Foudre dédaignait, il réclamait une partie d'elle. Et à juste titre, conclut le serpent, malgré la résistance que lui opposait le navire.

« Va-t'en, Hiémain.

— Je pourrais, mais cela ne servirait à rien. Tu sais ce que j'étais en train de faire, Vivacia ? J'étais en train de méditer. Je suis rentré en moi-même. Et tu sais ce que j'ai découvert ?

— Les battements de ton cœur ? » Avec une impitoyable cruauté, le navire entra en contact avec lui. Celle-Qui-Se-Souvient sentit les mains du garçon se serrer et son cœur s'affoler.

« Arrête, supplia-t-il convulsivement. S'il te plaît », ajouta-t-il. De mauvaise grâce, Foudre lâcha prise. Hiémain se cramponna à la lisse. Quand il eut retrouvé une respiration plus régulière, il dit à mi-voix : « Tu *sais* ce que j'ai découvert quand je suis rentré en moi-même. Je t'ai découverte, toi. Entremêlée à moi, corps et âme. Navire, nous ne faisons qu'un, et nous ne pouvons nous tromper l'un l'autre. Je te connais, tu me connais. Nous ne sommes ni l'un ni l'autre ce que nous prétendons être.

— Je peux te tuer, fit la vivenef d'une voix rageuse.

— Je sais. Mais tu ne seras pas débarrassée de moi pour autant. Si tu me tues, je continuerai à faire partie de toi. Je crois que tu le sais aussi. Tu cherches à m'écarter, mais je ne pense pas que je m'éloignerais suffisamment pour que le lien soit tranché. Cela ne ferait que nous rendre malheureux tous les deux.

— Je suis prête à prendre le risque.

— Pas moi, repartit posément Hiémain. Je te propose une autre solution. Acceptons ce que nous sommes devenus, sous tous nos aspects. Si tu cesses de nier tes côtés humains, j'accepterai le serpent et le dragon en moi. En nous », corrigea-t-il pensivement.

Un silence s'écoula avec le doux murmure de l'eau. Quelque chose montait lentement à l'intérieur du navire, tel le venin gorgeant la crinière hérissée d'un serpent. Mais quand Foudre parla, l'amertume jaillit d'elle comme un abcès qui crève. « C'est bien le moment de proposer cela, Hiémain Vestrit. Vraiment le moment. »

Elle l'abattit d'une chiquenaude de dragon qui chasserait une corneille agaçante. Le deux-pattes tomba de tout son long sur le pont. Des gouttes de sang suintèrent de ses narines sur les planches. Le navire avait beau rugir de défi, son bordage s'imprégna du liquide rouge et l'absorba.

5

Marché conclu

Reyn reprit haleine et ouvrit les yeux dans l'obscurité. Il avait rêvé du dragon, emprisonné dans son cercueil. Le rêve avait encore le pouvoir de l'inonder de sueur et de faire vibrer son cœur. Il était allongé, immobile, haletant, maudissant la créature et les souvenirs qu'elle lui avait laissés. Il fallait essayer de se rendormir. Ce serait bientôt l'heure de son quart et il allait regretter le sommeil que le cauchemar lui avait fait perdre. Il retint son souffle, tendit l'oreille au ronflement sonore de Grag et à la respiration légère de Selden. Il se tourna, agité, chercha une position plus confortable dans les draps humides de transpiration. Heureusement, il disposait d'un lit pour lui tout seul : d'autres devaient partager. Ces derniers jours, la maisonnée des Tenira s'était encore agrandie, de sorte qu'elle comprenait à présent un groupe représentatif de la population de Terrilville.

La toute jeune alliance des Premiers et Nouveaux Marchands, des esclaves et de Trois-Navires avait failli être tuée dans l'œuf. Le groupe qui s'était réuni autour de la table des Tenira, augmenté de quelques délégués des Nouveaux Marchands, s'était hardiment présenté à la demeure de Restart et avait exigé d'entrer. Leurs espions avaient déjà épié l'arrivée des derniers chefs du Conseil. Un certain nombre d'affidés de Roed, parmi les plus enragés, s'étaient aussi rassemblés. Reyn s'était demandé s'ils n'étaient pas en train de se jeter dans la gueule du loup. Mais Sérille avait paru calme sur le seuil. Roed Caern se tenait derrière elle, à sa gauche, l'œil torve. En dépit des mines menaçantes et des marmonnements du jeune Marchand, la Compagne les avait tous gracieusement invités à entrer et à se joindre à une « discussion non officielle sur la situation ». Mais, tandis qu'ils se groupaient, mal à l'aise, autour de la table des négociations, des trompettes et des cloches s'étaient mises à sonner dans la cité. Quand tout le monde se rua dehors, Reyn crut à un traquenard. Une sentinelle sur le toit avait crié qu'une flottille de navires chalcédiens approchait du port. Roed Caern avait dégainé un poignard, en criant que les Nouveaux Marchands s'étaient ingérés dans la réunion avec l'espoir d'en finir avec le gouvernement légitime de Terrilville pendant que leurs alliés chalcédiens passaient à l'attaque. Comme des chiens enragés, lui et ses acolytes s'étaient jetés sur les représentants des Nouveaux Marchands. Les couteaux que tous avaient promis de laisser chez eux furent tirés.

Le premier sang de l'attaque chalcédienne avait été versé ici même, sur le perron de Restart. Pour leur rendre justice, il faut souligner que les chefs du Conseil s'étaient élevés contre Roed et ses hommes et les avaient empêchés de massacrer les délégués de Trois-Navires, des Tatoués et des Nouveaux Marchands. La réunion s'était dispersée, les participants avaient fui la folie de Roed et s'étaient précipités chez eux pour protéger leurs familles des envahisseurs. Il y avait de cela trois jours.

Les Chalcédiens avaient débarqué, grouillant comme du fretin sur une plage. Des voiliers et des galères envahirent le port, dégorgèrent des guerriers sur les plages et les quais. Leurs forces avaient eu raison des citoyens désorganisés de Terrilville, et ils avaient capturé le *Kendri*. Un équipage d'élite l'avait fait sortir du port. Le navire était parti de mauvais gré, se vautrant, luttant tandis que des canots manœuvrés par des marins chalcédiens le remorquaient. Reyn ignorait ce qu'étaient devenus la vivenef et son équipage. Il se demandait si les Chalcédiens pouvaient forcer Kendri à les emmener jusqu'à Trois-Noues. Avaient-ils gardé la famille en otage pour contraindre le navire à obéir ?

Ils tenaient le port et les bâtiments alentour, le cœur de Terrilville était tombé sous leurs griffes rapaces. Chaque jour, ils progressaient un peu plus vers l'intérieur, pillant systématiquement et détruisant ce qu'ils ne pouvaient emporter. Reyn n'avait jamais vu pareils ravages. Certains édifices d'importance, les entrepôts où ils entassaient leur butin, les bâtiments en pierre étaient laissés intacts. Mais ils saccageaient tout le reste. Premier ou Nouveau Marchand, pêcheur, colporteur, prostituée ou esclave : peu importait aux Chalcédiens. Ils tuaient et volaient sans discrimination. Ils avaient brûlé la longue rangée d'habitations de Trois-Navires, détruit les petites barques de pêche et massacré les gens ; ceux qui en avaient réchappé s'étaient réfugiés chez leurs voisins. Les envahisseurs ne cherchaient nullement à négocier. Il n'était pas question de reddition. Les prisonniers étaient enchaînés et détenus sur un navire pour être emmenés comme esclaves en Chalcède. Si les envahisseurs avaient jamais compté des alliés parmi les habitants de Terrilville, ils les trahissaient. Ils n'épargnaient personne.

« Ils ont l'intention de rester. » La voix grave de Grag était douce mais distincte. « Quand ils auront massacré ou réduit tout le monde en esclavage, ils s'installeront à Terrilville qui deviendra une province de Chalcède.

— Je vous ai réveillé en m'agitant ? demanda Reyn à mi-voix.

— Pas vraiment. Je n'arrive pas à dormir pour de bon. J'en ai tellement assez d'attendre. Je sais que nous devions organiser la résistance mais pendant ce temps, il a fallu assister à cette dévastation. Maintenant que le moment est venu, les minutes se traînent et, pourtant, je regrette qu'on n'ait pas eu davantage de temps pour se préparer. Si ma mère et les filles pouvaient s'enfuir dans les montagnes et s'y cacher jusqu'à ce que tout soit fini !

— Fini dans quel sens ? s'enquit Reyn aigrement. Je sais qu'on ne doit pas se laisser abattre mais je ne crois pas au succès de notre coup de main. Si on les chasse de nos plages, ils vont simplement se retirer dans leurs vaisseaux puis lancer une nouvelle attaque. Tant qu'ils restent maîtres du port, ils restent maîtres de Terrilville. Sans commerce, comment pouvons-nous survivre ?

— Je ne sais pas. Mais il doit bien y avoir un espoir, insista Grag avec obstination. Cette pagaille aura eu au moins le mérite de nous rassembler. Maintenant tout le monde est forcé de voir qu'on n'en réchappera qu'en résistant ensemble. »

Reyn tâcha en vain de se montrer positif. « Il y a un espoir, mais bien faible. Si nos vivenefs revenaient et les chassaient du port, tout Terrilville se rallierait. S'il y avait moyen de les piéger entre la plage et l'entrée du port, on pourrait les tuer tous. »

La voix de Grag trahit son inquiétude. « J'aimerais bien savoir où se trouvent nos navires, ou du moins combien il nous en reste. J'ai idée que les Chalcédiens les ont attirés ailleurs. Ils ont fui, on les a poursuivis, là où une flotte beaucoup plus importante va peut-être nous anéantir. Comment avons-nous pu nous montrer aussi stupides ?

— Nous sommes des marchands, pas des guerriers, rétorqua Reyn. Notre plus grande force est aussi notre principale faiblesse. Nous ne savons que négocier et nos ennemis n'ont que faire de pourparlers. »

Grag émit un bruit qui tenait du soupir et du gémissement. « J'aurais dû être à bord de l'*Ophélie*, ce jour-là. J'aurais dû partir avec eux. C'est affreux d'attendre et d'espérer sans savoir ce que sont devenus mon père et notre navire. »

Reyn garda le silence. Il ne savait que trop à quel point la lame aiguisée de l'incertitude pouvait entailler l'âme. Il ne ferait pas à Grag l'insulte de lui dire qu'il comprenait ses sentiments. La souffrance est une affaire personnelle. Il proposa : « Nous ne dormons pas. Autant nous lever. Allons parler dans la cuisine pour ne pas réveiller Selden.

— Selden est réveillé, dit le garçon à mi-voix, en s'asseyant. Je suis décidé. J'irai avec vous aujourd'hui. Je vais me battre.

— Non, décréta Reyn aussitôt puis, sur un ton plus tempéré : Ce ne serait pas raisonnable, Selden. Ta situation est particulière. Tu es peut-être le dernier héritier du nom. Tu ne dois pas risquer ta vie.

— Le risque, ce serait de rester à trembler ici sans rien faire, rétorqua amèrement Selden. Reyn, je vous en prie. Quand je suis avec ma grand-mère ou ma mère, elles veulent bien faire mais elles me rendent... petit. Comment deviendrai-je un homme si je demeure toujours avec des femmes ? Il faut que j'aille avec vous aujourd'hui.

— Selden, si tu viens avec nous, il se peut que tu ne deviennes jamais un homme, avertit Grag. Reste ici. Veille sur ta mère et ta grand-mère. C'est comme ça que tu seras le plus utile à Terrilville. Et c'est ton devoir.

— Ne prenez pas ce ton protecteur ! répliqua sèchement le gamin. S'il arrive qu'on se batte près de la maison, on sera tous massacrés, parce que d'ici là vous serez tous morts. Je vais avec vous. Vous croyez que je serai dans vos jambes, que vous serez obligés de me protéger. Mais ça ne se passera pas comme ça. Je vous le promets. »

Grag allait répondre mais Reyn intervint. « Allons dans la cuisine discuter de tout ça. Je prendrais bien un peu de café.

— Vous n'en aurez pas », grommela Grag. Puis sur un ton volontairement moins rébarbatif : « Mais il y a encore du thé. »

Ils n'étaient pas les seuls que le sommeil avait fuis. Le feu dans la cuisine avait été ranimé et une grande marmite de bouillie était déjà en train de bouillotter. La mère de Grag, sa sœur et les Vestrit s'agitaient dans la vaste pièce avec des mines affairées. Il n'y avait pas assez de travail pour les occuper toutes. Un murmure de voix provenait de la salle à manger où l'on apportait des plateaux. Eke Kelter était là aussi. Elle adressa un sourire chaleureux à Grag et lui offrit une tasse de thé puis elle s'assit sur la table de la cuisine en face de lui et déclara d'un ton détaché : « Les incendiaires sont déjà partis. Ils voulaient être certains d'être en position avant l'assaut. »

Reyn sentit son cœur tressaillir étrangement. Soudain, tout devenait réel. La fumée et les flammes s'élevant de l'entrepôt des Drur sur les quais devait être le signal de l'attaque. Des espions téméraires, de petits esclaves pour la plupart, avaient découvert que les Chalcédiens y avaient amassé leur butin. Ils allaient sûrement intervenir pour combattre l'incendie. Terrilville sacrifierait ses richesses volées pour attirer les Chalcédiens et les concentrer. Une fois l'incendie allumé, les insurgés tenteraient d'embraser les navires chalcédiens avec des flèches enflammées. Des hommes de Trois-Navires, le corps enduit de graisse pour se protéger de l'eau glacée, nageraient jusqu'aux vaisseaux et fileraient des chaînes d'ancre.

Les différents groupes de Terrilville avaient mis sur pied cette diversion pour désorganiser les envahisseurs avant de tenter une offensive à l'aube. Tous les hommes s'étaient armés de leur mieux. Vieilles épées de famille, gourdins, couteaux de boucher, pelles de pêche, faucilles, tout serait bon. Marchands et pêcheurs, jardiniers et esclaves-marmitons convertiraient leurs outils en armes aujourd'hui. Reyn ferma les yeux et serra les paupières. C'était déjà dur de mourir ; fallait-il donc qu'ils soient si mal équipés ? Il se versa une tasse de thé brûlant et souhaita en silence bonne chance aux sinistres saboteurs qui se faufilaient discrètement dehors, dans la nuit froide et pluvieuse.

Selden, assis à côté de lui, lui agrippa le poignet sous la table. Reyn lui lança un coup d'œil interrogateur et vit le petit visage s'éclairer d'un étrange sourire sans joie. « Je le sens, dit le garçon à voix basse. Pas vous ?

— C'est naturel d'avoir peur », assura Reyn pour le réconforter. Selden se borna à secouer la tête et lui lâcha la main. Le jeune homme sentit son cœur se serrer. Le petit frère de Malta avait traversé trop d'épreuves pour son âge. Sa raison en avait été ébranlée.

Ronica Vestrit apporta du pain frais sur la table. La vieille femme avait tressé ses cheveux grisonnants et les avait épinglés solidement. Reyn la remerciait quand Jani pénétra dans la cuisine. Elle n'était pas voilée. Les habitants du désert des Pluies ne cachaient plus leur apparence depuis le jour où Reyn avait retiré son voile à la table du Conseil. S'ils devaient tous faire partie de la nouvelle cité, autant que ce soit à visage découvert. Ses écailles, ses gibbosités et ses yeux cuivrés étaient-ils si différents des tatouages qui rampaient sur la figure des esclaves ? Sa mère aussi avait fixé ses cheveux nattés sur la tête. Elle portait des pantalons au lieu de ses jupes flottantes. Elle répondit au coup d'œil perplexe de son fils : « Je ne serai pas gênée par mes jupes quand nous attaquerons. »

Il la dévisagea, attendant un sourire qui lui confirmerait qu'elle plaisantait. Mais elle ne sourit pas. Elle se contenta de déclarer tranquillement : « C'était inutile d'en discuter. Je savais que vous y seriez tous opposés. Lorsque nous sommes arrivés ici, les femmes et les enfants ont pris autant de risques que les hommes ; il est temps que vous vous en souveniez. Nous allons tous nous battre aujourd'hui, Reyn. Mieux vaut mourir en luttant que vivre dans l'esclavage après que nos hommes se seront fait tuer en tâchant de nous protéger. »

Grag commenta avec un sourire navré : « Eh bien, voilà qui est optimiste. » Il considéra sa mère. « Toi aussi ?

— Bien sûr. Tu crois que je ne suis bonne qu'à te faire la cuisine et à t'envoyer ensuite à la mort ? » Naria Tenira prononça ces paroles amères en posant sur la table une tourte aux pommes fumante. Plus doucement, elle ajouta : « Je l'ai faite pour toi, Grag. Je sais que c'est ton plat préféré. Il y a de la viande, de la bière et du fromage dans la salle à manger, si tu aimes mieux. Les autres qui sont partis avant toi voulaient un déjeuner consistant à cause du froid. »

C'était peut-être leur dernier repas en commun. Si les Chalcédiens l'emportaient aujourd'hui, ils trouveraient le garde-manger vide. A quoi bon conserver quoi que ce soit, qu'il s'agisse de nourriture ou de vies bien-aimées ? En dépit de la menace qui planait, ou peut-être à cause d'elle, l'odeur des fruits tièdes, parfumés au miel et à la cannelle, n'avait jamais paru aussi délicieuse. Grag découpa de généreuses tranches. Reyn posa devant Selden le premier morceau de tourte et accepta une part pour lui-même. « Merci », dit-il doucement. Il ne trouva rien d'autre à ajouter.

*

Tintaglia tournoyait très haut au-dessus du port de Terrilville ; la colère qui fermentait en elle finit par déborder. Comment osaient-ils traiter un dragon de la sorte ? Elle était peut-être la dernière de son espèce mais elle était toujours Seigneur des Trois Règnes. Pourtant, à Trois-Noues, on l'avait éconduite comme on repousse un mendiant qui frappe à votre porte. Quand elle avait survolé la cité en rugissant pour faire comprendre aux habitants qu'elle allait atterrir, ils ne s'étaient pas donné la peine de débarrasser le quai. Et lorsqu'elle avait fini par se poser, les gens s'étaient enfuis en poussant des cris perçants alors que ses ailes balayaient caisses et barils dans le fleuve.

Ils s'étaient cachés, ils avaient dédaigné sa visite au lieu de lui faire bonne chère. Elle avait attendu, en se disant qu'ils étaient apeurés. Ils n'allaient pas tarder à se ressaisir et à la saluer comme il convenait. Bien loin de cela, ils avaient envoyé des hommes abrités derrière des boucliers de fortune, armés d'arcs et de flèches. Ils s'étaient avancés vers elle en ligne, comme s'ils avaient eu affaire à une vache égarée à ramener au sein du troupeau, et non à un seigneur à servir.

Pourtant, elle avait conservé son sang-froid. De nombreuses générations étaient passées depuis qu'un dragon était venu leur rendre visite. Peut-être avaient-ils oublié les courtoisies d'usage. Il fallait leur laisser une chance. Mais lorsqu'elle les salua comme s'ils lui avaient fait allégeance, certains avaient adopté une attitude d'incompréhension totale alors que d'autres s'écriaient : « Il a parlé, il a parlé ! », comme si c'était un prodige. Elle avait attendu patiemment qu'ils aient fini de se chamailler. Enfin, ils avaient poussé une femme en avant. Elle avait pointé sa lance tremblante sur Tintaglia et avait demandé : « Pourquoi es-tu ici ? »

Elle aurait pu la piétiner, cette femme, ou ouvrir la gueule et l'asperger d'un brouillard de toxines. Néanmoins, une fois encore, elle avait ravalé sa colère et interrogé simplement : « Où est Reyn ? Envoie-le-moi ici. »

La femme avait serré sa lance pour atténuer son tremblement. « Il n'est pas là ! s'était-elle écriée d'une voix suraiguë. Maintenant, va-t'en, avant qu'on t'attaque ! »

D'un coup de queue, Tintaglia avait envoyé à l'eau une pyramide de caisses. « Amène-moi Malta, alors. Amène-moi quelqu'un qui soit assez intelligent pour parler avant de menacer. »

Le porte-parole recula jusqu'à la rangée de guerriers blottis derrière leurs boucliers et s'entretint brièvement avec eux. Puis, se hasardant à quitter la protection de la foule, elle avança de deux pas avant de déclarer : « Malta est morte, et Reyn n'est pas là.

— Malta n'est pas morte ! » s'exclama Tintaglia exaspérée. Son lien avec la femelle humaine était moins fort qu'avant mais il n'avait pas disparu. « J'en ai assez de tout ça. Envoie-moi Reyn ou dis-moi où je peux le trouver. »

La femme se campa devant le dragon. « Il n'est pas là, c'est tout. Va-t'en ! »

C'en était trop. Tintaglia se dressa sur ses membres postérieurs puis s'abattit avec fracas sur ses antérieurs, ce qui ébranla violemment le quai. La femme chancela, tomba à genoux tandis que quelques guerriers derrière elle rompaient le rang et s'enfuyaient. D'un coup de queue, le dragon balaya le reste des caisses et des barils. Puis il saisit dans sa gueule la lance dérisoire, la brisa en mille morceaux qu'il recracha sur le côté. « Où est Reyn ? rugit-il.

— Ne dis rien ! cria un des hommes, mais un jeune homme bondit en avant.

— Ne la tue pas ! Je t'en prie ! » supplia-t-il. Il foudroya du regard les porteurs de lance. « Je ne vais pas sacrifier Ala pour le salut de Reyn ! C'est lui qui a attiré le dragon sur nous ; qu'il se débrouille avec. Reyn est parti, dragon. Il est allé à Terrilville à bord de Kendri. Si tu veux le voir, cherche-le là-bas. Pas ici. Sinon, c'est le combat. »

Certains le traitèrent de traître et de lâche mais d'autres se rangèrent de son côté, en disant au dragon d'aller poursuivre Reyn ailleurs. Tintaglia était écœurée. Laissant la femme s'échapper, elle se dressa sur ses postérieurs, reposa ses pattes sur le quai, y planta les griffes et laboura les planches qui s'émiettèrent comme des feuilles sèches. D'un coup de queue elle fracassa deux barques amarrées au quai. Elle leur fit comprendre par là qu'elle pouvait les anéantir sans le moindre effort.

« Je n'aurais aucun mal à faire écrouler votre cité ! rugit-elle. N'oubliez pas, misérables deux-pattes. Vous aurez encore de mes nouvelles. Quand je reviendrai, je vous apprendrai le respect, je vous enseignerai à servir un Seigneur des Trois Règnes. »

Ils se regroupèrent alors, du moins ils essayèrent. Quelques-uns se précipitèrent sur elle, lances baissées. Au lieu de charger, elle déploya les ailes, bondit avec légèreté dans les airs puis s'abattit de tout son poids. Le choc souleva l'extrémité du quai et ces soi-disant défenseurs furent projetés en l'air. Ils retombèrent brutalement. L'un d'eux au moins piqua dans l'eau. Elle n'avait pas attendu d'autres preuves de leur irrévérence, elle s'était élancée en faisant tanguer follement le quai. Alors qu'elle montait dans le ciel, des gens hurlaient, en brandissant le poing ou en tremblant.

Peu lui importait. Elle voulait de l'air. Terrilville. C'était sans doute cette petite ville nauséabonde qu'elle avait survolée. Elle irait y chercher Reyn. Il avait déjà parlé en son nom ; il recommencerait, leur ferait comprendre à tous à quel courroux ils s'exposaient s'ils ne lui obéissaient pas.

A présent, elle était ici, chevauchant un vent froid d'hiver au-dessus des maisons blotties tout en bas. Des étoiles pâlissantes constellaient le ciel ; des lumières jaunes brillaient éparses dans la ville endormie. L'aube allait bientôt agiter les humains dans leur nid. Une puanteur méphitique de brûlé montait par bouffées à ses naseaux. Des navires peuplaient le port et, sur le front de mer, des feux de bivouac brûlaient à intervalles irréguliers. Tout autour, elle aperçut des hommes qui faisaient les cent pas. Elle fouilla dans sa mémoire. La guerre. Elle assistait au chaos pestilentiel de la guerre. D'une épaisse fumée qui s'échappait d'un bâtiment près des quais s'épanouirent tout à coup des flammes orange. Une clameur se fit entendre. Ses yeux perçants discernèrent des silhouettes qui s'enfuyaient furtivement tandis qu'une troupe d'hommes convergeait vers le feu.

Elle descendit encore, essayant de distinguer ce qui se passait. Elle reconnut alors le sifflement des flèches. Les projectiles enflammés passèrent tout près d'elle et s'abattirent sur un navire où ils s'éteignirent rapidement. Une seconde volée suivit. Cette fois, la voile d'un vaisseau s'embrasa. Les flammes dévorèrent rapidement la toile en s'élevant vers elle. Tintaglia battit des ailes pour prendre de l'altitude et l'appel d'air provoqué par son passage attisa le feu. Sur le pont du navire, les hommes hurlaient, stupéfiés. Ils montraient du doigt, au-delà de la voile flambante, le dragon qui se découpait dans le ciel.

Elle entendit un arc vibrer et un trait passa près d'elle en sifflant. Elle esquiva le projectile mais d'autres lui succédèrent. L'une des petites flèches l'atteignit, picotant sans lui faire mal son ventre aux écailles serrées. Elle était à la fois étonnée et outragée. Ils osaient essayer de lui nuire ? Les humains cherchaient à contrarier la volonté d'un dragon ? Elle fulminait. En vérité, voilà trop longtemps que les cieux étaient désertés. Comment les humains osaient-ils se croire maîtres de l'univers ? Elle allait leur montrer leur folle présomption. Elle choisit le plus grand des vaisseaux, replia les ailes et piqua droit sur lui.

Elle ne s'était jamais attaquée à un navire. De mémoire de dragon, les humains avaient rarement combattu son espèce. Elle découvrit rapidement qu'elle n'avait pas été bien inspirée de prendre le gréement dans ses serres. Les vaisseaux qui se balançaient n'offraient pas assez de résistance à son assaut. Ils s'éloignaient en tanguant, la toile et les filins s'emmêlaient dans ses pattes griffues. Elle se libéra du navire d'une violente secousse. Elle claqua des ailes pour prendre de l'altitude. Au-dessus du port, elle se dépêtra des filins, espars et toile et les regarda avec satisfaction s'écraser au beau milieu d'une galère, qui coula sous le poids.

A son second passage, elle choisit comme proie un deux-mâts. Les hommes à bord, en la voyant fondre sur eux, remplirent l'air de leurs flèches qui rebondirent sur elle pour retomber sur le navire. En le survolant, elle cingla d'un coup de queue et sectionna les deux mâts. Pris dans les voiles et le gréement, ils s'affalèrent mais Tintaglia s'était déjà éloignée. Elle plana très bas au-dessus d'une galère, dont l'équipage sauta par-dessus bord. Elle rugit de plaisir. Ils apprenaient si vite à la redouter !

Le battement de ses ailes gigantesques secouait les petits bateaux. Un chœur de hurlements s'éleva en hommage à sa furie. Elle remonta puis vira vers le port. Alors que le soleil d'hiver apparaissait à l'horizon, elle aperçut dans l'eau sombre le reflet fugace, éblouissant de son corps. Ses yeux perçants balayèrent la ville. On ne luttait plus contre les incendies, les combattants étaient dispersés. Tous les yeux étaient levés vers elle, tout mouvement suspendu, figé dans l'adoration devant les manifestations de son courroux. Son cœur bondit à leurs regards empreints d'effroi sacré. Le parfum de leur peur monta à ses naseaux et l'enivra du sentiment de sa puissance. Elle prit son souffle et se mit à glapir en exhalant un brouillard de poison laiteux que le vent emporta. Quelques secondes s'écoulèrent puis elle eut la satisfaction d'entendre d'atroces hurlements. Sur les navires, les gouttes de venin dévoraient peau et chair, transperçaient les os, rongeaient les entrailles et ressortaient des corps convulsés des victimes. Le venin de combat, issu des eaux acides de sa naissance, assez corrosif pour pénétrer l'armure d'un dragon adulte, traversait la chair aqueuse des humains sans perdre de sa virulence et faisait grésiller le bois de leurs navires. La moindre gouttelette provoquait une blessure incurable. Tant pis pour ceux qui avaient voulu la cribler de flèches !

Alors, à travers le tumulte, les hurlements, à travers le crépitement des flammes et la mélopée du vent, une voix solitaire, limpide attira son attention. Elle tourna la tête pour l'isoler du bruit. Une voix chantait, une voix de jeune garçon, haute sans être aiguë. Douce, pure, elle répétait : « Tintaglia ! Tintaglia ! Reine bleue des vents et des deux ! Tintaglia la glorieuse, terrible dans ta beauté, adorable dans ton courroux ! Tintaglia ! Tintaglia ! »

Ses yeux perçants découvrirent la petite silhouette. Il se tenait seul sur un tas de décombres, peu soucieux de constituer une cible idéale pour les flèches. Droit, joyeux, les bras levés, il chantait pour elle dans la langue des Anciens. Ses flatteries l'envoûtaient, il entrelaçait son nom dans la trame de son chant, le prononçait avec une douceur ineffable.

Elle cueillit le vent sous ses ailes, vira, tourna en de gracieuses spirales, s'appuyant aux courants d'air. Le chant évoluait avec elle, l'enveloppait de ses louanges ensorcelantes. Elle ne put lui résister. Elle se laissa descendre, de plus en plus bas, pour entendre les mots d'adoration. Les navires défaits fuyaient le port. Elle s'en moquait. Qu'ils s'en aillent !

Cette ville était mal adaptée à l'accueil d'un dragon. Néanmoins, non loin de son charmant soupirant, elle repéra une place qui conviendrait à l'atterrissage. Alors qu'elle battait des ailes pour freiner sa descente, les humains furent nombreux à détaler dans tous les sens pour se réfugier derrière les bâtiments en ruine. Elle ne leur accorda aucune attention. Une fois posée, elle secoua et replia ses grandes ailes. Sa tête se balança au rythme des paroles de son ménestrel.

« Tintaglia, Tintaglia, toi qui éclipses la lune et le soleil. Tintaglia, plus bleue que l'arc-en-ciel, plus étincelante que l'argent. Tintaglia aux ailes véloces, aux griffes acérées, toi dont l'haleine est fatale aux vilains. Tintaglia, Tintaglia. »

Ses yeux tourbillonnaient de plaisir. Depuis combien de temps n'avait-on chanté les louanges d'un dragon ? Elle observa le garçon et vit qu'il était en extase devant elle. Ses yeux chatoyaient du reflet de sa beauté. Elle se rappela qu'elle l'avait touché, celui-là, une fois déjà. Il était avec Reyn quand elle était venue à son secours. Voilà qui résolvait le mystère. Il arrivait parfois qu'un mortel soit ravi en extase au contact d'un dragon.

Les jeunes surtout étaient particulièrement sensibles à ce lien. Elle regarda ce petit être avec tendresse. Un papillon, condamné à une vie si brève, et pourtant il se tenait devant elle, sans crainte, et il l'adorait.

Elle ouvrit grand ses ailes, en signe d'approbation. C'était la plus grande accolade qu'un dragon pût donner à un mortel, bien que le chant juvénile ne la méritât guère : ses paroles avaient beau être douces, il s'en fallait de beaucoup qu'il soit un ménestrel accompli. Elle fit frissonner ses ailes dont le bleu et l'argent ondoyèrent dans le soleil d'hiver. Il se tut, ébloui.

Amusée, elle eut conscience de la présence des autres. Ils hésitaient en la scrutant derrière les arbres et par-dessus les murs. Ils serraient leurs armes et tremblaient, transis de peur. Elle courba son long col, fit des grâces en roulant des muscles. Elle étira les griffes, raya les pavés de la rue. D'un geste désinvolte, elle pencha la tête et baissa le regard sur son petit admirateur. Elle fit tourner ses yeux à dessein pour le fasciner. Elle sentit les battements douloureux de son cœur et le libéra. Il reprit peu à peu son souffle en haletant mais resta debout. En vérité, tout petit qu'il fût, il était digne de chanter les louanges d'un dragon.

« Eh bien, ménestrel, ronronna-t-elle, amusée. Cherches-tu à obtenir une faveur en échange de ton chant ?

— Je chante de joie, parce que tu existes, répliqua-t-il hardiment.

— C'est bien », répondit-elle. Les autres, les humains cachés derrière Selden, se risquaient l'un après l'autre à approcher, armes en garde. Imbéciles. Elle cingla le pavé de sa queue, ce qui les fit regagner d'un bond leur abri. Elle rit très haut. Pourtant, voilà que, niant la peur, un autre s'avançait, qui allongeait bravement le pas pour l'affronter. Reyn portait à la main une épée, pointe en bas.

« Alors, tu es revenue, dit-il d'une voix calme. Pourquoi ? »

Elle renâcla de mépris. « Pourquoi ? Et pourquoi pas ? Je vais où je veux, humain. Il ne t'appartient pas de questionner un Seigneur des Trois Règnes. Le petit a choisi un meilleur rôle. Tu serais bien avisé de l'imiter. »

Reyn piqua la pointe ensanglantée de son épée sur les pavés. Tintaglia flairait sur lui l'odeur du sang, de la fumée, de la sueur, l'odeur de la bataille. Il osa la regarder d'un air menaçant. « Tu as débarrassé le port de quelques vaisseaux ennemis et tu attends de nous qu'on rampe devant toi, éperdus de gratitude ?

— Tu t'attribues une importance que tu n'as pas, Reyn Khuprus. Je me moque de tes ennemis, il n'y a que les miens qui comptent. Ils m'ont provoquée avec leurs flèches. Ils ont trouvé une fin méritée, comme tous ceux qui me défient. »

Le jeune homme brun du désert des Pluies s'approcha. Il s'appuyait sur son épée, elle voyait bien maintenant. Il était plus fatigué qu'elle ne l'avait cru. Sur son bras gauche, une mince traînée de sang coagulé. Quand il leva la tête pour la regarder, la chiche lumière d'hiver joua sur son front squameux. Elle remua les oreilles, amusée. Il portait sa marque, et ne le savait même pas. Il lui appartenait, et il se croyait capable de se mesurer à elle. L'attitude du garçon était plus appropriée. Il se tenait très droit, se faisait le plus grand possible. Il regardait aussi le dragon mais d'un air d'adoration et non de défi. Il avait des dispositions, ce petit.

Malheureusement, ces dispositions exigeraient du temps pour se développer, et du temps, elle n'en avait pas pour le moment. Si les serpents survivants devaient être secourus, il fallait que les humains se mettent promptement à la besogne. Elle fixa son regard sur Reyn. Elle connaissait suffisamment les hommes pour savoir qu'ils l'écouteraient, lui d'abord, avant d'écouter le petit garçon. Elle parlerait par son intermédiaire. « J'ai une tâche pour toi, Reyn Khuprus. De la plus haute importance. Toi et tes semblables devez l'accomplir toutes affaires cessantes et, jusqu'à ce que vous ayez terminé, vous ne devrez penser à rien d'autre. »

Il la regarda, les yeux ronds, incrédule. Les autres sortaient lentement des décombres. Ils se gardaient bien d'approcher de trop près mais se tenaient à portée d'oreilles sans attirer outre mesure l'attention du dragon. Ils le considéraient avec de grands yeux, prêts à s'enfuir comme à le saluer. Ennemi ou champion ? Tintaglia les laissa à leur perplexité et se concentra sur Reyn. Mais il la provoqua : « C'est *toi* qui t'attribues une importance que tu n'as pas, dit-il froidement. Ça ne m'intéresse absolument pas de faire quoi que ce soit pour toi, dragon. »

Ces paroles ne la surprirent pas. Elle se dressa sur ses membres postérieurs pour le dominer, éploya ses ailes pour faire ressortir sa taille gigantesque. « Alors, ça ne t'intéresse pas de vivre, Reyn Khuprus. »

Il aurait dû reculer devant elle. Mais non. Il se mit à

rire. « Là, tu as raison, ver de terre. Ça ne m'intéresse pas de vivre, et c'est ta faute. Quand tu as laissé Malta courir à la mort, tu as tué tout le respect que j'aie jamais eu pour toi. Mon intérêt pour la vie est mort avec Malta. Alors fais de moi ce que tu veux, dragon. Mais je ne courberai plus jamais l'échine sous ton joug. Je regrette d'avoir tenté de te délivrer. Il aurait mieux valu que tu aies péri dans le noir avant que tu aies mené mon amour à la mort. »

Elle fut saisie par ces paroles. Non seulement il se montrait à son égard d'une insupportable grossièreté, mais il avait réellement perdu toute crainte respectueuse. Ce pitoyable petit deux-pattes, cet être de quelques souffles, était prêt à mourir sur-le-champ, parce que – elle tourna la tête et l'examina de plus près. Ah ! Parce qu'il croyait qu'elle avait laissé mourir sa femelle. Malta.

« Malta n'est pas morte ! s'exclama-t-elle, indignée. Tu dépenses en pure perte tes émotions et tes mots grandiloquents pour une simple divagation. Cesse tes sottises, Reyn Khuprus. La tâche que tu dois accomplir est bien plus importante qu'un accouplement humain. Je t'honore d'une entreprise qui peut sauver toute mon espèce. »

*

Le dragon mentait. Le mépris de Reyn ne connut plus de bornes. Il avait lui-même sillonné le fleuve à bord du *Kendri* et n'avait trouvé aucune trace de sa bien-aimée. Malta était morte et le dragon lui mentait, afin de le plier à sa volonté. Il laissa son regard errer avec dédain au-delà de Tintaglia. Qu'elle le frappe là où il était. Il ne lui adresserait plus un seul mot. Il leva le menton, carra les mâchoires et attendit la mort.

Mais ce qu'il vit alors lui fit écarquiller les yeux. Au-delà de Tintaglia, il aperçut des ombres furtives qui se faufilaient vers elle à travers les ruines. Elles se déplaçaient, s'arrêtaient, recommençaient à avancer, et s'approchaient peu à peu du dragon. Leurs armures de cuir et leurs queues de cheval les désignaient : c'étaient des Chalcédiens. Malgré les navires détruits dans le port, malgré leurs nombreux morts, ils s'étaient regroupés et, maintenant, épées et lances au poing, haches parées, ils convergeaient vers le dragon. Un sourire sinistre crispa les lèvres de Reyn. Le tour que prenaient les événements lui convenait tout à fait. Que ses ennemis s'entre-tuent. Quand ils en auraient fini, il se chargerait des survivants. Il les regardait avancer sans rien dire, en leur souhaitant bonne chance.

Mais Grag Tenira bondit en avant en s'écriant : « Dragon, attention dans ton dos ! A moi, Terrilville, à moi ! » Alors l'insensé chargea les Chalcédiens, à la tête d'une poignée de ses compagnons ensanglantés, pour défendre le dragon.

Avec la promptitude du serpent, Tintaglia se retourna pour faire face à ses assaillants. Elle glapit de fureur, battit de ses grandes ailes, sans se soucier d'envoyer rouler dans le même temps plusieurs de ses défenseurs. Mâchoires béantes, elle bondit vers les Chalcédiens. Elle souffla sur eux. Reyn ne put en voir davantage, et pourtant les résultats furent horrifiants. Les hommes aguerris reculèrent, en piaillant comme des enfants. En un instant, tous les visages ruisselaient de sang. Les vêtements et les armures de cuir tombèrent en lambeaux de leurs corps inondés de rouge. Certains voulurent courir mais ne firent que quelques pas et trébuchèrent. Des corps se désagrégeaient et s'effondraient. Ceux qui étaient plus éloignés du dragon réussirent à battre en retraite en titubant avant de s'écrouler dans des hurlements. Les cris mêmes ne duraient pas longtemps. Le silence qui suivit leurs râles d'agonie fut assourdissant. Grag et ses hommes s'arrêtèrent net, craignant d'approcher les corps sanglants.

Reyn se sentit pris de nausée. Les Chalcédiens étaient des ennemis, plus vils que des chiens, et ils ne méritaient aucune pitié. Mais le spectacle de cette mort soulevait le cœur. Les corps continuaient à se désagréger, perdant toute forme humaine. Une tête roula, détachée du tronc, et s'immobilisa sur le côté tandis que la chair liquéfiée coulait du crâne. Tintaglia tourna son énorme tête pour le regarder. Ses yeux tourbillonnaient : s'amusait-elle devant cette horreur ? Tout à l'heure, il lui avait dit qu'il n'accordait plus de prix à la vie. Sans avoir changé de sentiment, il savait pourtant que n'importe quelle mort était préférable à celle dont il venait d'être témoin. Il se raidit, décidé à mourir en silence.

Où Grag Tenira trouva-t-il le courage ? Reyn l'ignorait. A grandes enjambées le Marchand vint se placer hardiment entre lui et le dragon. Il brandit son épée ; Tintaglia redressa la tête, indignée. Alors il s'inclina très bas et déposa son arme à ses pieds.

« Je te servirai. Débarrasse notre port de cette vermine

et je m'attaquerai à toute tâche que tu m'assigneras. » Il regarda autour de lui : il invitait manifestement les autres à se joindre à lui. Quelques-uns approchèrent prudemment, mais la plupart gardaient leurs distances. Selden seul s'avança avec assurance pour se tenir à côté de Grag. En voyant les yeux brillants qu'il tourna vers le dragon, Reyn se sentit malade. Selden était si jeune, il était la dupe de cet animal. Etait-ce ainsi que sa mère et son frère l'avaient considéré, lui, quand il plaidait avec tant de véhémence la cause du dragon ? Il grimaça à ce souvenir. Il avait lâché cette créature dans le monde et le prix de cette folie avait été Malta.

Les yeux de Tintaglia flamboyèrent en observant Grag. « Tu crois donc que je suis une servante qu'on achète avec des gages ? Il n'y a pas si longtemps, tout de même, que les dragons ont disparu de ce monde ! La volonté d'un dragon prime tous les buts médiocres des humains. Vous allez mettre fin à ce conflit et tourner votre attention vers mes désirs. »

Selden devança la réponse de Grag. « Témoins des prodiges de ton courroux, ô très puissante, comment pourrions-nous désirer autre chose ? Ce sont eux, les envahisseurs, qui contestent ta volonté. Vois comme ils ont cherché à t'attaquer, avant de connaître tes commandements. Frappe-les, chasse-les de nos rivages, reine ailée des cieux. Affranchis notre esprit de ce souci, que nous puissions nous tourner de grand cœur vers tes buts sublimes. »

Reyn regarda le gamin avec des yeux ronds. Où allait-il chercher pareil langage ? Croyait-il qu'on pût manœuvrer un dragon aussi facilement ? Ahuri, il vit la grande tête de Tintaglia se baisser jusqu'à ce que ses naseaux soient au niveau de la ceinture de Selden. Elle lui donna une petite chiquenaude qui fit chanceler le garçon.

« Langue suave, crois-tu pouvoir me tromper ? Crois-tu que des belles paroles vont me persuader de besogner comme une bête pour vous ? » Il y avait tout ensemble de l'affection et du sarcasme dans son intonation.

La voix enfantine de Selden résonna, claire et pure. « Non, maîtresse du vent. Je n'espère pas te tromper. Je n'essaie pas non plus de conclure un marché. Je te mendie cette faveur, ô très puissante, afin que nous puissions nous consacrer totalement à la tâche que tu nous assigneras. » Il reprit son souffle. « Nous sommes des êtres à la vie éphémère. Nous devons ramper devant toi, car c'est ainsi que nous sommes faits, ainsi que sont faits nos petits esprits, occupés de soucis étriqués. Aide-nous, reine rayonnante, à dissiper nos craintes. Chasse les envahisseurs de nos rivages que nous puissions t'écouter, l'esprit déchargé de toute préoccupation. »

Tintaglia rejeta la tête en arrière et rugit de plaisir. « Je vois que tu m'appartiens. Il fallait qu'il en soit ainsi, jeune comme tu es, et si proche de mon premier éveil. Puissent les souvenirs de cent ménestrels devenir tiens, petit, afin que tu me serves bien. Et maintenant, j'y vais, non pour obéir à tes ordres, mais pour faire la démonstration de ma puissance. »

Elle recula, plus grande qu'une maison, pivota sur ses postérieurs comme un étalon de guerre. Reyn vit son puissant arrière-train se ramasser et il se jeta sur le sol. Un instant plus tard, il fut cinglé par une bourrasque de vent et de poussière. Il resta par terre tandis que, soulevée par ses ailes bleu-argent, elle montait dans le ciel. Il se releva en regardant, bouche bée, la silhouette qui diminuait si rapidement au-dessus de lui. Il avait l'impression que ses oreilles étaient bourrées de coton. Grag lui prit soudain le bras. « A quoi pensiez-vous de le défier comme ça ? » demanda le Marchand. Il leva les yeux, émerveillé. « Il est magnifique. Et c'est notre seule chance. » Il adressa un large sourire à Selden. « Tu as eu raison, petit gars. Les dragons, ça change tout.

— Moi aussi, je l'ai cru, autrefois, dit Reyn avec aigreur. Mais oubliez son charme. Il est aussi trompeur qu'il est magnifique et il ne voit que ses propres intérêts. Si nous nous inclinons devant sa volonté, il nous asservira aussi sûrement que si nous tombions aux mains des Chalcédiens.

— Vous vous trompez. » Aussi petit et menu qu'il fût, Selden semblait dominer tant il était satisfait. « Les dragons n'ont pas asservi les Anciens, et ils ne nous asserviront pas. Il y a maintes façons, pour des êtres différents, de vivre les uns avec les autres, Reyn Khuprus. »

Reyn baissa les yeux sur lui et secoua la tête. « Où vas-tu chercher ces idées, petit ? Et les paroles avec lesquelles tu charmes un dragon pour qu'il nous épargne ?

— Je les ai rêvées, dit le garçon naïvement. Quand je rêve que je vole avec elle, je sais comment elle se parle à elle-même. Reine du ciel, cavalière du matin, splendeur. Je lui parle comme elle se parle à elle. C'est la seule manière de converser avec un dragon. » Il croisa ses bras frêles sur sa poitrine étroite. « C'est ma façon à moi de lui faire la cour. Est-ce si différent de la façon dont vous vous adressiez à ma sœur ? »

Le souvenir de Malta, des flatteries et des cajoleries dont il l'abreuvait fut pour Reyn comme un coup de poignard. Il allait se détourner du petit garçon à l'insupportable sourire. Mais Selden tendit la main et l'attrapa par le bras. « Tintaglia ne ment pas », dit-il à voix basse. Il rencontra le regard de Reyn et lui imposa de se montrer loyal. « Elle nous considère comme trop insignifiants pour vouloir nous tromper. Croyez-moi. Si elle dit que Malta est vivante, c'est vrai. Ma sœur va nous revenir. Mais pour cela, vous devez vous laisser guider par moi, comme je me laisse guider par mes rêves. »

Des cris s'élevèrent dans les alentours du port. On se précipitait de partout pour mieux voir. Reyn n'avait aucune curiosité. Chalcédiens ou non, c'étaient ses semblables que le dragon massacrait. Il entendit les craquements d'énormes poutres qui s'effondraient. Un autre navire démâté, sans doute.

« C'est trop tard pour ces salauds, ils ne peuvent plus fuir maintenant ! » s'exclama sauvagement un guerrier exultant.

Près de lui, d'autres renchérirent. « Regardez-la monter. En vérité, c'est la reine des cieux !

— Elle va nettoyer nos rivages de ces infâmes Chalcédiens.

— Ah ! Elle a écrasé la coque d'un seul coup de queue ! »

A côté de lui, Grag brandit soudain son épée. La

fatigue paraissait l'avoir quitté. « A moi, Terrilville ! Sus aux survivants qui atteindront la plage ! » Il se mit à courir, et les hommes qui tout à l'heure tremblaient à l'abri des ruines s'empressèrent de le suivre. Reyn et Selden restèrent seuls sur la place dévastée.

Le petit garçon soupira. « Vous devriez aller vite rassembler les gens de toutes les factions de Terrilville. Il vaut mieux parler d'une seule voix quand nous traiterons avec le dragon.

— Tu as raison, je suppose », répondit Reyn distraitement. Il se rappelait les rêves étranges de sa jeunesse. Il avait rêvé de la cité ensevelie qui s'animait, pleine de lumière, de musique, de gens, et du dragon qui lui parlait. Ces songes venaient parfois à ceux qui passaient trop de temps en bas. Mais n'étaient-ils pas, ces rêves, l'apanage des Marchands du désert des Pluies ?

Tristement, Reyn frotta du pouce la joue maculée de poussière du gamin. Alors il aperçut, muet de stupéfaction, l'éventail d'écailles argentées qu'il avait dévoilé sur la pommette de Selden.

6

Négociations à Terrilville

Le toit du bâtiment du Conseil avait disparu. Les Chalcédiens avaient achevé ce que les Nouveaux Marchands avaient commencé. Ronica se fraya un chemin à travers les décombres noircis. Le toit avait continué de brûler après s'être effondré et les murs étaient striés de suie et de fumée. Les tapisseries et les bannières qui avaient orné la salle pendaient en lambeaux calcinés. Par endroits demeuraient quelques poutres carbonisées. Au-dessus des gens rassemblés en cet après-midi, le ciel était menaçant et gris, pourtant les Marchands avaient tenu avec obstination à se réunir dans ce lieu qui ne pouvait plus les abriter, désormais. Ce qui, selon Ronica, en disait long sur la légendaire ténacité des Marchands.

On avait poussé sur le côté les restes de poutres qu'on enjambait ainsi que les débris divers. Les résidus de bois charbonneux craquaient sous les pas et l'odeur de cendres humides s'élevait dans les remous de la foule. Le feu avait dévoré aussi la plupart des tables et des bancs. Il restait quelques chaises roussies mais Ronica doutait de leur solidité.

Chose curieuse, on se sentait tous égaux à se tenir ainsi debout, les uns à côté des autres : Premiers, Nouveaux Marchands, Tatoués, pêcheurs musclés, commerçants et serviteurs, tous avec leurs amis et leurs proches.

Ils remplissaient la salle et débordaient au-dehors, assis sur les marches ou groupés aux alentours. Malgré leurs origines diverses, on constatait une singulière ressemblance entre ces gens. Sur les visages se lisaient l'effarement, la désolation après l'invasion des Chalcédiens et le chaos qu'elle avait provoqué. La bataille et le feu les avaient frappés indistinctement, depuis le plus riche des Marchands jusqu'au plus humble des marmitons-esclaves. Leurs vêtements étaient maculés de suie ou de sang, parfois des deux. La plupart étaient débraillés. Les enfants se blottissaient à côté de leurs parents ou voisins. On portait ostensiblement des armes. On parlait bas, et surtout du dragon.

« Il a soufflé sur eux, et ils ont fondu comme des chandelles.

— Il leur a fracassé le crâne d'un seul coup de queue.

— Même les Chalcédiens ne méritent pas de mourir comme ça.

— Ah ouais ? Ils méritent de mourir de toutes les façons.

— Le dragon est une bénédiction envoyée par Sâ pour nous sauver. On devrait préparer des offrandes d'action de grâces. »

Beaucoup restaient silencieux, les yeux rivés à l'estrade de pierre qui avait subsisté et où devaient prendre place les chefs de chaque groupe.

Sérille était là, représentant Jamaillia, avec près d'elle un Roed Caern farouche. En le voyant sur l'estrade, Ronica serra les dents mais elle se força à ne pas le dévisager. Elle avait espéré que Sérille rompît avec lui, après sa malencontreuse attaque contre les Nouveaux Marchands. Etait-elle insensée à ce point ? La Compagne se tenait les yeux baissés, comme plongée dans une profonde réflexion. Bien plus élégante que les autres, elle était vêtue d'une robe blanche, longue et souple, ornée de cordons noués dorés. Les cendres et la suie en avaient souillé l'ourlet. Malgré les manches et l'épaisse cape de laine, elle avait les bras croisés, comme si elle avait froid.

Pelé Kelter était aussi sur l'estrade et, aujourd'hui, le sang qui éclaboussait sa grossière vareuse de pêcheur n'était pas du sang de poisson. Une femme fortement charpentée avec des tatouages sur la joue et le cou se tenait à ses côtés. Dujia, chef des Tatoués, portait des pantalons déchirés et une tunique rapiécée. Ses pieds nus étaient sales. Un bandage sommaire autour de son avant-bras témoignait qu'elle avait été au cœur de la bataille.

Les Marchands Devouchet, Conri et Drur représentaient le Conseil de Terrilville. Ronica ne savait pas s'ils étaient les survivants des chefs du Conseil ou les seuls qui aient la témérité de déplaire à Caern et ses affidés. Ils se tenaient très à l'écart de Sérille et de Roed. Au moins cette séparation-là était-elle bien établie.

Mingslai représentait les Nouveaux Marchands. Son gilet richement brodé n'était plus de la première fraîcheur, loin s'en fallait. Il était à l'extrême opposé de la femme esclave et évitait son regard. Ronica avait entendu dire que Dujia n'avait pas eu la vie facile, quand elle était à son service, et qu'il avait de bonnes raisons de la redouter.

Assis au bord de l'estrade, les jambes pendantes, singulièrement calme, le petit-fils de Ronica, Selden. Ses yeux erraient sur la foule avec une expression soucieuse. Seul Mingslai avait osé contester son droit d'être là. Selden l'avait regardé bien en face.

« Je parlerai pour nous tous quand le dragon reviendra, avait-il déclaré. Et, si besoin est, je parlerai pour le dragon. Il faut que je sois là pour qu'il me voie au-dessus de la foule.

— Qu'est-ce qui te fait croire qu'il va venir ici ? » avait demandé Mingslai.

Selden avait eu un sourire éthéré. « Oh, il viendra, ne craignez rien, avait-il répondu en clignant lentement les yeux. Il dort maintenant. Il a le ventre plein. » Quand il souriait, les écailles argentées sur ses joues se plissaient et brillaient. Mingslai avait écarquillé les yeux puis avait reculé. Ronica avait la sinistre impression de discerner un reflet bleu sous les lèvres gercées de son petit-fils. Comment avait-il pu changer à ce point, en si peu de temps ? Tout aussi déconcertant, peut-être, était le plaisir immodéré qu'il trouvait à ces changements.

Jani Khuprus, qui représentait le désert des Pluies, se tenait derrière Selden dans une attitude protectrice. Ronica était contente qu'elle soit là mais s'interrogeait sur ses intentions. Réclamerait-elle le dernier héritier de la famille Vestrit pour l'emmener à Trois-Noues ? Pourtant, s'il restait à Terrilville, quelle y serait donc sa place ?

Keffria se trouvait si près de l'estrade qu'elle aurait pu toucher le garçon en tendant le bras. Elle observait le silence depuis que Reyn lui avait ramené Selden. Elle avait regardé la ligne d'écailles argentées sur les pommettes de son fils sans y toucher. Selden lui avait dit joyeusement que Malta était vivante, car le dragon l'avait affirmé. Elle n'avait rien répondu, et il lui avait pris le bras comme pour la secouer de son rêve. « Mère, cesse de te chagriner. Tintaglia peut nous ramener Malta. Je sais qu'elle le peut.

— J'attendrai », avait-elle dit faiblement. Pas davantage. Maintenant, elle levait les yeux vers son fils comme si elle voyait un fantôme, comme si ce réseau d'écailles l'avait soustrait à son univers.

Derrière Keffria venait Reyn Khuprus. A l'instar de Jani, il ne se voilait plus. De temps en temps, des gens se retournaient et dévisageaient les Marchands des Pluies mais ils étaient tous deux trop préoccupés pour s'en formaliser. Reyn était en grande conversation avec Grag Tenira. Il semblait qu'il y ait divergence d'opinions, la discussion, quoique polie, était vive. Ronica espéra qu'il n'en résulterait pas de querelle entre eux ce soir. Terrilville avait besoin du moindre semblant d'unité.

Ronica parcourut des yeux l'assemblée si disparate. Elle eut un sourire sardonique. Selden était toujours son petit-fils ; malgré ses écailles, il restait un Vestrit. Peut-être les altérations de son visage ne seraient-elles pas plus infamantes que les tatouages que d'autres arboreraient sans honte dans la nouvelle ville. Sur l'un des navires démâtés par le dragon, les Chalcédiens avaient entassé des prisonniers de Terrilville, dont beaucoup avaient été déjà tatoués de force, marqués aux sceaux de leurs ravisseurs, afin qu'au moment de la vente en Chalcède chaque propriétaire touche ses bénéfices. Les Chalcédiens avaient abandonné le navire et tenté de fuir sur les galères, mais Ronica doutait qu'ils y aient réussi. Des hommes de Terrilville embarqués sur un radeau de fortune avaient pagayé jusqu'au vaisseau qui donnait de la bande pour secourir leurs parents tandis que le dragon pourchassait sa proie chalcédienne. Nombreux étaient ceux qui n'auraient jamais imaginé porter un jour un tatouage d'esclave, y compris certains Nouveaux Marchands. Ronica devinait qu'ils pourraient bien changer de politique, par réaction.

Les gens s'agitaient, inquiets. Quand le dragon avait réapparu, après sa chasse aux Chalcédiens, il avait ordonné aux chefs de se réunir, en disant qu'il traiterait bientôt avec eux. Le soleil était haut, alors. A présent, la nuit tombait, et il n'était pas revenu. Ronica reporta le regard vers l'estrade. Il serait intéressant de voir qui tâcherait de rappeler l'assemblée à l'ordre et qui la foule écouterait.

Elle crut que Sérille allait se réclamer de l'autorité du Gouverneur mais ce fut le Marchand Devouchet qui s'avança au milieu de l'estrade. Il leva les bras et l'assistance se tut.

« Nous nous sommes rassemblés ici, au Conseil des Marchands. Puisque le Marchand Duicker a été assassiné, je prends sa position comme chef du Conseil. Je réclame le droit de parler le premier. » Il parcourut la foule des yeux, s'attendant à des objections, mais tout le monde garda le silence.

Devouchet entreprit d'énoncer l'évidence : « Nous sommes rassemblés ici, nous tous habitants de Terrilville, pour discuter de ce que nous allons faire au sujet de ce dragon qui est descendu sur nous. »

Voilà qui est bien inspiré, songea Ronica. Devouchet n'avait pas fait allusion aux différends qui avaient poussé les gens à se battre. Il attirait leur attention à tous, comme s'ils formaient une entité, sur le problème du dragon. Il poursuivit : « Il a chassé la flotte chalcédienne de notre port et poursuivi plusieurs bandes d'envahisseurs. Pour l'heure, il a disparu mais il a dit qu'il serait bientôt de retour. Nous devons décider comment nous comporter avec lui. Il a libéré notre port. Que sommes-nous prêts à lui offrir en échange ? »

Il marqua une pause pour reprendre haleine. Mal lui en prit, car une centaine de voix s'élevèrent, apportant une centaine de réponses.

« Rien. Nous ne lui devons rien ! » hurla un homme furieux, alors qu'un autre déclarait : « Le fils du Marchand Tenira a déjà passé un marché avec lui. Grag lui a dit que, s'il chassait les Chalcédiens, nous l'aiderions à faire ce qu'il voudrait. Cela paraît juste. Un Marchand de Terrilville reviendrait-il sur la parole donnée, même à un dragon ?

— On devrait lui préparer des offrandes. Le dragon nous a libérés. On devrait offrir une action de grâces à Sâ qui nous a envoyé son champion.

— Je ne suis pas Marchand. Mon frère non plus, et nous ne sommes pas liés par la parole d'un autre.

— Il faut le tuer. Toutes les légendes sur les dragons parlent de leur perfidie et de leur cruauté. On devrait préparer notre défense au lieu de rester là à discuter.

— Silence ! » rugit Mingslai, en s'avançant pour se placer à côté de Devouchet. Il avait beau être un solide gaillard, sa voix puissante surprit Ronica. Il parcourut la foule du regard, et on lui voyait le blanc des yeux. En réalité, il était terrorisé. « Nous n'avons pas le temps de nous disputer. Il faut parvenir rapidement à un accord. Quand le dragon reviendra, nous devrons être unis pour l'accueillir. Ce serait une erreur de lui résister. Vous avez vu ce qu'il a fait à ces navires et à ces hommes. Nous devons l'apaiser si nous ne voulons pas subir le même sort.

— Peut-être que certains ici méritent de subir le sort des Chalcédiens », intervint Roed Caern cyniquement. Il s'approcha, menaçant, du robuste marchand. Mingslai recula tandis que l'autre se tournait vers l'assistance. « Quelqu'un l'a dit clairement, tout à l'heure : un Marchand a déjà passé un accord avec le dragon. Il est à nous ! Il appartient aux Marchands de Terrilville. Nous devons honorer notre marché sans avoir recours aux étrangers qui ont cherché à s'emparer de notre ville. Avec le dragon de notre côté, Terrilville peut non seulement refouler ces sales Chalcédiens mais aussi renvoyer de force les Nouveaux Marchands et leurs voleurs d'esclaves. Nous avons tous appris les nouvelles : le Gouverneur est mort. Nous ne pouvons pas compter sur l'aide de Jamaillia. Marchands, regardez autour de vous. Nous sommes ici dans notre salle en ruine, dans une ville dévastée. Comment en sommes-nous arrivés là ? En tolérant parmi nous ces Nouveaux Marchands cupides, ces gens qui sont venus ici, en violation de notre charte pour piller nos terres et nous réduire à la mendicité ! » Il appuya le regard sur Mingslai et un rictus de haine crispa ses lèvres. Les yeux étrécis, il proposa : « Comment pouvons-nous nous acquitter envers notre dragon ? En lui procurant à manger. Que le dragon nous débarrasse de *tous* les étrangers. »

Ce qui advint alors stupéfia tout le monde. Tandis que s'élevaient des murmures d'indignation, la Compagne Sérille s'avança avec résolution. Elle posa sa petite main au creux de la poitrine de Roed qui s'était retourné, surpris. Découvrant les dents dans un brusque effort, elle le poussa en arrière. Il ne tomba pas de haut ; il aurait aisément sauté s'il n'avait pas été pris de court. Il bascula en poussant un hurlement et en battant des bras. Ronica entendit sa tête heurter le sol, et son cri de douleur. Des hommes firent cercle autour de lui. Il y eut une brève bousculade.

« Ecartez-vous de lui ! s'écria Sérille, et Ronica crut un instant qu'elle voulait le défendre. Dispersez-vous ou partagez son sort ! » Comme un filet d'eau absorbé dans le sable, les quelques hommes qui avaient essayé d'aider Roed reculèrent et se fondirent soudain dans la foule. Il resta seul, solidement maintenu par des Marchands, Premiers et Nouveaux, un bras tordu derrière le dos. La douleur le faisait grincer des dents mais il réussit à cracher un juron à Sérille. A un signe de tête de la Compagne, on l'emmena de force hors de la salle. Ronica se demanda ce qu'ils allaient faire de lui.

Sérille redressa brusquement la tête et regarda pardessus la foule. Pour la première fois, Ronica vit le visage de la Compagne rayonner comme si elle était habitée par un véritable esprit. Elle n'accorda même pas un regard à l'homme qu'elle avait fait tomber. Elle se tenait là, dans toute sa plénitude, maîtrisant provisoirement la situation.

« Nous ne pouvons tolérer un Roed Caern ni ceux qui pensent comme lui, déclara-t-elle d'une voix forte. Il cherche à semer la discorde alors que l'union est indispensable. Il s'élève contre l'autorité du Gouvernorat, comme si le Gouvernorat avait succombé avec le Gouverneur Cosgo. Vous savez qu'il n'en est pas ainsi ! Ecoutez-moi, gens de Terrilville. A cette heure, peu importe que le Gouverneur soit vivant ou non. Ce qui importe, c'est qu'il m'a mandatée pour reprendre la charge du pouvoir au cas où il périrait. Je ne lui ferai pas défaut non plus qu'à ses sujets. Qui que vous soyez, vous demeurez tous sans exception les sujets du Gouverneur, et le Gouvernorat vous dirige. En cela au moins vous pouvez être égaux et unis. » Elle marqua une pause et promena le regard sur les personnes présentes avec elle sur l'estrade. « Il n'est besoin d'aucun d'entre vous. Je suis capable de parler en votre nom à tous. En outre, le traité que je vais conclure avec le dragon vous liera tous également. N'est-ce pas mieux ainsi ? Laisser quelqu'un qui n'a pas d'attache personnelle avec Terrilville parler pour vous tous, de façon neutre ? »

Elle faillit réussir. Après Roed, elle paraissait raisonnable. Ronica Vestrit vit le public échanger des coups d'œil. Puis Dujia prit la parole depuis l'autre extrémité de l'estrade. « Je m'exprime au nom des Tatoués quand je déclare que nous en avons assez de “l'égalité” que le Gouverneur nous octroie. Maintenant, nous allons créer notre propre égalité, en tant qu'habitants de Terrilville, et non comme sujets de Jamaillia. Nous aurons notre mot à dire dans les engagements qu'on prendra avec le dragon. Voici trop longtemps qu'on dispose de notre travail et de notre vie. Nous ne pouvons plus le tolérer.

— C'est bien ce que je craignais, intervint Mingslai, en pointant un doigt tremblant vers la femme tatouée. Vous, les esclaves, vous allez tout gâcher. Vous ne pensez qu'à vous venger. Vous allez sans doute faire tout ce qui est en votre pouvoir pour provoquer le dragon, afin que son courroux s'abatte sur vos maîtres. Mais quand ce sera fini, et quand bien même vos maîtres Nouveaux Marchands viendraient tous à mourir, vous serez les mêmes qu'aujourd'hui. Vous n'êtes pas capables de vous gouverner seuls. Vous avez oublié ce que c'est qu'être responsable. Il n'est que de voir la façon dont vous vous êtes conduits depuis que vous avez trahi vos maîtres légitimes et que vous avez abandonné toute discipline. Vous êtes retournés à l'état qui était le vôtre avant que les maîtres ne vous prennent en main. Regarde-toi, Dujia. Tu as commencé comme voleuse puis tu es devenue esclave. Tu mérites ton sort. Tu as choisi ta vie. Tu aurais dû l'accepter. Mais tous tes maîtres t'ont connue voleuse et menteuse, jusqu'à ce que la carte de ceux que tu as servis s'étende sur ta figure jusqu'au cou. Tu ne devrais même pas te trouver ici, à revendiquer le droit à la parole.

« Bonnes gens de Terrilville, les esclaves ne constituent pas un groupe à part, ils portent seulement la marque de leurs crimes. Autant donner la parole aux prostituées ou aux détrousseurs. Ecoutons Sérille. Nous sommes tous jamailliens, Premiers et Nouveaux Marchands, et nous devrions nous féliciter d'être liés par la parole du Gouverneur. Au nom des Nouveaux Marchands, j'accepte que la Compagne Sérille négocie pour nous avec le dragon. »

Celle-ci se redressa de toute sa taille. Son sourire paraissait sincère. Elle regarda au-delà de Mingslai pour inclure Dujia. « En qualité de représentante du Gouverneur, je négocierai bien sûr pour vous. Pour vous tous. Le Nouveau Marchand Mingslai n'a pas suffisamment pesé ses paroles. A-t-il oublié que certains à Terrilville portent maintenant des tatouages d'esclave quand leur seul crime a été de se faire capturer par les Chalcédiens ? Pour que Terrilville survive et prospère, il faut en revenir à ses plus anciennes racines. Selon la charte, c'était un endroit où les proscrits ambitieux pouvaient recommencer leur vie et recréer un foyer. » Elle eut un petit rire désarmant. « Restée ici pour exercer le pouvoir du Gouverneur, je suis en quelque sorte une exilée, moi aussi. Je ne retournerai jamais à Jamaillia. Comme vous, je dois devenir citoyenne de Terrilville et y refaire ma vie. Regardez-moi. Comprenez que j'incarne l'essence même de Terrilville. Allez, exhorta-t-elle d'une voix douce en regardant la foule, acceptez-moi. Laissez-moi parler en votre nom et nous lier par un accord unanime. »

Jani Khuprus secoua la tête avec regret en s'avançant pour prendre la parole. « Il y en a parmi nous qui ne se satisfont pas d'être liés par la parole du Gouverneur, ou de qui que ce soit. Seule la nôtre compte. Je m'exprime au nom du désert des Pluies. Qu'est-ce que Jamaillia a jamais fait pour nous, sinon restreindre notre commerce et voler la moitié de nos bénéfices ? Non, Compagne Sérille. Vous n'êtes pas ma compagne. Engagez la parole de Jamaillia comme il vous plaira mais le désert des Pluies ne tolérera plus votre joug. Nous en savons plus que vous sur ce dragon. Nous ne vous laisserons pas marchander nos vies pour l'apaiser. Mon peuple a voulu que je parle en son nom et je le ferai. Je n'ai pas le droit de vous laisser le bâillonner. » Jani jeta un coup d'œil vers Reyn.

Ronica devina que Jani et son fils s'étaient préparés à ce moment. Reyn prit la parole au milieu de l'assemblée. « Ecoutez-la. On ne peut pas se fier au dragon. Il faut vous garder de son charme et de ses habiles discours. Je suis bien placé pour en parler, ayant été longtemps trompé par lui, et cette tromperie m'a valu une perte douloureuse. Il est tentant d'admirer sa beauté, de croire qu'il est un être merveilleux et sage, une créature de légende venue pour nous sauver. Mais ne soyez pas si crédules. Il voudrait nous persuader qu'il nous est supérieur, qu'il est notre conquérant et notre souverain simplement en vertu de son existence même. Il n'est pas meilleur que nous, et pour ma part, je crois qu'il n'est qu'une bête rusée douée de la parole. » Il haussa la voix pour être entendu de tous. « On nous a dit qu'il dormait pour digérer. Osons-nous nous demander "digérer quoi" ? De quoi s'est-il nourri ? » Après avoir assené ces mots, il ajouta : « Nombre d'entre nous préféreraient mourir plutôt que redevenir esclaves. Eh bien, je préfère mourir plutôt qu'être son esclave ou lui servir de pâture. »

Tout à coup le monde s'obscurcit. Puis une bourrasque d'air froid, chargée d'une pestilence de reptile, balaya l'assistance. La foule se tassa en tremblant sous l'ombre du dragon, avec des cris de terreur et de colère. Certains cherchèrent instinctivement à se réfugier contre les murs alors que d'autres tâchaient de disparaître au milieu de leurs semblables. L'ombre passa, la lumière déclinante du jour revint, et Ronica sentit la créature atterrir sur le terrain du Conseil. L'onde de choc se propagea à travers les pavés et fit vibrer les murs. Quoique les portes fussent trop étroites pour lui permettre l'accès, Ronica se demanda si les solides enceintes de pierre résisteraient à l'assaut du dragon. Il se dressa sur ses membres postérieurs, posa ses pattes antérieures griffues tout en haut du mur. Sur son cou de reptile, sa tête, de la taille d'une charrette, se baissa pour les regarder. Il renâcla et Reyn Khuprus vacilla sous le souffle de ses naseaux.

« Ainsi, je suis une bête assez rusée pour parler, n'est-ce pas ? Et quel titre t'attribues-tu, humain ? Avec tes années dérisoires et ta mémoire tronquée, comment peux-tu prétendre être mon égal ? »

Les gens se pressaient les uns contre les autres pour reculer et faire le vide autour de l'objet du déplaisir de Tintaglia. Jusqu'aux diplomates sur l'estrade qui levèrent les bras pour se protéger, comme s'ils redoutaient de partager le châtiment de Reyn. Tous s'attendaient à le voir mourir.

D'un mouvement qui provoqua chez Ronica un hoquet

de stupeur, Selden sauta légèrement du bord de l'estrade. Il se plaça hardiment bien en vue de Tintaglia, entre son regard furibond et Reyn. Il esquissa une révérence courtoise. « Bienvenue, reine rayonnante ! » Tous les yeux étaient fixés sur lui. « Nous nous sommes rassemblés ici, comme tu l'as demandé. Nous avons attendu ton retour, maîtresse des cieux, pour apprendre précisément de toi quelle tâche tu désirerais que nous accomplissions.

— Ah, je vois. » Le dragon leva la tête afin de mieux observer tout son monde. Un tremblement général, une génuflexion involontaire. « Alors, vous ne vous êtes pas rassemblés pour comploter contre moi ?

— Personne n'a sérieusement envisagé une chose pareille ! dit Selden en mentant vaillamment. Nous ne sommes peut-être que de simples mortels mais nous ne sommes pas stupides. Qui parmi nous pourrait songer à défier ta grandeur ? Nous nous sommes raconté beaucoup d'histoires sur tes valeureux exploits d'aujourd'hui. Tous ont entendu parler de ton souffle redoutable, du vent de tes ailes, de la force de ta queue. Tous reconnaissent que sans ta glorieuse puissance, nos ennemis nous auraient vaincus. Songe que ce jour aurait pu être ô combien funeste pour nous, car c'est eux qui auraient eu l'honneur de te servir. »

A qui Selden s'adresse-t-il ? se demandait Ronica. Flattait-il le dragon, ou ses paroles étaient-elles destinées à rappeler à l'assemblée que d'autres hommes le serviraient tout aussi bien ? Les habitants de Terrilville pouvaient être remplacés. Peut-être le seul moyen de survivre était-il de proclamer qu'ils la serviraient spontanément.

Les grands yeux argentés de Tintaglia tournoyèrent avec ardeur à la flatterie de Selden. Ronica plongea dans leur tourbillon et se sentit attirée. Cette créature était véritablement magnifique. Les écailles qui se chevauchaient sur sa figure évoquaient pour Ronica les maillons d'une chaîne finement ouvrée. Tintaglia considérait la foule et sa tête oscillait doucement. La Marchande se sentit prise par ce balancement, elle était incapable de se détacher du spectacle. Le dragon était à la fois bleu et argent. Chaque mouvement faisait apparaître sur les écailles tantôt l'une tantôt l'autre couleur. Son col ployé avait la grâce d'un cygne. Ronica éprouva l'irrésistible désir de le toucher pour savoir si la peau onduleuse était tiède ou froide. Autour d'elle, les gens se rapprochaient furtivement du dragon, en extase devant sa beauté. Elle sentit en elle décroître la tension. Elle était lasse mais d'une saine lassitude, comme au terme d'une journée bien remplie.

« Ce que j'exige de vous est simple, dit doucement Tintaglia. Les humains ont toujours été des bâtisseurs et des terrassiers. Il est dans votre caractère de façonner la nature à vos propres fins. Cette fois, vous allez façonner le monde selon mes besoins. Il y a un endroit dans le désert des Pluies où les eaux sont peu profondes. Je désire que vous alliez là-bas et que vous creusiez le lit du fleuve, assez profond pour qu'un serpent de mer puisse y passer. C'est tout. Vous comprenez ? »

La question parut les délivrer de leur mutisme. Il y eut des murmures de surprise. C'était tout ce qu'il demandait ? Une chose aussi simple ?

Alors, du fond de la foule un homme s'écria :

« Pourquoi ? Pourquoi veux-tu que les serpents puissent remonter le fleuve des Pluies ?

— Ce sont les jeunes des dragons, répondit calmement Tintaglia. Ils doivent remonter le fleuve jusqu'à un certain endroit, pour faire leurs cocons et éclore en vrais dragons. Jadis, il y avait un emplacement favorable près de la cité de Trois-Noues mais les marais ont englouti les berges tièdes et sablonneuses. En amont, il y a encore un site qui pourrait convenir. Si les serpents avaient la possibilité de l'atteindre. »

Ses yeux tournoyèrent pensivement. « Il faut veiller sur eux pendant qu'ils sont dans leurs cocons. Vous devrez les protéger des prédateurs durant l'hiver, pendant leur métamorphose. C'était une tâche que les Anciens et les dragons se partageaient autrefois. Les Anciens ont construit leurs cités non loin de nos lieux de nidification, pour être mieux à même de veiller sur nos cocons jusqu'à ce que le printemps apporte la lumière nécessaire à l'éclosion. Si la cité des Anciens n'avait pas été si proche du lieu de nidification, je n'aurais pas été sauvée. Vous pouvez bâtir là où vivaient les Anciens jadis.

— Dans le désert des Pluies ? demanda quelqu'un, avec un scepticisme horrifié. L'eau est acide ; seule l'eau de pluie est potable. La terre tremble en permanence. Les gens qui vivent trop longtemps au désert des Pluies deviennent fous. Leurs enfants sont mort-nés ou mal formés et, en vieillissant, ils deviennent monstrueux. Tout le monde sait ça. »

Le dragon émit un bizarre bruit de gorge. Ronica sentit tous ses muscles se crisper puis elle finit par comprendre de quoi il s'agissait : c'était un rire. « Les humains peuvent vivre près du fleuve du désert des Pluies. Trois-Noues en est la preuve. Mais avant Trois-Noues, longtemps avant, il y avait de merveilleuses cités sur les rives du fleuve. Il est possible d'en reconstruire. Je vous montrerai comment rendre l'eau potable. La terre a reculé ; vous devrez vivre dans les arbres, comme ils le font à Trois-Noues ; on n'y peut rien. »

Ronica eut l'impression d'un étrange fourmillement dans sa tête. Elle cligna les yeux. Quelque chose... Ah ! Voilà ce qui avait changé : le dragon avait reporté son regard dans une autre direction. Elle se sentit plus alerte. Elle se promit de se méfier davantage du regard paralysant du dragon.

Alors, depuis l'estrade, Jani Khuprus eut l'audace de s'adresser à Tintaglia. Bien que sa voix tremblât, une détermination de fer perçait dans ses paroles. « En effet, on peut vivre au désert des Pluies. Mais il faut en payer le prix et être qualifié pour cela. Nous en sommes l'illustration. Le désert des Pluies est la province des Marchands des Pluies. Nous n'accepterons pas qu'elle nous soit enlevée. » Elle s'interrompit et prit une respiration hachée. « Personne, sauf nous, ne sait comment subsister à côté du fleuve, comment construire dans les arbres ni comment supporter les saisons de folie. La cité enterrée que nous avons exploitée pour notre commerce est perdue pour nous, maintenant. Nous devons trouver d'autres moyens d'existence. Néanmoins, le désert des Pluies est notre pays. Nous ne le céderons pas.

— Alors vous devrez vous charger de la surveillance d'hiver, répondit posément le dragon en penchant la tête. Vous êtes plus aptes à cette tâche que vous ne le croyez. »

Manifestement, Jani fit appel à toute sa volonté. « Peut-être pouvons-nous faire cela. Sous certaines conditions. » Elle jeta un regard sur l'assemblée. Avec une assurance nouvelle, elle ordonna : « Qu'on allume les torches. Il va falloir un certain temps pour régler les détails.

— Pas longtemps, j'espère », avertit le dragon.

Jani ne se laissa pas démonter. « Pour cette besogne, il ne suffit pas d'une poignée d'hommes avec des pelles. Il faudra des constructeurs et des ouvriers de Terrilville pour nous aider à approfondir le chenal. Il faudra des plans, beaucoup de bras. La population de Trois-Noues ne suffira pas à une tâche de si grande ampleur. »

La voix de Jani s'affermissait et prenait des intonations de négociatrice. Dans ce domaine, elle était à son affaire. « Il y aura des difficultés à surmonter, bien sûr, mais les habitants des Pluies sont habitués aux épreuves. Il faudra nourrir et loger les ouvriers. Il faudra importer les denrées alimentaires, et pour cela nous avons besoin de nos vivenefs, comme le *Kendri*, qu'on nous a prises. Tu nous aideras, bien sûr, à la récupérer ? Et à protéger le fleuve des Chalcédiens de façon que les vivres et le matériel puissent transiter librement ? »

Le dragon plissa légèrement les yeux. « Bien sûr, dit-il avec un peu de raideur. Voilà qui vous satisfait, j'espère ? »

On alluma les torches dans la salle sans toit. Il semblait que leur éclat assombrît encore le ciel. Le froid descendait sur la foule. Dans la lumière des flambeaux, les haleines flottaient et les gens se rapprochaient les uns des autres pour se réchauffer. La nuit aspirait la tiédeur du jour bref, mais personne ne songeait à partir. Le marchandage, c'était la force vive de Terrilville, et l'affaire était trop considérable pour qu'on en manquât les prémices. Une voix d'homme transmettait le déroulement des négociations à ceux qui attendaient dehors.

Jani fronça ses sourcils squameux. « Il faudra construire une seconde ville, près de ce « lieu de nidification » dont tu as parlé. Cela va prendre du temps.

— Nous n'en avons pas, du temps ! déclara le dragon avec impatience. Il est essentiel que ce travail commence aussi tôt que possible avant que d'autres serpents ne périssent. »

Jani haussa les épaules en signe d'impuissance. « Si le temps presse, alors nous aurons besoin de nombreux ouvriers. Peut-être même faudra-t-il en faire venir de Jamaillia. On devra les payer. Et l'argent, d'où viendra-t-il ?

— De l'argent ? Payés ? » demanda le dragon en s'emportant tout à coup.

Dujia s'avança soudain sur le devant de l'estrade, à côté de Jani. « Il n'y a pas besoin d'aller à Jamaillia pour chercher des ouvriers. Mes semblables sont ici. Les Tatoués ont été emmenés ici pour travailler sans être payés. Certains seront prêts à aller là-bas et à faire ce travail, pas pour de l'argent mais pour un peu d'espoir. L'espoir d'avoir un foyer, un avenir bien à eux. Pour commencer, donnez-nous abri et nourriture. Nous travaillerons pour gagner notre vie. »

Jani se tourna pour lui faire face. Une formidable espérance rayonnait sur le visage de la Marchande des Pluies. Lentement, distinctement, elle exposa les termes du marché. « Pour venir au désert des Pluies, vous devrez appartenir au désert des Pluies. Vous ne pouvez vivre à l'écart de nous. » Elle plongea son regard dans le regard de Dujia mais la Tatouée ne se détourna pas à la vue des écailles de Jani et de ses yeux de braise. La Marchande sourit. Puis elle revint vers l'assistance. Elle paraissait considérer les Tatoués sous un jour nouveau. « Vos enfants devront se marier avec les nôtres. Vos petits-enfants seront des habitants du désert des Pluies. Quand on vient s'installer chez nous, on ne peut plus en partir. Vous ne pouvez vivre séparément ni différemment. Et la vie n'y est pas facile. Beaucoup mourront. Vous saisissez bien ce que vous proposez ? »

Dujia se racla la gorge. Jani se retourna vers elle, l'esclave soutint son regard sans sourciller. « Vous dites que nous devons appartenir au désert des Pluies. Marchands du désert des Pluies, c'est ainsi que vous vous appelez. C'est ce que nous deviendrons ? Des Marchands ? Avec les droits des Marchands ?

— Ceux qui épousent des Marchands deviennent eux-mêmes Marchands. Mêlez vos familles aux nôtres, et les vôtres deviendront nôtres.

— Nous aurons nos maisons ? Ce que nous aurons acquis, ce sera à nous ?

— Bien sûr. »

Dujia regarda par-delà la foule, cherchant des yeux les groupes de Tatoués. « C'est ce que vous voulez, vous me l'avez dit. Un foyer, des biens que vous pourrez transmettre à vos enfants. Vivre sur un pied d'égalité avec vos voisins. C'est ce que nous proposent les Marchands du désert des Pluies. Ils nous avertissent honnêtement des épreuves à venir. J'ai parlé en votre nom, mais chacun doit décider pour soi. »

Parmi les Tatoués, une voix s'éleva : « Et si nous ne voulons pas aller au désert des Pluies ? Alors quoi ? »

Sérille s'avança.

« En qualité de représentante du Gouvernorat, je déclare que, dorénavant, il n'y aura plus d'esclaves à Terrilville. Les Tatoués sont les Tatoués : ni plus ni moins. Ce serait une violation de la charte originelle des Marchands que d'élever les Tatoués au rang des Marchands. Je ne puis faire cela. Mais je puis décréter qu'à l'avenir, conformément aux lois originelles de Terrilville, le Gouvernorat de Jamaillia ne reconnaîtra pas l'esclavage et ne recevra pas les réclamations des propriétaires d'esclaves. » Elle baissa la voix de manière théâtrale : « Tatoués, vous êtes libres.

— Nous l'avons toujours été ! » s'écria quelqu'un dans la foule, gâchant ainsi pour Sérille la solennité du moment.

Mingslai fit une dernière tentative pour sauver la force de travail de ses semblables. « Mais les serviteurs sous contrat, c'est tout autre chose, certainement... »

Il fut réduit au silence non seulement par les cris de la foule mais par le rugissement du dragon. « Assez ! Réglez ces menus détails entre vous. Peu m'importe comment vous colorez votre peau et comment vous vous appelez, du moment que le travail est fait. » Il regarda Jani Khuprus. « Vous pouvez faire appel aux constructeurs et aux architectes de Terrilville. Vous avez la force de travail. Moi-même, je m'envolerai demain pour délivrer le *Kendri*, trouver les autres vivenefs et vous les renvoyer. Je m'engage à dégager les eaux entre Trois-Noues et Terrilville des navires ennemis pendant que vous accomplissez le travail. Maintenant, nous sommes d'accord, n'est-ce pas ? »

Le ciel était noir. Le dragon était d'une essence étincelante, bleu et argent. Il attendait leur assentiment, et sa tête oscillait doucement au-dessus d'eux. La lumière vacillante des torches caressait sa forme fabuleuse. Ronica eut l'impression de se trouver dans un conte merveilleux, et d'être témoin d'un grand miracle. Les problèmes qui demeuraient paraissaient soudain mesquins, ne valant pas d'être discutés. Tintaglia n'avait-elle pas souligné la brièveté de leurs vies ? Assurément ce qui se passait durant le temps d'un battement de paupières n'avait guère d'importance. Aider Tintaglia à ramener les dragons dans le monde, c'était peut-être la garantie que leurs vies aient produit quelque effet sur l'univers.

Un soupir d'approbation parcourut la foule. Ronica elle-même acquiesça d'un lent hochement de tête.

« Malta », dit Keffria à mi-voix à côté d'elle. Le mot troubla Ronica. Le silence était tel dans la salle que le son résonna comme un caillou lancé dans une mare. Quelques têtes se tournèrent. Keffria respira profondément et articula d'une voix plus forte : « Malta. »

Le dragon les considéra d'un regard rien moins qu'amène. « Qu'est-ce ? » demanda-t-il.

Keffria s'avança, la démarche agressive. « Malta !

cria-t-elle. Malta, ma fille. On m'a dit que tu l'avais entraînée à sa perte. Et maintenant, par quelque magie perverse, mon fils, mon dernier enfant est là, à chanter tes louanges. Les gens murmurent et sourient à ta vue, comme des bébés fascinés par un hochet qui brille. »

A ces mots, Ronica se sentit étrangement agitée. Comment Keffria osait-elle parler sur ce ton à cet être bienveillant, superbe, qui avait sauvé Terrilville ? Lui, responsable de la mort de Malta ? Ronica était toute désorientée, comme si elle s'éveillait d'un profond sommeil.

*

« Mais, mère... », commença Selden d'une voix implorante, en lui prenant le bras. Elle écarta fermement son fils, pour le mettre hors d'atteinte, et continua à parler. L'indignation croissante qu'elle éprouvait devant la façon dont le dragon avait manipulé la foule avait fait craquer la glace de son cœur. Elle déversa sa fureur avec son chagrin.

« Je ne succombe pas à ton charme. Je réfléchis, en réalité, à la manière dont je pourrais me venger. S'il est inimaginable que je ne sois pas en adoration devant toi qui as laissé mourir ma fille, alors il vaut mieux que tu me tues maintenant. Souffle sur moi, fais fondre ma chair. Si ma mort avait au moins le mérite d'ouvrir les yeux de mon fils sur ta vraie nature, les yeux de ceux qui sont prêts à ramper devant toi ! » Elle cracha ces derniers mots et balaya la foule du regard. « Vous avez refusé d'écouter Reyn Khuprus. Regardez maintenant, voyez la vraie nature de cette créature. »

Le dragon retira la tête en arrière. Ses yeux argentés, légèrement luminescents, évoquaient de pâles étoiles. Il ouvrit tout grand les mâchoires mais Keffria avait enfin retrouvé son courage. Frappé d'horreur, Selden fixait tour à tour sa mère et le dragon. Elle fut bouleversée de constater qu'il semblait incapable de choisir, mais elle ne fléchit pas. Les autres reculèrent en masse et s'écartèrent de Keffria tandis que le dragon aspirait de l'air. Alors, Ronica s'avança en se frayant un chemin pour rejoindre sa fille. Elle lui prit le bras. Ensemble, elles toisèrent la créature qui avait ravi la vie de Malta et le cœur de Selden. Keffria recouvra l'usage de la parole. « Rends-moi mes enfants ! Ou donne-moi la mort ! »

Surgi de nulle part, Reyn se précipita, fondit sur elles et les écarta brutalement. Keffria chancela, tomba à genoux et Ronica s'effondra près d'elle. Elle entendit le cri d'horreur de Jani Khuprus depuis l'estrade. Le jeune homme se tenait seul à présent devant le dragon. « Fuyez ! ordonna-t-il, puis il fit volte-face, le visage crispé de fureur. Tintaglia ! rugit-il. Arrête ! » Il avait une épée nue à la main.

Chose étonnante, le dragon se figea, les mâchoires toujours béantes. Une goutte de liquide qui perlait sur l'une de ses innombrables dents tomba sur les dalles de la salle ; la pierre grésilla et se creusa.

Mais ce n'était pas Reyn qui avait arrêté le dragon. C'était Selden. Il s'était avancé tranquillement et avait tendu le cou vers Tintaglia. Ses paroles, ses gestes mirent du baume au cœur de Keffria. « Je t'en prie, ne leur fais pas de mal, supplia le garçon d'une voix suraiguë, ses manières de courtisan envolées. Je t'en prie, c'est ma famille qui m'est aussi chère que la tienne t'est chère. Tout ce que nous voulons, c'est retrouver ma sœur. Toi qui es si puissante, ne peux-tu nous accorder cela ? Ne peux-tu nous la ramener ? »

Reyn saisit Selden aux épaules et le poussa vers sa mère. Keffria le tint contre elle dans un silence hébété. Son fils, c'était vraiment son fils à elle, même avec les écailles sur son visage. Elle le serra contre elle et sentit la main de sa mère qui lui pressait le bras. Les Vestrit étaient solidaires, quoi qu'il advienne.

« Personne ne peut ramener les morts, Selden, dit Reyn brutalement. Il est inutile de lui demander cela. Malta est morte. » Il rejeta la tête en arrière pour faire face au dragon et, à la clarté trompeuse des torches qui dansait sur son visage écailleux, on aurait dit qu'il ressemblait à Tintaglia. « Keffria a raison. Je ne me laisserai pas séduire. Qu'importe ce que tu peux faire pour Terrilville, on doit te démasquer, afin que les autres ne succombent pas à tes artifices. » Il se tourna vers la foule et ouvrit grand les bras. « Ecoutez-moi, citoyens de Terrilville ! Elle vous a ensorcelés. Vous ne pouvez pas vous fier à cette créature, ni la croire. Elle ne tiendra pas parole. A l'heure qu'il lui plaira, elle se dédira de ses engagements et prétendra qu'un être de sa stature ne saurait être lié par des accords passés avec ces humains insignifiants que nous sommes. Aidez-la, et vous ramènerez à la vie une race de tyrans ! Résistez-lui aujourd'hui tant qu'elle est seule. »

Tintaglia rejeta la tête en arrière et poussa un rugissement de dépit qui dut sans doute ébranler jusqu'aux étoiles. Keffria se ratatina mais le groupe ne battit pas en retraite. Le dragon leva ses pattes antérieures du rebord du mur et les reposa avec fracas. Sous le choc, une énorme lézarde courut le long de la pierre. « Tu me fatigues ! siffla Tintaglia à l'adresse de Reyn. Je mens, dis-tu. Tu empoisonnes les esprits contre moi avec tes paroles venimeuses. Je mens ? Je manque à ma parole ? C'est toi qui mens ! Regarde-moi dans les yeux, humain, et apprends la vérité. »

Elle pointa vers lui sa grande tête mais Reyn ne broncha pas. Ronica qui étreignait les épaules de Keffria essaya de la tirer en arrière mais celle-ci ne bougea pas d'un pouce. Elle rattrapa Selden qui cherchait à se rapprocher du dragon. La scène se figea, allégorie de la peur et du désir. Alors Keffria entendit Reyn haleter puis retenir son souffle. Il était pétrifié par le tournoiement vif-argent des yeux du dragon. Il pencha en avant, les muscles saillants comme s'il résistait à une force prodigieuse. Elle tendit le bras pour le retenir mais il était devenu de pierre. Il remuait les lèvres sans proférer aucun son.

Subitement, les yeux argentés s'immobilisèrent. Reyn s'affaissa comme une marionnette dont on a coupé les fils. Il resta étendu, sans bouger, sur les dalles froides.

*

Reyn ignorait que Tintaglia pouvait l'atteindre aussi facilement. Alors qu'il la regardait dans les yeux, il la sentit et l'entendit à l'intérieur de sa tête. « Petit homme sans foi, dit-elle sur un ton cinglant. Tu me mesures à ton aune. Je ne t'ai pas trahi. Tu m'en veux parce que tu n'as pas pu retrouver ta femelle mais j'ai déjà tenu parole. Je n'ai pas pu sauver ta Malta. J'ai fait mon possible, ensuite je t'ai laissé résoudre le problème. Tu as échoué. Ce n'est pas ma faute et je ne mérite pas d'être insultée pour cela. C'est toi qui as échoué, petit mâle. Et je n'ai pas menti. Ouvre-toi. Entre en contact avec moi et reconnais que je dis la vérité. Malta est vivante. »

Deux fois déjà, il avait communiqué par la pensée avec Malta. Dans l'intimité mystique de la boîte à rêves, grâce à la poudre de bois-sorcier, leurs esprits s'étaient mêlés. Ils avaient fait un beau rêve ensemble. Le souvenir lui échauffait encore le sang. Dans l'union de la boîte à rêves, il l'avait connue, sans méprise possible. Au-delà de l'odeur, du contact et même du goût des lèvres de Malta, il identifiait une autre sensation qui était l'essence même de sa bien-aimée.

Tintaglia s'empara de son esprit : il était pris, qu'il le veuille ou non. Il lutta jusqu'au moment où il aperçut dans le dragon une autre présence. Aussi légère qu'un parfum dans l'air, une sensation rare et pourtant familière l'effleura. Malta. Il la sentit à travers le dragon mais ne put l'atteindre. C'était aussi rageant que s'il entrevoyait sa silhouette sur un rideau agité par le vent, respirait son odeur ou respirait la tiédeur de sa joue sur un oreiller qu'elle venait de quitter. Il se pencha, rempli d'un désir ardent, mais ne trouva rien de tangible. Il saisit les efforts que faisait Tintaglia pour débrouiller le fil de Malta d'un écheveau de sensations. Tantôt, il était solide et net, tantôt il se dissolvait dans des souvenirs de vent, de pluie et d'eau saline. *Où est-elle ?* demanda-t-il, affolé, à Tintaglia. *Comment va-t-elle ?*

Je ne peux pas le savoir par ce sens-là ! répliqua le dragon avec dédain. *Autant flairer un bruit ou goûter la lumière ! Il s'agit d'un lien sympathique, qui n'est pas fait pour unir humain et dragon. Tu n'as pas la faculté d'y répondre, et donc elle n'a pas conscience de ton désir. Je peux seulement t'affirmer qu'elle vit, quelque part, tant bien que mal. Tu me crois maintenant ?*

*

« Je crois que Malta est vivante. Je crois qu'elle vit. Elle vit. » Reyn murmura ces mots d'une voix enrouée par l'angoisse ou l'émerveillement, c'était difficile à dire.

Jani était descendue de l'estrade et avait fendu la foule pour s'agenouiller près de son fils. Maintenant, elle fixait Selden par-dessus le corps de Reyn. « Qu'est-ce qu'il lui a fait ? » s'écria-t-elle.

Keffria les observait tous les deux. Jani savait-elle à quel point elle rappelait le dragon ? Les fines écailles sur ses lèvres et son front, le faible rougeoiement de ses yeux dans la lueur des torches ajoutaient à l'illusion. A genoux, les yeux baissés sur son fils, Jani le dévisageait tout comme Tintaglia les regardait, eux. Comment la Marchande qui ressemblait à ce point au dragon pouvait-elle poser la question ? Selden s'agenouilla à son tour mais il contemplait d'un air extasié la créature fabuleuse qui se dressait au-dessus d'eux. Il remuait les lèvres comme s'il priait mais il gardait les yeux rivés à Tintaglia.

« Je ne sais pas », répondit Keffria à la place de son fils. Elle baissa le regard sur le touchant fiancé de Malta. Lui aussi ressemblait au dragon mais il avait été prêt à risquer sa vie pour sauver celle de sa fille. Son cœur à lui était aussi humain que celui de Keffria. Elle jeta un coup d'œil à son fils qui considérait le dragon avec tant d'intensité. La lumière jouait sur les squames de Selden. Lui aussi s'était dressé devant Tintaglia, l'avait suppliée d'épargner sa famille. Il était toujours son fils à elle. Bizarrement, Reyn aussi était son fils. Keffria lui posa doucement la main sur la poitrine. « Restez tranquille. Ça va aller. Restez tranquille. »

Au-dessus d'eux le dragon rejeta la tête en arrière et trompeta triomphalement. « Il me croit ! Vous voyez, gens de Terrilville. Je ne mens pas ! Venez. Scellons ce marché et que demain commence une vie nouvelle pour nous tous ! »

Jani se releva brusquement. « Je ne suis pas d'accord. Pas de marché qui tienne tant que je ne saurai pas ce que tu as fait à mon fils ! »

Tintaglia jeta un regard indifférent à Reyn. « Je l'ai éclairé, Marchande Khuprus. C'est tout. Il ne doutera plus de moi. »

Reyn saisit le poignet de Keffria dans sa main écailleuse et plongea ses yeux dans les siens. « Elle vit, affirma-t-il farouchement. Malta est réellement vivante. J'ai été en contact avec elle, à travers le dragon. »

A côté d'elle, Ronica laissa échapper un sanglot. Keffria ne reprenait pas espoir. Etait-ce vrai, était-ce une ruse du dragon ?

Le blanc des yeux cuivrés de Reyn se mit à luire

tandis qu'il se rasseyait avec peine. Le souffle entrecoupé, il dit à voix basse : « Passe le marché que tu veux avec Terrilville, Tintaglia. Mais auparavant, nous allons conclure notre accord à nous. » Il baissa encore le ton. « Car tu m'as fourni le dernier mot de l'énigme. » Il leva la tête pour la scruter hardiment. « Les autres, des dragons comme toi, peuvent encore survivre. »

A ces mots, Tintaglia se pétrifia, les yeux baissés vers Reyn. Elle tordit le cou d'un air interrogateur. « Où ? »

Avant qu'il ait pu répondre, Mingslai était descendu de l'estrade pour se couler entre lui et le dragon. « Ce n'est pas juste ! clama-t-il. Citoyens de Terrilville, écoutez-moi ! Le désert des Pluies doit-il parler en notre nom ? Non ! Cet homme aurait le droit d'interrompre notre négociation pour une affaire de cœur ? Bien sûr que non ! »

Selden s'avança. « Une affaire de cœur ? Il s'agit de la vie de ma sœur ! » Il reporta son regard sur le dragon. « Elle m'est aussi chère qu'un serpent t'est cher, Tintaglia. Crois-moi. Montre-leur à tous que tu considères le désir de ma famille comme aussi pressant que l'instinct qui te pousse à sauver ton espèce.

— Silence ! » Elle baissa brusquement la tête. D'une petite bourrade, elle envoya rouler Mingslai sur le côté. Ses yeux se fixèrent sur Reyn. « D'autres dragons ? Tu les as vus ?

— Pas encore. Mais je pourrais les trouver », répondit-il. Un pâle sourire joua sur ses lèvres mais son regard était grave et dur. « A condition que tu fasses ce qu'a dit Selden. Prouve que tu juges notre affaire de famille aussi importante pour nous que la tienne l'est pour toi. »

Elle releva subitement la tête. Ses naseaux se dilatèrent et ses yeux tournoyèrent follement. Elle dit comme pour elle-même : « Les trouver ? Où ? »

Reyn sourit. « Je n'ai pas peur de te le dire. Il faudra que des hommes travaillent pour les déterrer. Si les Anciens ont mis des cocons à l'abri dans une cité, peut-être ont-ils fait de même dans une autre. C'est un marché équitable, n'est-ce pas ? Ramène-moi mon amour et je m'efforcerai de sauver les éventuels survivants de ta famille. »

Les naseaux du dragon se dilatèrent davantage. Le flamboiement de ses yeux s'accentua. Dans son émoi, il cingla de la queue, dehors on entendit les cris d'effroi des spectateurs. Mais, à l'intérieur, Reyn ne bougea pas, au bord du triomphe. Tout autour de lui, les gens étaient figés dans un silence attentif.

« Marché conclu ! » rugit Tintaglia. Ses ailes tressaillirent et frémirent, elles bruissaient, follement impatientes de prendre leur essor. Elles brassèrent l'air froid de la nuit qui monta en murmurant au-dessus des gens blottis les uns contre les autres dans le bâtiment décapité. « Les autres feront des plans pour draguer le fleuve. Toi et moi partirons à la première heure à la recherche des anciennes ruines…

— Non. » La réponse de Reyn était calme mais le rugissement indigné du dragon résonna dans le ciel nocturne. Des gens poussèrent des cris de terreur, se mirent à trembler mais Reyn, dressé de toute sa taille, resta impavide, tandis que Tintaglia exhalait sa fureur.

« Malta d'abord », décréta-t-il posément alors qu'elle reprenait haleine.

« Aller chercher ta femelle alors que les miens sont enfermés dans le froid et dans le noir ? Non ! » Cette fois, l'explosion de colère fit vibrer le sol sous les pieds de Keffria. Les oreilles lui tintèrent.

*

« Ecoute-moi bien, dragon, reprit Reyn calmement. Le plein été, c'est la saison idéale pour explorer et creuser quand les eaux du fleuve sont basses. Maintenant, c'est le moment pour nous de partir à la recherche de Malta. » Alors que Tintaglia rejetait la tête en arrière, mâchoires béantes, il poursuivit en criant : « Si nous voulons réussir, nous devons négocier en égaux, sans menaces. Veux-tu te calmer ou faut-il que nous vivions tous les deux dans le chagrin ? »

Elle baissa la tête. Ses yeux tournèrent furieusement mais sa voix était presque courtoise. « Continue. »

Reyn reprit son souffle. « Tu vas m'aider à sauver Malta. Et je me consacrerai alors à fouiller la cité des Anciens, non plus pour exhumer des trésors mais des dragons. C'est notre accord. Ton marché avec Terrilville est plus compliqué. Le dragage du fleuve en échange de la protection de la côte, avec d'autres réserves. Veux-tu qu'on le mette par écrit sous la forme de contrat obligatoire ? » Reyn reporta les yeux sur Devouchet. « Je suis prêt à m'engager sur parole. Le Conseil de Terrilville veut-il agir de même ? »

Sur l'estrade, Devouchet jeta autour de lui des regards

indécis. Keffria supposa qu'il était ébranlé de se voir remettre l'affaire en main. Il se redressa lentement. Chose surprenante, il secoua la tête. « Non. Ce qui a été proposé ce soir va changer la vie de chacun ici. » Il promena un regard grave sur la foule muette. « Un accord de cette importance doit être écrit et signé. En outre, je propose qu'il soit signé non seulement par nos chefs mais par chaque Marchand et chaque membre de famille Marchande, comme nous le faisions autrefois, et que tous ceux, jeunes ou vieux, désirant rester à Terrilville apposent leur marque sur le document. Les signataires s'engageront envers le dragon mais aussi solidairement. »

Un murmure parcourut l'assemblée. Devouchet poursuivit : « Tous ceux qui apposeront leur marque acceptent d'être liés par les anciennes règles. En échange, chaque chef de famille obtiendra le droit de vote au Conseil, comme c'était le cas jadis. » Il regarda autour de lui, y compris les chefs sur l'estrade. « Tous doivent accepter que les jugements du Conseil prévaudront. Ensuite, je pense, il faudra voter pour élire de nouveaux membres du Conseil. Pour s'assurer que chaque groupe obtienne voix au chapitre. »

Il reporta les yeux sur le dragon. « Toi aussi, tu dois apposer ta marque pour signifier ton accord. Ensuite, le *Kendri* devra nous être rendu et les autres vivenefs rappelées car, sans elles, on ne pourra transporter ni ouvriers ni matériel en amont du fleuve. Ensuite, tu devras examiner avec nous les chartes, nous aider à marquer les limites du fleuve que nous ne connaissons pas et nous montrer l'endroit où il faut approfondir son lit. »

Les gens hochaient la tête mais le dragon renâcla de dégoût. « Je n'ai pas de temps à perdre avec ces écritures et ces marques ! Considère que l'affaire est entendue et commençons dès ce soir ! »

Reyn intervint : « Il vaut mieux faire vite, là-dessus nous sommes d'accord. Laisse-les coucher tout cela sur le papier. Entre toi et moi, je te donne ma parole et je suis prêt à accepter la tienne. »

Il respira. Il reprit d'un ton solennel : « Dragon Tintaglia, le marché est-il conclu ?

— Marché conclu », répondit-elle gravement. Elle regarda Devouchet et les autres présents sur l'estrade. « Prenez la plume et faites vite. Je suis liée par mon nom, pas par une marque. Demain Tintaglia commence ce qu'elle a promis. Veillez à être aussi prompts à tenir parole. »

7

Loyautés

Kennit baissa les yeux sur le manuscrit qu'il tenait dans les mains. Les fragments de cire sur son bureau portaient le sceau de Sincure Faldin. Ce riche marchand s'était fait une raison après la perte de sa femme et d'une de ses filles. Ses fils et son navire avaient réchappé à l'assaut des trafiquants d'esclaves, en effet, ils étaient à ce moment-là absents de Partage. Comme Kennit l'avait prédit à son second, Sincure avait consenti au mariage de Sorcor avec Alysse, car le négociant de Durjan avait toujours été prompt à voir d'où soufflait le vent. Ce message urgent n'était qu'une nouvelle tentative pour s'insinuer dans les bonnes grâces de Kennit. C'est pourquoi le pirate le jugeait douteux.

L'écriture sur le parchemin était laborieuse, contournée, l'expression empruntée. Un bon tiers de la feuille était dévolu à des salutations prolixes et à des vœux de bonne santé. Voilà qui était bien du marchand de Durjan de s'appliquer ainsi à gaspiller son encre et son temps avant de divulguer ses fâcheuses nouvelles. Malgré les battements qui lui martelaient le cœur, Kennit se força à relire le manuscrit avec un visage impassible. Il passa au crible la prose fleurie du négociant pour en tirer les faits. Faldin s'était méfié des étrangers qui étaient arrivés à Partage et avait été parmi les premiers à soupçonner que leur navire était une vivenef. Il avait demandé à son fils d'attirer le capitaine et sa compagne dans sa boutique et de les gaver d'histoires pour les amener à parler un peu d'eux-mêmes, mais sans grand succès.

Leur brusque départ au milieu de la nuit était aussi étrange que l'avait été leur arrivée et les récits faits le lendemain par les hommes qui avaient déserté le navire confirmaient ses soupçons. A bord, il y avait une certaine Althéa Vestrit qui prétendait être la propriétaire de la *Vivacia*. Chose curieuse, l'équipage était mixte, femmes et hommes, mais le capitaine était ce Brashen Trell, ancien de la *Veille du Printemps* et, avant cela, natif de Terrilville, du moins à ce qu'on disait. S'il fallait en croire les déserteurs, la véritable mission du navire était de reprendre la vivenef *Vivacia*. Leur vivenef à eux, dont la figure de proue était fort abîmée, s'appelait le *Parangon*.

Il eut l'impression que le nom se gravait dans ses yeux. Il lui fut difficile de se concentrer sur les circonlocutions qui suivaient, rapportant les ragots et les rumeurs transmis par les oiseaux, à savoir que Jamaillia armait une flotte pour mener une expédition punitive contre Terrilville, suite à l'enlèvement du Gouverneur et à la destruction de son quai des Taxes. Selon l'opinion éclairée de Faldin, les nobles jamailliens cherchaient depuis longtemps le prétexte de piller Terrilville. Ils paraissaient l'avoir trouvé.

Kennit haussa les sourcils, sceptique. Le Gouverneur avait quitté Jamaillia pour Terrilville et y avait été enlevé ? Toute cette histoire paraissait à dormir debout. La substance de la rumeur, évidemment, c'était la flotte punitive jamaillienne. Les navires de guerre résolus croisant dans les eaux des Iles des Pirates étaient à éviter. Mais au retour, nantis de leur butin de guerre, ils constitueraient des proies bien grasses. Ses serpents lui faciliteraient la tâche.

La missive s'achevait sur une nouvelle série de compliments fervents et de bons vœux, et rappelait de façon moins que subtile que Kennit devait savoir gré à Sincure Faldin de lui avoir transmis ces nouvelles. Tout en bas, une signature alambiquée, en deux couleurs, suivie d'un post-scriptum d'un goût douteux, exprimant le ravissement du marchand devant le fruit issu de la graine de Sorcor qui mûrissait en Alysse.

Kennit reposa le manuscrit sur son bureau et le laissa se rouler tout seul. Sorcor et les autres réunis dans sa chambre attendaient avec flegme les nouvelles. Le messager avait suivi les instructions de Faldin en remettant le message à Sorcor qui devait l'apporter immédiatement au capitaine Kennit et ce, probablement, pour que Sorcor pût admirer l'intelligence et la loyauté de son beau-père.

Ou bien y avait-il encore autre chose ? Sorcor ou Sincure Faldin pouvaient-ils avoir idée de ce que ces nouvelles signifiaient pour Kennit ? Y avait-il eu un autre message, uniquement destiné à Sorcor, dans lequel Faldin lui conseillait de guetter les réactions de son capitaine ? L'espace d'un instant, le doute et le soupçon le dévorèrent, mais un instant seulement. Sorcor ne savait pas lire. Si Faldin avait voulu entraîner son gendre à comploter contre Kennit, il avait mal choisi son agent.

A la première lecture, en découvrant le nom de la vivenef et sa description, Kennit avait senti son cœur bondir dans sa poitrine. Il s'était forcé à respirer posément et avait conservé son impassibilité. Une deuxième lecture, plus lente, lui avait donné le temps de composer sa voix et son attitude. Il y avait beaucoup de questions. Faldin soupçonnait-il le rapport ? Si oui, comment ? Il n'en disait rien, à moins que les mots se rapportant aux matelots déserteurs du *Parangon* ne soient une allusion. Ces hommes savaient-ils, et avaient-ils parlé ? Cette Althéa Vestrit savait-elle, et si oui, avait-elle l'intention d'une façon ou d'une autre d'utiliser Parangon comme arme contre lui ? Si l'affaire était connue, dans quelles proportions ? Suffirait-il cette fois encore de liquider quelques hommes et de couler un navire pour faire taire les bruits ?

Son passé était-il donc insubmersible ?

Brièvement, Kennit caressa l'idée folle de fuir. Il n'était pas obligé de retourner à Partage. Il avait une vivenef et une flotte de serpents à sa disposition. Il pouvait tout abandonner, aller n'importe où, la mer était partout, et continuer à faire sa pelote. Il faudrait tout recommencer, bien sûr, pour établir sa réputation mais les serpents lui garantiraient en cela la rapidité. Il leva brièvement les yeux et passa en revue les hommes présents dans sa chambre. Ils devraient tous mourir, malheureusement. Même Hiémain, pensa-t-il avec un pincement au cœur. Et il faudrait qu'il se déleste de son équipage et qu'il le remplace, d'une manière ou d'une autre. Cependant, le navire saurait qui il avait été…

« Capitaine ? » demanda doucement Sorcor.

La rêverie creva comme une bulle. C'était irréalisable. Beaucoup plus pragmatique : retourner à Partage, se débarrasser de ceux qui avaient des soupçons et continuer comme avant. Evidemment, il y avait Parangon, mais il s'était occupé de lui, une fois. Il n'aurait qu'à réitérer. Il repoussa cette idée. Il ne pouvait regarder la chose en face pour le moment.

« Mauvaises nouvelles, cap'taine ? » osa demander Sorcor.

Kennit réussit à esquisser un sourire sardonique. Il fragmenterait les nouvelles et verrait si quelqu'un sourcillait. « Nouvelles comme nouvelles, capitaine Sorcor. C'est au destinataire d'en tirer profit ou non. Mais celles-là sont... intéressantes. Nous sommes tous ravis d'apprendre que ton Alysse s'arrondit. Sincure Faldin rapporte aussi qu'un étrange navire a visité Partage, prétendant se joindre à notre croisade pour débarrasser la Passe Intérieure des transports d'esclaves. Mais notre bon ami n'est pas convaincu de la sincérité de son équipage. Le navire est arrivé assez mystérieusement au port en pleine nuit et s'en est allé de même. » Il jeta un regard détaché au manuscrit. « Et le bruit court que Jamaillia arme une flotte pour piller Terrilville en représailles d'un affront infligé au Gouverneur. »

Il s'adossa avec désinvolture à son siège pour avoir une meilleure vue des visages. Etta était présente avec Hiémain à ses côtés. On dirait qu'il est toujours à côté d'elle, ces derniers temps, songea-t-il brièvement. Sa large figure, couturée de cicatrices, rayonnant de loyauté, de dévotion envers Kennit, et d'orgueil à la fécondité de sa femme, Sorcor se tenait près de Jola, second sur la *Vivacia*.

Ils étaient tous resplendissants des fruits de leurs récents exploits. Etta avait même convaincu Hiémain de revêtir une chemise à manches amples de soie bleu foncé, ornée de corbeaux brodés de sa main. Le solide Sorcor arborait des émeraudes aux oreilles, et un large ceinturon de cuir incrusté d'argent avec deux épées assorties. La splendeur des tissus dont Etta s'était vêtue était rehaussée par leur coupe remarquable. Avait-on jamais avant elle porté du drap d'or pour grimper à un mât ? La cale abritait d'autres récoltes encore : de rares médicaments et essences exotiques, des pièces d'or et d'argent à l'effigie de nombreux gouverneurs, des joyaux bruts et taillés, de fabuleuses fourrures, d'éclatantes tapisseries. Les richesses accumulées dans les soutes équivalaient facilement au produit de toute l'année passée.

La chasse avait été abondante, ces derniers temps ; la piraterie n'avait jamais été si facile. Flanqué de sa flottille de serpents, il n'avait plus qu'à repérer une voile attrayante. Foudre et Kennit choisissaient leur cible, elle envoyait ses serpents, et la proie se rendait. Au début, il rattrapait les bâtiments démoralisés et demandait la remise de tout ce qui avait de la valeur. Les équipages s'étaient toujours montrés dociles et empressés. Sans coup férir, Kennit plumait les navires puis les laissait poursuivre leur route, non sans leur rappeler sévèrement que ces eaux étaient désormais province du roi Kennit des Iles des Pirates. Il suggérait que si leurs armateurs étaient prêts à acquitter des taxes substantielles pour traverser son territoire, il serait peut-être disposé à traiter avec eux.

Il avait ordonné aux serpents d'aller « chercher » pour lui les deux derniers vaisseaux. La *Vivacia* mouillait, en attendant que les serpents rabattent vers elle le troupeau de ses victimes. Le dernier capitaine s'était rendu à genoux pendant que Kennit trônait dans un fauteuil confortable sur le gaillard d'avant de la *Vivacia*. Foudre fit ses délices de la terreur qu'à sa vue le capitaine captif dissimula mal. Après que Kennit eut fait son choix sur le manifeste de la cargaison, l'équipage capturé avait dû transborder le chargement. Le seul souci de Kennit était d'éviter que les hommes ne s'ennuient ou ne deviennent trop contents d'eux-mêmes. De temps à autre, il prévoyait d'arrêter un transport d'esclaves pour permettre à l'équipage de satisfaire ses pulsions sanguinaires et aux serpents de se repaître, ce qui aurait pour effet de fortifier leur fidélité à son égard.

Le message de Faldin était arrivé sur un petit vaisseau rapide, le *Follet*. Bien qu'il battît le pavillon du Corbeau et que Jola l'eût reconnu, Kennit ni Foudre n'avaient pu résister à faire montre de leur force. Les serpents avaient été envoyés pour entourer le petit bateau et l'escorter. Le capitaine avait affiché une certaine bravoure en saluant Kennit mais n'avait pu complètement maîtriser le chevrotement de sa voix. Le messager avait débarqué, blême et muet, sur le pont de la *Vivacia*, car il avait fait la traversée dans un modeste canot, parmi les dos étincelants des serpents.

Kennit avait pris la missive et congédié le matelot en

lui accordant une « ration d'eau-de-vie bien méritée ». Tous les hommes à bord du *Follet* parleraient à Partage des nouveaux alliés de Kennit. S'il était bien d'impressionner ses ennemis par une démonstration de force, il était mieux encore de s'assurer que ses amis ne l'oublieraient pas. Kennit songeait à tout cela tandis qu'il considérait posément les visages autour de lui.

Sorcor plissa le front, appliqué à réfléchir. « Faldin connaissait le commandant ? Il devrait. Le bougre, il connaît presque tout le monde à Partage, et il faut être dégourdi pour amener un navire à travers le marécage, même en plein jour.

— Il le connaissait, confirma tranquillement Kennit. Un certain Brashen Trell, de Terrilville. J'ai cru comprendre qu'il avait fait des affaires à Partage l'année dernière sur la *Veille du Printemps* avec le vieux Finney. » Il feignit de jeter un coup d'œil sur la lettre. « Peut-être que ce Trell est un navigateur hors pair, doué d'une excellente mémoire mais Faldin a idée que c'était plutôt grâce à son navire. Une vivenef. La figure abîmée. Du nom de *Parangon*. »

Le visage de Hiémain le trahit. Il avait rougi au nom de Trell. Maintenant il restait là, bouche cousue et transpirant. Intéressant. Impossible que le gosse soit de mèche avec Faldin ; il n'avait pas eu assez de temps libre à Partage. Alors, c'était autre chose. Comme par hasard, il croisa le regard du garçon. Il lui sourit bénignement et attendit.

Hiémain avait l'air accablé. Deux fois, il ouvrit la bouche puis la referma avant de se racler la gorge. « Commandant ? chuchota-t-il.

— Hiémain ? » fit Kennit sur un ton chaleureux.

Le garçon croisa les bras. Quel secret cherche-t-il à cacher ? se demandait Kennit. Hiémain reprit d'une petite voix : « Vous devriez prendre au sérieux l'avertissement de Faldin. Brashen Trell était le second de mon grand-père, le capitaine Ephron Vestrit. Peut-être essaie-t-il vraiment à se joindre à vous, mais j'en doute. Il a servi à bord de la *Vivacia* pendant des années et il voue peut-être une grande fidélité aux Vestrit. A ma famille. »

A ces mots, il serra les doigts sur ses bras. Alors, nous y voilà. Hiémain choisissait d'être loyal envers Kennit mais il avait tout de même l'impression de trahir sa famille. Intéressant. Presque touchant. Kennit tambourina de ses doigts sur la table. « Je vois. » Un vague frémissement avait parcouru le navire à la mention de son vieux capitaine. C'était encore plus intéressant que la loyauté partagée de Hiémain. Foudre prétendait qu'il ne subsistait rien de l'ancienne *Vivacia*. Pourquoi, alors, tremblerait-elle au nom du capitaine Vestrit ?

Le silence régnait. Hiémain avait les yeux rivés au bord de la table. Le visage inerte, les mâchoires crispées. Kennit réfléchit, puis lâcha un dernier détail. Il eut un petit soupir résigné. « Ah ! Ce qui expliquerait la présence d'Althéa Vestrit parmi l'équipage. Des déserteurs du *Parangon* disent qu'elle a l'intention de me reprendre la *Vivacia*. »

Nouveau tremblement du navire. Hiémain se figea, pâlit. « Althéa Vestrit est ma tante, dit-il faiblement. Elle était étroitement liée au navire, même avant son éveil. Elle croyait hériter de la *Vivacia*. » Il déglutit.

« Kennit, je la connais. Pas bien, pas parfaitement, mais en ce qui concerne son navire, on ne la dissuadera pas. Elle va essayer de reprendre la *Vivacia*. C'est sûr et certain. »

Kennit eut un léger sourire. « A travers une muraille de serpents ? Si elle en réchappe, elle découvrira que Vivacia n'est plus ce qu'elle était. Je ne crois pas que j'aie à m'en faire.

— Plus ce qu'elle était, répéta Hiémain dans un murmure, le regard lointain. Et nous, sommes-nous ce que nous étions ? » demanda-t-il, et il enfouit la tête dans ses mains.

*

Malta en avait assez des bateaux. Elle avait en horreur les odeurs, le mouvement, la nourriture infecte, les hommes grossiers et, par-dessus tout, elle détestait le Gouverneur. Non, corrigea-t-elle. Bien pis, elle enrageait de ne pouvoir lui montrer à quel point il la répugnait et elle le méprisait.

Le navire ravitailleur chalcédien les avait repris depuis quelques jours. Le corps de Keki avait été abandonné à la hâte sur la galère qui faisait eau. Alors que Malta et les autres étaient hissés en sécurité à bord du trois-mâts, leurs sauveteurs huaient en montrant du doigt la galère qui coulait. Malta se doutait que le capitaine de la galère avait perdu en même temps que son bâtiment une grande partie de son prestige ainsi que ses droits sur ses « hôtes », car on n'avait pas revu l'homme depuis lors.

La cabine particulière qu'elle partageait maintenant avec le Gouverneur était plus grande, munie de parois solides et d'une porte qui fermait bien. Il y faisait plus chaud et plus sec que sous la tente de fortune, sur le pont de la galère, mais la pièce était tout aussi nue, privée de fenêtre, et pourvue seulement du strict nécessaire. On leur apportait à manger et on reprenait leur vaisselle. Une fois tous les deux jours, un garçon vidait leur seau d'aisances. L'air de la cabine était confiné, étouffant ; l'unique lanterne qui se balançait à une poutre fumait sans cesse, ajoutant encore à l'atmosphère oppressante.

Une petite table pliante était fixée à la cloison ainsi qu'une couchette étroite nantie d'un méchant matelas et de deux couvertures. Le Gouverneur mangeait assis sur la bannette, Malta debout. Le pot de chambre était logé sous la couchette, retenu par un barreau pour l'empêcher de glisser. Une cruche d'eau et une chope étaient posées sur une courte étagère à rebord près de la porte. C'était tout. Comme Malta refusait de partager le lit avec le Gouverneur, le plancher était sa couche. Quand il était endormi, elle pouvait parfois chiper une des couvertures d'entre ses mains molles.

Quand on leur avait montré la cabine, que la porte avait été refermée sur eux, Cosgo avait regardé lentement autour de lui. Les lèvres blanches de fureur, il avait demandé : « C'est le mieux que vous ayez pu faire pour nous ? »

Elle n'était pas encore sortie de son hébétude. Elle avait failli se faire violer, la mort de Keki et le transbordement soudain sur le nouveau navire l'avaient ébranlée. « Que j'aie pu faire pour nous ? répéta-t-elle stupidement.

— Allez immédiatement leur dire que je ne tolérerai pas ceci. Tout de suite ! »

Ses nerfs lâchèrent brusquement. Elle maudit les larmes qui remplirent ses yeux et ruisselèrent le long de ses joues. « Et je fais comment, au juste ? Je ne parle pas chalcédien ; je ne sais pas à qui me plaindre, de toute façon. Et ces sauvages ne m'écouteraient pas. Au cas où vous n'auriez pas remarqué, les Chalcédiens ne sont pas précisément respectueux des femmes. »

Il eut un reniflement de mépris. « Pas des femmes comme vous. Si Keki était là, elle aurait eu tôt fait d'arranger les choses. C'est vous qui auriez dû mourir. Au moins Keki, elle, savait se débrouiller ! »

Il alla à la porte, l'ouvrit brutalement et, dans l'encadrement, se mit à hurler jusqu'à ce qu'un matelot arrive. Il s'époumona en chalcédien. L'homme, visiblement perplexe, avait regardé le Gouverneur puis Malta puis de nouveau le Gouverneur. Enfin, il s'était vaguement incliné et avait disparu. « C'est votre faute s'il ne revient pas ! » avait craché Cosgo, en se jetant sur la couchette. Il s'était fourré sous les couvertures sans plus faire attention à elle. Malta s'était assise dans un coin et avait boudé. Le matelot n'était pas revenu.

Ce coin était devenu son coin. Elle y était assise, maintenant, dos à la cloison, et contemplait ses pieds crasseux. Elle avait envie de sortir sur le pont, pour respirer de l'air pur et frais, pour voir le ciel et, surtout, pour découvrir dans quelle direction ils allaient. La galère avait vogué vers le nord, vers Chalcède. Le navire qui les avait recueillis faisait route vers le sud. Mais elle n'avait aucun moyen de savoir s'il avait gardé son cap ou viré vers Chalcède. Etre ainsi enfermée, ignorant comment se terminerait le voyage, c'était une torture supplémentaire. L'oisiveté forcée et l'ennui formaient la trame de ses jours.

Et elle ne pouvait tirer aucune information du Gouverneur. Le roulis du navire, avec sa coque à bouchain rond, le rendait malade. Quand il ne vomissait pas, il se plaignait de la faim et de la soif. Et lorsqu'on lui apportait à manger, il se goinfrait pour rejeter tout quelques heures plus tard. Avec chaque repas, il avait droit à quelques brins de grossière herbe à fumer. Il enfumait l'air de la cabine jusqu'à ce que Malta en ait des vertiges, tout en se plaignant de la piètre qualité de l'herbe qui lui irritait la gorge et le laissait inapaisé. En vain Malta l'implorait-elle de prendre un peu l'air ; mais il se bornait à rester couché et à gémir, ou à lui réclamer une friction des pieds ou du cou.

Tant que le Gouverneur demeurait confiné dans sa cabine, elle était aussi en prison. Elle n'osait pas se risquer dehors sans lui.

Elle frotta ses yeux brûlants. La fumée de la lanterne les irritait. On avait déjà débarrassé les reliefs de leur repas de midi. Les heures jusqu'au dîner s'étiraient, interminables, devant elle. Cosgo, passant outre ses conseils, s'était une fois de plus empiffré. Il tirait maintenant des bouffées d'une petite pipe noire. Il l'ôtait de sa bouche, la regardait d'un air furibond, puis la remettait entre ses lèvres. Sa mine maussade ne présageait rien de bon pour Malta. Il remua sur la couchette puis fit un renvoi peu discret.

« Un petit tour sur le pont vous faciliterait la digestion, suggéra Malta à mi-voix.

— Oh, taisez-vous ! Rien qu'à l'idée de marcher, j'en ai des haut-le-cœur. » Il retira brusquement la pipe de sa bouche et la lui lança. Sans attendre sa réaction, il se retourna nez à la cloison pour signifier la fin de la conversation.

Malta reposa sa tête en arrière. La pipe ne l'avait pas atteinte mais la menace implicite de ce geste d'humeur lui avait ébranlé les nerfs. Elle essaya de réfléchir à ce qu'elle allait faire. Les larmes étaient proches. Elle serra les mâchoires, crispa les poings sur ses yeux. Elle ne pleurerait pas. Elle était la descendante coriace de gens déterminés, une fille de Marchand de Terrilville. Qu'est-ce qu'aurait fait grand-mère ? s'interrogea-t-elle. Et Althéa ? Elles étaient fortes et astucieuses. Elles auraient trouvé une issue.

Malta se rendit compte qu'elle suivait machinalement de son doigt la cicatrice qu'elle avait au front et elle retira sa main. La plaie s'était refermée mais le tissu cicatriciel avait une texture grumeleuse et désagréable. La cicatrice bourrelée, d'une longueur de doigt, s'étendait jusqu'à la naissance des cheveux. Elle se demanda à quoi cela ressemblait et déglutit, le cœur chaviré.

Elle ramassa les genoux et les serra contre sa poitrine. Elle ferma les yeux mais lutta contre le sommeil qui lui apportait des rêves terribles, où lui revenait tout ce qu'elle refusait d'affronter dans la journée. Elle rêvait de Selden, enseveli dans la cité, de sa mère et de sa grand-mère qui lui reprochaient de l'avoir entraîné à sa perte. Elle rêvait de Délo, qui reculait horrifiée devant le visage défiguré de son amie. Elle rêvait de son père, qui se détournait obstinément de sa fille déshonorée.

Le pire, c'était quand elle rêvait de Reyn. Ils dansaient, la musique était douce, les torches rougeoyaient. D'abord, ses mules se désintégraient, révélant ses pieds sales, couverts de croûtes. Ensuite, sa robe se transformait soudain en guenilles crasseuses. Enfin, ses cheveux ternes et plats tombaient sur ses épaules, de sa cicatrice suintait un liquide, et Reyn la repoussait. Elle s'étalait par terre de tout son long, les danseurs l'entouraient, la montraient du doigt, horrifiés. « Un instant de beauté, détruit à jamais », et se raillaient d'elle.

Quelques nuits auparavant, le rêve avait changé. Il avait été si réel, presque comme les visions partagées de la boîte à rêves. Il cherchait à lui prendre les mains. « Malta, tends-toi vers moi ! avait-il supplié. Aide-moi à venir jusqu'à toi. » Mais, même dans le rêve elle savait que c'était inutile. Elle avait serré les mains derrière le dos, et caché sa honte. Mieux valait ne jamais plus le toucher que lire sur son visage pitié ou répugnance. Elle s'était réveillée en sanglotant, frappée au cœur par la douceur de sa voix. Ce rêve avait été pire que les autres.

Quand elle pensait à Reyn, son cœur lui faisait mal. Elle effleurait ses lèvres, se rappelant le baiser volé, l'étoffe souple de son voile qui séparait leurs bouches. Mais tous les doux souvenirs étaient frangés de regrets aigus. Trop tard. Trop tard, à jamais.

Avec un soupir, elle releva la tête et ouvrit les yeux. Soit. Elle était ici, sur un navire en route pour Sâ savait où, vêtue de loques, défigurée, dépouillée de ses droits et de son rang de fille de Marchand, en compagnie d'un insupportable petit fat. Elle ne pouvait certainement pas compter qu'il ferait quoi que ce soit pour améliorer leur situation. Il se contentait de rester couché à pleurnicher que ce n'était pas une façon de traiter le Gouverneur de Jamaillia. Manifestement, il n'avait toujours pas saisi qu'ils étaient prisonniers des Chalcédiens.

Elle regarda Cosgo et s'appliqua à le considérer de façon impartiale. Il était blafard et décharné. Maintenant qu'elle y songeait, il ne s'était guère plaint depuis un jour ou deux. Il négligeait sa personne. Quand ils étaient arrivés à bord, il avait essayé d'entretenir son apparence. N'ayant ni peigne ni brosse, il avait ordonné à Malta de le coiffer avec ses doigts. Elle s'était exécutée sans pouvoir dissimuler tout à fait son dégoût. Il était flagrant que Cosgo appréciait fort son contact, plaquant son corps au sien quand elle s'asseyait au bord du lit. Avec une grotesque coquetterie, il s'était moqué d'elle, prédisant qu'un jour elle se vanterait d'avoir servi le Gouverneur durant ses épreuves. Mais il leur dirait à tous qu'elle avait manqué lamentablement à son devoir de sujette et de femme. A moins que... Alors il lui avait pris le poignet pour l'attirer vers un endroit précis qu'elle se refusait à toucher. Elle s'était dégagée d'une secousse et s'était retirée.

Mais tout cela, c'était avant que la maladie n'ait eu raison de lui. Depuis qu'il était souffrant, il était chaque jour plus silencieux. Elle fut saisie d'une subite inquiétude. S'il mourait, qu'adviendrait-il d'elle ? Elle se rappelait vaguement ce qu'avait dit Keki, sur la galère... Elle plissa le front, et les paroles lui revinrent. « Son statut nous protégera, si nous le protégeons. » Elle se redressa, toute droite, et le considéra fixement. Ici, elle n'était pas une Marchande de Terrilville ; pour survivre sur ce navire, elle devait penser comme une Chalcédienne.

Elle s'approcha de la couchette et se pencha sur Cosgo. Ses paupières closes étaient sombres ; il serrait faiblement la couverture de ses doigts maigres. Elle avait beau le détester, elle se surprit à avoir pitié de lui. Qu'avait-elle donc dans la tête pour avoir pu imaginer qu'il ferait quoi que ce soit pour améliorer leur situation ? Ce serait à elle d'agir. Le Gouverneur attendait de ses Compagnes qu'elles pourvoient à tous ses besoins. Bien plus, c'était aussi l'opinion des Chalcédiens, elle le comprit soudain. Elle était restée à trembler dans la cabine alors qu'elle aurait dû se fâcher et exiger qu'on le traitât avec égards. Les Chalcédiens ne respectaient pas un homme dont la compagne mettait le pouvoir en doute. Le Gouverneur avait raison. C'était elle, et non lui, qui les avait condamnés à ce sort misérable. Elle espérait seulement qu'il n'était pas trop tard pour relever son prestige.

Malta lui retira la couverture malgré ses marmottements de protestation. Comme elle avait vu sa mère le faire quand Selden était malade, elle lui posa la main sur le front puis lui palpa les aisselles mais ne constata ni fièvre ni ganglions. Très doucement, elle lui tapota la joue jusqu'à ce qu'il entrouvre les yeux. Le blanc avait une coloration jaunâtre, son haleine était fétide. « Laissez-moi tranquille, gémit-il en tâtonnant pour se recouvrir.

— Si je vous laisse tranquille, j'ai peur que vous mouriez, très illustre. » Elle s'essayait à adopter le ton qu'employait Keki avec lui. « Cela me chagrine fort de vous voir maltraité ainsi. Je vais prendre le risque d'aller voir le capitaine pour protester. » L'idée de s'aventurer seule dehors la terrifiait, mais elle savait que c'était leur seule chance. Elle prépara les mots qu'elle allait débiter au capitaine si elle en avait le courage. « Il est insensé qu'un homme traite de façon aussi scandaleuse le Gouverneur de Jamaillia. Cet homme mérite la mort, la perte de son nom et de son honneur. »

Le Gouverneur ouvrit les paupières pour de bon et la dévisagea avec un morne étonnement. Il cligna les yeux qui étincelèrent d'une juste colère. Bien. Si elle jouait correctement son rôle, il faudrait qu'il se montre à la hauteur, lui aussi. Elle respira.

« Même sur cette grande baille, ils devraient pouvoir vous trouver quelque chose de mieux ! Est-ce que le capitaine loge dans une chambre nue, sans confort ni agrément ? J'en doute. Mange-t-il aussi mal ; fume-t-il du foin ? Quels que soient les adoucissements dont il jouit, il aurait dû vous en faire profiter quand vous êtes monté à bord. Jour après jour, vous avez patiemment attendu qu'on vous traite comme vous le méritez. Si le courroux de Jamaillia s'abat sur eux, maintenant, ils n'auront qu'à s'en prendre à eux-mêmes. Vous avez fait preuve d'une divine patience. A présent, je vais exiger qu'on remédie à cette situation scandaleuse. » Elle croisa les bras. « Comment dit-on “capitaine” en chalcédien ? »

La consternation passa sur le visage de Cosgo. Il avala de l’air. « *Leu-fai.*

— *Leu-fai* », répéta-t-elle. Elle le regarda plus attentivement. Des larmes d’apitoiement ou d’étonnement remplissaient les yeux du Gouverneur. Elle le recouvrit, le borda comme elle l’eût fait pour Selden. Une singulière résolution avait pris corps en elle. « Reposez-vous, seigneur. Je vais me préparer, et je veillerai à ce que vous soyez traité comme le mérite le Gouverneur de Jamaillia, ou bien je mourrai en essayant. » Elle craignait bien que les derniers mots ne soient vrais.

Quand il referma les yeux, elle se leva et s’attela à la tâche. Elle portait la même robe depuis qu’elle avait quitté Trois-Noues. Elle avait réussi à la rincer une fois à bord de la galère. Elle la retira, en arracha avec les doigts et les dents l’ourlet sale, en lambeaux, puis la secoua, frotta le plus gros de la poussière et se rhabilla. Elle avait les mollets nus, à présent, mais tant pis. Elle utilisa les morceaux de l’ourlet pour confectionner une longue tresse de tissu. Elle se passa les doigts dans les cheveux pour les démêler du mieux possible puis entortilla la tresse autour de sa tête en turban. Ainsi coiffée, elle espérait paraître plus âgée et dissimuler la plus grande partie de sa cicatrice. Il restait un peu d’eau dans le pichet. Avec un bout de chiffon, elle se lava la figure et les mains, puis les jambes et les pieds.

En souriant amèrement, elle se rappela avec quel soin elle s’était apprêtée pour le bal d’Eté, combien elle s’était tracassée pour sa robe et ses mules. « Port de tête et allure », lui avait conseillé Rache. « Soyez convaincue de votre beauté, et tout le monde vous trouvera belle. » Elle avait été incapable de croire la servante. Aujourd'hui, ces paroles étaient son seul espoir.

Après avoir fait de son mieux, elle composa son maintien. Dos droit, tête haute. Imagine que tu as des mules de brocart aux pieds, des bagues aux doigts, une couronne de fleurs sur la tête. Elle fixa des yeux furibonds sur la porte et dit d'un ton ferme : « *Leu-fai !* » Elle respira à fond, souleva le loquet et sortit.

Elle parcourut une longue coursive éclairée seulement par une lanterne à l'autre bout. Les ombres bougeaient avec la lumière, et elle avait du mal à garder son port de reine. Elle passait entre des ballots arrimés de la cargaison. Leur variété éveilla ses soupçons. Les navires marchands honnêtes ne transportaient pas un si large choix de marchandises, et leur arrimage n'aurait pas été fait avec cette négligence. Des pirates ou des pillards, quoiqu'ils ne se considèrent sans doute pas comme tels, se dit-elle. Le Gouverneur ne représentait-il pour eux qu'un butin à vendre au plus offrant ? A cette idée, elle faillit revenir sur ses pas. Puis elle se ravisa : malgré tout, elle allait exiger qu'il soit mieux traité. Une pareille marchandise aurait certainement plus de valeur si elle était en bon état.

Elle grimpa une petite descente de cabines et se retrouva dans une pièce bondée, qui puait la sueur et la fumée. Des hamacs se balançaient, où ronflaient quelques dormeurs. Un matelot ravaudait des culottes de toile dans un coin. Trois autres étaient assis autour d'une caisse où étaient étalées les fiches d'un jeu.

A son arrivée, ils tournèrent la tête pour la dévisager. Un blond, à peu près de son âge, osa lui faire un grand sourire. Sa chemise rayée crasseuse était à demi ouverte. Elle leva le menton, et se rappela ses bagues chatoyantes et sa couronne de fleurs. Elle ne sourit pas, ne détourna pas les yeux. Mais elle tâcha d'imiter le regard désapprobateur de sa mère devant des servantes oisives. « *Leu-fai.*

— *Leufai ?* » demanda, incrédule, un vieux grisonnant à la table de jeu. Ses sourcils se haussèrent jusqu'au crâne déplumé. Son voisin se mit à glousser.

Malta resta impassible. Seuls ses yeux se firent plus froids. « *Leu-fai !* » répéta-t-elle sur un ton insistant.

En haussant les épaules et en soupirant, le blond se redressa. Il s'approcha et elle se força à tenir bon. Elle dut lever les yeux pour croiser son regard. Elle eut du mal à garder sa contenance. Quand il tendit le bras pour la toucher, elle lui appliqua avec mépris une claque sur la main. Les yeux flamboyants, elle mit deux doigts sur sa poitrine. « Au Gouverneur, dit-elle froidement. *Leu-fai*. Immédiatement ! » fit-elle d'un ton sec, sans se soucier de savoir s'ils la comprenaient. Le blond se retourna vers ses compagnons et haussa les épaules mais ne tenta plus de la toucher. Il pointa le doigt dans une direction. D'un geste, elle indiqua qu'il devait montrer le chemin. Elle n'aurait pas supporté d'avoir quelqu'un dans son dos.

Il lui fit traverser rapidement le navire. Après avoir grimpé une échelle, ils débouchèrent par une écoutille sur un pont balayé par le vent. Elle fut éblouie par l'air frais et piquant, l'odeur de la mer, le soleil couchant derrière un banc de nuages vermeils. Son cœur bondit. Le sud. Le navire les emmenait vers le sud, vers Jamaillia et non vers Chalcède. Y avait-il une chance qu'un navire de Terrilville les repère et tente de les arrêter ? Elle ralentit le pas, espérant apercevoir un signe de la terre, mais la mer se confondait avec les nuages à l'horizon. Elle ne pouvait même pas deviner où ils se trouvaient. Elle allongea l'allure pour rattraper son guide. Il la conduisit à un homme grand et musclé qui donnait des instructions aux matelots en train d'épisser des cordages. Le marin indiqua Malta d'un signe de tête et baragouina quelque chose, elle saisit le mot *leu-fai*. L'homme l'inspecta cavalièrement de haut en bas mais elle lui retourna son regard avec hauteur. « Qu'est-ce que vous voulez ? »

Il lui fallut rassembler tout son courage. « Je veux parler à votre capitaine. » Elle devina qu'il devait s'agir du second.

« Dites-moi ce que vous voulez. » Il s'exprimait avec un fort accent mais distinctement.

Malta croisa les mains sur sa poitrine. « Je veux parler à votre capitaine. » Elle prononça les mots lentement, en les détachant comme s'il avait été tout bonnement stupide.

« Dites à *moi* », insista-t-il.

A son tour, elle le regarda de haut en bas. « Certainement pas ! » répondit-elle, hargneuse. Elle secoua la tête, se tourna d'un mouvement auquel elle s'était exercée avec Délo depuis l'âge de neuf ans (mouvement qui aurait fait tournoyer ses jupes si elle avait eu une robe convenable) et s'éloigna, la tête haute, s'efforçant de respirer malgré le martèlement de son cœur. Elle essayait de se rappeler par quelle écoutille ils étaient montés quand l'homme s'écria : « Attendez ! »

Elle s'arrêta. Elle tourna posément la tête pour le regarder par-dessus son épaule. Elle haussa un sourcil interrogateur.

« Revenez. Je vous conduis au capitaine Deiari. » Il faisait de petits gestes pour être sûr d'être compris.

Elle le laissa agiter la main vers elle plusieurs fois avant de rebrousser chemin avec une lenteur pleine de dignité.

La chambre du capitaine à l'arrière était magnifique comparée à la cabine qu'elle partageait avec le Gouverneur. Il y avait une grande fenêtre, un tapis épais sur le sol et plusieurs fauteuils confortables, une agréable odeur de tabac et d'autres herbes flottait dans l'air. Dans un coin, le lit se parait d'un matelas de plumes rebondi, de douillettes courtepointes et même d'une étole de moelleuse fourrure blanche. Des livres s'alignaient sur une étagère et des flacons contenaient des alcools divers.

Le capitaine était assis dans un de ses fauteuils confortables, les jambes étendues, un livre dans les mains. Il portait une chemise grise en laine souple sur des culottes de drap. Des bas épais protégeaient ses pieds du froid ; ses bottes solides séchaient près de la porte. Malta envia cette chaleur, ces vêtements propres et secs. Il leva les yeux avec agacement à leur entrée. En la voyant, il interrogea le second sur un ton rogue. Avant que l'homme ait pu répondre, Malta le devança habilement.

« *Leu-fai* Deiari. Selon le bon plaisir du très clément Gouverneur, je viens vous offrir l'occasion de corriger vos erreurs avant qu'elles ne deviennent irréparables. » Elle le regarda froidement dans les yeux et attendit.

Il la fit attendre. Une certitude glacée envahit Malta ; elle avait mal calculé. Il allait la faire tuer et jeter par-dessus bord. Elle ne montra que la froideur sur son visage. Des bijoux aux doigts, une couronne de fleurs, non, d'or massif sur le front. C'était lourd ; elle leva le menton pour en supporter le poids et scruta les yeux pâles du capitaine.

« Le très clément Gouverneur Cosgo », dit finalement l'homme d'une voix sans timbre. Il parlait clairement, sans accent.

Malta fit un petit signe d'acquiescement. « Il est le plus patient des hommes. Quand nous sommes arrivés à bord, il a excusé votre manque de courtoisie à son égard. Le capitaine, m'a-t-il expliqué, est certainement très occupé avec tous les hommes qu'il a recueillis à bord. Il doit écouter des rapports, peser des décisions. Le Gouverneur sait ce que commander veut dire, voyez-vous. Il m'a dit : "Refrénez votre impatience à cette insulte qui m'est faite. Quand il aura le temps de préparer un accueil convenable, alors le *leu-fai* nous enverra chercher à cette misérable cabine, à peine mieux qu'une niche de chien, qu'il m'a attribuée." A mesure que les jours passaient, il vous a trouvé toutes sortes d'excuses. Peut-être étiez-vous malade ; peut-être ne vouliez-vous pas le déranger tant qu'il reprenait des forces. Peut-être ignoriez-vous les honneurs qu'on devait lui rendre.

« En tant qu'homme, il se soucie peu du manque

de confort. Qu'est-ce qu'un plancher nu ou un maigre repas comparé aux épreuves qu'il a endurées au désert des Pluies ? Cependant, en ma qualité de fidèle servante, je suis scandalisée pour lui. Il suppose charitablement que vous lui avez offert ce qu'il y avait de mieux. » Elle marqua une pause et parcourut lentement la chambre du regard. « Voilà qui fera jaser à Jamaillia », dit-elle à mi-voix, comme pour elle-même.

Le capitaine se leva. Il se frotta l'aile du nez avec vigueur puis congédia d'un signe le second qui était resté à la porte. L'homme disparut sur-le-champ et referma la porte derrière lui. Malta perçut alors une odeur aigre de sueur mais, extérieurement, le capitaine paraissait calme.

« C'était une histoire tellement insensée, j'avais peine à y croire. Cet homme est vraiment le Gouverneur de Jamaillia ? »

Elle risqua le tout pour le tout. Son expression gracieuse disparut, et elle baissa la voix pour accuser. « Vous savez très bien qui il est. Invoquer l'ignorance de son rang est une piètre excuse, commandant.

— Et je suppose que vous êtes une dame de sa cour, alors ? »

Elle ne broncha pas sous le sarcasme. « Bien sûr que non. Mon accent est de Terrilville, comme vous le savez certainement. Je suis la plus humble de ses servantes, honorée de le servir dans l'adversité. Je suis pleinement consciente de mon indignité. » Elle continua à jouer son va-tout. « Le décès de sa Compagne Keki à bord de la galère chalcédienne l'a grandement éprouvé. Non qu'il en fasse reproche au capitaine de la galère. Mais si la Compagne d'abord, puis le Gouverneur soi-même meurent aux mains des Chalcédiens, voilà qui ne parlera guère en faveur de votre hospitalité. » Elle ajouta, très doucement : « Il se peut même que dans certains milieux on y voie une intention politique.

— Si jamais on l'apprend », rétorqua le capitaine lourdement. Malta se demanda si elle n'avait pas forcé la dose. Mais la question suivante la rassura. « Et d'abord, que faisiez-vous exactement en amont du fleuve ? »

Elle sourit mystérieusement. « Il ne m'appartient pas de divulguer les secrets du désert des Pluies. Si vous désirez en savoir plus, il plaira peut-être au Gouverneur de vous éclairer. » Cosgo n'en savait pas assez sur le désert des Pluies pour trahir quoi que ce soit d'important. Elle soupira. « Ou non. Pourquoi partagerait-il de tels secrets avec quelqu'un qui l'a traité d'aussi scandaleuse façon ? Pour qui se dit son allié, vous vous êtes montré un bien piètre hôte. Ou sommes-nous vos prisonniers de fait autant que victimes des circonstances ? Vous nous détenez pour obtenir une rançon, comme si vous étiez un vulgaire pirate ? »

La brutalité de la question le fit sursauter. « Je... bien sûr que non, pas prisonniers. » Il leva le menton. « S'il était prisonnier, m'empresserais-je de l'emmener à Jamaillia ?

— Où il sera vendu au plus offrant ? » demanda sèchement Malta. Le capitaine inspira d'un air furieux mais elle poursuivit : « Ce doit être tentant, naturellement. Il faudrait être un sot pour négliger cette éventualité, au milieu du désordre actuel. Néanmoins, un homme avisé devrait connaître la générosité légendaire du Gouverneur envers ses amis. Alors que la largesse d'un homme qui paie le prix du sang n'apporte que mépris et honte. » Elle inclina légèrement la tête. « Contribuerez-vous à cimenter l'amitié entre Chalcède et Jamaillia ? Ou allez-vous ternir à jamais la réputation des Chalcédiens, qu'on tiendra pour des renégats qui vendent leurs alliés ? »

Un long silence suivit ces paroles. « Vous parlez comme un Marchand de Terrilville. Pourtant les Marchands n'ont jamais porté Chalcède dans leur cœur. Quel est votre intérêt dans tout ceci ? »

Ma vie, imbécile ! Malta feignit la surprise indignée. « Vous désirez connaître l'intérêt d'une *femme*, commandant ? Alors, je vais vous le dire : mon père est originaire de Chalcède. Mais *mon* intérêt à moi, bien sûr, n'entre pas en compte ici. Je ne considère que l'intérêt du Gouverneur. » Elle inclina la tête avec révérence.

Ces derniers mots lui laissèrent un goût de cendres dans la bouche. Dans le silence qui suivit, elle observa sur le visage de l'homme le cheminement prudent de sa pensée. Il n'avait rien à perdre en traitant le Gouverneur avec égards. Un otage vivant et en bonne santé rapporterait davantage, sans aucun doute, que s'il était aux portes de la mort. Et les marques de gratitude du Gouverneur seraient peut-être plus substantielles que l'argent qu'il pourrait soutirer aux nobles jamailliens.

« Vous pouvez aller, dit-il abruptement.

— Comme il vous plaira », murmura Malta, d'un ton soumis teinté d'ironie. Il ne convenait pas à la Compagne du Gouverneur de se montrer trop humble. Keki lui avait appris cela. Elle inclina gravement la tête puis lui tourna le dos au lieu de sortir à reculons. Qu'il en conclue ce qu'il voulait.

Quand elle se retrouva dehors dans le vent glacé du soir, elle fut prise de vertige mais elle se força à rester droite. Elle était épuisée. Elle redressa la tête, une fois de plus, sous le poids de sa couronne imaginaire. Elle ne se hâta pas. Elle reconnut l'écoutille, descendit dans les profondeurs nauséabondes du navire. En traversant les logements de l'équipage, elle feignit de ne pas remarquer les hommes ; quant à eux, ils interrompirent leur conversation et la suivirent des yeux.

Elle regagna la cabine, referma la porte, alla jusqu'au lit et se laissa tomber sur ses genoux flageolants. Il était heureux que son accès de faiblesse corresponde au rôle qu'elle devait continuer à jouer. « Votre grandeur, je suis revenue, dit-elle à mi-voix. Vous allez bien ?

— Bien ? Je suis à demi mort de faim, et une femme me corne aux oreilles, rétorqua le Gouverneur.

— Ah, je vois. Eh bien, seigneur, j'ai bon espoir d'avoir amélioré notre situation.

— Vous ? J'en doute. »

Malta baissa le front sur ses genoux et resta un moment à trembler. Au moment où elle allait conclure à son échec, on frappa à la porte. C'était sans doute le mousse qui apportait le dîner. Elle se força à se lever et à ouvrir au lieu de simplement lui dire d'entrer.

Trois solides gaillards se tenaient derrière le second. Celui-ci s'inclina avec raideur. « Vous venez à la table du *leu-fai* ce soir. Vous, pour vous laver, habiller. » Ce message semblait excéder l'étendue de son vocabulaire mais, d'un geste, il montra les hommes qui portaient des seaux d'eau fumante et des brassées de vêtements. Parmi eux, Malta remarqua des habits de femme. Elle l'avait convaincu de son propre rang ! Elle se défendit de trahir son plaisir et son triomphe.

« S'il plaît au Gouverneur », répondit-elle froidement, et d'un signe, elle leur ordonna d'apporter leur fardeau dans la cabine.

*

« Que feras-tu ? » osa demander Hiémain au navire. Un vent glacial soufflait dans la nuit. Il se tenait sur le gaillard d'avant, les bras serrés autour de lui pour se protéger du froid. Ils taillaient la route vers Partage. S'il n'avait dépendu que de lui, Hiémain aurait calmé le vent, ralenti le navire, il aurait fait n'importe quoi pour avoir le temps de réfléchir.

La mer brasillait. La crête de la lame happait les rayons de lune et les déroulait avec elle. La clarté des étoiles se brisait et ondulait sur les dos des serpents qui moutonnaient à côté d'eux. Leurs yeux chatoyaient, cuivre, argent et or vif, rose surnaturel et bleu, comme des fleurs marines nocturnes. Hiémain avait toujours l'impression qu'ils l'épiaient quand il était sur le gaillard d'avant. Peut-être était-ce vrai. Comme pour répondre à sa pensée, une tête se dressa hors de l'eau. Il ne pouvait en être sûr, dans cette obscurité, mais il crut reconnaître le serpent d'or vert de la plage des Autres. Durant quelques secondes, il demeura près du navire à l'observer. *Deux-pattes, je te connais*. Hiémain entendit le murmure dans sa tête mais il ne put décider si le serpent lui parlait vraiment ou s'il se rappelait seulement sa voix sur la plage.

« Que ferai-je ? » dit la figure de proue sur un ton railleur et indolent.

Elle pouvait l'écraser à volonté. Hiémain repoussa ses craintes vaines. « Tu sais ce que je veux dire. Althéa et Brashen sont à notre recherche. Ils nous guettent peut-être près de Partage. Ou alors ils nous affronteront dans le port. Que ferez-vous, toi et tes serpents ?

— Ah ! Tu parles de ça ! Eh bien... » Elle se pencha en arrière, vers lui. Ses boucles noires se tordirent, on aurait dit un nid de serpents. Elle porta une main à sa bouche comme si elle allait lui révéler un secret. Mais son chuchotement était sonore, c'était un chuchotement de théâtre destiné à Kennit qui arrivait en faisant résonner son pilon sur le pont. « Je ferai ce qu'il me plaira. » Elle sourit au pirate. « Bonsoir, mon cher.

— Bonsoir et bon vent, ma charmante », répondit Kennit. Il se pencha au-dessus de la lisse et effleura la grande main que la figure de proue levait pour le saluer. Puis il sourit à Hiémain, découvrant ses dents blanches comme celles d'un serpent dans le clair de lune. « Bonsoir, Hiémain. Tu vas bien, j'espère. Quand tu as quitté ma chambre, tout à l'heure, tu n'avais pas l'air dans ton assiette.

— Je ne vais pas bien », concéda-t-il platement. Il regarda Kennit, et le cœur lui remonta dans la gorge. « Je suis déchiré, et je ne peux pas dormir à cause des craintes qui me troublent. » Il reporta les yeux sur la figure de proue. « Je t'en prie, ne sois pas si désinvolte avec moi. Il s'agit de notre famille. Althéa est ma tante, et ta compagne de toujours. Pense un peu, navire, elle t'a inséré la cheville, elle t'a accueillie quand tu t'es éveillée. Tu ne te rappelles pas ?

— Je me rappelle très bien qu'elle m'a quittée peu de temps après. Et qu'elle a permis à Kyle de me transformer en transport d'esclaves. » Foudre haussa un sourcil vers lui. « Si c'étaient là les derniers souvenirs que tu avais d'elle, comment réagirais-tu en entendant son nom ? »

Il crispa les poings le long du corps. Il ne se laisserait pas distraire de sa préoccupation. « Mais qu'allons-nous faire ? Elle est tout de même de notre famille !

— Notre ? Qu'est-ce que ce "notre" ? Tu me confonds encore avec Vivacia ? Mon cher petit, entre nous il n'y a pas de "nous" ni de "notre". Il y a toi et il y a moi. Quand je dis "nous" ou "notre", ce n'est pas à toi que je m'adresse. » Elle caressa Kennit des yeux.

Hiémain s'obstina. « Je me refuse à croire qu'il n'y a rien en toi de Vivacia, sinon, pourquoi serais-tu si amère en évoquant tes souvenirs ?

— Oh là, là, maugréa le navire, en soupirant. On ne va pas recommencer.

— J'ai bien peur que si, répondit Kennit d'une voix consolante. Allez, Hiémain, ne me regarde pas de cet œil noir. Sois honnête avec moi, fiston. Que veux-tu qu'on fasse ? Qu'on rende Foudre à Althéa pour éviter de te blesser ? Où est ta loyauté envers moi ? »

Hiémain vint lentement se placer à côté de Kennit. Il finit par déclarer : « Je vous suis loyal, Kennit. Vous le savez bien. Je crois que vous l'avez su avant que je le reconnaisse moi-même. Si je ne vous étais pas loyal, je n'aurais pas tant de peine maintenant. »

Le pirate parut sincèrement ému par cet aveu. Il posa la main sur l'épaule de Hiémain. Ils partagèrent un instant de silence. « Tu es si jeune, mon cher petit. Dis tout haut ce que tu veux. » La voix de Kennit était réduite à un murmure.

Le garçon se tourna vers lui, surpris. Le pirate avait le regard perdu dans la nuit, comme s'il n'avait rien dit. Hiémain prit une inspiration et tâcha d'ordonner ses idées. « Ce que je vous demanderais à tous les deux, c'est de ne pas faire de mal à Althéa. C'est la sœur de ma mère, elle est de mon sang, et elle est de la vraie famille du navire. Foudre a beau le nier, je n'arrive pas à croire qu'elle puisse voir Althéa mourir sans en être affectée elle-même. (Il ajouta en baissant la voix :) Je sais que moi, je ne pourrais pas.

— Ton sang, de la vraie famille du navire, répéta Kennit en serrant l'épaule de Hiémain. Quant à moi, je te promets de ne pas toucher un cheveu de sa tête. Navire ? »

La figure de proue haussa ses grandes épaules. « Tout ce que Kennit voudra. Je ne ressens rien, tu comprends. Je n'ai aucun désir de la tuer ni de lui laisser la vie. »

Hiémain poussa un soupir de soulagement. Il ne croyait pas à l'indifférence de Foudre. Il y avait trop de tension qui vibrait en lui pour qu'elle soit entièrement de son fait. « Et son équipage ? » hasarda-t-il.

Kennit se mit à rire et lui donna une bourrade amicale. « Allons, Hiémain, on ne peut quand même pas garantir leur sort. Si quelqu'un décide de se battre à mort, comment l'en empêcherais-je ? Mais, tu l'as vu, ces derniers temps, on ne verse le sang que contraint et forcé. Considère tous les navires qu'on a laissés poursuivre leur route. Les transports d'esclaves, par exemple, c'est une autre affaire. En ce qui les concerne, je dois tenir mes engagements envers les sujets de mon royaume. Ils doivent aller par le fond. On ne peut pas sauver tout le monde, Hiémain. Il y en a qui ont décidé de se faire tuer par moi longtemps avant que je ne les affronte. Quand on se heurtera au capitaine Trell et à Parangon, on agira selon les circonstances. Tu ne peux pas m'en demander plus, n'est-ce pas ?

— Non, j'imagine. » Il avait fait de son mieux, ce soir. S'il avait été seul avec la vivenef, aurait-il pu l'amener à admettre qu'elle était encore liée à Althéa ? *Althéa*, pensa-t-il farouchement à l'adresse du navire. *Je sais que tu te souviens d'elle. Elle t'a éveillée d'un long sommeil; elle a salué ton retour à la vie. Elle t'aimait. Peux-tu tourner le dos à cet amour-là ?*

Un frémissement agité parcourut le navire et, à côté, un éclaboussement sonore annonça le retour du serpent d'or vert. La figure de proue, les yeux plissés et les narines dilatées, se retourna pour lancer un regard furieux à Hiémain. Il rassembla son courage, s'attendant à une réaction violente de sa part. Mais ce fut Kennit qui le secoua. « Assez ! ordonna-t-il sévèrement. Tu crois que je ne sens pas ce que tu es en train de lui faire ? Elle a dit qu'elle n'éprouvait rien. Accepte. » Puis il lui donna une bourrade amicale. « Les sentiments ont une fin, fiston. Foudre n'est plus pour toi ce qu'elle était.

Pourquoi ne vas-tu pas voir Etta ? Elle arrive toujours à te remonter le moral, à ce qu'il paraît. »

*

Kennit suivait des yeux Hiémain qui traversait le tillac quand le charme se mit à parler. Il ne chuchota pas, n'essaya nullement de se cacher du navire. « Les sentiments ont une fin, fit-il moqueur. Foudre n'est plus ce qu'elle était. Oh, certes ! Convaincs-toi de ça, mon petit cœur, et tu seras capable de t'occuper une fois encore de Parangon. » Puis il baissa la voix et ajouta sur le ton de la confidence : « Tu as toujours su que tu aurais encore affaire à lui, pas vrai ? Quand tu as entendu dire qu'une vivenef aveugle était retournée à Terrilville, tu as su que vos chemins finiraient par se croiser à nouveau.

— La ferme ! » La peur teintait l'éclat de fureur de Kennit. Il sentit ses cheveux le picoter sur la nuque.

« Je connais Parangon, déclara soudain le navire. C'est-à-dire, j'ai les souvenirs d'Althéa sur lui. Et de son père. Ephron Vestrit ne l'aimait pas, ce navire. Il ne voulait pas que sa fille joue près de lui. Parangon est fou, tu sais. Vraiment fou.

— Oh, vraiment fou, approuva le charme aimablement. Mais alors, qui ne le serait pas, étant donné tous les souvenirs qui ont imprégné son bordage ? C'est même étonnant qu'il puisse encore parler. Tu n'es pas d'accord, Kennit ? N'était-ce pas assez pour rendre un gamin muet ? Pas besoin de lui couper la langue, il a à peine prononcé un mot en trois ans. Oh, Igrot croyait ses secrets bien gardés. Tous ses secrets. Mais les secrets ont une fâcheuse tendance à transpirer.

— Tais-toi ! murmura Kennit d'une voix enrouée par la rage.

— Muet, souffla le bois-sorcier sur son poignet. Muet comme un navire aveugle, qui flotte la coque en l'air. Muet comme un cri sous la mer. »

8

Stratégies

La brume était inexorable. Même les jours où il ne pleuvait pas, tout dégouttait d'une constante condensation. Les vêtements qu'on mettait à sécher dans la coquerie se couvraient simplement de buée. Les habits dans le sac marin d'Althéa étaient aussi humides que la couverture de laine qu'elle retira de sa couchette. Tout sentait l'aigre et le moisi. Au matin, elle s'attendait presque à peigner de la mousse sur ses cheveux. Eh bien, en tout cas, on aurait un peu plus de place, à présent. Elle avait débarrassé les affaires de Lavoy et transportait les siennes aujourd'hui dans la cabine du second. La promotion était traditionnelle et lui revenait de droit. Brashen avait nommé Haff lieutenant. Celui-ci paraissait enchanté de son nouveau grade. Et l'équipage en général approuvait cet avancement, ce qui était très bon signe.

« La pluie et la brume ne cessent jamais dans ces maudites îles ? » demanda Ambre en pénétrant dans la minuscule cabine. L'humidité emperlait ses cheveux et ses cils. L'eau s'égouttait des manchettes de sa chemise.

« En été. Mais, pour le moment, c'est comme ça. A moins qu'il pleuve assez fort pour dégager le ciel.

— Ce serait presque mieux que cette humidité constante. J'ai grimpé au mât pour voir. J'aurais aussi bien fait de me fourrer la tête dans mon sac. Comment font les pirates pour bouger par un temps pareil ? Il n'y a ni soleil ni étoiles pour se diriger.

— Espérons qu'ils ne bougent pas. Je n'aimerais pas qu'on en rencontre un dans la brume. Tâche de penser qu'elle nous cache aux yeux ennemis.

— Mais elle nous les cache à nous tout autant. Comment apprendrons-nous que Kennit revient à Partage si on ne peut même pas voir l'île ? »

Ils mouillaient depuis la veille dans une petite crique abritée. Althéa savait ce que les autres ignoraient. Ils mouillaient là, non pour attendre Kennit, mais pour essayer de sauver ce qui pouvait l'être de leur plan. La nuit dernière, claquemurés dans la chambre du capitaine, ils avaient envisagé différentes solutions. Brashen n'était guère optimiste. « Tout est fichu, avait-il dit d'un ton lugubre, les yeux fixés au plafond au-dessus de sa couchette. J'aurais dû prévoir que Lavoy ferait quelque chose de ce genre. Il a démoli tout espoir d'effet de surprise. Kennit sera prévenu et, dès qu'il nous repérera, il passera à l'attaque. Maudit Lavoy ! J'aurais dû lui donner la grande cale dès que j'ai soupçonné qu'il fomentait une mutinerie.

— Ç'aurait été bon pour le moral », avait murmuré Althéa, blottie dans ses bras. Elle était allongée à côté de lui sur la couchette, la tête posée sur son épaule. Elle sentait contre elle la chaleur de son corps nu. La lumière onctueuse de la lanterne faisait des ombres mouvantes sur la cloison et l'incitait à étreindre simplement Brashen et à s'endormir à ses côtés. Elle promenait machinalement les doigts le long de ses côtes, sur la cicatrice laissée par le coup de couteau du pirate.

« Arrête, avait-il maugréé irrité, en s'écartant. Arrête de me distraire, aide-moi à réfléchir. »

Elle avait poussé un long soupir. « Tu aurais dû me dire ça avant qu'on se couche. Je devrais concentrer toute mon attention pour trouver le moyen de reprendre la *Vivacia* à Kennit mais, je ne sais pas pourquoi, ici, avec toi... » Elle lui avait caressé la poitrine et le ventre, et les pensées de Brashen suivaient sa main.

Il avait roulé vers elle. « Bon. Alors tu veux renoncer ? Rentrer à Terrilville et laisser les choses en l'état ?

— J'y ai songé, admit-elle. Mais je ne peux pas. J'ai toujours cru que Vivacia serait notre principale alliée quand on essaierait de la récupérer. J'avais compté qu'elle le défierait et prendrait notre parti. Maintenant qu'on a appris que Hiémain est vivant, qu'il se trouve bien à bord, et qu'ils semblent tous deux apprécier Kennit, je ne sais plus que penser. Mais je ne peux pas l'abandonner comme ça, Brash. Elle fait partie de ma famille. La *Vivacia* est mon navire, elle m'appartient comme elle n'appartiendra jamais à personne. L'abandonner aux mains de Kennit serait comme si j'abandonnais mon enfant. Elle est peut-être contente d'être avec Kennit aujourd'hui mais elle finira par avoir envie de rentrer chez elle à Terrilville. Ainsi que Hiémain. Et alors que seront-ils devenus ? Des proscrits et des pirates. Leur vie sera gâchée.

— Qu'en sais-tu ? » avait protesté Brashen. Un petit sourire avait incurvé ses lèvres et il avait haussé les sourcils en demandant : « Keffria ne dirait-elle pas la même chose de toi ? Ne dirait-elle pas que tu finiras par avoir envie de rentrer chez toi et que je gâche ta vie ? Tu accepterais qu'elle essaie de te reprendre à moi, pour te sauver ? »

Elle avait déposé un baiser au coin de sa lèvre. « Peut-être est-ce moi qui gâche ta vie. Je n'ai pas l'intention de te laisser partir, même quand on rentrera. Mais nous sommes deux adultes, conscients de ce que peut nous coûter la décision. » Elle ajouta en baissant la voix : « Nous sommes tous les deux prêts à payer le prix, en trouvant que nous faisons tout de même une bonne affaire. Mais Hiémain est encore un gamin et la vivenef venait de s'éveiller quand elle a quitté Terrilville. Je ne peux pas renoncer à eux. Il faut au moins que je les voie, que je leur parle pour savoir ce qu'il en est.

— Oui. Je ne doute pas que le capitaine Kennit nous donne le temps de leur rendre visite, avait-il répondu sèchement. Peut-être devrait-on retourner à Partage, faire parvenir nos cartes de visite, et demander quand il reçoit chez lui.

— Je sais que ça paraît ridicule.

— Et si on regagnait Terrilville ? avait-il suggéré, sérieux tout à coup. Nous avons le *Parangon*, c'est un fin navire. Les Vestrit seraient toujours propriétaires d'une vivenef, qu'ils ont payée. Toi et moi, on s'épaulerait, on refuserait d'être séparés. On se marierait, avec un vrai mariage, à la salle du Conseil. Et si les Marchands nous refusent cela, eh bien, qu'ils aillent se faire voir, on ira aux Six-Duchés, et on fera nos promesses sur une de leurs pierres noires. »

Elle ne put s'empêcher de sourire. Il l'embrassa et poursuivit : « On naviguerait tous les deux avec Parangon, partout, sur le fleuve du désert des Pluies et au-delà de Jamaillia, dans les îles que ton père connaissait si bien, et on ferait du commerce comme lui. On gagnerait plein d'argent et on acquitterait la dette de ta famille aux Marchands des Pluies. Malta ne serait pas obligée de se marier contre son gré. Kyle est mort, on le sait, donc on ne peut pas le sauver. Hiémain et Vivacia n'ont pas l'air d'avoir envie qu'on les sauve. Tu ne vois pas, Althéa ? Toi et moi, on pourrait simplement vivre notre vie. On n'a pas de gros besoins, et on a déjà ce qu'il nous faut. Un bon navire et un bon équipage. Toi à mes côtés. C'est tout ce que je demande à la vie. Le destin me l'a donné et, sacré nom ! je veux le garder. » Il referma ses bras autour d'elle. « Dis-moi simplement oui, avait-il insisté doucement ; son haleine tiède lui caressait le cou et l'oreille. Dis-moi simplement oui et je ne te laisserai plus partir. »

Du verre brisé dans son cœur. « Non, avait-elle prononcé à mi-voix. Il faut que je tente ma chance, Brashen. Il le faut.

— Je savais que tu dirais ça », avait-il gémi. Il l'avait relâchée et s'était écarté. Il lui fit un sourire las. « Alors, mon amour, que proposes-tu ? Qu'on approche Kennit sous pavillon parlementaire ? Qu'on l'aborde de nuit par surprise ? Qu'on le provoque en pleine mer ? Ou qu'on retourne à Partage pour l'attendre ?

— Je ne sais pas, avoua-t-elle. Toutes ces solutions

me paraissent suicidaires. (Elle s'interrompit.) Toutes à part le pavillon parlementaire. Non, ne me regarde pas comme ça. Je ne suis pas folle. Ecoute, Brashen. Pense à tout ce que nous avons appris à Partage. Les gens de là-bas ne parlent pas de Kennit comme d'un tyran redoutable. Il est un chef bien-aimé qui a privilégié les intérêts de son peuple. Il libère les esclaves qu'il aurait pu aussi bien vendre. Il est généreux en partageant le butin dont il s'empare. Il a l'air d'être intelligent et raisonnable. Si on allait à lui en amenant pavillon parlementaire, il comprendrait que le parti le plus sage serait de nous écouter. Que gagnerait-il à nous attaquer avant d'avoir discuté avec nous ? On pourrait lui proposer de l'argent, et plus encore : la bonne volonté d'une famille au moins de Marchands de Terrilville. S'il veut sincèrement établir son royaume aux Iles des Pirates, il faudra bien qu'il cherche à faire du commerce légal. Pourquoi pas avec Terrilville ? Pourquoi pas avec les Vestrit ? »

Brashen reposa la tête sur l'oreiller. « Pour que cela soit convaincant, il faudrait coucher tout ça par écrit. Un accord verbal ne suffirait pas, il faudrait un contrat obligatoire pour les deux parties. La petite rançon qu'on lui proposera ne représentera qu'une ouverture. Des contrats commerciaux, voilà ce qui constituerait un véritable appât. » Il roula la tête sur l'oreiller pour la regarder. « Tu sais qu'il y a des gens à Terrilville qui t'accuseront de trahison. Peux-tu engager ta famille en concluant un accord avec des hors-la-loi ? »

Elle garda un moment le silence. « J'essaie de penser comme mon père l'aurait fait, dit-elle enfin, à mi-voix.

Il affirmait que la marque d'un bon commerçant était l'aptitude à anticiper. A préparer le terrain de demain avec les marchés conclus aujourd'hui. C'est avoir la vue courte, expliquait-il, que de pressurer les bénéfices d'un marché jusqu'à la dernière goutte. Un marchand avisé ne laisse jamais son adversaire s'en aller dans l'aigreur. Je suppose que ce Kennit va réussir. Et alors soit les Iles des Pirates deviendront un obstacle entre Terrilville et le négoce méridional, soit elles seront une escale marchande de plus. Je crois que Terrilville et Jamaillia sont près de se séparer. Kennit pourrait représenter un allié puissant pour Terrilville autant qu'un précieux partenaire commercial. »

Elle soupira, non de tristesse mais de résolution. « Je crois que j'aimerais bien tenter la chose. Je ferai une ouverture mais je dirai clairement que je ne parle pas au nom de Terrilville. Cependant, je lui ferai comprendre que lorsqu'un Marchand s'engage dans une voie, les autres ne tardent pas à suivre. Je m'exprimerai au nom des Vestrit. Il faut que je détermine précisément ce que je peux honnêtement lui proposer. J'en suis capable, Brashen. Je le sais. » Elle eut un rire bref, plein de regret. « Mère et Keffria seront furieuses quand je le leur dirai. Au début. Mais je dois faire ce que je crois être le mieux. »

Brashen dessinait un cercle indolent autour d'un sein, sa main basanée sur la peau blanche. Il se pencha pour l'embrasser et lui demanda gravement : « Ça ne te dérange pas que je m'occupe pendant que tu réfléchis ?

— Brashen, je suis sérieuse, avait-elle protesté.

— Moi aussi. » Ses mains avaient résolument glissé le long de son corps. « Très sérieux. »

« Pourquoi souris-tu ? » Ambre interrompit sa rêverie. Elle sourit malicieusement à Althéa, qui sursauta d'un air coupable. « Pour rien.

— Pour rien », répéta Jek aigrement depuis sa couchette, le bras sur le visage. Althéa la croyait endormie. Maintenant, elle se redressait. « Pour rien, et ce rien, c'est ce qu'elle a de plus que nous. »

Le visage d'Ambre était devenu grave. Althéa se mordit la langue pour garder le silence. Mieux valait en rester là. Elle regarda Jek avec franchise.

Mais Jek n'en demeura pas là. « Bon, au moins, vous ne niez pas, fit-elle observer amèrement en s'asseyant. Evidemment, ce ne serait pas commode, vu que vous arrivez tard, en ronronnant comme un chaton tombé dans la crème, ou en souriant toute seule avec les joues roses d'une jeune mariée. » Elle regarda Althéa et inclina la tête. « Vous devriez lui dire de se raser, pour que ses favoris ne vous irritent pas le cou comme ça. »

Althéa leva involontairement une main d'un air coupable. Elle la laissa retomber et soutint le regard direct de Jek. Impossible d'éviter l'explication. « Qu'est-ce que ça peut vous faire ? demanda-t-elle calmement.

— Ça me fait que c'est totalement injuste. Que vous prenez le poste de second en même temps que vous tombez dans le lit du capitaine. » Elle se leva et se campa devant Althéa en la toisant. « Il y en a qui pourraient penser que vous ne méritez ni l'un ni l'autre. »

Les lèvres de Jek étaient serrées. Althéa respira profondément, sur la défensive. Jek venait des Six-Duchés. Sur un vaisseau des Six-Duchés, une promotion controversée se réglait à coups de poing sur le pont. Jek s'attendait-elle à la même chose ici ? C'est-à-dire que, si elle battait Althéa sur le pont, elle pourrait prendre la place de second ?

Alors le sourire naturel de Jek s'épanouit. Elle donna à Althéa une bourrade amicale pour la féliciter. « Mais moi je crois que vous méritez les deux, et je vous souhaite bonne chance. » En haussant un sourcil et souriant plus largement, elle demanda : « Alors, c'est un bon coup ? »

Le soulagement l'étourdit. Althéa se consola en constatant, devant l'expression d'Ambre, qu'elle n'était pas la seule à s'être laissé prendre. « Pas mal, marmonna-t-elle, penaude.

— Bon. Je suis contente pour vous, alors. Mais ne le lui faites pas savoir. Vaut mieux laisser les hommes croire que vous souhaiteriez plus. Ça stimule leur imagination. J'ai la couchette du dessus, maintenant. » Et elle regarda Ambre comme si elle s'attendait à une protestation.

« Je t'en prie, vas-y, répondit Ambre. Je vais prendre mes outils et démonter l'autre couchette. A ton avis, Jek, on a besoin d'une table pliante ou d'espace pour se retourner ?

— Haff ne va pas s'octroyer la place libre ? suggéra-t-elle d'un air innocent. Il occupe le poste d'Althéa. Il devrait avoir sa couchette.

— Désolée de vous décevoir, fit Althéa avec un grand sourire. Il reste dans le gaillard d'avant avec les hommes d'équipage. Il pense qu'il faut remettre un peu d'ordre. Lavoy et ses déserteurs ont bouleversé les choses. Haff croit que ceux qui sont partis avec le second avaient peur ; Lavoy l'avait convaincu qu'ils devraient se liguer avec lui contre Brashen parce que s'attaquer à Kennit, c'était du suicide. »

Jek éclata de rire. « Comme si on ne le savait pas ! » Devant l'expression d'Althéa, elle reprit un peu son sérieux. « Pardon. Mais s'ils ne se doutaient pas depuis le début que nous n'avions pas beaucoup de chances, alors c'est qu'ils étaient idiots, et c'est tant mieux qu'on soit débarrassés d'eux. » Elle se hissa sans effort jusqu'à la couchette qu'Althéa venait de défaire, et elle s'y glissa. « Confortable. C'est plus haut. Moi, je préfère dormir en hauteur. » Elle poussa un soupir de contentement. « Alors, c'est quoi le secret de Brashen ?

— Sur quoi ? demanda Althéa.

— Sur Kennit, sur ce qu'il lui prépare. Je parie que c'est un bon tour.

— Oh, ça, oui. En effet. » Althéa balança son sac sur l'épaule. Elle s'interdit de s'interroger sur le châtiment que Sâ réservait à ceux qui menaient les autres à la mort.

*

Mingslai fit la moue et reposa la tasse ébréchée sur la soucoupe dépareillée. C'était une infusion de menthe qui provenait du potager. Le bon thé noir de Jamaillia avait disparu dans les flammes, comme tout ce que les Chalcédiens avaient entassé dans les entrepôts. Il se racla la gorge. « Bon. A quoi avez-vous abouti en ce qui nous concerne ? »

Sérille le regarda posément. Elle avait déjà pris une décision, au moins. Maintenant qu'elle était affranchie de Roed Caern, jamais plus elle ne se laisserait intimider par un homme. Et encore moins par un homme qui croyait lui avoir mis la main dessus. Il n'avait donc tiré aucune leçon de la veille ?

Fidèle à sa parole, Tintaglia s'était envolée à la recherche du *Kendri* et des autres vivenefs qu'elle pourrait découvrir. En son absence, les humains s'étaient réunis pour essayer de rédiger un contrat. Au début de l'opération, parlant au nom de Sérille sans l'avoir consultée, Mingslai avait insisté pour que la Compagne eût le dernier mot sur le document. « Elle représente Jamaillia, avait-il clamé d'une voix forte. Nous sommes tous les sujets du Gouvernorat. Nous devrions non seulement la laisser négocier avec le dragon mais nous assigner nos rôles dans la nouvelle Terrilville. »

Le pêcheur, Pelé Kelter, s'était levé pour prendre la parole. « Sauf le respect dû à la dame, je refuse son autorité. Elle est la bienvenue si elle veut demeurer avec nous et s'exprimer en qualité de représentante de Jamaillia. Mais c'est aux gens de Terrilville de régler les affaires de Terrilville.

— Si vous lui refusez le pouvoir qui lui est dû, alors je ne vois aucune raison pour que les Nouveaux Marchands restent ici, s'était insurgé Mingslai. Il est notoire que les Premiers Marchands n'ont pas l'intention de reconnaître les droits que nous avons sur nos terres et...

— Oh, allez-vous-en ! avait alors soupiré la Tatouée.

Ou taisez-vous et contentez-vous d'observer. Nous avons déjà assez de mal à y voir clair dans tous nos problèmes, sans avoir à nous occuper en plus de vos poses... »

Les autres l'avaient dévisagé, et leur silence était éloquent. Mingslai s'était dressé, menaçant. « Je sais des choses ! avait-il proféré. Vous allez regretter que je ne vous en aie pas fait part. Des choses qui rendront caducs tous vos accords ici. Des choses qui... »

Mais le reste de ces « choses » se perdit quand deux jeunes gaillards de Trois-Navires le cueillirent littéralement et le firent sortir de la salle du Conseil. Son dernier regard surpris et furieux à Sérille exprimait clairement qu'il s'était attendu à ce qu'elle prît son parti. Ce n'avait pas été le cas. Elle n'avait pas non plus essayé d'imposer son autorité sur la réunion mais y était demeurée en qualité de témoin, comme il avait été suggéré. Et accessoirement, un témoin qui se montrait très ferme sur les termes de la Charte de Terrilville. Elle avait des idées plus claires que les Marchands sur certaines dispositions et son érudition lui valut étonnement et respect. Peut-être commençaient-ils à comprendre qu'après tout, ils pourraient tirer profit de sa connaissance précise des rapports légaux entre Terrilville et Jamaillia. Les Nouveaux Marchands n'avaient pas été aussi enchantés. A présent, elle considérait leur porte-parole, et le défiait de prolonger l'affrontement.

Mingslai interpréta son long silence comme de l'embarras. « Je vais vous dire une chose : vous nous avez manqué à deux reprises, et gravement. Vous ne devez pas oublier qui sont vos amis. Vous ne pouvez envisager sérieusement de soutenir l'ancienne charte, qui ne nous offre rien. Vous pouvez certainement en faire davantage pour nous. » Il remua sa tasse sur sa soucoupe. « Après tout ce que nous, nous avons fait pour vous », rappela-t-il sournoisement.

Sérille but posément une petite gorgée de tisane. Ils se tenaient dans le salon de la maison Restart. Les envahisseurs chalcédiens avaient incendié l'aile est, mais cette partie de la demeure était encore habitable. Elle eut un demi-sourire à part elle. Sa tasse n'était pas ébréchée. Un léger détail, mais satisfaisant. Elle ne craignait plus de l'offenser. Elle le regarda calmement. Il était temps de mettre les choses au point. « J'ai bien l'intention de faire respecter l'ancienne charte. Bien plus, j'ai l'intention de la proposer comme fondement pour la nouvelle Terrilville. » Elle lui adressa un sourire lumineux comme si une brillante idée lui était subitement venue à l'esprit. « Si vous étiez prêts à vous installer sur le fleuve, les Marchands du désert des Pluies vous accorderaient peut-être le même statut qu'aux Tatoués. Bien sûr, ils y mettront les mêmes conditions. Il faudra emmener vos enfants légitimes. Quand ils se marieront dans des familles du désert des Pluies, ils deviendront Marchands à leur tour. »

Il se recula et tira un mouchoir de sa poche. Il se tamponna les lèvres avec agitation. « L'idée même en est odieuse. Compagne, êtes-vous en train de vous moquer de moi ?

— Pas du tout. Je dis simplement que les soi-disant Nouveaux Marchands feraient mieux de s'asseoir à la table des négociations avec les autres. Il faut qu'ils comprennent que, comme tout le monde, ils vont devoir satisfaire à certaines conditions s'ils veulent être acceptés ici. »

Les yeux de Mingslai flamboyèrent. « Acceptés ici ! Nous avons tous les droits d'être ici. Nous avons des chartes octroyées par le Gouverneur Cosgo lui-même, qui nous attribuent des terres et…

— Des chartes que vous avez achetées, par des pots-de-vin scandaleux et des cadeaux. Parce que vous saviez que la corruption était le seul moyen de vous procurer ces chartes. Ce qu'il ne pouvait légitimement vous accorder, vous le lui avez acheté. Ces chartes sont fondées sur la malhonnêteté et des promesses violées. » Elle avala une autre gorgée de tisane. « Autrement, vous n'auriez jamais consenti à payer si cher pour les obtenir. Vous avez acheté des mensonges, "Nouveau Marchand" Mingslai. Maintenant, la vérité s'est fait jour. La vérité, c'est que les immigrants de Trois-Navires ont parfaitement le droit d'être ici. Ils ont négocié avec les Marchands de Terrilville quand ils sont arrivés. Hier soir, ils ont poussé plus loin les négociations. On leur allouera des terres, ils pourront voter au Conseil, en reconnaissance de tout ce qu'ils ont fait lors de l'invasion chalcédienne. Oh, ils ne seront jamais des Marchands, bien sûr. A moins qu'ils ne contractent des mariages avec les familles Marchandes. Cependant, j'imagine que les Marchands vont devenir une sorte de caste aristocratique honorifique, ils ne formeront plus une véritable classe dirigeante. En outre, les familles de Trois-Navires paraissent tenir à leur titre. Les Tatoués qui choisissent de rester à Terrilville, plutôt que de s'installer au désert des Pluies, auront la possibilité d'acquérir des terres en aidant à la reconstruction de la ville. Et avec la terre ils obtiendront le privilège de voter et d'être sur un pied d'égalité avec les autres propriétaires terriens.

— Ah, bien, alors. » Mingslai s'adossa à sa chaise et posa les mains sur son ventre d'un air satisfait. « Vous auriez dû commencer par cela. Si le droit de vote et l'administration de la ville doivent dépendre de la propriété terrienne, alors nous, les Nouveaux Marchands, nous n'avons rien à craindre.

— Certainement, c'est vrai. Une fois que vous aurez acquis légalement de la terre, vous aussi serez autorisés à voter au Conseil. »

Il s'empourpra puis son visage s'assombrit à tel point qu'elle le crut au bord de l'apoplexie. Les mots sortirent en jet comme la vapeur d'une bouilloire. « Vous nous avez trahis !

— Et comment espériez-vous être traités ? Vous avez trahi le Gouvernorat une fois, en amenant Cosgo à vous consentir des octrois que vous saviez illégaux. Ensuite, vous êtes venus ici et vous avez trahi Terrilville en souillant ses côtes avec l'esclavage, en minant son économie, en sapant ses mœurs. Mais cela ne vous a pas suffi. Vous et vos affidés vouliez tout, pas seulement les terres, mais le commerce secret de Terrilville. »

Elle marqua une pause pour boire un peu de tisane puis elle lui sourit. « Et pour cela vous étiez prêts à trahir le Gouverneur en le livrant à la mort. Vous auriez utilisé son meurtre comme prétexte pour laisser les Chalcédiens massacrer les Marchands, pourvu que vous puissiez accaparer leurs biens. Eh bien, vous avez été trahis une fois, par les Chalcédiens. Et quel étonnement pour vous ! Mais cela ne vous a pas servi de leçon. Au contraire, vous avez cherché à me corrompre comme vous avez corrompu le Gouverneur, non avec de l'argent mais avec des menaces. Eh bien, maintenant, vous voilà une fois de plus trahis, et par moi. Si on peut appeler trahir défendre ce en quoi j'ai toujours cru. »

D'une voix très raisonnable, elle poursuivit : « Les Nouveaux Marchands qui travailleront avec les gens de Trois-Navires et les esclaves à rebâtir la ville se verront allouer des terres. C'est ce que les citoyens ont eux-mêmes décrété, sans que je les influence. C'est ce que vous vous verrez proposer de mieux. Mais vous n'accepterez pas, car votre cœur n'est pas ici. Il n'y a jamais été. Vos femmes et vos héritiers ne sont pas ici. Terrilville, pour vous, représentait un endroit à mettre au pillage, cela n'a jamais été votre pays, vous n'avez jamais envisagé d'y refaire votre vie.

— Et quand la flotte jamaillienne arrivera, que se passera-t-il ? demanda-t-il. Les oiseaux envoyés là-bas ont informé les Jamailliens qu'il fallait s'attendre à un coup perfide des Premiers Marchands contre le Gouverneur. Et voilà ! Nous avions raison, et au-delà de ce que nous pensions ! Vos amis Marchands, ce sont eux qui ont envoyé le Gouverneur à la mort. »

Elle rétorqua d'une voix froide : « Vous avez l'audace d'admettre la part que vous avez prise dans le complot contre le Gouverneur puis de me menacer des conséquences ? » Elle secoua la tête avec un scepticisme altier. « Si Jamaillia avait dû armer une flotte contre nous, elle serait déjà là. Ou je me trompe fort, ou ceux qui comptaient faire voile vers le nord et piller Terrilville ont découvert qu'ils devaient rester chez eux pour protéger leurs biens. *Si* cette flotte annoncée arrive jamais, je doute qu'il se passe grand-chose. Je vous l'assure, je suis bien au fait de l'état des finances à Jamaillia. La mort d'un Gouverneur et la menace d'une guerre civile pousseront la plupart des nobles à garder leurs fortunes et leurs forces à portée de main. Je sais ce qu'espéraient les conspirateurs. Vous avez cru que vos partenaires jamailliens viendraient avec leurs navires et vous livreraient Terrilville. Sans doute avez-vous jugé avisé de disposer en dernière ressource de cette défense contre les Chalcédiens au cas où ils se montreraient trop voraces. C'est ce qui est arrivé, et bien plus tôt que vous ne vous y attendiez. »

Elle poussa un petit soupir et se servit une autre tasse de tisane. Avec un sourire mondain, elle agita le pot d'un air interrogateur puis interpréta le silence indigné de Mingslai comme un refus. Elle reprit son exposé : « Si jamais cette flotte parvient ici, elle sera reçue avec diplomatie, on lui réservera un accueil cordial dans un port bien fortifié. Elle trouvera une ville en pleine reconstruction après une attaque injustifiée des Chalcédiens. Je vous suggère de considérer la position des Nouveaux Marchands à Terrilville selon un point de vue entièrement nouveau. Que ferez-vous si le Gouverneur n'est pas mort ? Car si le dragon dit vrai en affirmant que Malta Vestrit est vivante, peut-être alors le Gouverneur est-il aussi en vie. Ce serait assez inconfortable pour vous. Surtout maintenant que je sais, de votre propre aveu, qu'il y a eu un complot des vôtres contre lui. Je ne prétends pas que vous soyez personnellement compromis, naturellement. » Elle remua machinalement un peu de miel dans sa menthe. « Dans tous les cas, si flotte il y a, elle sera accueillie non par une démonstration de force ou des désordres internes, mais avec courtoisie et diplomatie... Eh bien ? »

Elle inclina la tête vers lui et lui sourit gracieusement. « Nous verrons. Oh ! Vous ai-je rappelé que cette flotte jamaillienne, pour arriver jusqu'ici, doit d'abord traverser non seulement les Iles des Pirates mais aussi croiser les vaisseaux de "patrouille" chalcédiens ? Ce qui, je crois, équivaudra à longer de près une ruche d'abeilles enragées. Si la flotte nous atteint, elle sera peut-être enchantée de trouver un port paisible et un gardien dragon. » Elle remua encore sa tisane et demanda sur un ton désinvolte : « Ou bien avez-vous oublié Tintaglia ?

— Vous le regretterez ! » Mingslai se leva en faisant tinter la vaisselle et les couverts. « Vous auriez été élevée au pouvoir avec nous ! Vous auriez pu retourner à Jamaillia avec une fortune et passer votre vie dans un endroit civilisé et cultivé. Mais vous vous êtes condamnée à rester dans ce trou, avec ces rustres. Ils n'ont aucun respect du Gouvernorat ici. Vous ne serez rien qu'une simple femme seule ! »

Il sortit en fulminant et claqua la porte derrière lui. *Rien qu'une simple femme seule.* Mingslai devait ignorer que l'imprécation qu'il avait lancée était pour Sérille une bénédiction.

*

Kendri revint au port toutes voiles dehors, avec un équipage réduit, qui malgré cela avait taillé de l'avant. Reyn Khuprus le guettait assis sur la carcasse du toit d'un entrepôt partiellement détruit. Là-haut, Tintaglia décrivit un cercle vif-argent. Le dragon effleura brièvement l'esprit de Reyn en passant au-dessus de sa tête. « *Ophélie*, c'est comme ça que vous l'appelez. Elle arrive aussi. »

Il observa la manœuvre d'accostage et d'amarrage aux quais endommagés. La vivenef avait changé. L'aimable et juvénile figure de proue n'agita pas les bras pour saluer, n'applaudit pas, ne poussa pas de cris de joie en retrouvant son port d'attache. Au contraire, elle avait les bras croisés sur la poitrine et le visage fermé. Reyn devinait ce qui s'était passé. Tintaglia avait révélé à Kendri ce qu'il était vraiment. Au cours des dernières traversées qu'il avait effectuées à bord du *Kendri*, il avait pris conscience avec malaise du dragon tapi sous la personnalité du navire. Maintenant, tous les souvenirs avaient dû éclore.

Reyn fut peu à peu saisi d'une terrible certitude. Il était condamné à constater ce changement chez toutes les vivenefs. Devant les visages fermés ou affligés, il aurait à regarder en face les méfaits de ses ancêtres. Sciemment ou non, ils avaient enlevé la vie aux dragons pour en animer leurs bateaux, ils avaient condamné leur esprit à une éternité asexuée et privée d'ailes. Il aurait dû se réjouir que l'*Ophélie* l'eût emporté sur les Chalcédiens. Mais il ne voulait pas être présent quand

Grag Tenira viendrait accueillir le navire qu'il avait aimé toute sa vie, quand à sa place il se heurterait à un dragon hostile. Il n'avait pas nui seulement à l'espèce des dragons ; il allait bientôt voir aussi dans les yeux de ses amis le préjudice causé aux familles des vivenefs.

Trop de changements, trop de vicissitudes, se dit-il. Il n'arrivait plus à démêler ce qu'il ressentait. Il aurait dû être joyeux. Malta était vivante. Terrilville avait conclu une alliance solide et avait rédigé un contrat où le dragon devait apposer sa marque. Les Chalcédiens étaient vaincus, au moins pour le moment. Et un jour, si tout allait bien, il y aurait une nouvelle cité des Anciens à fouiller et à étudier. Cette fois, il en serait le responsable, il n'y aurait pas de pillage, pas de vol de trésor. Il aurait Malta à ses côtés. Tout irait bien. Tout serait apaisé.

Il ne savait pourquoi, il ne pouvait pas y croire. La brève présence de Malta qu'il avait sentie à travers Tintaglia avait agi sur lui comme le fumet d'une viande chaude sur un homme affamé. Malta restait une éventualité qui ne suffisait pas à assouvir son désir.

En entendant un bruit dans le bâtiment en dessous, il jeta un coup d'œil, s'attendant à voir un chien errant ou un chat. Mais c'était Selden qui se frayait un chemin à travers les décombres. « Sors de là, s'écria-t-il irrité. Tu ne vois pas que le toit peut s'effondrer sur toi ?

— C'est pour ça, évidemment, que vous vous êtes installé dessus, répondit Selden, nullement impressionné.

— Il me fallait un endroit d'où je pouvais surveiller le port et guetter le retour de Tintaglia. Je descends tout de suite.

— Bien. Tintaglia est partie faire sa toilette mais elle revient bientôt apposer sa marque sur le parchemin du Conseil. Elle veut qu'on charge immédiatement le *Kendri* avec du matériel, qu'on embarque les constructeurs et qu'il reparte sur le fleuve pour que le travail puisse commencer.

— Et on le trouve où, ce matériel ? s'enquit Reyn sur un ton ironique.

— Elle ne s'en soucie pas trop. J'ai suggéré qu'on commence par embarquer des ouvriers, que le *Kendri* relâche à Trois-Noues pour prendre des gens qui connaissent bien le fleuve, puis qu'il rejoigne le lieu du dragage, afin d'évaluer le travail à accomplir. »

Reyn ne lui demanda pas comment il se faisait qu'il en sût autant. Mais il avança avec précaution vers les corniches du bâtiment. Le soleil d'hiver allumait de reflets les écailles sur les sourcils et les lèvres de Selden. « Elle t'a envoyé me chercher, non ? questionna Reyn en sautant sur le sol. Elle veut s'assurer que je suis bien là ?

— Si elle avait voulu que vous soyez là, elle aurait pu vous le dire elle-même. Non, c'est moi qui souhaitais le vérifier. Pour que vous lui rappeliez sa promesse. Laissée à elle-même, elle se préoccupera d'abord de ses serpents et des cocons de dragons survivants. S'il ne tenait qu'à elle, il faudrait attendre des mois avant qu'elle parte à la recherche de Malta.

— Des mois ! fit Reyn, pris d'un accès de rage. On devrait partir aujourd'hui ! » Il fut envahi d'une fatale certitude. Cela nécessiterait plusieurs jours. La seule signature du contrat prendrait déjà une journée entière.

Ensuite il faudrait choisir les hommes qui s'embarqueraient sur le *Kendri*, et il y aurait l'avitaillement. « Après tout ce que Malta a fait pour la délivrer, on imaginerait qu'elle ressente au moins une once de gratitude. »

Le garçon fronça les sourcils. « Ce n'est pas qu'elle n'aime pas Malta. Ni vous. Elle ne pense pas du tout de cette façon. Les dragons et les serpents sont bien plus importants pour elle que les gens, lui demander de choisir entre venir au secours de sa race et sauver Malta, c'est comme si on vous demandait de choisir entre Malta et un pigeon. » Il marqua une pause. « Pour Tintaglia, les humains se ressemblent tous, et nos soucis lui paraissent insignifiants. C'est à nous de les rendre importants à ses yeux. Si elle réussit dans ses projets, d'autres dragons vont partager notre monde. Mais eux ils considéreront que c'est nous qui partageons leur monde. Mon grand-père disait toujours : "Etablis dès le départ tes rapports avec quelqu'un, tels que tu désires qu'ils se poursuivent." Je pense que c'est vrai aussi avec les dragons. Il faut qu'on définisse dès aujourd'hui ce qu'on espère d'elle et de ses semblables.

— Mais attendre des jours avant de partir…

— Il vaut mieux attendre quelques jours qu'attendre pour toujours, rétorqua Selden. Nous savons que Malta est vivante. Vous avez l'impression que sa vie est menacée ? »

Reyn soupira. « Je ne saurais le dire, admit-il à son corps défendant. J'ai senti sa présence. Mais c'était comme si elle avait refusé de faire attention à moi. »

Ils retombèrent tous deux dans le silence. Il faisait froid mais le temps était superbe. On percevait des voix, des marteaux résonnaient partout dans la ville. Tandis qu'ils parcouraient ensemble les rues, Reyn remarqua que l'atmosphère avait déjà changé. L'activité bourdonnante révélait clairement les espoirs et la foi qu'on avait dans l'avenir. Les gens de Trois-Navires et les Tatoués travaillaient aux côtés des Premiers et des Nouveaux Marchands. Rares étaient les boutiques qui avaient rouvert leurs portes mais on voyait déjà au coin des rues des gamins qui vendaient des coquillages et des légumes sauvages. La ville paraissait plus peuplée. Il devina que le flux de réfugiés avait fait demi-tour et que ceux qui avaient fui vers les quartiers éloignés revenaient. La marée avait changé. Terrilville allait renaître de ses cendres.

« Tu m'as l'air d'en savoir long sur les dragons, dit Reyn. D'où te viennent ces connaissances soudaines ? »

Au lieu de répondre, Selden posa à son tour une question. « Je suis en train de devenir un habitant du désert des Pluies, non ? »

Reyn ne le regarda pas. Il n'était pas certain que le garçon avait envie de voir son visage à cet instant. Chez lui aussi, les mutations paraissaient s'accélérer. Jusqu'à ses ongles qui s'épaississaient et se racornissaient. D'ordinaire, ces transformations n'intervenaient chez les habitants du désert des Pluies qu'à un âge beaucoup plus avancé. « On dirait bien. Cela te chagrine ?

— Pas beaucoup. Je ne crois pas que cela plaise à ma mère. » Avant que son compagnon ait pu réagir, il poursuivit : « Je rêve comme un habitant des Pluies, maintenant. Cela a commencé la nuit où je me suis endormi dans la cité. Vous m'avez réveillé, quand vous m'avez retrouvé. Je ne pouvais pas entendre la musique, alors, comme Malta, mais je crois que, si j'y retournais, je l'entendrais maintenant. La connaissance grandit en moi, et je ne sais pas d'où elle vient. » Il fronça ses sourcils écailleux. « Cette connaissance a appartenu à quelqu'un mais, j'ignore pourquoi, elle descend en moi maintenant. Est-ce cela « se noyer dans les souvenirs », Reyn ? Un flot de souvenirs coule en moi. Est-ce que je vais devenir fou ? »

Reyn posa la main sur l'épaule du garçon et la serra. Une épaule si étroite, si frêle, pour un tel fardeau ! « Pas nécessairement. On ne devient pas tous fous. Certains apprennent à nager dans le sens du courant. »

9

Prisonniers

« Es-tu sûr que tu auras assez chaud ? » demanda une fois encore Jani Khuprus.

Selden coula vers Reyn un regard de sympathie, et le jeune homme se surprit à sourire. « Je ne sais pas, répondit-il franchement. Mais si j'ajoute encore une couche de vêtements, j'ai bien peur de tomber déshabillé d'entre les serres du dragon quand il me transportera. »

La remarque la fit taire. « Ça ira très bien, mère, assura-t-il. Cela ne sera pas pire que de naviguer par gros temps. »

Ils se trouvaient dans un endroit qu'on avait dégagé à la hâte, derrière la salle du Conseil. Tintaglia avait demandé que dorénavant dans toutes les villes sous l'autorité des Marchands soit ménagé un espace libre assez vaste pour qu'un dragon puisse s'y poser à l'aise. Et les habitants devaient lui garantir un accueil chaleureux et un repas convenable. Il avait fallu plusieurs heures de négociations pour déterminer en quoi consistait un « repas convenable ». La viande devait être vivante, et au moins de la taille « d'un veau bien gras âgé d'un an ». Quand on lui dit qu'elle n'aurait sans doute que de la volaille, puisque Terrilville ne disposait pas de pâtures pour le bétail, elle avait boudé jusqu'à ce que quelqu'un lui promît de l'huile chaude et de l'aide pour lustrer ses écailles à chaque visite. La proposition avait paru la rasséréner.

Des journées entières s'étaient passées à chicaner de la sorte et Reyn avait cru devenir fou. La dizaine de pigeons restants qui reliaient Terrilville et Trois-Noues avaient volé jusqu'à épuisement. Les missives envoyées et reçues étaient trop laconiques pour qu'on soit en mesure de comprendre les événements qui se déroulaient dans les deux villes. Reyn avait été soulagé quand on l'avait informé, d'une seule ligne, que sa demi-sœur et son beau-père étaient rentrés à Trois-Noues sains et saufs. Bendir avait quitté la cité dans les arbres pour localiser, en amont du fleuve, l'endroit indiqué par Tintaglia sur la petite carte qu'ils avaient envoyée. Il allait commencer à réfléchir au moyen de draguer le fleuve ainsi qu'à prospecter la région pour y rechercher les traces d'une cité enfouie. Satisfaite de constater l'avancement de ses projets, Tintaglia avait finalement accepté de partir en quête de Malta. Reyn fut surpris de voir le nombre de gens qui s'étaient rassemblés pour assister à son départ, probablement par pure curiosité plus que par réel intérêt pour sa mission. La vie ou la mort de Malta ne les affecterait guère.

Tu es prêt ? demanda Tintaglia sur un ton irrité. Elle lui parlait mentalement, grâce à leur lien, de façon qu'il puisse *sentir* son mécontentement.

Il sépara résolument ses émotions de celles du dragon. Malheureusement, ne demeuraient guère en lui que nervosité et effroi. Il s'avança vers le dragon. « Je suis prêt.

— Très bien, alors », répondit Tintaglia. Elle parcourut du regard la foule des curieux venus leur dire au revoir. « A mon retour, j'espère que vous aurez progressé. Beaucoup progressé. »

Selden quitta brusquement sa mère et lança un petit sac de tissu dans les mains de Reyn. On entendit un cliquètement à l'intérieur. « Prenez ça. C'était à Malta. Ça pourra peut-être vous aider. »

L'air grave, Reyn ouvrit la pochette, s'attendant à y trouver quelques menus bijoux. Mais il découvrit une poignée de pastilles de miel colorées. Il leva les yeux, perplexe. Selden haussa les épaules.

« Je suis allé hier à notre maison pour voir ce qui restait. Presque tout a été volé ou détruit. Alors j'ai cherché dans les endroits les plus improbables, dit-il goguenard, redevenant tout à coup un petit frère. Je savais où Malta cachait ses bonbons. » Le sourire s'adoucit. « Elle adore les pastilles de miel. Ça pourra vous revigorer si vous avez trop froid. Elle ne vous en voudra certainement pas de les avoir mangées. »

Voilà qui ressemblait tant à Malta ! Une douceur thésaurisée en prévision de lendemains incertains. Reyn fourra la pochette sur le dessus de son sac. « Merci », dit-il gravement. Il tira sur sa tête un voile de laine qu'il enfonça dans le col de sa veste. Son visage serait protégé du froid mais sa vision en serait limitée.

« Voilà qui est sage, fit remarquer Selden. Vous avez

beaucoup changé, vous savez. Quand je vous ai vu la première fois, j'ai pensé que Malta ne ferait pas trop attention. Mais vous avez beaucoup plus de bosses, maintenant. » Le garçon porta machinalement une main à sa figure et fit courir les doigts sur ses sourcils. « Et quand elle me verra, elle va avoir une attaque », dit-il gaiement.

Le dragon se dressa sur ses membres postérieurs. « Dépêchons », ordonna-t-il sèchement. Il s'adressa sur un ton plus doux à Selden : « Ecarte-toi, petit ménestrel, et détourne les yeux. Je ne voudrais pas t'aveugler avec la poussière soulevée par mes ailes.

— Je te remercie, Tintaglia la Grande. Quoique être aveugle ne serait pas une grande perte, si l'image de ta majesté prenant son essor, étincelante d'argent et de bleu, devait être ma dernière vision, ce souvenir pourrait me soutenir jusqu'à mon dernier jour.

— Flatteur ! » Le dragon, cependant, ne dissimula pas son plaisir. Quand Selden se fut écarté, Tintaglia saisit Reyn à la poitrine et le souleva du sol comme s'il n'était qu'une poupée aux jambes pendantes.

Elle se secoua et se tassa sur ses puissantes pattes postérieures. Une fois, deux fois, elle battit des ailes afin de calculer son élan. Reyn voulut crier un au revoir mais il ne put trouver assez de souffle. Elle bondit avec une brusquerie qui fit basculer la tête de Reyn en arrière. Les adieux furent perdus dans la vibration assourdissante et continue des ailes. Il ferma les yeux à cause du vent froid, puis se força à les rouvrir. Il aperçut alors un tapis chatoyant de bleu et de gris, traversé de lentes ondulations. La mer. Très, très loin au-dessous de lui.

Rien que de l'eau profonde, glaciale. Il déglutit, saisi d'une peur croissante.

« Eh bien, où voulais-tu aller ?

— Où je veux aller ? Mais là où est Malta, bien sûr.

— Je te l'ai déjà dit, je peux sentir qu'elle est vivante. Mais ça ne veut pas dire que je sais où elle est. »

La consternation l'engloutit. Le dragon eut soudain pitié de lui. « Vois ce que tu peux faire », suggéra-t-il. Reyn partagea de nouveau la conscience que Tintaglia avait de Malta. Il ferma les yeux, se laissa glisser dans ce sens qui n'était ni l'ouïe, ni la vue, ni l'odorat mais l'ombre surnaturelle des trois. Il se surprit à ouvrir la bouche et à respirer profondément comme s'il pouvait percevoir son odeur dans l'air froid. Une part de lui, il en était sûr, flotta vers elle, à sa rencontre.

Ils plongèrent dans une tiède et somnolente lassitude. Comme lors de son expérience avec la boîte à rêves, il entra dans les perceptions de Malta. Un lent balancement. Il respira profondément avec elle, reconnut l'odeur caractéristique d'un navire. Il relâcha la conscience qu'il avait de son propre corps et se tendit plus hardiment vers elle. Il sentit la chaleur des couvertures qui l'enveloppaient. Il adopta le rythme profond de sa respiration. Elle dormait, la joue au creux de la main. Il devint cette main, qui berçait la douceur tiède de sa joue. Il la caressa. Elle sourit dans son sommeil. « Reyn », dit-elle sans vraiment reconnaître sa présence.

« Malta, mon amour, appela-t-il doucement. Où es-tu ?

— Au lit, soupira-t-elle, d'une voix pleine d'un tendre intérêt.

— Où ? insista-t-il, tout en regrettant de ne pas répondre à cette invite.

— Sur un navire. Un navire chalcédien.

— Quelle est votre destination ? » demanda-t-il désespérément. Il sentait faiblir le contact tandis que ses questions irritantes se heurtaient au rêve de Malta. Il s'accrocha mais elle cherchait à se réveiller, troublée par son insistance. « Où ? s'entêta-t-il. OÙ ? »

*

« En route vers Jamaillia ! » Malta se retrouva assise toute droite dans son lit. « En route vers Jamaillia », répéta-t-elle, mais elle ne put se rappeler ce qui avait inspiré ces mots. Elle avait l'impression désespérante de s'être réveillée au milieu d'un rêve très intéressant sans pouvoir s'en remémorer la moindre bribe. Elle en fut presque soulagée, du reste. Dans la journée, elle parvenait à maîtriser ses pensées. La nuit lui apportait des rêves de Reyn, douloureusement doux. Mieux valait se réveiller sans se souvenir de rien qu'inondée de larmes. Elle porta les mains à son visage. Elle sentit un étrange picotement sur une joue. Elle s'étira puis reconnut qu'elle ne pourrait plus se rendormir. Elle rejeta la courtepointe et se leva en bâillant.

Elle était presque habituée au luxe opulent de la chambre, à présent. Ce qui n'amoindrissait nullement son plaisir. Le capitaine lui avait attribué deux matelots, l'avait autorisée à fouiller dans la cale et à y prendre ce qui pourrait améliorer le confort du Gouverneur. Elle avait renoncé à toute modération. Un moelleux tapis de laine sur le plancher et des tentures d'une riche étoffe brochée réchauffaient la pièce. Un candélabre avait remplacé la lanterne fuligineuse. Un amoncellement de couvertures et de fourrures constituait sa couche. Le lit du Gouverneur était garni de peaux d'ours et de mouton. Un narguilé raffiné était posé à son chevet et un rideau de damas le protégeait des courants d'air.

De derrière le rideau filtrait par intermittence son ronflement. Bien. Elle avait le temps de s'habiller avant qu'il ne se réveille. Elle traversa la chambre sans faire de bruit, ouvrit un grand coffre et fouilla dans des tas de vêtements. Elle glissa les doigts entre des étoffes de toutes nuances et textures. Elle choisit une robe d'un tissu chaud, doux et bleu, la tira du coffre et la tint contre elle. La robe était trop large mais elle ferait l'affaire. Malta jeta un coup d'œil inquiet vers les rideaux du lit, puis passa la robe bleue par-dessus sa tête. Elle laissa tomber sa chemise de nuit puis enfila très vite les longues manches. L'étoffe exhalait un faible parfum, l'odeur de sa propriétaire. Inutile de s'interroger sur la façon dont ce coffre de superbes vêtements était tombé aux mains des Chalcédiens. Elle ne ressusciterait pas sa légitime propriétaire en s'habillant de guenilles, ce qui en outre aurait pour effet de rendre sa situation plus précaire.

Il y avait un miroir dans le couvercle de la malle mais Malta évita de s'y regarder. La première fois qu'elle l'avait ouverte, et avec quelle allégresse, elle n'avait vu que son propre reflet. La cicatrice était bien pire qu'elle ne l'avait imaginée : flagrant, un double bourrelet de chair blême et plissée qui s'étendait presque jusqu'au nez et disparaissait dans les cheveux. Incrédule, elle l'avait effleurée puis avait battu en retraite, horrifiée.

Le Gouverneur avait ri.

« Vous voyez, avait-il raillé. Je vous l'avais dit. Votre heure de beauté est révolue, Malta. Vous feriez mieux d'apprendre à vous rendre utile et complaisante. C'est tout ce qu'il vous reste, à présent. Vous vous abuseriez en conservant le moindre orgueil. »

Elle ne put répondre à ces odieuses paroles. Elle n'avait plus de voix, le regard enfermé dans sa propre image. Durant un instant, incapable de bouger ni de penser, elle s'était absorbée dans son reflet.

Le Gouverneur avait rompu l'envoûtement en la poussant légèrement du pied. « Levez-vous et activez-vous un peu. Je dois dîner avec le capitaine ce soir et vous ne m'avez pas sorti ma tenue. Et au nom de Sâ, cachez-moi cette cicatrice. Il est assez humiliant pour moi que tout l'équipage connaisse votre disgrâce sans qu'en plus vous l'exhibiez. »

Elle avait obéi dans un silence hébété. Cette nuit-là, elle s'était assise par terre près de la chaise de Cosgo, comme un chien. Elle se rappelait Keki, servile mais alerte. A l'exception de quelques mots de jamaillien, la conversation à table lui échappa complètement. De temps à autre, le Gouverneur lui donnait quelques bouchées. Elle finit par comprendre qu'il la gratifiait des plats auxquels il avait goûté et qui lui déplaisaient. Elle restait muette, affichant un petit sourire guindé, même quand il s'essuya négligemment les doigts sur sa robe. A un moment, ils avaient parlé d'elle. Le Gouverneur avait dit quelque chose, le capitaine avait répondu, soulevant un éclat de rire général. Cosgo lui avait donné un léger coup de pied désobligeant, car elle était assise trop près de lui à son gré.

Elle fut surprise d'en être si cruellement blessée. Elle plaqua ce même petit sourire sur sa figure en regardant dans le vide. Ils se gorgeaient de mets riches et de vins fins, pillés sur d'autres navires. Après le dîner, ils avaient partagé les rares herbes à plaisir conservées à l'abri dans la boîte en laque du capitaine Deiari. Plus tard, le Gouverneur lui avait dit sur un ton dédaigneux que ce bateau n'était pas un vaisseau pirate mais un de ses navires de patrouille, et que le butin avait été confisqué aux contrebandiers et aux forbans. Il avait ajouté avec mépris qu'un de ses nobles favoris avait contribué pour une grosse part à l'armement du navire et avait un intérêt dans ses bénéfices.

Elle était parvenue à garder le masque toute la soirée. Consciencieusement, elle avait suivi le Gouverneur jusqu'à leur cabine, l'avait aidé à se déshabiller pour la nuit et résisté à ses avances indolentes, tout cela en conservant son sang-froid. Quand elle fut sûre qu'il était endormi, alors seulement vinrent les larmes. Complaisante et utile. Ne serait-elle vraiment plus que cela désormais ? Avec une consternation insidieuse, elle se rendit compte que c'était la description de sa mère. Complaisante et utile à son mari chalcédien. Que penserait son père s'il la voyait aujourd'hui ? Serait-il horrifié ou estimerait-il qu'elle avait enfin consenti à accepter sa condition de femme ? Elle souffrait de se poser ces questions sur un être qu'elle aimait. Elle s'était toujours crue la préférée de ses enfants. Mais comment l'aimait-il ? Comme une jeune fille indépendante, une fille de Marchand ? Ou approuverait-il davantage le rôle qu'elle jouait à présent ?

La même pensée revint la hanter alors qu'elle serrait les cordons de son corsage et bouclait la ceinture afin de ne pas piétiner l'ourlet. Elle torsada ses cheveux et les épingla sur la nuque. Puis elle dissimula sa cicatrice sous une écharpe. Quand elle eut terminé, elle se regarda dans le miroir. La vie à bord ne convenait pas à son teint. Elle était beaucoup trop pâle, ses lèvres étaient gercées par le vent. « J'ai l'air d'une servante éreintée. »

Elle referma résolument le couvercle du coffre. C'était son maintien, non son apparence, qui lui avait gagné la déférence de l'équipage et du capitaine. Si elle lâchait prise maintenant, elle perdrait du même coup la capacité de traiter avec eux. Elle doutait que Cosgo soit en mesure de prolonger cette comédie sans elle. Seule l'obséquiosité soutenue de Malta à son égard lui permettait d'agir en Gouverneur. Elle était écœurée de devoir consacrer une grande part de son énergie à raffermir en lui la conviction de sa supériorité. Pis : plus elle le flattait, plus il la trouvait séduisante. Mais elle était plus forte que lui. Elle avait facilement repoussé ses diverses avances, écartant ses mains tripoteuses et lui rappelant qu'elle n'était pas digne de ses attentions.

Elle chaussa des mules de cuir souple. Elle était prête. Elle s'avança vers le lit du Gouverneur, se racla bruyamment la gorge et tira le rideau. Elle n'avait aucune envie de le surprendre occupé à quelque obscénité. « Seigneur, j'hésite à troubler votre repos mais avec votre permission je vais aller chercher votre petit déjeuner. »

Il ouvrit un œil. « Faites. Veillez à ce que ce soit bien chaud, pas tiède comme hier.

— J'y veillerai, seigneur », assura-t-elle humblement. Elle ne pouvait lui rappeler qu'il était resté couché à fumer longtemps après qu'elle lui avait apporté son plateau, la veille. Ce n'était jamais sa faute à lui. Elle se couvrit d'une cape et quitta sans bruit la pièce.

C'étaient les seuls moments de répit qu'elle s'accordait. Hors de vue du Gouverneur, mue par un but précis, elle pouvait jouir d'une certaine liberté, sans être interpellée par qui que ce soit. Quand elle rencontrait des matelots, ils regardaient avec insistance son front ceint de l'écharpe et faisaient des commentaires derrière son dos mais la laissaient passer.

Le fourneau se trouvait dans le rouf situé au milieu du navire. La porte coulissante était ouverte. Le coq, un homme blême et sinistre, la salua d'un hochement de tête. Il disposa un plateau avec deux bols et des couverts, prit une louche et remua la bouillie épaisse qui constituait la ration matinale de tous. Même les plaintes d'un Gouverneur étaient impuissantes à changer certaines choses. Un cri soudain de la vigie attira le coq à la porte. Peu après, une clameur sauvage s'éleva sur le pont. La paix relative du navire qui taillait la route fut rompue par une cavalcade et des hurlements. Malta n'avait pas besoin de son chalcédien limité pour comprendre que force jurons se mêlaient aux ordres. A la porte, le coq ajouta quelques phrases bien choisies de son cru, lança sa louche et donna à Malta une injonction, d'un ton sévère. Puis il s'en alla en refermant brutalement la porte. Elle l'entrebâilla aussitôt pour surveiller ce qui se passait.

Le pont grouillait d'activité. Une tempête s'annonçait-elle ? Elle regardait, fascinée, les manœuvres courantes qu'on larguait, les voiles qu'on déferlait, les cordages qu'on frappait. La toile fleurissait sur les mâts déjà bien sous voiles. Elle sentit le pont s'incliner sous ses pieds alors que le navire prenait de la vitesse.

Les vigies dans la mâture criaient leur rapport. Malta risqua deux pas hors du rouf et se dévissa le cou. Elle entrevit une main tendue et ses yeux suivirent la direction indiquée.

Des voiles. Un navire, qui torchait. Un deuxième cri au-dessus la fit replonger dans le rouf d'où elle observa par la petite fenêtre : un autre navire, vent dedans, était aussi en train de les rejoindre. Les deux vaisseaux battaient des pavillons faits de morceaux disparates où un corbeau déployait ses ailes. Elle réfléchit fiévreusement. Le navire chalcédien les fuyait. Cela signifiait-il que les deux autres bâtiments étaient de Terrilville ? Ou étaient-ce des pirates ? Les pirates se pourchassaient-ils entre eux ? Elle se demanda ce qu'il fallait espérer : que le navire chalcédien les distance ou qu'il soit capturé. S'il était capturé, et que les poursuivants étaient des pirates, qu'adviendrait-il du Gouverneur et d'elle ? Un plan se forma rapidement dans sa tête.

Elle attendit le moment opportun puis sortit en trombe du rouf, détala pour s'engouffrer dans l'écoutille, comme une souris dans son trou. Le panneau retomba derrière elle, et elle fut plongée dans l'obscurité. Elle traversa le navire à toute allure, et trouva les logements des matelots déserts. A la pâle clarté d'une lanterne, elle chipa un lot de vêtements avant de se précipiter vers la cabine du Gouverneur. Quand elle fit irruption, il ouvrit un œil languide et la regarda avec irritation.

« Quelle inconvenance, dit-il. Où est mon déjeuner ? »

Même à ce moment décisif, elle devait continuer à jouer son rôle. « Je vous demande pardon, seigneur. Nous sommes pris en chasse par deux vaisseaux. S'ils nous rattrapent, il y aura bataille. S'il y a bataille, je crains que nous soyons vaincus. J'ai bien peur qu'il ne s'agisse des pirates des Iles des Pirates qui ont peu de respect ou d'affection pour le Gouverneur de Jamaillia. J'ai donc emprunté des vêtements pour que vous vous déguisiez. En simple matelot, vous pouvez passer inaperçu. Et moi de même. »

Tout en parlant, elle triait fébrilement les habits. Elle choisit une chemise de grosse toile pour elle, des culottes et une casquette pour cacher son front. Un tricot épais, beaucoup trop grand, pouvait la faire passer pour un mousse. Pour le Gouverneur, elle avait pris les habits les plus propres. Elle s'avança vers le lit, les bras chargés. Il fit la grimace et agrippa le bord de sa couverture.

« Levez-vous, excellence, je vais vous aider à vous habiller », déclara-t-elle. Elle avait envie d'aboyer comme sur un gamin récalcitrant mais, elle le savait, il ne ferait que se buter davantage.

« Non. Débarrassez ces nippes dégoûtantes et sortez-moi une tenue convenable. Puisque je dois me lever et m'habiller avant d'avoir pris mon petit déjeuner, je me vêtirai comme il sied. Vous faites une grande injustice aux marins chalcédiens en supposant qu'ils vont se laisser battre et capturer aussi facilement. Je n'ai pas besoin de me cacher sous un déguisement de rustre. » Il s'assit dans son lit, croisa résolument les bras. « Apportez-moi des habits décents et des chaussures. Je vais sortir sur le pont et regarder mon vaisseau de patrouille disperser ces vulgaires pirates. »

Malta soupira, vaincue. Eh bien, s'il ne voulait pas se cacher, alors elle ferait connaître qu'il valait son pesant d'or. Les pirates se montreraient peut-être plus magnanimes avec de précieux prisonniers.

Elle s'inclina bas. « Vous avez raison, bien sûr, excellence. Pardonnez la sottise d'une simple femme, je vous en prie. » Elle jeta le déguisement de matelot dans la coursive. Puis, de retour dans la chambre, elle choisit les tenues les plus somptueuses qu'elle put trouver et les apporta à Cosgo.

Un choc soudain l'envoya heurter contre le lit. Elle retint son souffle, tendit l'oreille. Les bruits sur le pont avaient changé de nature. Piétinement, cris de colère et hurlements sauvages. Les pirates les avaient-ils éperonnés ? Etaient-ils en train d'aborder ? Elle récupéra son souffle. « Seigneur, je crois qu'il serait sage de se dépêcher.

— Très bien. » Avec un soupir de martyr, il repoussa les couvertures. Il écarta les bras. « Vous pouvez me vêtir. »

*

Tintaglia le secoua. Reyn ouvrit les yeux et vit le brasillement de l'eau sombre loin en dessous. Il poussa un cri de terreur et se cramponna farouchement aux serres qui le tenaient.

« Voilà qui est mieux, déclara le dragon, impitoyable. Je croyais que tu étais mort. J'avais oublié que les humains ne sont pas aussi bien attachés à leur corps que les dragons. Quand vous vous hasardez trop loin, vous risquez de ne plus pouvoir revenir. »

Le cœur chaviré, Reyn s'accrocha aux griffes. Il se sentait étourdi, tout petit, il avait froid, mais le vol n'en était certainement pas la cause. Il se douta qu'il avait perdu conscience. Il essaya de retrouver la dernière chose qu'il avait gardée en mémoire. En vain. Il regarda en bas et saisit soudain le sens de ce qu'il voyait. « Ces galères, là, en bas, ce sont des Chalcédiens ? Que font-elles ? Où vont-elles ? » Il en compta sept, qui se dirigeaient vers le sud en formation triangulaire, comme des oies.

« Comment veux-tu que je le sache ? Qu'est-ce que ça peut me faire ? » Tintaglia jeta un coup d'œil machinal. « J'en ai aperçu beaucoup en route vers le sud. Je les ai chassés de Terrilville, conformément à notre accord. Mais ils sont trop nombreux pour un dragon tout seul. » Elle parut vexée d'être forcée de l'admettre. Elle changea de sujet. « Je croyais que tu ne te préoccupais que de Malta.

— En effet, dit-il faiblement. Mais tous ces vaisseaux... » Il laissa sa phrase en suspens. Il saisit ce qu'il aurait dû comprendre depuis longtemps. La tentative chalcédienne n'était pas seulement dirigée contre

Terrilville et le désert des Pluies. Chalcède était de mèche avec les Nouveaux Marchands contre le Gouverneur. Que les Chalcédiens se soient retournés contre leurs complices signifiait seulement qu'ils traitaient leurs alliés comme ils l'avaient toujours fait. Maintenant, ils faisaient mouvement en force vers Jamaillia. Terrilville n'était qu'une étape le long de la route, qu'il fallait paralyser et occuper de façon à n'avoir pas d'ennemi dans le dos pendant qu'on pourchassait un plus gros gibier. Il baissa les yeux vers les navires. Beaucoup comme ceux-là, avait dit Tintaglia. La puissance maritime de Jamaillia avait décliné au cours de la dernière décennie. Pourrait-elle faire la guerre contre Chalcède, sans parler même de gagner ? Terrilville pourrait-elle supporter l'interruption du commerce que cette guerre entraînerait ? La tête lui tournait de songer à toutes les implications qu'il entrevoyait.

Tintaglia était exaspérée. « Eh bien ? Tu as trouvé ta compagne ? Tu pourrais dire où elle est ? »

Il déglutit. « A peu près. » Il sentit l'impatience du dragon. « Un moment », supplia-t-il. Il aspira à grandes goulées, espérant que l'air froid le revigorerait, tout en essayant de tirer une certaine logique des bribes de son rêve. « Elle était sur un navire. Un navire à forte calaison, d'après le mouvement, pas une galère. Pourtant, elle a dit que c'était un bateau chalcédien. » Il fronça les sourcils. « Tu n'as pas senti ça aussi ?

— Je n'ai pas fait très attention, répondit-elle négligemment. Alors. Un navire chalcédien. Un grand. Il y en a beaucoup comme ça. Où ?

— A destination de Jamaillia.

— Ah, voilà qui nous avance bien !

— Vers le sud. Vole vers le sud, au-dessus de la Passe Intérieure.

— Et quand on survolera le navire où elle se trouve, tu le sauras tout simplement, poursuivit le dragon, sceptique. Et alors quoi ? »

Reyn considéra l'eau entre ses orteils. « Alors, d'une façon ou d'une autre, tu m'aideras à la sauver. Et à la ramener avec nous. »

Tintaglia maugréa, mécontente. « Mission impossible, insensée. Nous perdons notre temps, Reyn. On devrait rentrer, maintenant.

— Non. Pas sans Malta », rétorqua-t-il catégorique. Il la sentit bouillir de colère et ajouta : « Ce que tu me demandes est tout aussi impossible et insensé. Tu exiges que je me traîne à travers les marais du désert des Pluies, que je localise une cité engloutie, Sâ seul sait depuis combien de temps, ensuite je devrais d'une façon ou d'une autre sauver les cocons des dragons profondément enfouis.

— Es-tu en train de dire que tu ne peux pas le faire ? » interrogea le dragon indigné.

Reyn eut un bref éclat de rire. « Une quête impossible après l'autre. Toi d'abord.

— Je tiendrai parole », affirma Tintaglia sur un ton maussade.

Il regretta de l'avoir offensée. Ce n'était pas le moyen de l'encourager à faire de son mieux. « Je sais bien que tu tiendras parole, assura-t-il en reprenant haleine. Nos âmes ont été en contact, Tintaglia. Tu as le cœur trop noble pour revenir sur ta promesse. »

Elle ne répondit pas mais il sentit s'apaiser sa colère. Il ignorait pourquoi elle goûtait tant au plaisir des flatteries, mais il ne lui en coûtait guère de la satisfaire. Elle continua son vol en battant régulièrement de ses grandes ailes. Il prit conscience du puissant mouvement de son cœur de dragon. Là où elle le tenait contre elle, il avait chaud. Il fut soulevé par un élan de confiance en eux deux. Ils trouveraient Malta, ils la ramèneraient saine et sauve. Il serra les griffes de ses mains et méprisa la douleur que lui causaient ses jambes pendantes.

*

Malta ajusta la veste de Cosgo d'une main tremblante. Un cri de souffrance déchirant retentit sur le pont. Elle serra les dents en tâchant de se convaincre que les Chalcédiens l'emportaient. Elle venait de découvrir qu'elle préférait le danger connu à l'inconnu. Doucement, elle redressa le col du Gouverneur. Voilà. Le Gouverneur de Jamaillia. L'héritier du Trône de Perle, le Gouverneur Magnadon Cosgo était présentable. Il se regarda dans le petit miroir qu'elle lui tendait. Nullement impressionné par les bruits étouffés de la bataille, il lissa sa fine moustache. Quelque chose tomba lourdement sur le pont au-dessus d'eux. « Je vais monter, maintenant, annonça-t-il.

— Je ne crois pas que ce soit sage. Ils se battent là-haut, vous n'entendez pas ? » Elle avait parlé trop vite. Il crispa les mâchoires d'un air buté.

« Je ne suis pas un lâche ! »

Non. Seulement un imbécile. « Seigneur, vous ne

devez pas prendre de risques ! supplia-t-elle. Je sais que vous ne craignez point pour vous-même mais songez à Jamaillia, endeuillée et abandonnée comme un navire sans timonier, s'il vous arrivait malheur.

— Vous êtes une sotte, dit Cosgo sur un ton plein d'indulgence. Qui oserait attaquer physiquement le Gouverneur de Jamaillia ? Ces chiens de pirates peuvent contester mon autorité mais seulement à distance respectueuse. Quand ils me regarderont en face, ils se feront tout petits et trembleront de honte. »

Il le croyait vraiment. Malta le dévisagea, bouche bée, dans un silence ahuri tandis qu'il se dirigeait vers la porte. Il s'arrêta, attendit qu'elle ouvre. Peut-être était-ce la solution. Si elle ne lui ouvrait pas, peut-être resterait-il simplement dans la cabine ? Après un long moment d'immobilité, il lui jeta un regard noir et déclara : « Je dois tout faire moi-même, à ce qu'il paraît », et il ouvrit. Elle se traîna sur ses talons, dans une sorte de fascination angoissée.

Au pied de la descente des cabines, elle songea que le panneau pouvait le sauver. Il était lourd à soulever et à faire glisser ; peut-être serait-il rebuté par l'effort ? Mais il avait gravi la moitié des degrés quand l'écoutille s'écarta et un carré de lumière tomba sur eux. Un homme torse nu leur jeta un regard menaçant. Le corbeau aux ailes déployées tatoué sur sa poitrine était éclaboussé d'un sang frais, qui n'était pas le sien, selon toute apparence. Des tatouages d'esclave s'étendaient sur sa figure jusqu'en bas du cou. Il tenait un poignard dégouttant de sang. D'abord éberlué, il poussa bientôt un cri de plaisir.

« Hé, cap' ! Venez voir quels jolis oiseaux j'ai dénichés dans leur cage ! » S'adressant au Gouverneur et à Malta, il aboya : « Montez, et plus vite que ça ! »

Alors que le Gouverneur émergeait de l'écoutille, le pirate le saisit par le bras et le tira sur le pont. Cosgo jura et frappa l'homme qui le repoussa négligemment et l'envoya par terre. Il empoigna Malta qui serra les dents et s'interdit de crier. Elle lui décocha un regard mauvais alors qu'il la soulevait d'un bras pour la lancer sur le pont. Elle atterrit sur ses pieds à côté du Gouverneur. Sans quitter des yeux le pirate qui jubilait, elle se baissa et aida Cosgo à se relever.

Autour d'eux, c'était la cohue. Un groupe de Chalcédiens désarmés était parqué à un bout, gardé par trois pirates goguenards. Au pied d'un mât, Malta aperçut un homme, les jambes écartées. Immobile. D'autres pirates se laissaient tomber dans la cale pour inspecter la cargaison dont ils s'étaient emparés. Malta entendit des éclaboussements et elle se retourna juste à temps pour voir qu'on jetait un corps par-dessus bord. C'était sans doute l'officier en second.

« Vous mourrez pour cela ! Vous mourrez ! » Le Gouverneur étouffait de fureur. Deux taches rouges ressortaient sur ses joues pâles, il était tout ébouriffé. Il fixait sur eux des yeux menaçants. « Où est le capitaine ? J'exige de voir le capitaine !

— Je vous en prie, taisez-vous », dit Malta tout bas, d'une voix suppliante.

Mais il n'écoutait pas. Il la repoussa, comme si elle avait été responsable de sa chute. « Silence ! éructa-t-il. Petite sotte ! Vous n'allez pas prétendre me dicter ce que je dois faire ! » Ses yeux étincelaient de colère mais sa voix suraiguë le trahit. Il mit les poings sur les hanches. « J'exige qu'on m'amène le capitaine.

— Qu'est-ce que tu as trouvé là, Biscotte ? » Un homme râblé et musclé s'adressait, hilare, à leur ravisseur. Des boucles rousses s'échappaient de son mouchoir de tête marqué d'un corbeau. Il brandissait une épée dans sa main gauche. De la pointe, il souleva le bord brodé de la veste du Gouverneur. « Que voilà un beau plumage ! Un riche marchand ou un sang bleu, je dirais. »

Cosgo gonfla la poitrine, outré. « Je suis le Gouverneur Magnadon Cosgo, le souverain de Jamaillia et l'héritier du Trône de Perle ! Et j'exige de parler au capitaine. »

Les espoirs de Malta s'effondrèrent.

Un sourire fendit la figure tavelée de taches de rousseur. « Tu parles au capitaine, capitaine Rouge. » Il s'inclina dans un profond salut et ajouta en ronronnant : « A votre service, grand Gouverneur, pour sûr. »

L'homme qui les avait découverts rit si fort qu'il s'en étouffa.

Cosgo s'empourpra de fureur. « Je veux dire le vrai capitaine, le capitaine Deiari. »

Le sourire du capitaine Rouge s'élargit encore. Il risqua un clin d'œil à l'adresse de Malta. « Je suis absolument navré, Gouverneur Magnadon Cosgo. Le capitaine Deiari, pour l'heure, est en train d'amuser les poissons. » Dans un chuchotement théâtral, il expliqua à Malta : « C'est ce qui arrive à ceux qui ne savent pas baisser l'épée. Ou à ceux qui me mentent. » Il attendit.

Derrière lui, deux matelots saisirent l'homme tombé derrière le mât et le tirèrent. Malta regarda, fascinée et horrifiée. Le corps inerte laissait une traînée de sang. Ses yeux morts la fixaient ; ils le soulevèrent alors, sa bouche s'ouvrit dans un sourire sans joie, et il tomba dans l'eau comme un sac. Elle sentit le souffle lui manquer.

« Je vous le dis, je suis le Gouverneur Magnadon Cosgo, souverain de Jamaillia. »

Le capitaine aux taches de rousseur écarta les bras, épée toujours en main, et sourit. « Et ici sont rassemblés tous vos loyaux sujets et grands nobles, pour vous servir au cours de ce remarquable voyage depuis... où ? Chalcède ? Le Gouverneur fait route de Chalcède à Jamaillia ? »

Les narines de Cosgo étaient pincées et toutes blanches sous l'outrage. « Bien que ce ne soit pas l'affaire d'un coupe-jarret, d'un voleur et d'un assassin, sachez que je reviens de Terrilville. J'y étais pour régler un différend entre Premiers et Nouveaux Marchands mais j'ai été enlevé par les Marchands de Terrilville et emmené au désert des Pluies. Les Marchands des Pluies, des gens si horriblement défigurés qu'ils doivent être constamment voilés, m'ont retenu prisonnier dans une ville souterraine. Je me suis échappé pendant un tremblement de terre et j'ai descendu le fleuve du désert des Pluies jusqu'à ce que je sois secouru par... »

Tandis que le Gouverneur parlait, le capitaine regardait ses hommes l'un après l'autre, tout en faisant des grimaces qui mimaient son étonnement et son émerveillement au récit de Cosgo. Les pirates pouffaient, aux anges ; le capitaine se pencha soudain pour appliquer la pointe de sa rapière sur la gorge de Cosgo. Les yeux exorbités, celui-ci interrompit son flot de paroles. Il devint blême.

« Arrête, s'il te plaît, arrête-toi là ! supplia le capitaine tout réjoui. On a de la besogne à faire ici, nous autres. Arrête ta comédie et parle franc. Plus vite tu nous diras ton nom, plus tôt ta famille pourra te racheter. Tu as envie de rentrer chez toi, pas vrai ? Ou alors ça te dit d'être une bonne recrue pour mon équipage ? »

Cosgo lança des regards égarés sur le cercle de ses ravisseurs. Quand il croisa les yeux de Malta, il était au bord des larmes.

« Arrêtez, dit-elle à voix basse. Laissez-le tranquille. Il est vraiment le Gouverneur Magnadon Cosgo, il vous sera bien plus précieux comme otage s'il n'est pas égorgé. »

La pointe de l'épée quitta la gorge du Gouverneur pour s'appliquer entre les seins de Malta. Elle baissa les yeux, paralysée. Du sang maculait la lame. Le capitaine Rouge fit glisser la pointe de sa rapière sous les lacets du corsage. « Et toi, bien sûr, tu es la ravissante et érudite Compagne de Cœur. Et tu retournes à Jamaillia. » Il promena lentement le regard sur elle.

La peur de Malta se dissipa devant le sarcasme. Elle le toisa d'un air furieux et cracha, en détachant chaque mot : « Ne-soyez-pas-stupide. » Elle releva le menton. « Je suis Malta Vestrit, la fille d'un Marchand de Terrilville. Aussi folle que paraisse son histoire, il est vraiment le Gouverneur Cosgo. » Elle reprit son souffle. « Tuez-le, et vous serez réputé le roi des imbéciles pour avoir renoncé à la rançon d'un Gouverneur. »

Le pirate rugit de plaisir et l'équipage lui fit écho. Malta sentit ses joues s'empourprer mais elle n'osa pas bouger, l'épée toujours pressée sur sa poitrine. Derrière elle, le Gouverneur chuchota, furieux : « Ne le fâchez pas, donzelle !

— Capitaine Rouge, le navire est en main », annonça un matelot, presque un gamin encore, qui portait un gilet brodé beaucoup trop grand pour lui, que Malta se rappela avoir vu sur le capitaine Deiari. Les vêtements d'un mort constituaient la part de butin du mousse.

« Très bien, Oti. Combien de prisonniers ?

— A part ces deux-là ? Cinq seulement.

— L'état du navire ?

— Propre à naviguer, commandant. Et les cales pleines. Et c'est de la bonne marchandise.

— Vraiment ? Merveilleux. Je crois qu'une aussi belle prise va nous ramener tout droit au port, hein ? On a bourlingué un peu, cette fois-ci, et Partage va nous sembler bon, pas vrai ?

— Très bon, commandant », répondit le gamin avec enthousiasme. Une rumeur d'approbation s'éleva du reste de l'équipage.

Le capitaine regarda à la ronde. « Enferme les cinq en bas. Prends les noms, vois s'ils ont des familles qui peuvent payer la rançon. Ils se sont bien battus. S'il y en a un qui exprime le désir de se faire pirate, amène-le-moi. Carn ! Amarine le bâtiment, tu le ramènes au pays pour nous. »

Carn, l'homme qui avait déniché Malta et le Gouverneur, eut un sourire hilare. « Ça, pour sûr, commandant. Allez, vous deux, direct en bas d'où vous venez ! »

Le capitaine secoua la tête. « Non. Pas ces deux-là. Je les prends avec moi sur le *Bouffon*. Même s'il n'est pas le Gouverneur de Jamaillia, je parie qu'il va nous rapporter une jolie rançon. » D'un geste adroit, il trancha les cordons du corselet de Malta. Elle saisit les pans qu'elle serra contre elle, hoquetant d'indignation. Le capitaine se contenta de sourire. « Quant à la dame, elle dînera avec le capitaine Imbécile et elle me racontera des histoires. Amenez-la-moi. »

10

Parangon des Ludchance

Althéa faisait le guet au sommet du mât quand apparurent les voiles de Vivacia. Ses voiles, elle ne pouvait distinguer du navire que ses voiles, blanches sur le ciel menaçant. Parangon était tapi dans une anse, avec une vue dégagée du chenal juste à la sortie de Partage, mais Vivacia n'avait pas encore doublé le goulet. Brashen avait étudié ses fragments de cartes et parié que c'était par là que Vivacia rejoindrait Partage, en supposant que Kennit revenait de l'île des Autres. Brashen avait deviné juste. Même avant d'avoir aperçu la coque ou la figure de proue, Althéa reconnut la mâture et les voiles. Durant un moment, cette vision si longtemps attendue la laissa sans voix. A plusieurs reprises au cours de cette dernière semaine, elle avait repéré des navires qu'elle avait pris pour Vivacia. Deux fois, elle avait même appelé Brashen en haut du mât pour le consulter. Mais elle s'était trompée, les deux fois.

Maintenant, en scrutant le gréement familier qui apparaissait, elle en était certaine : il s'agissait bien de son navire, elle le reconnaissait, aussi sûr qu'elle aurait reconnu le visage de sa mère. Elle n'avertit pas en criant mais descendit du mât à toute allure et vola sur le pont. Elle fit irruption sans frapper dans la chambre de Brashen. Il était au lit, il dormait après son quart de nuit. « C'est elle. Au sud-ouest, comme tu le pensais. Pas d'erreur, cette fois-ci. C'est Vivacia. »

Il ne mit pas en doute son affirmation. Il respira à fond. « Alors, c'est le moment. Espérons que Kennit est aussi intelligent et rationnel que tu le crois. Autrement, nous tendons nos gorges à un boucher. »

Elle le regarda fixement, muette. « Excuse-moi, reprit-il d'une voix rauque. Je n'avais pas besoin de dire ça. Nous avons tous les deux mis ce plan au point. Nous avons convaincu l'équipage que ça marcherait. Ne crois pas que tu aies bon dos. »

Elle secoua la tête. « Tu ne fais qu'exprimer tout haut ce que je pense depuis trop longtemps. D'un côté comme de l'autre, Brashen, tout est de mon fait. Si ce n'était pour moi, ce navire et son équipage ne seraient pas ici, sans compter qu'on n'aurait jamais envisagé ce plan insensé. »

Il la prit dans ses bras, l'étreignit avec rudesse. L'odeur de sa peau nue monta aux narines d'Althéa, ses cheveux détachés caressèrent sa joue. Elle se frotta le visage contre la poitrine chaude. Pourquoi était-elle prête à tout risquer ? Pourquoi jouer avec la vie de cet homme, avec sa propre vie, dans cette folle entreprise ? Il la relâcha, attrapa sa chemise sur une chaise. En l'enfilant, il redevenait le capitaine.

« Va hisser le pavillon parlementaire. Je veux que l'équipage ait ses armes à portée de main mais pas en évidence. Rappelle-leur que nous nous proposons d'abord de discuter avec Kennit ; on ne l'appelle pas à l'abordage. Au premier signe d'agressivité de sa part, on lui rend la monnaie de sa pièce. »

Elle se mordit la langue pour s'empêcher de répondre qu'il était inutile de leur rafraîchir la mémoire : on leur avait bien enfoncé cela dans la tête. Débarrassée de Lavoy et de ses manœuvres subversives, elle était plus sûre de ses hommes. Ils obéiraient. Qui sait, dans quelques heures, elle se retrouverait peut-être sur le pont de la *Vivacia*. Qui sait ? Elle bondit pour transmettre les ordres.

*

« Là-bas, commandant, vous le distinguez, maintenant ? » Gankis montrait du doigt et plissait les yeux comme pour aider le capitaine à mieux voir. « Le navire est mouillé près de la plage. Il compte sans doute qu'avec la côte et les arbres derrière lui on aura du mal à le repérer mais je l'ai…

— Je le vois, interrompit Kennit sèchement. Continue ton travail. » Il scruta les mâts et le gréement. Une étrange certitude l'envahit. La vieille vigie s'éloigna, le ton de son capitaine avait rabattu son exaltation. Le vent glacial souffla à ses oreilles, le navire piqua du nez dans la lame mais Kennit se sentit soudain détaché de tout ce qui l'entourait. Ce navire, c'était Parangon. Dans l'anse, se balançait à l'ancre l'autre moitié de son âme.

« Comment puis-je le reconnaître à cette distance ?

se demanda-t-il doucement. Est-ce une sensation dans l'air ? Une odeur dans le vent ?

— Le sang appelle le sang, murmura le charme à son poignet. Tu sais que c'est lui. Il t'est revenu. Après toutes ces années, il est revenu. »

Kennit voulut respirer mais ses poumons étaient lourds et saturés. L'effroi et l'impatience luttaient en lui. Parler de nouveau à ce navire, fouler ses ponts, ce serait revenir au point de départ. Toutes les défaites passées, la souffrance seraient noyées dans ce triomphe. Le navire se réjouirait que Kennit ait réussi, grandi et... Non. Ce ne serait pas ainsi : ce serait l'affrontement et l'accusation, l'humiliation et la honte. Ce serait ouvrir la porte à tous les chagrins passés, les laisser se déverser pour empoisonner le présent. Ce serait regarder en face un être bien-aimé qu'on a trahi. Ce serait admettre ce qu'il avait fait pour assurer égoïstement sa propre survie.

Pis, ce serait public. Tous, à bord, sauraient qui il avait été, ce qu'on lui avait fait. L'équipage du *Parangon* saurait. Etta et Hiémain sauraient. Foudre saurait. Et personne ne le respecterait plus. Tout ce qu'il s'était appliqué à construire, toutes ces années de travail seraient ruinées.

Il ne pouvait pas laisser faire. En dépit des hurlements dans sa tête, il ne pouvait pas laisser faire. On ne change pas le passé. L'enfant battu, qui demandait grâce, il faudrait le réduire au silence, encore une fois. Une dernière fois, il fallait effacer de la mémoire du monde le gamin poltron et servile.

Jola arriva en courant. « Commandant, ce navire que

la vigie a repéré ! Ils ont déployé un pavillon, un grand pavillon blanc. Le pavillon parlementaire. Ils ont dérapé et se dirigent vers nous. » Son excitation retomba devant le regard sinistre de Kennit. « Que fait-on ? demanda-t-il à mi-voix.

— Je flaire un mauvais tour. Le message de Faldin m'en a averti. Je ne me laisserai pas endormir. Si nécessaire, je ferai un exemple. Si c'est une perfidie, j'enverrai ce navire par le fond, corps et biens. » Il regarda Jola bien en face. « Prépare-toi à entendre beaucoup de mensonges aujourd'hui, Jola. Ce capitaine-là est un homme très intelligent. Il essaie de se servir d'une vivenef pour en prendre une autre. Evidemment, pas question de laisser faire. »

Subitement, sa gorge se serra de douleur. La terreur monta en lui : si Jola se tournait vers lui maintenant et voyait ses yeux se remplir soudain de larmes ? *Les sentiments changent*, se rappela-t-il farouchement. *C'est l'étouffement d'un petit garçon, les larmes d'un petit garçon qui n'existe plus. J'ai cessé de ressentir depuis longtemps. Je ne ressens plus rien.*

Il toussa pour dissimuler sa faiblesse passagère. « Que les hommes soient parés, ordonna-t-il avec calme. Fais virer et mouille. Hisse aussi notre pavillon blanc pour qu'ils s'approchent en confiance. On va faire mine d'être dupes. Je dis au navire d'appeler les serpents. » Il montra les dents dans un simulacre de sourire. « Je doute que Trell soit au courant, pour nos serpents. Qu'il parlemente donc avec eux.

— A vos ordres, commandant. » Et Jola disparut promptement.

Kennit s'avança. Le tapotement de son pilon lui parut assourdissant. Les hommes le dépassaient et le contournaient précipitamment, chacun rejoignant son poste. Personne ne s'arrêta pour le regarder. Personne ne le voyait plus réellement. Ils ne voyaient que Kennit, le roi des Iles des Pirates. N'était-ce pas ce qu'il avait toujours voulu ? Etre vu tel qu'il s'était fait lui-même ? Pourtant, il imaginait Parangon brailler de détresse à la vue de sa jambe amputée, ou s'extasier sur la coupe élégante de sa veste de brocart. Le triomphe n'est pas aussi éclatant quand on le partage seulement avec ceux qui se sont toujours attendus à votre succès. Sur toutes les mers, par toute la terre, il n'y en avait qu'un seul qui sache vraiment ce que Kennit avait subi pour atteindre à ces sommets, un seul qui puisse comprendre l'éclat de son triomphe présent et l'infernale profondeur de son malheur passé. Un seul qui puisse trahir aussi complètement son passé. Il fallait que Parangon meure. Il n'y avait pas d'autre issue. Et cette fois, Kennit devrait s'en assurer absolument.

En grimpant l'échelle qui menait au gaillard d'avant, il constata avec consternation qu'Etta et Hiémain l'y avaient précédé. Le garçon, appuyé à la lisse, était manifestement en grande conversation avec la figure de proue. Etta regardait simplement Parangon, une étrange expression sur le visage. Le vent qui se levait jouait avec ses cheveux noirs. Il atteignit le gaillard d'avant et mit sa main en visière pour suivre la direction de son regard. Le *Parangon* approchait régulièrement. Kennit pouvait déjà distinguer la figure de proue familière. Son cœur se serra à la vue du visage cruellement mutilé.

Une honte cuisante fit place à un accès de fureur. On ne pouvait le lui reprocher. Non, personne, pas même Parangon ne pouvait le lui reprocher. La faute d'Igrot, tout était la faute d'Igrot. L'horreur glacée s'étendit jusque sur la mer et le brûla. Le sang lui monta au visage. Etourdi par l'épouvante, il porta une main tremblante à son visage.

« Tu l'as laissé se charger de toute la souffrance, lui souffla le charme à l'oreille. Il a dit qu'il le ferait, et tu l'as laissé faire. (La petite figure sourit.) Tout est encore là, qui t'attend. Avec lui.

— Tais-toi », ordonna Kennit d'une voix grinçante. De ses doigts tremblants, il essaya de détacher cette odieuse chose de son poignet. Il allait jeter l'amulette par-dessus bord, elle coulerait et disparaîtrait à jamais, avec tout ce qu'elle savait. Mais ses doigts étaient bizarrement gauches, presque gourds. Il n'arrivait pas à dénouer les liens de cuir. Il tira sur le charme mais les lanières tenaient bon.

« Kennit, Kennit ! Tu vas bien ? »

Putain stupide, toujours à poser les mauvaises questions au mauvais moment ! Il fit un violent effort pour dominer son émotion. Il sortit son mouchoir et épongea la sueur de son front glacé. Il retrouva la parole.

« Certes, je vais tout à fait bien. Et toi ?

— Tu avais l'air si... pendant un instant, j'ai cru que tu allais t'évanouir. » Etta le dévisagea attentivement, cherchant à déchiffrer son expression. Elle voulut lui prendre les mains.

Pas question. Il lui adressa son petit sourire habituel. Il faut la distraire. « Le gamin, fit-il à voix basse, avec un signe de tête en direction de Hiémain. Il se peut que ce soit dur pour lui. Comment va-t-il ?

— Il est déchiré », répondit-elle aussitôt. Un autre que lui aurait pu prendre ombrage de la facilité avec laquelle il avait détourné l'attention d'Etta sur Hiémain. Mais elle n'était qu'une putain, après tout. Elle soupira. « Il fait tout ce qu'il peut pour provoquer une réaction du navire. Il lui demande avec insistance de réagir comme Vivacia. Bien sûr, ce n'est pas le cas. Maintenant, il cherche une émotion que pourrait susciter la présence d'Althéa. Mais le navire ne lui livre rien. Quand il lui a rappelé ta promesse de ne pas faire de mal à Althéa, Foudre a ri en disant que c'était toi qui avais promis, pas elle. Il a été touché en plein cœur quand elle a déclaré qu'un accord passé avec toi n'était pas une promesse qui lui était faite à lui. » Elle baissa encore la voix. « Si toi tu lui confirmais que tu tiendras parole, ça le rassurerait. »

Kennit haussa une épaule en signe d'impuissance. « Je tiendrai parole autant que possible. C'est ce que je lui ai dit. Parfois, les gens sont décidés à se battre jusqu'au bout et alors, que peut-on faire ? Il ne s'attend tout de même pas à ce que je me laisse tuer afin de tenir ma promesse ? »

Durant un instant, Etta se contenta de le regarder. Elle parut sur le point de dire quelque chose mais elle n'émit pas un son. Enfin, elle demanda à mi-voix : « Ils ont hissé le pavillon blanc. J'imagine que ça pourrait être une ruse. Mais... mais tu vas essayer de tenir parole ? »

Il pencha la tête vers elle. « Quelle question ! Mais bien

entendu. » Il lui adressa un sourire plus chaleureux, lui offrit le bras. Elle l'accompagna à la lisse. « Si les choses commencent à se gâter – fie-toi à ton jugement – si tu pressens que la situation ne se présente pas selon le désir de Hiémain, emmène-le en bas, dit-il tout bas. Trouve un prétexte, une distraction, n'importe quoi. »

Elle lui jeta un bref coup d'œil. « Ce n'est plus un enfant, tout de même, pour oublier un jouet quand on lui en agite un autre sous le nez.

— Comprends-moi bien. Je me borne à dire ce que nous savons parfaitement tous les deux. Tu es très capable de distraire n'importe quel homme. Quoi que tu sois obligée de faire, je ne t'en voudrai pas. Je ne compte pas que tu lui fasses oublier que sa famille est engagée dans l'affaire mais il ne faut pas qu'il assiste directement à tout ça. » Voilà. Difficile d'être plus clair, sauf à lui ordonner carrément de séduire Hiémain. Sâ savait que cette femme avait assez d'appétit pour deux hommes. Dernièrement, elle s'était montrée insatiable. Elle devrait être capable d'occuper le gamin le temps que Kennit ait réglé l'affaire. Elle parut réfléchir profondément alors qu'ils s'approchaient de Hiémain. Il parlait doucement au navire.

« Althéa a pratiquement grandi sur ce pont. Elle croyait que tu serais à elle. S'il n'avait tenu qu'à elle, jamais elle ne t'aurait abandonnée. Tu verras. Quand elle sera de nouveau ici, tes sentiments pour elle reviendront. Vivacia, elle va te ramener à toi-même, je sais que tu lui feras fête. Il faudra oublier ton ressentiment : elle a été forcée d'agir ainsi. » Il eut un sourire rassurant. « Tu seras à nouveau toi-même. »

Foudre avait les bras croisés sur la poitrine. Autour d'elle, l'eau bouillonnait de serpents. « Je ne suis pas en colère, Hiémain. Tu m'assommes. Tu m'assommes avec ton laïus. J'ai souvent entendu dire que les prêtres discutaient jusqu'à ce qu'on tombe d'accord avec eux, simplement pour qu'ils se taisent. Alors je vais te demander une chose : si je fais semblant d'éprouver quelque sentiment à son égard, te tairas-tu et t'en iras-tu ? »

Hiémain baissa la tête. Kennit crut qu'elle l'avait vaincu. Mais il releva le menton pour regarder le *Parangon* qui approchait. « Non, dit-il à voix basse. Je ne m'en irai pas. Je reste ici, à côté de toi. Quand elle montera à bord, il faudra qu'il y ait quelqu'un pour lui expliquer ce qu'il t'est arrivé. »

Pas question ! Kennit trancha dans le vif. Il s'éclaircit la gorge. « En fait, Hiémain, j'ai d'abord un petit travail à te confier. Prends Etta avec toi. Dès que nous aurons mouillé, je voudrais que tu prennes la yole et que tu rejoignes la *Marietta*. Certains hommes de Sorcor sont un peu fougueux et, ces derniers temps, ils se sont habitués à n'en faire qu'à leur tête. Dis à Sorcor, avec diplomatie bien sûr, que je me charge de prendre seul ce navire. Je veux qu'il garde la *Marietta* bien en retrait. Il serait même préférable que ses hommes ne se pressent pas le long des garde-corps. Ce navire nous approche avec le pavillon blanc. Je ne veux pas que les gens à bord se sentent inférieurs en nombre ni menacés. Cela pourrait entraîner une violence inutile.

— Commandant, ne pourriez-vous envoyer... », commença Hiémain d'une voix suppliante.

Kennit tapota avec insistance la main d'Etta. Elle comprit l'allusion.

« Arrête de pleurnicher, Hiémain. Ça ne t'avancera à rien de rester ici et de te laisser tourmenter par Foudre. Elle joue avec toi comme le chat avec la souris, et tu n'as pas le bon sens de t'éloigner. Alors, Kennit le fait pour toi. Viens. Tu as la parole facile, et tu seras capable de transmettre les ordres à Sorcor de manière à ce qu'il ne se vexe pas. »

Kennit écoutait, saisi d'admiration. Quelle habileté ! Elle faisait passer Hiémain pour une tête sans cervelle et un égoïste qui essayait de résister au pirate. Ce devait être un talent féminin. Il y avait eu une époque où sa mère lui parlait ainsi, en montrant ce qu'il fallait d'impatience pour le convaincre de son erreur. Il chassa ce souvenir. Plus vite Parangon disparaîtrait, mieux cela vaudrait. Voilà des années qu'il n'avait pas été remué de la sorte par des souvenirs enfouis.

Hiémain les regarda l'un après l'autre, hésitant. « Mais j'espérais être présent quand Kennit rencontrerait...

— On aurait l'air de t'exhiber comme otage. Je voudrais qu'ils constatent que tu es un membre volontaire de mon équipage. Que tu ne subis aucune contrainte. A moins que... » Kennit s'interrompit et lui lança un regard étrange. « Tu voulais quitter le navire ? Tu espères repartir avec eux ? Si c'est ce que tu désires, tu n'as qu'à le dire. Ils peuvent te ramener à Terrilville ou à ton monastère…

— Non. » Même Etta fut surprise par la vivacité de la réponse. « Ma place est ici. Je le sais maintenant. Je n'ai aucune envie de partir. Commandant, je voudrais demeurer à vos côtés et assister à la fondation du royaume des Iles des Pirates. Je sens... c'est la volonté de Sâ que je sois là. » Il baissa brièvement les yeux. Puis il rencontra le regard grave de Kennit. « J'irai rejoindre Sorcor, commandant. Tout de suite ?

— Oui. Je voudrais qu'il reste où il est. Fais en sorte qu'il comprenne bien. Quoi qu'il arrive, il doit me laisser régler seul cette affaire. »

Il les suivit des yeux tandis qu'ils s'éloignaient en hâte puis il remplaça Hiémain à la lisse. « Pourquoi prends-tu un malin plaisir à tourmenter le gamin ? demanda-t-il à la figure de proue sur un ton d'indulgence amusée.

— Pourquoi tient-il tellement à m'ennuyer avec son obsession de Vivacia ? » grogna-t-elle en retour. Elle agita la tête pour observer l'approche du *Parangon*. « Qu'est-ce qu'elle avait de si merveilleux, exactement ? Pourquoi ne peut-il m'accepter à sa place ? »

Jalousie ? Si Kennit en avait eu le temps, il aurait été curieux d'étudier cette possibilité. Il éluda les questions de Foudre. « Les enfants essaient toujours de maintenir la stabilité. Laisse-lui un peu de temps, il va finir par s'y faire. » Il risqua une question qu'il n'avait jamais osé poser. « Est-ce que les serpents peuvent couler un vaisseau ? J'entends par là non l'endommager pour qu'il ne puisse plus naviguer ; mais l'envoyer par le fond ? » Il reprit son souffle. « De préférence démembré.

— Je ne sais pas », répondit-elle avec indolence. Elle tourna la tête, lui présentant son profil. En le regardant du coin de l'œil, elle s'enquit : « Tu voudrais qu'on essaie ? »

Il eut peine, pendant quelques secondes, à former le mot. « Oui, admit-il enfin. Si cela devient nécessaire », ajouta-t-il faiblement.

Elle baissa le ton, et d'une voix de gorge : « Réfléchis à ce que tu exiges. Parangon est une vivenef, comme moi-même. » Elle se tourna vers la mer, en direction du navire qui approchait. « Un dragon, un frère, dort à l'intérieur de cette carcasse de bois. Tu me demandes de me retourner contre les miens, pour te faire plaisir. Tu crois que je ferais ça ? »

Ce trou béant et inattendu dans ses plans faillit le décourager. Ils faisaient virer le *Parangon* et mouillaient l'ancre hors de portée de flèche. Pas si bêtes ! Il fallait la convaincre, et vite.

« Pour moi, tu passes avant tout. Si tu exigeais de moi un sacrifice analogue, je n'hésiterais pas, dit-il avec douceur.

— Vraiment ? insista-t-elle cruellement. Même s'il s'agissait d'Etta ?

— Sans l'ombre d'une hésitation, assura-t-il en refusant de réfléchir.

— Ou Hiémain ? » La voix s'était faite toute douce, cauteleuse.

C'était retourner le couteau dans la plaie. Jusqu'à quel point lisait-elle en lui ? Il respira à fond. « Si tu l'exigeais. » Le ferait-elle ? Voudrait-elle absolument qu'il renonce à lui ? Il repoussa cette idée. Il l'en dissuaderait. « J'espère que je tiens la même place dans ton cœur. » Il tâcha de trouver d'autres belles paroles. Mais elles lui faisaient défaut. Il finit par demander : « Tu le feras ?

— Je crois qu'il est temps de te dire mon prix », repartit-elle.

La *Marietta* avait hissé la petite embarcation de Hiémain et virait de bord. Bientôt, elle mouillerait à distance respectueuse. Kennit observait les manœuvres de l'équipage de Sorcor et attendait.

« Quand nous en aurons terminé ici, tu rassembleras tous tes navires, tous ceux qui battent le pavillon au corbeau. Vous nous servirez d'escorte. Les serpents doivent aller vers le nord, loin au nord, jusqu'à l'embouchure d'un fleuve dont ils se souviennent vaguement, mais que je connais bien pour y être entrée maintes fois, quand j'étais Vivacia. En cours de route, nous chercherons à recueillir d'autres serpents. Vous nous protégerez des attaques des humains. Quand nous atteindrons le fleuve, je le remonterai avec toi pendant que tes autres navires resteront de garde à l'embouchure. Je sais très bien qu'un navire en bois ordinaire ne peut nous accompagner. Tu me donneras, Kennit Ludchance, tout ce qui reste de cet hiver, tout le printemps, tout ton temps jusqu'au milieu de l'été et la pleine chaleur du soleil, tandis que nous aiderons les serpents à faire ce qu'il faut, et les protégerons durant leur période vulnérable. Voilà le prix. Es-tu prêt à le payer ? »

En le nommant par son nom, elle le rivait à elle. Comment savait-elle ? Avait-elle deviné ? Alors, il baissa les yeux vers le charme goguenard à son poignet. En examinant les traits, répliques des siens, il comprit qui l'avait trahi. L'amulette cligna les yeux.

« Moi aussi, autrefois, j'étais un dragon », dit-elle tranquillement.

Il avait si peu de temps pour réfléchir. Disparaître ainsi pendant des mois avec les serpents signifiait pour lui la ruine de tout ce qu'il avait construit. Pourtant, il n'osa pas refuser. Qui sait, songea-t-il sinistrement, cela ne fera qu'ajouter à ma légende. Le *Parangon* amenait une petite embarcation. Althéa Vestrit y serait certainement. Il n'en était pas question. Il n'allait pas la laisser mettre le pied à bord de la *Vivacia*. Foudre niait le contact, mais Kennit ne voulait pas courir de risques. Il fallait l'arrêter sur-le-champ et la renvoyer. Il avait pris Vivacia à Hiémain. Il n'allait pas se la laisser enlever par une autre.

« Si je fais ce que tu demandes, tu couleras *Parangon* ? » Maintenant qu'il savait qu'elle connaissait ses raisons, il lui fut encore plus difficile de formuler sa requête.

« Dis-moi pourquoi tu veux qu'il disparaisse. Dis les mots. »

Il prit une inspiration et rencontra son regard. « Mes motifs sont les mêmes que les tiens, j'imagine, déclara-t-il froidement. Tu ne veux pas qu'Althéa vienne à bord, car tu crains qu'elle ne te "rende à toi-même". » Il leva les yeux vers le *Parangon*. « Là-bas flotte une partie de moi-même dont je pourrais fort bien me passer.

— Alors, ça me paraît plus sage pour nous deux, en effet, convint-elle froidement. Il est fou. Je ne peux pas compter sur lui pour nous aider ; pis, en tant que vivenef, il pourrait nous suivre sur le fleuve et s'opposer à nous. Il ne volera plus jamais comme dragon. Alors, mettons un terme à son malheur. Et au tien par la même occasion, et tu te lies à moi. Rien qu'à moi. »

Jalousie. Cette fois-ci, impossible de s'y méprendre. Elle ne tolérerait aucun rival, et encore moins un rival aussi puissant que Parangon. En cela aussi, ils se ressemblaient. Elle rentra le menton et appela les serpents. Le son qu'elle émit, Kennit le sentit plus qu'il ne l'entendit. Leur escorte s'était attardée en arrière pour chasser et se nourrir mais elle revint promptement à l'appel de Foudre. Kennit perçut la réponse des serpents, et l'eau autour de la proue se mit à bouillonner. Un instant plus tard, une forêt de têtes attentives, ployées gracieusement sur leurs longs cols, se dressa autour d'eux. Le serpent d'or vert de l'île des Autres prit la tête de la multitude. Quand Foudre s'arrêta, il ouvrit les mâchoires et répondit en rugissant. La figure de proue rejeta la tête en arrière et se mit à chanter. Sa voix luttait contre le vent qui annonçait une tempête. Il y eut un échange de gémissements, de braillements, de cris aigus et ténus entre les deux. Deux autres joignirent leurs voix au concert. Kennit s'impatientait. Ils devaient être en train de discuter les ordres de Foudre. Le fait ne s'était encore jamais produit, et ne présageait rien de bon, mais Kennit n'osait pas l'interrompre avec ses questions. L'équipage écoutait et observait avec curiosité. Il baissa les yeux sur ses mains agrippées à la lisse. Il aperçut la petite figure à son poignet qui le considérait. Il approcha le charme de son visage.

« Ils lui résistent ? chuchota-t-il.

— Ils se posent des questions. Celle-Qui-Se-Souvient pense que Parangon peut leur être utile. Foudre rétorque qu'il est fou et qu'il est un instrument servile aux mains des humains à son bord. Shriver demande s'ils peuvent le dévorer pour recueillir ses souvenirs. Foudre s'y oppose. Celle-Qui-Se-Souvient exige de savoir pourquoi. Maintenant, Maulkin demande si le navire détient un savoir qu'elle veut leur cacher. »

Foudre était manifestement en colère, à présent. Kennit eut conscience de l'ébahissement de l'équipage derrière lui. Jamais auparavant les serpents n'avaient hésité à obéir aux ordres de la vivenef. Sans tourner la tête, il avertit Jola. « Tout le monde à son poste. » Le second s'exécuta lestement.

« Qu'est-ce qu'ils disent ? s'inquiéta Kennit.

— Tu as des yeux, non ? répondit le charme dans un murmure. Ils vont lui obéir. »

*

Brashen était resté à bord de Parangon. Il ne paraissait pas prudent qu'ils quittent tous les deux le navire, et Althéa ne supportait pas d'être si proche de Vivacia sans pouvoir lui parler. Avec elle dans l'embarcation, Haff et Jek se courbaient sur les avirons. Clapot, accroché à un câble d'amarrage, était assis à l'avant et regardait devant lui d'un œil menaçant. Althéa se tenait toute raide sur le banc de nage. Elle avait fait toilette et revêtu la même tenue que lors du départ de Terrilville. Elle pestait contre le poids de la jupe-culotte mais l'occasion exigeait une certaine solennité et c'étaient les meilleurs habits qu'elle possédait. En fait, de tous ses vêtements, ceux-ci étaient les seuls à la limite du présentable. Le vent glacé tirait joyeusement sur ses cheveux tressés. Elle espérait que Kennit n'interpréterait pas son relatif respect des formes comme une volonté de se cacher derrière un accoutrement féminin. Il fallait qu'il la prenne au sérieux.

Elle tourna le parchemin dans ses mains et garda les yeux rivés sur leur destination. Sur le gaillard d'avant de sa Vivacia bien-aimée, se dressait une silhouette solitaire. Une cape bleu foncé claquait au vent, l'homme se tenait déporté sur la hanche, tout son poids sur une jambe. Il s'agissait sûrement de Kennit. Avant de quitter le pont de Parangon, elle avait aperçu plusieurs personnes avec lui. Elle avait supposé que le tout jeune homme était Hiémain. Elle ne pouvait rien affirmer mais les cheveux noirs et l'attitude lui avaient rappelé son père. Etait-il possible que ce soit lui ? Si oui, où était-il maintenant ? Pourquoi Kennit attendait-il seul ?

Machinalement, elle se retourna vers Parangon. Elle distinguait Brashen sur le gaillard d'avant. Clef était à ses côtés, les mains sur les hanches, imitant inconsciemment la posture de son capitaine. Les cheveux d'Ambre flottaient dans le vent comme des écheveaux de soie et son visage figé évoquait une seconde figure de proue. Bras croisés et mâchoires serrées, Parangon portait son regard aveugle en direction de Vivacia. Ses muscles raidis trahissaient une terrible résolution. Il n'avait pas prononcé un mot depuis que Vivacia était en vue. Althéa s'était hasardée à effleurer son épaule musclée qu'elle avait trouvée rigide et dure comme du bois. Elle avait eu l'impression de toucher le dos tendu d'un chien hargneux.

« N'aie pas peur », lui avait-elle dit doucement, mais il n'avait pas répondu.

Assise sur la lisse à côté d'elle, une Ambre très calme avait secoué la tête. « Il n'a pas peur, avait-elle déclaré à voix basse. La colère qui brûle en lui annihile toute autre émotion. » Les cheveux légèrement soulevés par le vent, elle avait ajouté d'une voix lointaine : « Le danger nous tient au creux de sa main, et nous ne sommes que les témoins impuissants de la rotation du monde. Ici nous marchons en équilibre sur le fil qui sépare les avenirs possibles. L'humanité croit toujours qu'elle décide du destin du monde, et avec raison, mais jamais au moment où elle le pense. L'avenir de mille ondulations, comme un serpent dans l'eau, et le sort d'un navire deviennent la destination du monde. »

Elle se retourna pour observer Althéa avec des yeux dont la couleur rappelait un alcool ambré à la lueur du feu. « Tu ne sens pas ? demanda-t-elle dans un murmure. Regarde autour de toi. Nous sommes à la charnière. Nous sommes une pièce de monnaie en train de tourner en l'air, une carte que l'on bat, un jeton de rune qui flotte dans une eau qu'on remue. Les possibilités pullulent comme des abeilles. En ce jour, dans un instant, dans un souffle, l'avenir du monde va changer de cours. D'une façon ou d'une autre, la pièce va s'immobiliser en tintant, la carte va s'aplatir sur la table, le jeton va remonter à la surface. La face qui apparaîtra vers le haut va régler nos jours et les enfants à venir diront : "C'est ainsi qu'il en a toujours été." »

Sa voix s'éteignit mais Althéa eut l'impression que le vent portait ses paroles autour du monde. Elle sentit des picotements par tout le crâne. « Ambre ? Tu me fais peur. »

Ambre s'était lentement tournée vers elle avec un sourire de béatitude. « Vraiment ? Alors, tu deviens sage. »

Althéa ne se crut pas capable de soutenir ce regard-là. Alors son amie cligna les yeux, et la vit pour de bon. Elle avait sauté sur le pont, s'était essuyé les mains sur le fond de ses culottes avant d'enfiler ses gants. « Il est temps pour toi d'y aller, annonça-t-elle. Viens. Je vais t'aider à te coiffer.

— Veille sur Parangon pour moi, avait chuchoté à mi-voix Althéa.

— J'aimerais bien. » De ses longs doigts, elle avait caressé la lisse. « Mais aujourd'hui, c'est un jour qu'il doit affronter seul. »

A présent, Althéa le regardait depuis l'embarcation en regrettant qu'Ambre ne l'ait pas accompagnée. Elle resserra les doigts autour du parchemin et se demanda encore une fois si Kennit se laisserait tenter par la proposition soigneusement rédigée. Il le fallait ! Tout ce qu'elle avait entendu dire de cet homme révélait une intelligence ferme doublée d'une remarquable clairvoyance. Il avait hissé un pavillon blanc, lui aussi, donc il était disposé à négocier. Il l'écouterait au moins jusqu'au bout. Même s'il aimait Vivacia, peut-être surtout s'il aimait Vivacia, il comprendrait qu'il était dans l'intérêt général de la rendre à sa famille en échange d'accords commerciaux extrêmement avantageux. Soudain, Ambre agita un doigt qu'elle pointa dans la direction d'Althéa. Au même instant, Clapot poussa un cri sauvage, répété par Haff qui lâcha son aviron et se leva à demi. Althéa tourna vivement la tête dans la direction qu'indiquait Ambre, et elle resta clouée sur place.

Autour de la proue de Vivacia la mer grouillait de serpents. Des têtes étincelantes surgissaient l'une après l'autre de l'abîme jusqu'à ce qu'une forêt se dresse entre eux et le navire. Althéa eut le cœur au bord des lèvres. Dans le canot, Haff s'accroupit et bredouilla, tandis que Jek demandait : « On revient en arrière ? » Clapot traversa à croupetons le canot et reprit, plein d'espoir, l'aviron de Haff.

Althéa ne trouvait plus ses mots. Il fallait qu'elle fasse quelque chose. Etre venue de si loin pour voir Vivacia périr sous ses yeux. Pourtant, ce qui se produisit ensuite fut encore pis.

Vivacia rejeta la tête en arrière et chanta pour les serpents. Sa gorge se gonfla, elle ouvrit la bouche toute grande. Des gémissements inhumains, des rugissements et des trilles s'échappèrent de ses lèvres. Les reptiles, fascinés par son chant, balançaient la tête. Ils se mirent eux aussi à chanter, comme envoûtés par elle. Vivacia leur parlait, c'était évident, et ils lui répondaient. Le visage de la vivenef, qui étirait ses traits pour produire des sons reptiliens, était étranger, et surnaturel le mouvement de ses cheveux qui se dressaient et se tordaient. Cela rappelait quelque chose à Althéa, quelque chose qu'elle n'avait pas vu souvent mais qu'elle était incapable d'oublier. Cela lui rappelait la crinière d'un serpent qui se déployait et se hérissait juste avant qu'en jaillisse le venin. Pourquoi Vivacia imitait-elle les mouvements d'un serpent ? Essayait-elle de les convaincre de ne pas lui faire de mal ?

En levant les yeux vers le navire, elle fut glacée au plus profond d'elle par une certitude terrible. Elle la repoussa comme on chasse la terreur persistante d'un cauchemar, se refusant à l'admettre. Elle est à moi. Vivacia est à moi, c'est ma famille, c'est mon sang. Pourtant, elle s'entendit donner l'ordre à voix basse : « Clapot, Jek, filons d'ici. Haff, assieds-toi et tais-toi si tu ne peux pas te rendre utile. » Elle n'eut pas besoin de répéter. Elle se rassit précipitamment, Clapot et Jek se penchèrent vivement sur les avirons.

Vivacia leva une main immense. Elle ne jeta pas un regard vers Althéa et les trois autres dans le canot mais indiqua impérieusement Parangon. De sa gorge s'échappa un *ki-ii-ii* aigu comme le cri d'un faucon fondant sur sa proie. Telle une volée d'oiseaux tournoyant, les têtes des serpents se tournèrent vers la vivenef aveugle. Tout à coup, la forêt de reptiles se déplaça droit vers elle en un tapis ondulant aux couleurs scintillantes. Les têtes fendaient l'eau, les dos luisants sinuaient à la surface étincelante des vagues tandis qu'ils filaient comme des flèches vers Parangon. Althéa n'avait jamais rien vu d'aussi beau ni d'aussi terrifiant. Les mâchoires béantes révélaient des gueules écarlates et des dents blanches. Comme des fleurs se tournant vers le soleil, les crinières multicolores s'épanouirent sur les poitrails et se dressèrent en de mortels pétales.

Sur le pont de Parangon, Brashen leur hurlait de faire demi-tour, de revenir immédiatement au navire comme si son ordre avait pu faire avancer plus vite le petit canot. Althéa se retourna pour regarder la vague de serpents et elle comprit qu'il était trop tard. Clapot et Jek s'activaient désespérément aux avirons en longs coups qui ébranlaient l'embarcation mais jamais le petit canot et les deux matelots ne pourraient distancer ces créatures marines. Victime du souvenir de sa dernière rencontre avec un serpent, le pauvre Haff était recroquevillé au fond du bateau, pantelant de peur panique. Althéa ne pouvait lui en vouloir. Elle vit les serpents les gagner de vitesse, pétrifiée à la vue du danger. Alors un immense reptile bleu se dressa au-dessus du canot, la crinière hérissée en un gigantesque parasol de tentacules.

Dans l'embarcation, ils crièrent tous d'effroi mais l'énorme animal se borna à les écarter de son chemin d'un coup d'épaule. Le bateau tangua violemment dans son sillage, fut heurté par un autre et se mit à tournoyer. Un troisième arracha sur son passage l'aviron des mains de Jek et déchira le tolet. Ils ne pouvaient guère que se blottir au fond du canot en espérant qu'il ne se cabanerait pas. Althéa se cramponnait au banc de nage, les phalanges blanchies, et se demandait s'ils en sortiraient vivants. Alors que le violent tangage s'apaisait, elle vit avec horreur les serpents encercler Parangon. Elle ne pouvait rien faire pour le navire ni pour l'équipage. Elle se força à ne penser qu'aux mesures à prendre.

L'officier en second se décida. « Sers-toi de l'aviron comme d'une godille et cap sur la *Vivacia*. Elle est notre seul espoir maintenant. On ne rejoindra jamais Parangon avec tous ces serpents. »

*

Brashen observait, impuissant, le petit canot ballotté et secoué dans les remous des serpents. Il évaluait mentalement et éliminait les différentes possibilités.

Amener une seconde embarcation ne les aiderait pas et ne servirait qu'à mettre d'autres hommes en danger. Si le bateau d'Althéa chavirait, il ne pourrait rien faire pour eux. Il détourna les yeux et respira à fond. Quand il regarda à nouveau, il la considéra comme un capitaine. Pour le moment, elle n'était plus sa maîtresse. S'il croyait un peu en elle, il devait s'en remettre à elle pour s'occuper de son embarcation et de sa bordée. Elle attendrait de lui la même chose. Le navire devait être sa priorité.

Non qu'il y eût grand-chose à faire. Il n'en donna pas moins des ordres. « Dérapez l'ancre. Je veux pouvoir manœuvrer si besoin est. » Disait-il cela uniquement pour occuper ses hommes, afin qu'ils ne restent pas à regarder déferler la vague de serpents ? Il lança un coup d'œil à Ambre. Elle se tenait fermement à la lisse, penchée en avant, et elle parlait tout bas à Parangon, en lui rapportant tout ce qu'elle voyait.

Il se reporta en arrière sur ses précédentes rencontres avec les serpents. En se rappelant l'épisode de Haff, il donna des ordres stricts qui amenèrent ses meilleurs archers au garde-corps. « Ne tirez pas avant mon signal, dit-il brutalement. A ce moment-là, vous ne tirerez que si vous pouvez toucher le point coloré, juste à l'angle des mâchoires. Pas d'autre cible ! Tant que vous ne l'avez pas, ne tirez pas. Il faut faire mouche à tous les coups. » Il se retourna vers Ambre. « Armer le navire ?

— Il ne veut pas, répondit-elle à voix basse.

— Et je ne veux pas non plus de tes archers. » La voix de Parangon était enrouée. « Ecoute-moi, Brashen

Trell. Dis à tes hommes de baisser leurs arcs et autres armes. Garde-les à portée de main mais ne les brandis pas. Je ne veux pas qu'on massacre ces créatures. Je ne crois pas qu'elles représentent un danger pour moi. Si tu as le moindre respect pour moi... » Parangon laissa sa phrase inachevée. Il leva les bras et cria soudain : « Je vous connais. JE VOUS CONNAIS ! » Le timbre profond de son cri vibra à travers tout le navire. Lentement il baissa les bras. « Et vous me connaissez. »

Brashen le regarda, pantois, mais ordonna à ses archers d'obéir. Que voulait dire Parangon ? Mais alors que la figure de proue rejetait la tête en arrière pour prendre son souffle, Brashen comprit soudain que le navire s'adressait aux serpents, non à l'équipage.

Parangon ouvrit sa bouche toute grande. Le son qui s'en échappa fit frémir les bordés sous les pieds de Brashen puis monta jusqu'au hululement aigu. Une autre profonde respiration, et il poussa un cri dont les modulations rappelaient le sifflet de marine.

Dans le silence qui suivit, Brashen entendit le murmure haletant d'Ambre. « Ils t'entendent. Ils ralentissent et se regardent. Maintenant, ils arrivent mais plus lentement, et ils te regardent tous. Ils s'arrêtent, ils se déploient en éventail autour de toi. Il y en a un qui se détache. Il est vert avec des éclats dorés sur ses écailles quand il se tourne vers le soleil…

— Elle, corrigea tranquillement Parangon. Celle-Qui-Se-Souvient. Je l'ai sentie dans le vent, mon bordage a senti sa présence dans l'eau. Elle me regarde ?

— Oui. Ils te regardent tous.

— Bien. » La figure de proue reprit haleine et, une

fois encore, sortit de sa bouche le langage caverneux des serpents.

*

Le cœur lourd, Shriver suivait Maulkin. Elle ne remettait pas en question sa loyauté envers lui ; elle l'aurait suivi sous la glace. Elle avait accepté sa décision quand il avait abdiqué son autorité en faveur de Celle-Qui-Se-Souvient. Elle avait cru instinctivement en ce serpent tout tordu avec une foi qui ne tenait pas qu'à son odeur caractéristique. Toute sa personne inspirait confiance. Shriver était certaine que ces deux-là ensemble pouvaient sauver leur espèce.

Mais, dernièrement, il lui semblait que les deux chefs avaient cédé leur autorité au navire argenté qui disait s'appeler Foudre. Shriver n'avait pas confiance en lui. Quoiqu'il ait l'odeur de Celle-Qui-Se-Souvient, il n'avait ni la forme ni les manières d'un serpent. Ses ordres étaient souvent incompréhensibles et ses promesses de les guider vers le lieu de nidification commençaient toujours par « bientôt ». «Bientôt » et « demain » étaient des concepts qu'on ne pouvait guère se permettre d'adopter. L'hiver rendait les eaux glaciales et les bancs de poissons se faisaient rares. Déjà les serpents maigrissaient. Ils n'auraient bientôt plus suffisamment de réserves pour passer l'hiver, sans parler même de se métamorphoser.

Mais Celle-Qui-Se-Souvient écoutait l'argenté et Maulkin l'écoutait, elle. Alors Shriver suivait, comme Sessuréa et le reste du nœud. Pourtant, ce dernier ordre du navire était incompréhensible. Détruire l'autre navire argenté. Pourquoi, elle voulait le savoir. Il ne les avait pas menacés ni provoqués d'aucune façon. Il avait une odeur de serpent, vague et atténuée, pas aussi forte que celle de Foudre mais bien présente, cependant. Alors pourquoi le détruire ? Surtout, pourquoi le détruire sans dévorer sa carcasse ? Pourquoi le couler, le démembrer sans pouvoir se partager sa chair ? A en juger par son odeur, il était riche en souvenirs. L'autre navire argenté qu'ils avaient coulé leur avait volontiers abandonné sa chair et ses souvenirs. Pourquoi celui-ci serait-il différent ?

Mais Foudre leur avait assigné leur rôle. Ils devaient éclabousser le navire de leur venin de façon à affaiblir sa structure. Ensuite les mâles, plus grands et plus gros, devaient se jeter contre lui pour le coucher sur le côté. Une fois ses ailes dans l'eau, les serpents plus petits joindraient leur poids et leur force pour le saisir aux membres et le tirer par le fond. Là, ils devaient le mettre en pièces, et laisser couler les morceaux. Ils pourraient manger seulement les deux-pattes. Du gaspillage. Un gaspillage insensé, calculé, d'énergie, de vie et de nourriture. Y avait-il là, chez ce navire argenté, quelque chose que Foudre redoutait ? Un souvenir caché qu'elle ne voulait pas partager avec eux tous ?

Alors l'argenté se mit à parler. Sa voix profonde, puissante faisait frémir et miroiter l'eau ; elle glissa majestueusement sur les écailles de Shriver. Elle se surprit à ralentir, sa crinière s'affaissa d'étonnement. « Pourquoi m'attaquez-vous ? » demanda-t-il. Plus durement, il ajouta : « C'est *lui* qui vous l'a ordonné ?

Alors c'est qu'il n'a pas le courage de me voir en face ; et il envoie les autres faire le travail à sa place ? Autrefois, il n'était pas si fourbe dans ses trahisons. Je pensais vous connaître. Je pensais vous appeler les héritiers des Trois Règnes. Mais eux étaient d'une espèce qui se suffisait à elle-même. Ils ne se précipitaient pas pour ramper aux ordres des humains. » Le mépris suintait de sa voix comme du venin.

Subitement, les serpents tournèrent sur eux-mêmes, dans une mêlée confuse. Ils n'étaient pas préparés à entendre leur victime s'adresser à eux, encore moins les interroger et les accuser. Celle-Qui-Se-Souvient parla en leur nom à tous : « Qui es-tu ? Qu'es-tu ?

— Qui suis-je ? Que suis-je ? Il y a tant de réponses à ces questions qu'elles sont insignifiantes. Voilà des décennies que j'y réfléchis et je n'ai jamais trouvé d'explication. Même si je le savais, pourquoi vous devrais-je une réponse alors que vous, vous n'avez pas répondu à ma question ? Pourquoi m'attaquez-vous ? Etes-vous au service de Kennit ? »

Personne ne réagit mais personne n'attaqua non plus. Shriver lança un coup d'œil aux deux-pattes regroupés le long des bords du navire, qui s'accrochaient à ses membres supérieurs. Ils étaient silencieux et immobiles, ils observaient ce qui se passait. Ils savaient qu'ils n'avaient pas leur mot à dire : c'était l'affaire des Seigneurs des Trois Règnes. Que signifiaient ses accusations ? Un doute grandit peu à peu dans l'esprit de Shriver. L'ordre de tuer ce navire venait-il vraiment de Foudre ou parlait-elle au nom des humains qui étaient à son bord ? Shriver guetta avidement Celle-Qui-Se-

Souvient et Maulkin qui attendaient chacun que l'autre réponde.

Mais ce fut le serpent blanc sans nom qui prit la parole. Il était resté exclu du nœud, toujours à la frange, à écouter, à se moquer. « Ils vont te tuer, non sur l'ordre d'un homme mais parce que l'autre navire a promis de les guider au pays s'ils obéissaient. Etant de nobles créatures, à l'esprit magnanime, ils ont aussitôt accepté d'assassiner, bien petit sacrifice pour acheter leur sauvetage. Même s'il s'agit d'assassiner l'un des leurs. »

La créature qui faisait partie du navire écarta ses membres. « L'un des vôtres ? Alors vous me déclarez vraiment l'un des vôtres ? Comme c'est étrange. Car si au premier contact, je vous ai reconnus, je ne me connais toujours pas moi-même. Et je ne me déclare moi-même d'aucune origine. Comment cela se fait-il que vous, vous me déclariez l'un des vôtres ?

— Il est fou, trompeta un serpent rouge, couturé de cicatrices, en faisant tournoyer ses prunelles cuivrées. Faisons ce que nous devons. Tuons-le. Alors elle nous conduira vers le nord. Nous n'avons que trop tardé.

— Oh oui ! gloussa le serpent blanc avec un rire de gorge. Tuez-le, tuez-le vite avant qu'il ne nous force à regarder en face ce que nous sommes devenus. Tuez-le avant qu'il ne nous oblige à nous interroger sur l'autre navire, et sur la raison qui nous pousse à lui faire créance. » Il se tordit en un nœud insolent, comme s'il cherchait sa propre queue. « Peut-être est-il une chose qu'elle a apprise au cours de sa vie infestée d'humains. Comme nous nous en souvenons tous, ils s'entre-tuent avec délectation. Ne les avons-nous pas secondés dans cette tâche, sur ordre de Foudre ? Si vraiment ces ordres proviennent bien de Foudre. Peut-être est-elle devenue la servante zélée d'un humain. Peut-être nous apprend-elle à le devenir aussi. Montrons-lui quels élèves doués nous sommes. Tuons-le. »

Celle-Qui-Se-Souvient déclara lentement : « Il n'y aura pas de meurtre. Cela n'est pas juste, et nous le savons tous. Tuer cette créature non pour nous nourrir ni pour nous protéger mais simplement parce qu'on nous l'a ordonné, ce n'est pas digne de nous. Nous sommes les héritiers des Trois Règnes. Quand nous tuons, nous tuons pour nous-mêmes. Pas comme cela. »

Shriver fut submergée par le soulagement. Ses doutes avaient été plus profonds qu'elle ne se l'était avoué. Soudain, Conteur, le ménestrel vert et mince, intervint : « Alors qu'en est-il de notre marché avec Foudre ? Elle devait nous guider au pays si nous faisions cela pour elle. Allons-nous être livrés à nous-mêmes, comme avant ?

— Peut-être vaut-il mieux demeurer ce que nous étions avant de la rencontrer qu'être ce qu'elle a failli faire de nous », répondit gravement Maulkin.

Celle-Qui-Se-Souvient reprit la parole. « J'ignore ce que nous devons à ce navire. D'après ce que nous savons, lorsque nous parlons à ces êtres, nous nous entretenons avec la mort. Pourtant, ils furent des nôtres, autrefois, et à ce titre nous leur devons au moins un peu de respect. Celui-là, nous ne le tuerons pas. Je vais retourner vers Foudre, voir ce qu'elle en dit. Si cet ordre ne vient pas d'elle mais des humains à son bord, alors laissons-les livrer seuls leurs petites batailles. Nous ne sommes pas des serviteurs. Si elle refuse de nous conduire au pays, alors je m'en irai. Ceux qui le désirent pourront me suivre. Peut-être mes souvenirs suffiront-ils à nous guider. Peut-être pas. Mais nous demeurerons les héritiers des Trois Règnes. Ensemble, nous accomplirons cette dernière migration. Si elle ne nous mène pas à la renaissance, ce sera à la mort. Mais il vaut mieux mourir que devenir comme les humains, et massacrer les nôtres afin de survivre.

— Facile à dire ! trompeta un serpent orange, furieux. Mais plus difficile à vivre. L'hiver est là, prophète, peut-être le dernier hiver que nous connaîtrons. Tu ne peux nous guider ; le monde a trop changé. Sans un guide sûr, retourner vers le nord, c'est mourir. Nous n'avons d'autre choix que filer vers les terres chaudes. Quand nous reviendrons, nous serons beaucoup moins nombreux. Et que nous rappellerons-nous ? » Il tourna vivement la tête pour regarder le navire avec froideur. « Tuons-le. C'est un petit sacrifice pour assurer notre salut.

— Un petit sacrifice ! approuva un long serpent rouge. Ce navire qui est incapable de nous répondre, qui ne se déclare même pas des nôtres, représente un petit prix à consentir pour le salut de notre espèce. Celle-Qui-Se-Souvient l'a dit elle-même. Quand nous tuons, c'est que nous l'avons décidé. Nous tuons pour nous-mêmes. Et en effet, ce sera pour nous-mêmes si sa mort doit acheter notre survie à tous.

— Achetons-nous nos vies aux humains, en payant avec le sang de notre espèce ? Je ne crois pas ! » Le serpent moucheté de safran qui prononça ces paroles de défi avait la crinière dressée. Il fondit sur le long serpent rouge. « Et qu'est-ce que ce sera ensuite ? Les humains nous ordonneront-ils de nous retourner les uns contre les autres ? » Pour manifester son mépris, le provocateur secoua des toxines paralysantes en direction du long serpent rouge.

Celui-ci battit en retraite en rugissant, secoua la tête et éclaboussa sauvagement ses voisins de son venin. Les deux adversaires s'affrontèrent, s'enveloppant l'un l'autre et relâchant des jets de poison. Les autres se précipitèrent dans la mêlée. Un courant de toxines frappa un des géants bleus qui réagit instinctivement en pulvérisant un jet brûlant. Fou de douleur, un serpent vert le serra et s'enroula autour de lui. Dans leur lutte, ils battaient l'eau qui écumait autour d'eux ; pris dans les remous, les autres plus petits se heurtaient, éclaboussaient ou frappaient en retour. Le chaos se généralisa.

Au-dessus du tumulte, Shriver entendit le hurlement du navire argenté. « Arrêtez ! Vous vous faites du mal ! Cessez immédiatement ! Finissez-en avec moi s'il le faut, mais ne vous entre-tuez pas ! »

Fut-ce un des serpents qui le prit au mot ? Fut-ce accidentellement qu'un jet de venin l'atteignit et lui tira ces hurlements rauques ? Le poison était-il destiné à un autre serpent ? Trop tard pour s'interroger. Il était vain de le savoir. Le navire argenté mugit de douleur, il poussait des cris humains, en battant vainement des bras pour se protéger du brouillard de gouttes brûlantes. Les humains mêlèrent leurs cris aux siens, des cris affolés, pitoyables. Alors, tirée du pont, une flèche ailée glissa sur la peau de Shriver et rebondit sur Maulkin sans le blesser. Cette futile attaque contre leur chef suffit à enrager les serpents agités. Une vingtaine d'entre eux se resserrèrent autour du navire infortuné. Un immense bleu l'éperonna à la façon d'une orque, tandis que d'autres plus petits l'aspergeaient de venin. Ils n'étaient pas habitués à se battre au-dessus du Plein. Les vents instables du monde d'en haut rabattaient sur eux la plus grande partie de leur poison, ce qui ne fit qu'accroître la furie de l'assaut.

« Arrête-les ! » rugit Maulkin, et Celle-Qui-Se-Souvient prêta aussi sa voix. « Cessez cette folie ! Nous nous battons entre nous, pour rien. »

La voix du serpent blanc retentit au-dessus du tumulte. « Si Foudre veut la mort de ce navire, elle n'a qu'à le tuer elle-même ! Qu'elle nous prouve qu'elle est digne d'être suivie. Mettons-la au défi ! »

Ce furent ces paroles, plus que celles des chefs, qui parurent modérer la frénésie. Sessuréa enveloppa deux combattants, les entraîna vers le fond pour les éloigner du navire. Shriver et d'autres suivirent son exemple, tirant les lutteurs dans les profondeurs apaisantes du Plein, jusqu'à ce qu'ils reprennent leurs sens. La folie qui s'était emparée d'eux commença à se dissiper.

*

L'attaque cessa aussi subitement qu'elle avait débuté. « Je ne comprends pas. » Brashen tituba jusqu'à la lisse et regarda, incrédule, les serpents qui s'éloignaient du navire. « Qu'est-ce que ça signifie ? »

Clef, tout pâle, serrait son avant-bras brûlé mais réussit à sourire, un grand sourire de soulagement. « Ça veut dire qu'on va pas mourir encor', hein ? »

Par tout le navire, les hommes éperdus de douleur hurlaient, titubaient, se labouraient la peau. Seuls deux des archers avaient été atteints directement par un jet de venin mais des gouttes pulvérisées en avaient affecté beaucoup. Les blessés se tordaient sur le pont, se frottaient désespérément en s'écorchant pour se débarrasser de l'humeur visqueuse qui les rongeait. « Ne frottez pas les blessures ! Vous ne faites qu'étaler le venin. De l'eau de mer ! hurlait Brashen au-dessus de la confusion générale. Aux pompes ! Ceux qui peuvent, les seaux ! Rincez la figure de proue, vos camarades, le pont. Il faut me diluer ça. Leste ! »

Brashen jeta un rapide coup d'œil sur la mer, espérant apercevoir le canot d'Althéa. Il l'avait vue reprendre la maîtrise de l'embarcation. Pendant que les serpents entouraient Parangon, elle s'était dirigée de nouveau vers Vivacia. Le soleil éblouissant sur les vagues, les reflets sur les dos mouvants des serpents lui brouillaient la vue. Où était-elle ? Avait-elle réussi à se mettre à l'abri ? Il était si difficile de la chasser de son esprit. Ce lui fut un vrai déchirement de tourner le dos à la mer. Il ne pouvait rien pour elle ; des devoirs plus immédiats l'appelaient.

En plusieurs endroits, la lisse et le pont fumaient, atteints par la froide brûlure du venin. Brashen prit des mains d'un matelot un seau d'eau de mer et le porta jusqu'à la figure de proue. Ambre l'avait devancé. Elle lança le contenu d'un seau sur l'épaule fumante de Parangon.

L'eau de mer emporta un brouillard gélatineux de poison, et le navire tout entier frémit de soulagement. Ses lamentations funèbres se réduisirent à des gémissements haletants. Ambre se tourna vers Brashen et voulut lui prendre le seau des mains. Il sentit son souffle se bloquer dans sa poitrine. « Ne bougez pas », ordonna-t-il rudement, et il lui vida tout le récipient sur la tête.

De grandes mèches de cheveux se détachèrent et s'en allèrent avec l'eau ruisselante. Sur le côté gauche, ses vêtements pendaient en lambeaux fumants et son visage était couvert de cloques. « Allez vous déshabiller, et vous laver soigneusement », ordonna-t-il.

Elle hésitait. « Parangon a besoin de moi, dit-elle faiblement. Tout le monde s'est retourné contre lui. Ceux de sa famille, ses proches. Il n'a plus que nous, Brashen. Seulement nous. »

Parangon leur montra un visage grêlé, voilé de vapeur. « J'ai bien besoin de vous, admit-il d'une voix enrouée. C'est vrai. Et c'est pour ça qu'il faut que tu descendes te déshabiller avant que le venin ne te dévore tout entière. »

Soudain, il y eut un hurlement d'horreur provenant de Clef. Il pointait un doigt tremblant. « L'canot, cap'taine ! Tapé par une queue d'serpent, y z'ont tous volé comme des poupées ! Juste en plein dans les serpents. Et maint'nant, j'les vois plus. »

En une seconde, Brashen fut près de lui. « Où ça ? » demanda-t-il en secouant le gamin par l'épaule, mais Clef ne pouvait que montrer dans le vide. A l'endroit où s'était trouvé le canot, on n'apercevait que l'ondulation chatoyante des dos et les vagues étincelantes. Brashen doutait qu'Althéa sache nager ; rares étaient les marins qui se donnaient la peine d'apprendre, prétendant que, lorsqu'on passait par-dessus bord, nager ne faisait guère que prolonger l'agonie. Il pensa au poids de sa longue jupe l'entraînant vers le fond et il gémit tout haut. Il ne pouvait la laisser s'en aller ainsi. Mais amener un autre canot dans cette mer de serpents, c'était tout simplement assassiner ses hommes.

« Dérapez ! » cria-t-il. Il allait approcher la *Vivacia* et faire des recherches à l'endroit où Clef avait vu le canot disparaître. Il y avait une toute petite chance qu'ils en aient réchappé, s'ils s'étaient cramponnés à l'embarcation cabanée. En dépit des pirates, en dépit des serpents, il la retrouverait. Il le fallait.

*

Kennit observait la vague de têtes et de gueules béantes qui approchait et tâchait de conserver son sang-froid. Les cris lointains de son navire lui limaient les nerfs, lui labouraient l'âme, réveillant les souvenirs d'une nuit obscure et enfumée. Il les repoussa. « Pourquoi reviennent-ils ? Ils ne l'ont pas achevé. » Il respira péniblement. « Je croyais qu'ils agiraient vite. J'aurais voulu une fin rapide, moi.

— Je ne sais pas », répliqua Foudre, furieuse. Elle rejeta la tête en arrière et trompeta à l'adresse des serpents. Des sonneries confuses lui répondirent.

« Il va falloir que tu triomphes de tes cauchemars, déclara le charme à mi-voix. Vois ! Parangon vient te chercher. »

Dans un instant de grande lucidité, Kennit regarda le navire rappeler lourdement dans le vent puis se mettre en route dans sa direction. Bien. Il allait donc y avoir bataille, finalement. Peut-être était-ce mieux ainsi. Quand ce serait fini, il foulerait une fois encore les ponts de Parangon. Ce serait le dernier adieu, en quelque sorte. « Jola ! » Il se félicita que sa voix résonne claire et forte malgré les trépidations de son cœur. « Les serpents ont fait leur part. Ils ont affaibli et démoralisé l'ennemi. Prépare les hommes au combat. Je dirigerai le détachement d'abordage. »

*

Brashen aurait dû remarquer que, en dépit des rugissements et des violents éclaboussements, les serpents n'attaquaient pas Vivacia. Il aurait dû remarquer le mouvement discipliné des pirates qui se massaient le long des garde-corps tandis que Parangon élongeait le navire. Il aurait dû garder les yeux rivés sur le vaisseau de Kennit au lieu de chercher du regard le corps d'Althéa dans la mer. Il aurait dû savoir qu'un pavillon parlementaire n'était qu'un bout de chiffon blanc pour le roi pirate…

Les premiers grappins heurtaient le pont du *Parangon* que Brashen se croyait encore hors de portée de ces engins. D'une voix furieuse il donna l'ordre de les rejeter quand un rang d'archers s'aligna avec précision à la lisse de Vivacia. Les flèches volèrent, des hommes tombèrent. Ceux qui avaient réchappé au venin des serpents mouraient de mort violente, et Brashen chancelait, horrifié par sa propre incompétence. D'autres grappins suivirent, les navires furent halés à couple et une vague d'abordage s'affala depuis le gréement sur le pont de Parangon. Subitement, les pirates furent partout, ils escaladaient les garde-corps, affluaient sur les ponts comme une déferlante. Les défenseurs furent repoussés, rompirent les rangs pour former de petits noyaux d'hommes se battant désespérément pour leur vie.

Parangon braillait, poussait et parait des bottes avec son bâton qui ne rencontrait que le vide. Dès l'instant où furent lancés les premiers grappins, la victoire était inconcevable. Les ponts absorbaient le sang des mourants, le navire rugissait devant l'ampleur des pertes. Mais pire que tout, le bruit qui atteignait les oreilles de Brashen, le sifflement impitoyable du vent dans la mâture : c'était la voix de Vivacia, qui criait dans un langage humain et non humain et encourageait les pirates. Il se félicita presque qu'Althéa ait péri avant d'avoir vu son propre navire se retourner contre eux.

L'équipage se battit avec bravoure, en pure perte. Ils étaient inférieurs en nombre, inexpérimentés, certains étaient déjà blessés. Le petit Clef resta aux côtés de son capitaine, un couteau dans sa main valide, tout au long de cette lutte brève et navrante. Alors que la vague des assaillants les engloutissait, Brashen tua un homme, puis un second, et Clef en défit un autre en lui tranchant les jarrets ; mais, pour récompense de sa bravoure, il gagna une méchante estafilade sur les côtes. Les pirates enjambaient simplement les corps de leurs camarades, lames à nu. De sa main libre Brashen attrapa le gamin au collet et le poussa derrière lui. Ensemble, ils reculèrent, luttant seulement pour leur vie, et réussirent à atteindre le gaillard d'avant. Le capitaine baissa les yeux vers le pont où s'entassaient les corps. Les pirates maîtrisaient le carnage ; ses hommes en étaient réduits à se défendre ou à détaler comme des rats en grimpant dans le gréement où les forbans les pourchassaient en riant. Brashen avait cru avoir un meilleur aperçu du combat et donner des ordres pour reformer les rangs mais un seul coup d'œil lui prouva qu'il n'y avait plus qu'un moyen de les sauver. Ce n'était plus une bataille, c'était un massacre.

« Pardon, dit-il au petit garçon à côté de lui qui perdait son sang. Je n'aurais jamais dû te laisser venir avec moi. » Il haussa la voix. « Pardon, Parangon. Pardon de t'avoir amené si loin, d'avoir fait naître en nous tant d'espoirs pour finir de cette façon. J'ai failli à mon devoir envers vous deux. J'ai failli à mon devoir envers tous. »

Il respira à fond et hurla les mots odieux. « Je me rends ! Quartier à l'équipage. Le capitaine Brashen Trell de la vivenef *Parangon* se rend à vous. »

Il fallut un moment pour que ces paroles percent le fracas de la bataille. Le ferraillement des épées se tut peu à peu mais les gémissements des blessés se prolongèrent. Fendant le chaos, la moustache crânement retroussée, sans une tache de sang ou de sueur, s'avançait sur une seule jambe un homme qui ne pouvait être que le capitaine Kennit. « Déjà ? » demanda-t-il sèchement. Il montra d'un geste son épée au fourreau. « Mais, mon bon monsieur, je viens seulement d'aborder.

Etes-vous certain de vouloir vous rendre ? » Il regarda autour de lui les petits groupes épars de survivants. Les armes à leurs pieds, ils étaient encerclés de lames menaçantes. Le sourire du pirate était éclatant et sa voix charmante quand il proposa : « Je suis sûr que mes gars seraient prêts à les laisser ramasser leurs armes pour réessayer. C'est dommage d'échouer du premier coup. C'était bien votre premier coup, n'est-ce pas ? »

Les rires qui accueillaient chacune de ses saillies fouaillaient Brashen comme des flammes dévorantes. Il baissa la tête pour éviter les regards désespérés de son équipage et surprit les yeux de Clef levés vers lui, pleins de larmes, remplis d'angoisse. Il protesta : « J' m' s'rais pas rendu, cap'taine. J'aurais mort pour vous. »

Brashen laissa tomber son arme. Il posa la main sur la tête blonde du garçon. « Je sais. C'est justement ça que je craignais. »

*

Alors, une fin propre, somme toute ! Beaucoup plus propre qu'il ne s'y attendait, étant donné toutes les anicroches que son plan original avait subies. Kennit ne se donna même pas la peine de s'avancer pour accepter l'arme du capitaine. Le rustre l'avait lâchée sur le pont, de toute façon. Il n'avait donc pas la moindre notion des bonnes manières ? Ce n'est pas qu'il redoutât de mettre le pied sur le gaillard d'avant. L'équipage était efficace. Les hommes étaient restés trop longtemps sans se battre pour de bon. Cette escarmouche avait à peine aiguisé leur appétit qu'elle avait déjà pris fin. Il faudrait qu'il pourchasse un ou deux transports d'esclaves pour leur permettre de s'en donner à cœur joie. Pour l'heure, il ordonna qu'on enferme les survivants dans la cale. Ils obéirent assez docilement car ils espéraient que leur capitaine serait convoqué afin de négocier les termes de la rançon. Quand ils furent hors de vue, il fit jeter les cadavres par-dessus bord. Les serpents, remarqua-t-il avec dédain, ne se firent pas prier pour venir chercher cette nourriture facile qu'ils avaient refusé de tuer eux-mêmes. Eh bien, soit, qu'ils croient donc à la générosité de Foudre ! Peut-être qu'en les engraissant avec un ou deux transports d'esclaves, il leur rendrait leur docilité.

Le problème Althéa fut réglé sans difficulté. Il n'y avait pas de femme à bord, vivante ou morte. Aux questions angoissées du capitaine Trell qui demandait si la *Vivacia* avait pris des survivants du canot, Kennit se borna à répondre d'un haussement d'épaules. Si elle s'était trouvée dans la malheureuse embarcation, alors elle n'avait pas réussi à regagner le navire. Il poussa un petit soupir qui exprimait peut-être un certain soulagement. Il avait vraiment horreur de mentir à Hiémain. C'est en toute bonne conscience qu'il pourrait hausser les épaules et dire qu'il n'était pour rien dans son malheur.

Trell avait plissé les yeux quand Kennit l'avait sommé de descendre à fond de cale mais il s'était exécuté. Il n'avait guère le choix, avec trois lames pointées sur lui. Le panneau d'écoutille avait étouffé ses cris de colère. Kennit commanda à ses hommes de regagner la *Vivacia*, en retint discrètement trois qui avaient l'ordre de revenir avec des barils d'huile de lampe. Ils le regardèrent mais ne discutèrent pas. En les attendant, il fit tranquillement le tour des ponts. Son propre navire bourdonnait, tout à la joie de la victoire, tandis que celui-ci résonnait de cris étouffés en bas. Quelques-uns parmi les hommes qu'on avait fait descendre étaient gravement blessés. Eh bien, ils ne souffriraient pas longtemps.

Sur le pont, étaient dessinées des silhouettes sanglantes. Le sang marquait les bordages récurés. Quel dommage ! Ce capitaine Trell avait bien entretenu son navire. Kennit n'avait jamais vu Parangon aussi reluisant. Igrot avait commandé un coquet petit navire mais il n'était pas porté sur l'astiquage. Le vaisseau de son père avait été aussi encombré que sa maison. Kennit se dirigea vers la chambre du capitaine et s'arrêta à la porte. Un étrange émoi lui faisait palpiter le cœur. Heureusement, le charme à son poignet était silencieux. Il refit un tour sur les ponts. Les hommes sous les panneaux de cale se calmaient. Bien. Ses trois matelots revinrent, chacun chargé d'un baril d'huile.

« Aspergez partout, les gars, gréement, rouf, ponts. Ensuite, vous retournerez au navire. » Il les regarda gravement, s'assurant que chacun prenne ses paroles au sérieux. « Je serai le dernier à quitter ce vaisseau. Faites votre travail et filez. Larguez les amarres, laissez seulement un filin à l'arrière. Sur notre navire, tout le monde en bas. Compris ? Tout le monde. J'ai une dernière chose à faire seul. »

Ils acquiescèrent avec force courbettes et s'éloignèrent. Kennit se tint à l'écart en attendant qu'ils aient terminé leur besogne. Quand le dernier baril vide roula sur le pont, il leur signifia de s'en aller. Enfin, ce qu'il n'avait pas fait depuis plus de trente ans, il avança en luttant contre le vent violent et se campa sur le pont en contemplant la tête baissée de Parangon.

Si la vivenef avait levé les yeux vers lui, si Kennit avait dû rencontrer un regard furieux, provocant, triste ou ravi, il n'aurait pas pu parler. Mais quelle sottise ! Parangon ne pouvait lever vers lui aucun regard. Igrot y avait veillé, voici longtemps. Kennit avait manié la hachette, debout sur les grandes mains pour atteindre la figure de son navire. Ensemble, ils avaient enduré cela parce qu'Igrot avait menacé de faire mourir le garçon s'ils ne s'exécutaient pas. Igrot s'était tenu sur ce même pont, là où se tenait maintenant Kennit, et avait regardé en riant le petit accomplir sa sale besogne. Parangon avait déjà tué deux bons matelots qu'Igrot avait envoyés pour aveugler la figure de proue. Mais il ne ferait pas de mal au petit garçon, oh ça non ! Il supporterait la douleur et même il tiendrait l'enfant assez près pour lui faciliter la tâche, puisque Igrot avait promis de lui laisser la vie. Alors, après avoir une dernière fois plongé tout au fond des yeux noirs, Kennit les avait détruits à coups de hachette, et il avait compris qu'il ne fallait jamais aimer rien ni personne aussi profondément. Qu'il ne fallait pas avoir un cœur aussi fidèle. Il avait su alors que jamais, jamais il n'aimerait – rien ni personne – comme Parangon l'aimait, lui. Il se l'était juré, puis il avait levé la hachette brillante et entamé les yeux sombres débordant d'amour pour lui. En dessous, il n'y avait rien, ni sang, ni chair, seulement du bois gris argent qui éclatait facilement sous sa petite hache. On lui avait dit que le bois-sorcier était parmi les bois les plus durs dont on construisait les navires mais il le coupa comme s'il s'agissait de coton, les esquilles et les fragments tombaient sous ses pieds nus dans la mer profonde et glaciale. Petits pieds froids, si calleux dans la paume tiède.

La force redoublée du souvenir mutuel le brûla comme un fer rouge. Kennit se rappelait sa vision qui se détachait de lui par morceaux. Non comme un homme qui perdrait la vue, mais plutôt comme si on avait découpé une image devant ses yeux, le laissant dans le noir. Tout de suite après, il se mit à trembler, fut saisi de vertige. Quand il se ressaisit, il se cramponnait au parapet. Grave erreur. Il n'avait pas voulu avoir le moindre contact avec le navire, le toucher de ses mains nues, et pourtant, voilà. Rivés à nouveau. Liés par le sang et les souvenirs.

« Parangon. » Il prononça le nom à mi-voix.

Le navire tressaillit mais ne releva pas la tête. Un long silence les enveloppa. Puis : « Kennit, Kennit, mon petit. » Sa voix grave et douce était étranglée. Incrédule, il reconnaissait le jeune garçon, et cette émotion-là submergea toutes les autres. « J'étais si furieux contre toi, dit le navire, sur un ton contrit et émerveillé. Pourtant, tu es là, avec moi, et je ne peux même pas concevoir être en colère contre toi. »

Kennit se racla la gorge. Il lui fallut un peu de temps avant de pouvoir articuler. « Je n'aurais jamais pensé me retrouver ici. Jamais je n'aurais cru te reparler encore une fois. » Comme une marée, l'amour montait de la vivenef. Il lutta pour rester séparé de Parangon. « Ce n'est pas ce dont nous étions convenus, navire. Ce n'est pas du tout ce dont nous étions convenus.

— Je sais. » Parangon avait les mains plaquées sur sa figure. La honte qui l'envahit atteignit aussi Kennit. « Je sais. J'ai essayé. J'ai vraiment essayé.

— Que s'est-il passé ? » Malgré lui, Kennit s'exprimait avec douceur. Il ne voulait pas savoir. La voix profonde de Parangon lui rappelait l'épaisse mélasse sur les gâteaux le matin, les chaudes journées d'été où il courait pieds nus sur ses ponts, et sa mère qui suppliait son père d'obliger leur fils à la prudence. Les souvenirs, tous ces souvenirs s'étaient imprégnés dans le bois de ce navire, remontaient et saignaient en lui.

« J'ai sombré et je suis resté au fond. C'est vrai. En tout cas, j'ai essayé. J'ai eu beau laisser l'eau pénétrer, je n'ai pas pu couler tout à fait. Mais je suis resté dessous, je suis resté caché. Des poissons et des crabes sont venus. Ils ont nettoyé ma carcasse. Je me sentais purifié. Tout était silencieux, froid, liquide.

« Alors les serpents sont arrivés. Ils m'ont parlé. Je savais que je ne pouvais pas les comprendre mais ils affirmaient que si. Ils m'ont poussé, donné des bourrades, posé des questions, exigé des choses. Ils voulaient des souvenirs, ils me demandaient des souvenirs, mais j'ai tenu la promesse que je t'avais faite. J'ai gardé tous nos souvenirs secrets. Ça les a enragés. Ils m'ont maudit, m'ont accablé de sarcasmes, et... et j'ai été obligé, tu comprends ? Je savais qu'il fallait que je sois mort et oublié de tous mais ils n'ont pas voulu me laisser être mort et oublié. Sans arrêt, ils m'obligeaient à me souvenir. La seule façon que j'avais de tenir ma promesse, c'était d'émerger. Et... alors, je ne sais pas comment, j'étais de nouveau à Terrilville, et là on m'a redressé et j'ai eu peur qu'on me remette à naviguer mais on m'a halé sur la plage, on m'a enchaîné là. Alors, je ne pouvais pas être mort. Mais j'ai fait de mon mieux pour oublier. Et pour qu'on m'oublie. »

Le navire poussa un soupir saccadé.

« Et pourtant, tu es ici, repartit Kennit. Et en plus avec des gens qui m'auraient tué dans mes propres eaux. Pourquoi, navire ? Pourquoi m'as-tu trahi ainsi ? » Une véritable souffrance perçait dans sa voix quand il demanda : « Pourquoi nous forces-tu à revivre tout cela ? »

Parangon saisit sa barbe par poignées et tira dessus. « Pardon, pardon », dit-il en pleurant. Une voix contrite de petit garçon s'échappait de façon saugrenue de ces lèvres barbues. « Je ne voulais pas. Ils ne sont pas venus pour te tuer. Ils disaient qu'ils voulaient seulement reprendre le navire d'Althéa. Ils allaient te proposer de te racheter Vivacia. Je savais qu'ils n'avaient pas assez d'argent mais, à un moment, j'ai espéré que, quand tu me verrais, tu voudrais me reprendre, que peut-être tu voudrais refaire du commerce avec moi. »

La voix montait à présent jusqu'à vibrer de colère. Le saisissement provoqué par la présence de Kennit se dissipait peu à peu. « J'ai cru que peut-être, quand tu me verrais propre, et bien armé, et naviguant bien d'aplomb, tu voudrais me reprendre. J'ai cru qu'un Ludchance pourrait avoir envie de la vivenef de sa famille au lieu de celle qu'il a volée ! Alors j'ai appris de la bouche d'un pirate que tu avais toujours désiré une vivenef comme elle, qui soit à toi. Mais tu en avais une. Moi ! Et tu m'as écarté, tu m'as ordonné d'être mort et oublié. Et j'ai accepté, j'ai promis de mourir et d'emporter avec moi les souvenirs. Tu te rappelles cette nuit-là ? La nuit où tu as affirmé que tu ne pouvais pas vivre avec ces souvenirs, que tu devais te tuer parce que tu ne pouvais continuer? Et c'est moi qui ai eu l'idée. C'est moi qui ai dit que je prendrais tous les souvenirs, les souvenirs douloureux, les mauvais, même les bons d'une époque qui ne reviendrait jamais, je les prendrais et je mourrais pour que tu vives et que tu en sois délivré. Et j'ai réfléchi à la façon dont on pourrait en finir avec eux. Je les ai tous emportés avec moi, tous ceux qui savaient ce qu'on t'avait fait. Tu te rappelles ? J'ai purifié ta vie pour que tu puisses continuer à vivre. Et tu as assuré que tu n'aimerais jamais un autre navire comme tu m'as aimé, que tu ne voudrais jamais aimer un autre navire comme nous nous sommes aimés. Tu ne te rappelles pas ? »

Le souvenir brûla Kennit depuis ses mains crispées jusqu'à son âme tremblante et s'installa en lui. Il avait oublié à quel point les souvenirs pouvaient faire mal.

« Tu as promis, continua Parangon d'une voix chevrotante. Tu as promis et tu n'as pas tenu parole, comme moi. Alors, nous sommes quittes. »

Quittes. Une notion enfantine. Mais Parangon avait toujours eu une âme d'enfant, l'âme d'un enfant délaissé, abandonné. Seul, peut-être, un autre enfant aurait pu gagner son amour, son amitié comme Kennit l'avait fait. Seul un enfant maltraité et négligé comme

Parangon aurait pu se tenir aux côtés de Kennit durant cette longue période du règne d'Igrot. Mais Parangon était resté un enfant, avec une logique d'enfant, alors que Kennit, lui, avait grandi, était devenu un homme. Un homme est capable de regarder en face de dures vérités, il sait que la vie est rarement équitable et juste. Et une autre dure vérité : la plus courte distance entre un homme et son but est souvent un mensonge.

« Tu crois que je l'aime ? » Kennit était incrédule. « Comment le pourrais-je ? Parangon, elle n'est pas de mon sang. Qu'avons-nous à partager ? Des souvenirs ? Je ne peux pas. Je te les ai déjà tous confiés. Tu as gardé mon cœur, navire, depuis toujours. Je t'aime, Parangon. Toi seul. Navire, je *suis* toi, et tu es moi. Tout ce que je suis, ou ce que j'étais, est enfermé à l'intérieur de toi. En sûreté, celé... à moins que tu ne l'aies divulgué à d'autres ? » fit Kennit avec circonspection.

« Jamais, déclara pieusement le navire.

— Bien. C'est bien. Pour le moment. Mais nous savons tous deux qu'il n'y a qu'un moyen de celer à jamais ces souvenirs. Un seul moyen de cacher nos secrets. »

Un silence suivit ces paroles. Kennit le laissa se prolonger. Un calme grandissait en lui, une certitude. Il n'aurait jamais dû douter de Parangon. Son navire lui était fidèle, depuis toujours. Il saisit cette pensée, la laissa croître dans son cœur. Il se baigna dans sa chaleur, et partagea avec Parangon ce sentiment de sécurité. Pour cette unique fois, il se laissa aller à aimer le navire comme autrefois. Il l'aima avec la foi absolue que Parangon déciderait ce qui était le mieux pour Kennit.

« Et mon équipage ? demanda le navire d'un ton las.

— Prends-les avec toi, suggéra doucement le pirate. Ils t'ont servi du mieux qu'ils ont pu. Garde-les à l'intérieur de toi à jamais. Tu ne seras pas séparé d'eux. »

Parangon respira. « Ça ne leur plaira pas. Aucun d'eux n'a envie de mourir.

— Bien. Mais toi et moi nous savons que mourir ne dure qu'un petit instant pour les humains. Ils s'en remettront. »

Le navire hésita davantage, cette fois. « Je ne sais pas si je peux vraiment mourir, tu vois. » Quelques secondes. « La dernière fois, je n'ai même pas pu rester au fond. Le bois exige de flotter, tu sais. » Une pause plus longue. « Et Brashen est enfermé en bas, aussi. Je lui ai fait une petite promesse, Kennit. Je lui ai promis que je ne le tuerais pas. »

Kennit fronça les sourcils pensivement, en laissant Parangon percevoir ses réflexions sur la question. Enfin, il proposa avec bonté : « Tu veux que je t'aide ? Alors tu ne manqueras pas à ta promesse. Tu n'y seras pour rien. »

Cette fois, le navire tourna vivement sa grande tête vers Kennit. Le vide de ses yeux absents semblait le considérer. Le pirate scruta les traits qu'il connaissait comme les siens. La tête hirsute, le front haut, le nez fort au-dessus des lèvres fines, le menton barbu. Parangon, son Parangon, le plus fin d'entre les navires. Son cœur se gonfla douloureusement d'amour pour son navire. Des larmes de compassion pour eux deux lui brûlèrent les yeux. « Tu pourrais ? implora Parangon à mi-voix.

— Bien sûr que je pourrais. Bien sûr », dit Kennit sur un ton réconfortant.

*

Après que Kennit eut quitté ses ponts, le silence se déversa en lui et le remplit. Ce n'était pas un silence de l'ouïe, c'était un silence du cœur. Il y avait d'autres bruits dans le monde : les cris anxieux de l'équipage à l'intérieur de ses cales condamnées, la trompette des serpents, les vents qui se levaient, les petits bruits de l'aussière qu'on larguait, le crépitement des flammes qui conversaient entre elles. Il se balança, librement soudain dans une saute de vent. Personne à la barre pour le gouverner tandis que la tempête qui se préparait masquait ses voiles déchiquetées par le venin. Il y eut un brusque appel d'air puis une explosion de chaleur quand les flammes s'élancèrent sur le gréement. Avec un pied plus sûr que le meilleur des gabiers, le feu se déploya, dévorant la toile et léchant le bois.

Il devrait être patient. Il faudrait du temps pour que l'incendie se propage. Le bois-sorcier ne s'enflammait pas facilement mais une fois que le feu avait pris, il était presque impossible de l'éteindre. Le bois ordinaire du rouf et du gréement brûlerait d'abord et enfin le bois-sorcier. Patience. Il avait appris la patience. Il savait attendre. La seule chose qui lui faisait perdre sa patience, c'était l'équipage. Les hommes dans la cale tambourinaient sur les panneaux d'écoutilles. Ils le sentaient dériver, sans doute ; peut-être percevaient-ils la fumée.

Il reporta résolument ses pensées sur des choses plus

importantes. Son garçon était un homme, aujourd'hui. Kennit s'était bien développé. Il était grand, à en juger par la direction de sa voix. Et fort. L'étreinte de ses mains sur la lisse avait été forte et virile. Parangon secoua la tête, plein d'un tendre orgueil. Il avait réussi. Le sacrifice n'avait pas été vain. Kennit était devenu l'homme dont ils avaient tous les deux rêvé. Etonnant comme le son de sa voix, le contact de sa main, son odeur même dans la brise avaient tout ramené d'un coup. Tout ce qu'il avait perdu lui avait été rendu en présence de Kennit. Et le son de sa voix quand il avait dit « Parangon » avait effacé tous les affronts imaginaires et les avanies accumulées qui avaient rendu le navire furieux contre lui. Furieux contre lui ? L'idée même lui paraissait insensée, maintenant. Furieux contre le seul être qui l'ait jamais aimé de tout son cœur. C'était incompréhensible. Oui, Parangon s'était sacrifié pour lui mais qu'aurait-il pu faire d'autre ? Il fallait bien que quelqu'un délivre Kennit. Lui, il l'avait fait. Il avait réussi, et son petit garçon allait régner, être le roi des Iles des Pirates. Et un jour, comme ils l'avaient prévu tous les deux, Kennit aurait un fils qu'il appellerait Parangon. Un jour, il y aurait un Parangon Ludchance qui serait aimé et chéri. Peut-être y en avait-il déjà un ? Parangon regretta désespérément de n'avoir pas demandé à Kennit s'il avait un fils. Quel réconfort il aurait éprouvé à savoir que l'enfant qu'ils avaient imaginé était réel.

En bas, à l'intérieur, les hommes d'équipage avaient arraché quelque chose qu'ils utilisaient comme bélier pour défoncer le panneau d'écoutille. Ils ne paraissaient pas y mettre beaucoup d'énergie. Peut-être la cale était-elle remplie de fumée. Parfait. Ils pourraient tous s'endormir et mourir.

Parangon soupira et se laissa aller à prendre de la gîte, juste un peu, comme à son habitude quand il était distrait. Ce n'était pas sa faute s'il était gîtard. C'était un défaut de construction. La chose était prévisible chez un navire constitué de deux fûts différents de bois-sorcier. Un dragon essayait toujours de dominer l'autre. Lutter, lutter, lutter, c'était tout ce qu'ils faisaient, jusqu'à ce qu'il en ait assez de s'acharner à comprendre ses différents moi. Il les avait repoussés tout au fond de lui et avait décidé d'être simplement Parangon. Parangon Ludchance. Il prononça le nom tout haut, mais doucement. Il referma la bouche. Il arrêta de respirer. Il n'était pas vraiment obligé de respirer, le souffle faisait seulement partie de la forme qu'on lui avait donnée. Cette forme, il pouvait la changer, s'il y pensait en se concentrant. Chaque bordé bien ajusté de bois-sorcier pouvait bouger, un petit peu. Pendant un moment, il ne sentit rien. Puis, à l'intérieur de lui, il reconnut le miroitement de l'eau qui suintait, le froid qui s'écoulait lentement le long des vaigres. Lentement, toujours si lentement, il s'alourdit. Il accentua sa gîte. Les hommes à l'intérieur commençaient à s'en apercevoir. Il y eut des cris, une cavalcade, ils couraient pour essayer de découvrir la voie d'eau. Toutes les coutures faisaient eau, à présent. La seule question était de savoir qui du feu ou de l'eau aurait d'abord raison de lui. Sans doute un peu des deux, pensa-t-il placidement. Mais ce ne serait pas sa faute. Il croisa les bras sur sa poitrine, fit face à la tempête menaçante et se prépara à la mort.

*

« J'ai pensé que vous voudriez décider vous-même, commandant. » Jola se tenait très raide. Il savait qu'il se risquait en terrain dangereux mais il était suffisamment avisé pour comprendre que ne pas en référer à Kennit aurait été plus dangereux encore. Pourtant, Kennit aurait préféré que le second les laissât se noyer. Bien proprement.

Il s'accouda à la lisse et baissa les yeux vers la femme en bas. Ses cheveux bonds flottaient autour d'elle comme un banc d'algues. L'eau glacée l'éprouvait durement, tout comme la houle qui grossissait. Bientôt, ce serait fini. Tandis qu'il regardait, une vague la balaya, l'enfonça en déferlant. Chose étonnante, sa tête réapparut. Elle se débattait dans l'eau comme un chien. Elle aurait pu durer plus longtemps si elle avait lâché son compagnon. Le petit gars dans ses bras paraissait mort, de toute façon. Curieux, cette obstination chez les mourants !

La femme pâle dans l'eau roula la tête en arrière et toussa. « S'il vous plaît. » Il n'entendit pas les mots. Elle était trop faible pour crier mais il avait lu sur ses lèvres. S'il vous plaît. Kennit se gratta la barbe pensivement. « Elle vient du *Parangon*, dit-il à Jola.

— Sans aucun doute », approuva le second en grinçant des dents. Qui aurait jamais cru qu'il puisse être à ce point angoissé de voir une femme se noyer ? Kennit ne cessait de s'étonner des étranges faiblesses qui battent en brèche le caractère d'un homme.

« Tu crois qu'on devrait la remonter ? » Le ton de sa voix indiquait clairement qu'il ne laissait pas le second décider mais qu'il cherchait à connaître son avis. « Nous sommes pressés par le temps, tu sais. Les serpents sont déjà partis. » En réalité, c'est Foudre qui leur avait ordonné de partir. Kennit avait été soulagé de constater qu'elle avait encore un peu d'autorité sur eux. Leur refus de couler Parangon l'avait fortement ébranlé. Seul le serpent blanc avait bravé les ordres de Foudre. Il continuait à tourner autour du navire, ses yeux rouges singulièrement accusateurs. Kennit découvrit que cela ne lui plaisait pas du tout. Il était mécontent que le serpent n'ait pas dévoré les deux survivants, ce qui lui aurait épargné ce souci. Mais non, il traînait là, dans l'eau, et les observait avec curiosité. Pourquoi n'avait-il pas obéi au navire ?

Il détourna les yeux et se força à revenir au problème immédiat. Foudre avait déclaré qu'elle ne désirait pas assister à l'incendie de la vivenef. Kennit leva les yeux vers le ciel de tempête. Quitter cet endroit lui convenait aussi.

« C'est ce que vous voulez ? » dit le second en finassant. Il baissa dans l'estime de Kennit. Tout sot qu'il était, Sorcor aurait eu le courage d'exprimer son opinion. On ne pouvait même pas porter cette qualité à l'actif de Jola. Le capitaine lança un nouveau coup d'œil à l'arrière. Le *Parangon* flambait allègrement, à présent. Une bourrasque de vent lui apporta la fumée et la puanteur. Il était temps de partir. Il voulait quitter les parages du navire. Il s'attendait que la figure de proue se mette à hurler avant la fin ; mais ce n'était pas la seule raison : il y avait aussi le risque que le vent emporte des fragments de toile enflammés jusqu'à Vivacia. « Dommage que nous soyons aussi pressés », déclara-t-il, mais l'ordre de mettre les voiles s'étouffa dans sa gorge.

La femme blonde s'était laissée aller en arrière, révélant ainsi les traits du gamin dont elle soutenait la tête hors de l'eau. « Hiémain ! » s'exclama-t-il, incrédule. Par quel hasard malheureux Hiémain était-il tombé à l'eau, comment se faisait-il qu'elle soit venue à son secours ? « Remonte-les immédiatement ! » ordonna-t-il à Jola. Alors que le second bondissait pour exécuter son ordre, une vague souleva légèrement les deux naufragées. Ce n'était pas Hiémain. Ce n'était pas un homme. Pourtant la ressemblance frappante de cette femme avec le garçon étreignit Kennit, et il ne donna pas de contrordre. Jola criait déjà qu'on jette un filin.

« Tu savais que ce devait être elle, murmura le charme à son poignet. Althéa Vestrit. Qui d'autre peut lui ressembler à ce point ? Foudre ne sera pas contente. Tu sers ton propre intérêt, pas le sien. Tu amènes à bord la seule personne que tu aurais dû absolument tuer. »

Kennit claqua sa main sur l'amulette, sans tenir aucun compte des contorsions du petit visage sous sa paume. Il resta là à observer avec une curiosité croissante tandis qu'on jetait le filin. La femme blonde l'attrapa mais ses mains engourdies ne purent le tenir. Un marin dut enjamber le bord, pénétrer dans l'eau froide. Il enroula le cordage autour des deux femmes, fit un nœud sommaire. « Hisse ! » cria-t-il, et on les hissa, les femmes molles comme des algues. Kennit demeura là jusqu'à ce qu'on les dépose sur le pont. La ressemblance était surnaturelle. Il scruta avidement ses traits. Une femme qui avait le visage de Hiémain. Une Vestrit.

Il se rendit compte qu'il la dévisageait, il s'aperçut aussi du silence perplexe de ses hommes qui s'étaient rassemblés autour de la femme étendue. « Eh bien, faites-les descendre ! Il faut tout vous dire ? Et Jola, mets le cap sur Partage. Fais signe à la *Marietta* de nous suivre. Un coup de tabac se prépare. Je veux être en route avant qu'il s'abatte sur nous.

— Commandant. Devons-nous attendre que Hiémain et Etta nous rejoignent avant de partir ? »

Il jeta un coup d'œil à la femme brune qui commençait à tousser et à bouger. « Non, répondit-il distraitement. Pas maintenant. Laisse-les où ils sont pour le moment. »

11

Réunion de famille

Hiémain cligna les yeux sous la pluie battante pour mieux voir. « Je ne comprends pas », répéta-t-il à mi-voix. Il avait cru parler pour lui-même et sursauta quand Etta lui répondit. Il n'avait pas entendu son pas léger dans le fracas du déluge sur le pont.

« Cesse de faire des suppositions. Kennit nous expliquera quand on le verra.

— Je veux absolument savoir ce qui s'est passé », dit-il, entêté. Il contemplait, désolé, la vague traînée de flamme, tout ce qui restait du *Parangon*. Il avait observé la bataille, incapable de saisir ce qui s'était produit. Pourquoi Parangon avait-il bravé les serpents et la *Vivacia ?* C'était de la folie. Comment le feu s'était-il déclaré et pourquoi Kennit avait-il abandonné une si belle prise ? Avait-il fait des prisonniers ? Le vide de l'incertitude menaçait de le dévorer.

La tempête qui avait couvé toute la journée avait fini par éclater. La pluie battante formait un rideau gris qui ondoyait entre eux et le *Parangon* embrasé. Transi, trempé, Hiémain regardait fixement depuis le pont couler le navire que sa famille avait envoyé. Il allait sombrer avec tous leurs espoirs de rançon et de sauvetage. La pluie était une aubaine. Il n'avait pu trouver de vraies larmes.

« Rentre à l'intérieur », suggéra Etta, sa main chaude sur son bras. Il se retourna pour la regarder. S'il lui restait le moindre réconfort dans sa misérable vie, c'était bien Etta. Elle avait passé le ciré de Sorcor qui pendait, beaucoup trop grand, sur son corps mince. Elle essayait de l'apercevoir depuis les profondeurs de son capuchon. Quelques gouttes de pluie emperlaient son visage et ses cils. Elle cligna les yeux et les gouttes roulèrent le long de ses joues, comme de fausses larmes. Il la dévisageait, hébété de désir, frappé de mutisme par l'impossibilité de l'aveu. Elle le tira par le bras et il se laissa entraîner.

Sorcor avait cédé sa chambre à Etta. Hiémain fut touché en remarquant le pot de thé fumant et les deux tasses sur la table. Elle avait préparé ce thé et l'avait appelé, lui, pour le partager. Elle lui indiqua une chaise et il s'assit, les vêtements dégouttant, pendant qu'elle suspendait le ciré à une patère. Autrefois, cette chambre était celle de Kennit et certains de ses aménagements subsistaient. Mais le goût tapageur de Sorcor avait eu raison des choix plus simples de son capitaine. La nappe brodée à pompons occultait les lignes pures et élégantes de la table qu'elle recouvrait. Etta secoua quelques gouttes de pluie de ses cheveux et prit l'autre siège. « Tu as l'air aussi malheureux qu'un chien errant », fit-elle remarquer en versant le thé. Elle poussa la tasse vers lui et ajouta sur un ton de reproche : « Pourquoi dois-je sans cesse te rappeler d'avoir confiance en Kennit ? Quoi qu'il arrive, nous devons nous en remettre à son jugement. Il y a longtemps, tu m'as dit qu'il était l'Elu de Sâ. Tu n'y crois plus ? »

Il avala une petite gorgée de thé et sentit la chaleur de la cannelle. Malgré sa profonde mélancolie, il la savoura. Etta savait apparemment que les petits plaisirs du corps constituaient parfois le remède le plus efficace contre les profonds chagrins de l'esprit. « Je ne sais plus que croire, avoua-t-il sur un ton las. J'ai vu le bien qu'il a fait partout. Il est une force puissante de liberté, il améliore la vie des gens. Il pourrait se construire une magnifique demeure, remplie de richesses, de serviteurs, et on continuerait à le porter aux nues, mais il navigue, il livre bataille aux transports d'esclaves, il libère les prisonniers. Etant donné tout cela, comment puis-je douter de sa grandeur d'âme ?

— Mais tu doutes cependant, n'est-ce pas ? »

Hiémain soupira. « Oui. Je doute. Parfois, la nuit, quand j'essaie de méditer, quand j'essaie de trouver ma place dans le monde, je n'arrive pas à ajuster le tout. » Il repoussa ses cheveux mouillés et la regarda avec franchise. « Il y a quelque chose qui manque, chez Kennit. Je le sens mais je suis incapable de le définir. »

Une ombre de colère passa sur le visage d'Etta. « Peut-être que ce qui manque, ce n'est pas chez lui mais chez toi. Peut-être perds-tu la foi lorsque la voie de Sâ te mène là où tu ne veux pas aller. »

Il fut abasourdi. Il ne se serait jamais attendu qu'elle lui adresse pareil reproche, et encore moins que ce reproche ait un tel accent de vérité. Elle poursuivit :

« Kennit a ses défauts. Mais nous devrions considérer tout ce qu'il réussit à accomplir malgré ses propres doutes et souffrances. » Elle le dévisagea d'un œil accusateur. « Ou bien crois-tu qu'un homme doit d'abord devenir parfait avant de pouvoir faire le bien ?

— La main de Sâ s'adapte à tous les outils », marmonna-t-il. Puis, quelques secondes plus tard, il lâcha : « Mais pourquoi faut-il qu'il me prenne mon navire ? Et non seulement qu'il le prenne mais qu'il le change en cette créature que je ne reconnais pas ? Pourquoi faut-il qu'il tue ceux qui sont simplement venus nous chercher ? Je ne comprends pas ça, Etta, je ne le comprendrai jamais !

— Peut-être parce que tu as déjà décidé de ne pas comprendre ? » Elle soutint fermement son regard. « J'ai lu, dans un des livres que tu m'as donnés, que les mots façonnent la réalité. Regarde ce que tes mots viennent de faire : tu as remodelé la réalité pour la transformer en une injustice qu'il a commise envers toi. Ton navire, tu dis. Vraiment ? A-t-il jamais appartenu à quiconque ? Ou était-il un être vivant, emprisonné dans un corps étranger, et qu'on s'est approprié ? Kennit l'a-t-il changé ou l'a-t-il simplement délivré pour lui permettre de devenir ce qu'il est vraiment ? Comment sais-tu qu'il a tué ceux qui sont venus te libérer, si telle était vraiment leur intention ? Pour l'instant, on ne sait rien. Pourtant, tu as déjà décidé que tu étais victime d'un préjudice, de cette manière tu peux entretenir ta colère en te sentant justifié. Ce n'est pas mieux que de se complaire dans l'apitoiement sur soi. » Sa voix devenait de plus en plus furieuse. Elle serra les lèvres et se détourna. « Je voulais te faire part de quelque chose, qui doit rester un secret entre nous. Maintenant, je m'interroge : ne vas-tu pas d'une façon ou d'une autre en dénaturer le sens ? »

Il se borna à la regarder. Bien qu'il eût participé à sa transformation, les changements en elle ne laissaient pas de l'étonner. Elle ne lui sautait plus à la gorge quand il la contrariait. Elle n'en avait plus besoin ; sa langue était aussi acérée qu'une lame. Dès le premier jour, il avait reconnu son intelligence et respecté sa perspicacité et son courage. Aujourd'hui, il y avait de l'éducation derrière l'intellect et de la morale derrière le courage. Sa beauté en était magnifiée. Il tourna la paume en l'air sur la table, en signe de capitulation. A sa grande surprise, elle se pencha en avant et y plaça sa main. Hiémain referma les doigts et elle sourit. Il n'aurait jamais cru qu'il soit possible à Etta d'être plus belle, mais son visage se mit soudain à rayonner. Elle se pencha davantage et souffla : « Je suis enceinte. Je porte l'enfant de Kennit. »

Ces paroles fermèrent la porte au nez de Hiémain, l'exclurent de la vie d'Etta et de sa lumière. Elle appartenait à Kennit, elle avait toujours appartenu à Kennit, et elle lui appartiendrait toujours. Hiémain, lui, serait toujours seul.

« Je n'étais pas sûre, au début. Mais, depuis une certaine nuit, j'en avais l'impression. Et aujourd'hui, quand il m'a renvoyée, ce qu'il n'avait jamais fait avant, j'ai cru qu'il y avait peut-être une raison. Alors je me suis assise là et j'ai fait l'expérience en tenant une aiguille au bout d'un fil au-dessus de ma paume.

Le pendule a oscillé si violemment qu'il n'y a aucun doute. Il y a toute raison de croire que je porte un fils, un homme qui lui succédera. » Elle retira sa main et la posa fièrement sur son ventre plat.

Hiémain était paralysé de détresse. « Vous devez être très heureuse. » Il se força à prononcer les mots, la gorge serrée par le chagrin.

Le sourire d'Etta se ternit imperceptiblement. « C'est tout ce que tu trouves à me dire ? »

C'était tout ce qu'il osait dire. Il valait mieux ne pas formuler ses autres pensées. Il se mordit la langue et la regarda dans un silence impuissant.

Elle poussa un petit soupir et détourna les yeux. « J'avais espéré autre chose. C'est ridicule sans doute. Mais Kennit t'a si souvent appelé son prophète que je…, ne ris pas, j'avais imaginé qu'en apprenant que je porte le fils du roi des Iles des Pirates, tu... oh, je ne sais pas, tu dirais quelques mots qui prédiraient sa grandeur, ou... » Sa voix s'éteignit. Elle rougit légèrement.

« Comme dans les vieilles légendes, réussit-il à articuler. Une prédiction des merveilles à venir. »

Elle se détourna, embarrassée soudain d'avoir rêvé de si grands rêves pour son enfant. Hiémain fit un vaillant effort pour écarter le gamin blessé au fond de lui et parler en homme et en prêtre. « Je n'ai pas de prophéties à vous révéler, Etta. Aucune prédiction envoyée par Sâ, pas de divination inspirée. Je crois que si cet enfant doit avoir un illustre destin, il héritera autant de vous que de son père. Je le vois en vous, maintenant ; quel que soit le regard qu'on portera sur votre enfant, il régnera toujours dans votre cœur. Vous discernerez ses qualités avant tout le monde, et vous saurez que sa plus grande noblesse consistera à être simplement lui-même. Un enfant s'enracine dans l'acceptation de ses parents. Vous lui avez déjà fait ce don. »

Ces paroles émurent Etta autant qu'une prophétie. Elle rayonna de joie. « Je suis tellement impatiente de voir l'expression de Kennit quand je lui apprendrai la nouvelle. »

Hiémain respira profondément. La certitude l'envahit : si Sâ l'avait jamais inspiré, c'était précisément aujourd'hui. « Je vous conseille de garder quelque temps la nouvelle pour vous. Il a beaucoup de soucis. Attendez le moment propice, quand il aura vraiment besoin de l'apprendre.

— Tu as peut-être raison », dit-elle avec regret.

Hiémain doutait qu'elle tienne compte de son conseil.

*

Le grain qui avait menacé toute la journée s'abattit sur eux. Parangon tourna le visage vers le ciel et goûta sa dernière pluie. La houle clapotait contre lui sans guère le secouer car sa lourde masse s'enfonçait de plus en plus. Les coups sur le panneau de cale s'affaiblissaient. Alimentés par l'huile, les feux que Kennit avait allumés fumaient et empestaient dans la pluie mais continuaient à brûler. Par intermittence, on entendait le fracas des apparaux brûlants qui cédaient et s'écrasaient sur le pont. Il ne se souciait de rien. Il sombrait en lui-même, en un lieu plus profond que le fond de l'océan.

A l'intérieur, Ambre pleurait. C'était pénible à supporter. Il ne s'était pas rendu compte qu'il la chérissait à ce point. Et Clef. Et Brashen, si fier d'être son capitaine. Il repoussa résolument ces pensées. Il ne devait pas s'y abandonner maintenant. Le charpentier du navire avait rampé aussi loin que possible vers l'étrave, sous le pont. Malgré la douleur que lui causaient ses brûlures, Ambre s'était traînée dans l'eau glacée qui noyait les cales. Si elle avait pu succomber au froid engourdissant ! C'eût été une fin plus clémente. Mais elle vivait, s'accrochait à l'avant et parlait d'une voix éteinte. Il se cachait d'elle.

Un serpent le heurta. « Hé ! Imbécile. Tu vas te laisser faire ? » Le ton de la créature était dédaigneux. « Réveille-toi. Tu as autant le droit de vivre qu'elle.

— J'ai aussi le droit de mourir », rétorqua Parangon. Puis il regretta d'être sorti de sa torpeur, car maintenant il était pleinement conscient des paroles angoissées d'Ambre.

« Parangon. Parangon, je ne veux pas mourir. Pas comme ça. Je n'ai pas achevé mon travail. Je t'en prie, navire. Je t'en prie, ne fais pas ça. » Elle pleurait, et ses larmes le brûlaient aussi cruellement que le venin de serpent.

« On n'a pas le droit de mourir pour rien », déclara le serpent. Parangon reconnut sa voix. C'était lui qui s'était moqué de ses semblables quand ils l'avaient attaqué. Il heurta encore Parangon. C'était agaçant.

« Mourir, c'est ce que je peux faire de plus utile pour Kennit », se rappela-t-il. Il s'efforça de reprendre son calme.

Le serpent appuya la tête contre la coque qui gîtait et poussa fort. « Je ne parle pas de “Kennit”. Je parle d’être utile à ton espèce. Foudre se vante d’être la seule à pouvoir nous guider au pays et à nous protéger. Je ne la crois pas. D’après mes souvenirs, il y avait beaucoup de guides et de protecteurs. Ce qu’un seul peut faire, deux peuvent le faire mieux, non ? Pourquoi tient-elle à ce point à te tuer pour plaire à ce “Kennit” ? Pourquoi d’abord vous souciez-vous de lui, tous les deux ?

— C’est pour plaire à Kennit qu’elle veut me voir mort ? » Les mots vinrent lentement à Parangon. Il ne pouvait leur conférer de sens. N’était-ce pas la triste volonté de Kennit ? Cela n’avait rien à voir avec Vivacia, ou Foudre, comme elle se faisait appeler maintenant.

A moins qu’elle ne veuille Kennit pour elle toute seule. A moins qu’elle ne désire se débarrasser de Parangon pour n’avoir aucun rival. Peut-être Kennit l’avait-il trompé. Peut-être Kennit voulait-il sa mort afin de pouvoir vivre avec Vivacia.

La pensée perfide le stupéfia. « Va-t’en ! La décision m’appartient.

— Et qui es-tu pour décider ? insista le serpent.

— Parangon. Je suis Parangon des Ludchance ! » Le nom était un talisman qui tenait en respect ses autres personnalités.

Le serpent se frotta contre lui, en une longue caresse, peau contre coque. « Et qui es-tu d’autre ? » demanda-t-il.

A l’intérieur de lui, Parangon sentit la pression soudaine des mains nues d’Ambre. « Non ! leur cria-t-il à tous les deux. Non ! Je suis Parangon des Ludchance. Seulement cela. »

Mais du fond des ténèbres plus insondables que l'âme humaine, d'autres voix parlaient, et Ambre les écoutait.

*

Althéa ouvrit les yeux et attendit que se dissipe le mauvais rêve. Apparemment, elle était à bord de la *Vivacia*, dans son ancienne chambre. L'aspect en était normal mais elle avait l'impression d'une vague anomalie. Un souvenir du *Moissonneur* se réveilla. Ce navire lui faisait le même effet. Du bois mort. Elle ne recevait aucune sensation de la vivenef. Elle se tendit mais ne perçut que le mouvement du vaisseau. Avaient-ils pris le navire ? A la barre, était-ce Brashen qui les ramenait au pays ?

Elle s'assit trop brusquement. Une violente quinte de toux la secoua. Un souvenir isolé fit surface comme un rêve : étendue sur le pont de Vivacia, elle avait très froid, elle recrachait plein d'eau de mer. Le goût salé persistait dans sa bouche et lui brûlait le nez. C'était réel. Le pont sous elle était très dur, d'une dureté différente de celle du bois. Elle avait senti un refus dans les bordés sous ses mains. Jek avait été avec elle, mais n'était plus là. Ses cheveux étaient encore humides, donc cela s'était passé peu auparavant. A la fenêtre, le crépuscule d'hiver était encore assombri par une tempête déchaînée. Une lanterne, dont la mèche était baissée, était suspendue à un crochet.

Elle resta immobile, tâchant de rassembler ses esprits. Les serpents avaient fait chavirer le canot, puis l'un d'eux en avait heurté le flanc. Ils avaient tous rebondi sur l'échine bombée du serpent. Elle se rappela les gifles des éclaboussures quand elle avait plongé. Elle s'était débattue sous l'eau, s'était débarrassée de ses bottes, mais la mer tirait sur le drap lourd de ses vêtements, et à chaque vague elle s'enfonçait un peu plus. Elle ne se souvenait pas que Jek l'avait rattrapée mais elle était sûre que la grande femme était venue à son secours. Elles avaient été repêchées et avaient atterri sur le pont de Vivacia.

Et maintenant, elle était ici. On l'avait vêtue d'une chemise de nuit d'homme en lin très fin, et de chaudes couvertures de laine lui enveloppaient les jambes. On s'était occupé d'elle avec bonté. Elle se raccrocha à ce signe ; les négociations de trêve avaient abouti. A l'heure qu'il était, Brashen était probablement à bord en train de parler avec le capitaine Kennit. Ce qui expliquerait pourquoi on ne l'avait pas ramenée sur le *Parangon*. Il fallait qu'elle s'habille et qu'elle aille les trouver, aussitôt après être allée voir la figure de proue. Elle avait été trop longtemps éloignée de son navire. Il lui suffirait certainement d'une explication avec Vivacia pour renverser l'obstacle qui les séparait.

Elle jeta un coup d'œil autour d'elle sans apercevoir ses vêtements. Il y avait cependant des chemises et des culottes pendues à des patères, qui paraissaient à peu près à sa taille. Ce n'était pas le moment d'être timide ; elle remercierait plus tard celui qui lui avait prêté sa chambre et ses habits. Le second, probablement. Les livres sur l'étagère témoignaient d'une certaine éducation. Son respect pour Kennit s'accrut. La qualité d'un équipage en disait long sur le capitaine. Elle avait dans l'idée qu'elle s'entendrait bien avec le pirate. D'un geste habituel qui datait de son enfance à bord du navire, elle tendit les bras et plaqua ses paumes sur la poutre nue de bois-sorcier au-dessus de sa tête. « Vivacia, dit-elle avec chaleur. Je suis de retour. Je suis revenue pour te ramener chez nous. »

Le choc la jeta brutalement sur le matelas. Etourdie, elle resta allongée à regarder le plafond. S'était-elle par hasard cogné la tête ? C'était incompréhensible. Rien ne l'avait heurtée mais la sensation n'en était pas moins stupéfiante. Elle regarda ses paumes, s'attendant presque à les voir rougies. « Vivacia ? » fit-elle prudemment. Elle réessaya de sentir son navire mais en vain.

Elle s'arma de courage et tendit de nouveau les bras vers la poutre. Elle s'arrêta à une longueur de doigt. L'hostilité irradiait du bois comme la chaleur d'un feu. Elle appuya les mains. Elle eut l'impression d'enfoncer les doigts dans de la neige tassée. Le froid brûlant avala ses doigts, les engourdit progressivement. Elle serra les dents et continua à appuyer. « Vivacia, dit-elle d'une voix grinçante. Navire, c'est moi. Althéa Vestrit. Je suis venue te chercher. » La résistance à son contact ne fit que croître.

Elle entendit une clé tourner dans la serrure et la porte s'ouvrit à la volée. Elle lança un regard à l'homme qui s'encadrait sur le seuil. Un homme de haute taille, beau, bien mis. Une bouffée de bois de santal pénétra avec lui dans la pièce. Il portait un plateau chargé d'un bol fumant. Il avait des cheveux noirs brillants et une moustache en croc. La dentelle blanche bouffait à sa gorge et aux manchettes, et un diamant que tous les élégants lui auraient envié étincelait à une oreille mais les larges épaules de son manteau bleu de bonne coupe disaient assez son énergie. Il s'appuyait sur une béquille de cuivre et de bois ciré, un accessoire de choix plutôt qu'un appareil pour invalide. Ce devait être Kennit.

« Non ! » prévint-il. Il referma la porte derrière lui, posa le plateau sur la table et traversa la chambre en deux enjambées obliques. « Arrêtez, j'ai dit. Elle ne fera que vous blesser. » De ses mains fortes, il lui prit les poignets et les retira de la poutre. Elle se sentit tout à coup étourdie à la fois par l'effort et par le rejet engourdissant. Elle savait ce que Vivacia lui avait fait. La vivenef avait subtilement remué tous les doutes qu'Althéa nourrissait sur elle-même et réveillé dans son esprit tous les souvenirs de confusion, d'égoïsme ou de bêtise dont le navire avait jamais été témoin. Contre toute logique, elle brûlait de honte devant la conscience qu'elle avait de son infériorité.

« Elle ne fera que vous blesser », répéta Kennit. Il ne lâchait pas ses poignets. Elle tenta de se dégager puis renonça. Il était fort. Mieux valait se conduire avec dignité que réagir comme une enfant contrariée.

Elle rencontra ses yeux bleu pâle. Il lui adressa un sourire rassurant et attendit. « Pourquoi ? demanda-t-elle. Pourquoi essaierait-elle de me faire mal ? C'est ma vivenef. »

Le sourire de Kennit s'élargit. « Et je suis enchanté de faire votre connaissance, Althéa Vestrit. Je présume que vous vous sentez mieux. » Il l'examina avec franchise. « Vous paraissez en meilleure forme que lorsque je vous ai repêchée. Vous avez rejeté une bonne quantité d'eau de mer sur mon pont tout propre. »

C'était un mélange bien dosé de remarques polies et ironiques pour lui rappeler les bonnes manières, sa situation et sa dette envers lui. Elle détendit les mains et il lâcha aussitôt ses poignets, en les tapotant d'un geste rassurant. Elle s'empourpra. « Je vous demande pardon, dit-elle très sincèrement. Je suppose que vous êtes le capitaine Kennit. Vous m'avez sauvé la vie et je vous en remercie. Mais voir mon navire me rejeter ainsi, c'est... (Elle chercha le mot.) Extrêmement désolant, conclut-elle gauchement.

— Oh, c'est affreux, évidemment. » Il tendit le bras avec désinvolture et appliqua doucement sa paume sur le bois gris argent. « Pour vous deux. Il faut vous laisser mutuellement du temps. Vous n'êtes certainement plus la même qu'à l'époque où vous étiez à bord de cette vivenef. Et ce doit être vrai aussi pour elle. » Il ajouta à mi-voix en baissant le bras : « Aucun être tant soit peu sensible n'aurait pu endurer ce qu'elle a enduré sans en être changé. » Il se pencha plus près et reprit dans un murmure : « Laissez-lui le temps. Prenez le temps de l'accueillir et de l'accepter telle qu'elle est. Et soyez indulgente envers sa colère. Son ressentiment est bien ancré et justifié. » Son haleine chaude était parfumée au clou de girofle. Sans cérémonie, il s'assit sur le lit à côté d'elle. « Pour le moment, dites-moi : vous vous sentez mieux ?

— Beaucoup mieux, merci. Où est Jek, la femme

qui était avec moi ? Brashen est à bord ? Les serpents ont fait beaucoup de dégâts au *Parangon ?* Comment les avez-vous chassés ? Mon neveu Hiémain est vivant, il va bien ? » Chaque question en entraînait une autre. Kennit se pencha et posa deux doigts sur ses lèvres. Elle se rétracta à ce contact puis le toléra, se persuadant que le geste était anodin.

« Chut, dit-il doucement. Chut. Pas tout à la fois, vous ne devriez pas vous agiter ainsi. Vous en avez vu de rudes aujourd'hui. Jek dort à poings fermés. Elle a dû être frôlée par un serpent, elle a une jambe et les côtes brûlées mais je suis convaincu qu'elle s'en remettra très bien. Je lui ai donné du sirop de pavot pour la douleur. Pour l'instant, je propose qu'on ne la dérange pas. »

Une question troublante vint soudain à l'esprit d'Althéa. « Alors qui s'est occupé de moi ? Qui m'a mise ici au lit ? » Elle porta machinalement la main au col de sa chemise de nuit.

« C'est moi. » Il parlait tranquillement sans la regarder. Un sourire qu'il bridait jouait aux commissures de ses lèvres. « Je pouvais difficilement confier cette mission à mes matelots, et il n'y a pas de femme à bord. »

Elle se sentit rougir.

« Je vous ai apporté quelque chose. » Il se leva et ajusta la béquille sous son aisselle. Il traversa la pièce, prit le plateau et le rapporta à son chevet. Malgré son unique jambe, il se déplaçait avec la grâce chaloupée du vrai marin. Elle se poussa pour faire de la place. Il posa le plateau sur le lit et s'installa à côté. « C'est du vin et de l'eau-de-vie avec des épices. C'est une vieille recette de Partage, très revigorante et roborative, et efficace contre la douleur. Goûtez, pendant que je parle. C'est meilleur quand c'est chaud. »

Elle leva le bol à deux mains. Les vapeurs étaient en elles-mêmes réconfortantes. Des épices brunes tourbillonnaient au fond du liquide ambré. Elle porta le bol à ses lèvres et avala une petite gorgée. La chaleur se répandit en elle, dénoua ses muscles tendus ; un frisson soudain la parcourut et lui donna la chair de poule. Comme si son corps laissait seulement à cet instant s'échapper le froid de la mer.

« A la bonne heure ! dit Kennit sur un ton engageant. Voyons. Hiémain n'est pas à bord pour le moment. Il sert sur la *Marietta* sous les ordres de Sorcor, mon second. J'ai découvert qu'en changeant de navire un élément prometteur, en lui confiant différentes responsabilités, on l'encourage à développer ses qualités de marin et sa capacité à penser par lui-même. Vous vous êtes sans doute aperçue que vous occupez sa chambre et son lit. Ne vous inquiétez pas pour ça. Il est parfaitement bien là où il est, et je sais qu'il ne vous en voudra pas, au contraire.

— Merci », dit-elle prudemment. Elle essaya de rassembler ses idées. Kennit considérait manifestement que Hiémain lui appartenait, qu'il fallait l'habituer à exercer de lourdes responsabilités, comme un fils dans une affaire de famille. Elle n'avait jamais envisagé cette situation et elle ne savait pas comment réagir. « C'est aimable à vous de lui fournir ces occasions », s'entendit-elle déclarer. Une partie d'elle-même fut saisie par ces mots. Aimable à lui de fournir à Hiémain l'occasion de devenir un meilleur pirate ? Elle tâcha de mettre de l'ordre dans ses pensées. « Il faut que je vous demande ceci : comment Vivacia réagit-elle au fait que Hiémain soit parti ? Ce n'est pas bon pour une vivenef de rester longtemps sans un membre de sa famille à bord.

— Je vous en prie. Buvez pendant que c'est chaud. » Elle obéit et il baissa les yeux vers le lit, comme s'il craignait que sa réponse ne lui déplaise. « Vivacia va très bien. Hiémain ne lui manque pas tant que ça. Elle m'a, moi, vous comprenez. » Il leva le bras pour caresser une nouvelle fois les poutres gris argent. « J'ai découvert que la "famille" n'est pas aussi importante pour une vivenef qu'une âme sœur. Vivacia et moi partageons de nombreuses qualités : l'amour de l'aventure, la haine du trafic d'esclaves, un désir de…

— Je crois que je connais mon navire », interrompit-elle. Le regard bleu clair de Kennit prit une expression de doux reproche. Elle recommença à boire pour cacher son embarras. La chaleur de l'alcool se répandait en elle, et la détendait. Une vague de vertige la submergea. Elle sentit les mains de Kennit redresser le bol qu'elle tenait.

« Vous êtes plus fatiguée que vous ne le croyez, dit-il avec sollicitude. Vous êtes restée un bon bout de temps dans une eau très froide. Et voilà qu'en plus mes paroles maladroites vous ont troublée. C'est difficile pour vous de faire front. Peut-être pensiez-vous sauver votre navire et votre neveu. Mais vous avez découvert que vous les arracheriez à un univers qu'ils aiment. Je vous en prie. Reposez-vous un peu avant que nous reparlions de tout cela. Vous êtes épuisée et vous voyez les choses en noir. Hiémain est fort, et heureux, et convaincu qu'il a décelé la voie que Sâ lui destinait. Le navire est avide de pourchasser les transports d'esclaves, il apprécie la vie aventureuse que nous menons. Vous devriez vous réjouir pour eux. Vous vous trouvez en sécurité à bord de votre vivenef. A compter de ce moment, ça ne fera qu'aller mieux pour vous. »

Elle but jusqu'à ce que les épices touchent ses lèvres. Il lui retira le bol des mains et la retint car elle vacillait. Il sentait bon. Le bois de santal. Le clou de girofle. Elle posa la tête sur l'épaule de la belle veste bleue. La dentelle lui chatouilla le visage. La dentelle, voilà qui irait bien à Brashen. Et une veste comme celle-là ! « J'aime bien la dentelle pour un homme », fit-elle remarquer. Kennit se racla la gorge. Elle se sentit rougir. « J'ai le vertige, s'excusa-t-elle, en essayant de se redresser. Je n'aurais pas dû boire aussi vite. Ça m'est monté tout droit à la tête.

— Non, non, ce n'est rien. Vous exigez trop de vous-même. Là. Allongez-vous. » En vrai gentilhomme, il cherchait à la distraire de son embarras.

Il sauta à cloche-pied de la couchette et lui redressa son oreiller. Elle se rallongea docilement. La cabine tournait autour d'elle. « C'est la tempête qui se prépare ? demanda-t-elle anxieusement.

— Pour nous autres, dans les Iles des Pirates, ce n'est qu'un grain. Nous en sortirons bientôt. Nous allons mouiller dans une crique abritée et laisser passer. Ne vous inquiétez pas. Vivacia en a vu d'autres.

— Je sais. Je me souviens. » Elle croyait qu'il allait s'en aller. Mais il revint à son chevet. Les souvenirs se bousculaient dans sa tête, les souvenirs d'un autre homme, grand et brun, debout près de sa couchette : son père avait traversé avec Vivacia bien des tempêtes. Quand elle était petite, ce navire était l'endroit le plus sûr au monde. La *Vivacia*, c'était l'univers de son père, où il maîtrisait tout et faisait en sorte qu'il ne lui arrive rien de mal. Elle était en sécurité. Tout irait bien. Un homme fort commandait le navire, une main ferme à la barre. Ses paupières alourdies se fermèrent. Cela faisait longtemps qu'elle n'avait pas éprouvé ce sentiment de parfaite sécurité.

*

Debout, Kennit la regardait : ses cheveux humides frisaient, emmêlés sur l'oreiller. Les cils sur ses joues n'étaient pas aussi longs que ceux de Hiémain, mais même de très près, la ressemblance était troublante. Il remonta les couvertures et la borda soigneusement. Elle ne bougea pas. Rien d'étonnant : il avait déjà expérimenté sur Jek le mélange de pavot et de mandragore dans l'eau-de-vie. Elle allait dormir profondément, et il aurait le temps de réfléchir à son rôle et aux réponses qu'il donnerait aux questions d'Althéa.

Parangon avait péri corps et biens. Bien désolant. Les serpents avaient attaqué pour riposter aux flèches de Brashen. Cela pouvait marcher, à condition qu'elle ne parle à aucun membre d'équipage. Pouvait-il la garder isolée sans éveiller ses soupçons ? Il allait être difficile de concocter des mensonges pertinents mais il trouverait bien des idées.

Il s'attarda à la regarder. C'était Hiémain, avec un corps féminin. De son index, il suivit la courbe de sa joue, l'arc de ses sourcils, les ailes de son nez. La souche Marchande de Terrilville, bien née, bien élevée. Il était impossible de se tromper sur sa race. Il se pencha et baisa les lèvres souples et chaudes. Sa bouche sans réaction l'excita, elle avait le goût des épices et de l'alcool. Il pouvait la prendre là, tout de suite, s'il le voulait. Personne ne le saurait, elle-même ne s'en rendrait peut-être même pas compte. Cette idée amusante amena sur ses lèvres un vrai sourire. Il commença à déboutonner le haut de la chemise. Sa propre chemise de nuit, c'était comme s'il se déshabillait lui-même. Elle respirait profondément et régulièrement.

« Tu la désires seulement parce qu'elle ressemble au gamin », dit le charme sur un ton railleur. La méchante voix rompit le calme de la pièce.

Kennit se figea. Il lança un regard mauvais à la malfaisante amulette. Les petits yeux le fixaient, étincelants. Y avait-il vraiment des étincelles bleues dans le bois sculpté ou était-ce un effet de son imagination ? La bouche finement dessinée eut une moue de dégoût.

« Et tu désires le gamin seulement parce qu'il te rappelle trop celui que tu étais à son âge. Mais, en réalité, tu étais beaucoup plus jeune quand Igrot t'a traîné dans son lit.

— La ferme ! » siffla Kennit. Ces souvenirs étaient interdits. Ils avaient tous sombré avec Parangon. Pourquoi avoir fait tout cela, sinon pour les détruire, ces souvenirs ? Que le charme profère ces paroles, et tout était compromis. Tout. Il savait maintenant qu'il faudrait le détruire.

« Ça ne servira à rien, fit-il, moqueur. Détruis-moi, et Foudre saura pourquoi. Mais je vais te dire ceci. Prends cette femme contre sa volonté, et le navire tout entier saura pourquoi tu la voulais. J'y veillerai. Et je veillerai à ce que Hiémain en soit le premier informé.

— Pourquoi ? Que veux-tu de moi ? demanda Kennit dans un chuchotement enragé.

— Je veux qu'Etta revienne sur ce navire. Et Hiémain. J'ai mes raisons. Je te préviens. Foudre et moi nous trouverons le viol parfaitement détestable. Chez les dragons, ça ne se fait pas.

— Un petit bout d'amulette, pas plus gros qu'une noix, qui prétend être un dragon !

— On n'a pas besoin d'avoir la taille d'un dragon pour avoir une âme de dragon. Bas les pattes ! »

Kennit s'exécuta avec lenteur. Il se redressa, prit sa béquille et déclara : « Je n'ai pas peur de toi. Quant à Althéa, je l'aurai. Elle sera consentante. Tu verras. » Il poussa un long soupir. « Le navire, la femme, le garçon. Tout sera à moi. »

*

Comment a-t-elle su ? se demandait Parangon avec désolation. Comment Ambre avait-elle su où poser exactement ses mains pour les atteindre tous, tous ceux qui faisaient partie de lui ? Ses doigts nus étaient plaqués sur son bois et elle était ouverte à lui, maintenant. S'il l'avait voulu, il aurait pu se tendre vers elle et sonder tous ses secrets. Mais il ne désirait pas en savoir davantage sur elle. Il voulait seulement qu'elle renonce et qu'elle meure en paix. Pourquoi se refusait-elle à faire cela pour lui ? Il avait toujours été son ami. Mais elle l'ignorait, maintenant, elle se tendait au-delà de lui pour parler aux autres qui partageaient son bois. Elle lui parlait mais c'étaient eux qui écoutaient, et leur attention résonnait en lui, faisait vibrer son âme.

« Il faut que je vive, suppliait-elle. Il n'y a que toi qui puisses m'aider. J'ai encore tant de choses à faire dans ma vie. Je t'en prie. S'il faut passer un marché, dis-le-moi. Demande-moi n'importe quoi, et si c'est en mon pouvoir, c'est à toi. Mais aide-nous à vivre. Referme tes coutures, empêche l'eau de rentrer. Laisse-moi vivre.

— Ambre, Ambre. » Contre toute sagesse, il lui parla. « Je t'en prie. Laisse faire. Ne bouge pas. Tais-toi. Nous mourrons ensemble.

— Navire. Parangon. Pourquoi ? Pourquoi faut-il que nous mourions ? Qu'est-ce qui a changé ? Pourquoi fais-tu cela ? Pourquoi ne pouvons-nous vivre ? »

Elle ne comprendrait jamais. Il savait que c'était stupide mais il essaya tout de même. « Les souvenirs doivent mourir. S'il n'y a plus personne pour se les rappeler, alors il pourra vivre comme si rien n'était arrivé. Donc Kennit m'a donné ses souvenirs, et je devais mourir avec eux. De façon que l'un de nous puisse vivre libre. »

Ils écoutaient tous les deux. Le Majeur prit soudain la parole, ses pensées résonnèrent à travers sa moitié de la coque. « Cela ne marche pas comme ça. Réduire les souvenirs au silence ne les fait pas cesser d'exister. On ne peut pas annuler les faits en les oubliant. »

Il perçut le saisissement d'Ambre. Elle chercha vaillamment à le surmonter. Elle lui parla comme si elle n'avait pas senti le Majeur. « Pourquoi Kennit te fait-il cela ? Comment peut-il ? Qu'est-ce qu'il est pour toi ?

— Il est de ma famille. » Parangon fut incapable de dissimuler son amour pour le pirate. « C'est un Ludchance, comme moi. Le dernier de sa lignée, né dans les Iles des Pirates. Le fils du Marchand de Terrilville a épousé une femme des Iles des Pirates. Kennit est leur enfant, son fils, son prince. Et mon compagnon de jeux. Le seul qui m'ait aimé enfin pour moi-même.

— Tu n'es pas un Ludchance, interrompit le Majeur. Nous sommes des dragons.

— Oui, nous sommes des dragons et nous voulons vivre. » C'était le Mineur, qui avait réussi à insinuer une pensée à lui.

— Silence ! » intima le Majeur qui l'étouffa. La bande de Parangon s'était accentuée pendant que le Majeur assurait sa domination.

« Qui es-tu ? s'inquiéta Ambre, confuse. Parangon, pourquoi y a-t-il des dragons en toi ? »

Le Majeur se mit à rire. Parangon se garda bien de répondre.

« Je vous en prie, supplia Ambre, en s'adressant à eux tous. Je vous en prie, aidez-nous à vivre.

— Mérites-tu de vivre ? » demanda le Majeur. Il s'exprimait par la bouche de Parangon, avec la voix de Parangon, il avait pris possession de la figure de proue et tonitruait dans le vent. Peu lui importait qu'Ambre ait perçu sa pensée à travers ses mains. Il parlait ainsi pour prouver au navire à quel point il était devenu fort. « Si tu le méritais, tu verrais qu'il est en notre pouvoir de vous sauver tout de suite. Mais si tu es trop stupide pour comprendre comment, je crois que nous devrions tous mourir ici, ensemble.

— Dis-lui comment, plaida le Mineur. Notre heure est venue, notre heure est revenue, et tu vas nous laisser mourir à cause de la bêtise d'un humain ? Non ! Dis-le-lui. Qu'elle nous sauve afin que nous puissions continuer et...

— Tais-toi, faiblard ! Tu as trop longtemps fréquenté les humains. Les forts survivent. Enfermés comme nous le sommes dans ce corps, nous serons bien mieux morts si les humains à bord sont des imbéciles. Alors qu'elle nous montre qu'elle peut nous donner une raison de vivre. Si elle arrive à comprendre comment vivre, nous la laisserons nous redonner la vue. Nous serons un Parangon, mais pas un Parangon des Ludchance. Parangon des Dragons. Deux en un.

— Et moi, alors ? » s'écria sauvagement Parangon. La pluie ruisselait sur son visage aveugle et sa poitrine. Il empoigna sa barbe et la tira farouchement. « Mais, et moi, alors ?

— Sois avec nous, dit le Majeur. Ou ne sois pas. Tu n'as pas d'autre choix. Le serpent a dit vrai. Nous avons encore un devoir à remplir, et aucun dragon ou dragon-navire n'a le droit de nous le dénier. Nous pouvons ne faire qu'un. Sois un avec nous, ou disparais.

— Nous sommes en train de mourir ! » s'écria Ambre. Sa voix était faible, enrouée par la fumée qu'elle respirait. « Le feu brûle en haut, et l'eau remplit la cale. Comment puis-je vous sauver, et me sauver moi-même ?

— Réfléchis, lui ordonna le Majeur. Prouve-nous que tu le mérites. »

Ambre se ressaisit. Elle se tendit de toutes ses forces vers le Majeur, comme si elle voulait lui dérober ce qu'il fallait savoir. Puis elle fut secouée par une quinte de toux. A chaque spasme, ses brûlures la taraudaient. La quinte s'apaisait quand Parangon perdit la conscience qu'il avait d'elle. Il la sentit s'effacer jusqu'à la transparence puis jusqu'au néant. Il en éprouva à la fois du chagrin et du soulagement. Le poids de l'eau le tirait vers le fond. La houle avait grossi. Bientôt, les lames submergeraient ses ponts. Les feux s'éteindraient tandis que les vagues l'entraîneraient par le fond mais c'était bien. Le feu et la fumée avaient accompli leur œuvre.

Alors, comme une flèche qui fait mouche, Ambre fut soudain à l'intérieur de lui. Elle hoquetait en plongeant très profond dans les souvenirs de la race des dragons. Parangon la sentit perdre pied, écrasée par la chaîne interminable des souvenirs, ballottée du dragon au serpent, remontant loin jusqu'au tout premier œuf. Elle ne pouvait tout retenir. Il la perçut se noyant dans les souvenirs. Elle se débattait vaillamment, cherchant à saisir ce que le Majeur lui taisait alors qu'il laissait ses souvenirs l'inonder.

« Ce n'est pas dans ma mémoire, mais dans la tienne, petite sotte », lui dit-il. Il assistait à sa lutte comme on regarde la sève d'un arbre qui s'écoule sur une fourmi prisonnière.

Elle s'arracha de lui comme elle se serait arraché les mains. Parangon la sentit tomber, comprit qu'elle tentait de respirer, asphyxiée par la fumée. Elle recommença à disparaître, à glisser dans l'inconscience. Puis, lentement, elle redressa la tête.

« Je sais ce que c'est, annonça-t-elle. Je sais comment nous sauver. Mais je n'achèterai pas ma vie aux dépens de Parangon. Je nous sauverai si vous me faites une promesse. Vous ne serez pas deux en un, mais trois. Parangon doit rester en vous. »

Il percevait sa peur, qui s'écoulait d'elle avec sa sueur ; elle l'expulsait à chaque souffle. Il était ahuri que quelqu'un soit prêt à mourir plutôt que le trahir.

« Marché conclu ! » déclara le Majeur. Un léger filet d'admiration miroitait dans ses paroles. « Celle-là a un cœur digne d'être la partenaire d'un navire-dragon. Maintenant, qu'elle nous prouve qu'elle a aussi de la tête. »

Parangon perçut les efforts que faisait Ambre pour se lever mais elle avait épuisé ses dernières forces. Elle retomba contre lui. Pour elle, il essaya de refermer ses coutures. Impossible. Les dragons l'en empêchaient. Alors il lui transmit autant de force qu'il le put, la déversant de son bois dans le corps frêle qui reposait contre lui. Elle leva la tête dans l'obscurité envahie de fumée.

« Clef ! » s'écria-t-elle. L'immense effort qu'elle déploya n'aboutit qu'à un faible appel. « Clef ! »

*

« Allez, du nerf, tonnerre ! » hurla Brashen. Puis il fut pris d'une quinte de toux. Il laissa le bélier de fortune retomber sur le pont. Les hommes qui l'aidaient à cogner sur le dessous du panneau de cale s'effondrèrent à côté de lui. L'écoutille au-dessus ne cédait pas et le temps pressait. Il repoussa sa peur panique. Le bois-sorcier ne prenait pas feu facilement. Il restait encore un peu de temps, il restait encore une chance d'en réchapper s'il persévérait.

« Ne mollissez pas avec la pompe ! Mourir noyé, ce n'est pas mieux qu'être brûlé vif. » A son ordre, il entendit l'équipe à la pompe se remettre au travail mais la cadence manquait d'entrain. Trop de pertes, trop de blessés. Le navire était animé de bruits sinistres : les pompes de cale, les gémissements des blessés, le léger crépitement des flammes en haut. L'eau de la sentine montait avec la puanteur. Plus Parangon embarquait d'eau, plus la bande augmentait. La fumée qui s'infiltrait dans la cale s'épaississait. Le temps pressait.

« Tout le monde au bélier. » Trois hommes se relevèrent en chancelant et empoignèrent la poutre.

A ce moment, Brashen fut distrait par quelqu'un qui le tirait par la manche. Il baissa les yeux et découvrit Clef. Le gamin avait son bras blessé recroquevillé sur son ventre. « C'est Ambre, cap'taine. » Il était tout pâle de souffrance et d'effroi à la lueur malsaine de la lanterne.

Brashen secoua la tête. Il frotta ses yeux qui le piquaient et pleuraient. « Fais ce que tu peux pour elle, mon garçon. Je ne peux pas venir pour l'instant. Je dois continuer avec ça.

— Non, c'est un message, cap'taine. Elle dit qu'il faut essayer l'autre panneau. Celui dans votre cabine. »

Il fallut un moment à Brashen pour saisir les paroles de Clef. Puis il cria : « Venez ! Apportez le bélier ! » Il décrocha d'un geste brusque une lanterne et s'éloigna en titubant sans regarder si on le suivait. Il maudit sa bêtise. Quand Ambre avait logé à bord de Parangon échoué sur la plage, elle avait occupé la chambre du capitaine et avait entreposé ses outils dans la cale. Pour plus de commodité, elle avait pratiqué une trappe dans le plancher. Brashen et Althéa avaient été scandalisés quand ils l'avaient découverte. Ambre avait réparé le plancher, l'avait ajusté par en dessous et bien chevillé. Mais les fixations étaient accessibles à leur niveau. Les panneaux de cale avaient été conçus pour résister aux assauts de la mer mais la trappe dans la chambre n'était que clouée et moisée.

L'espoir de Brashen diminua quand il leva les yeux vers les réparations du pont au-dessus de lui. Ambre était un bon charpentier, consciencieuse dans son travail. La gîte du navire rendait la besogne difficile. Il était en train de pousser une caisse quand il fut rejoint par ses hommes. Avec leur aide, il empila des caisses et des barils puis y grimpa pour examiner le plancher au-dessus de lui. Clef lui passait les outils.

Avec un marteau et un pied de biche, Brashen arracha les fixations. Au niveau du plafond, la fumée était plus dense. A la lueur de la lanterne, il aperçut les volutes grises qui s'infiltraient par les coutures des bordages du pont. S'ils arrivaient à sortir, ils trouveraient peut-être le feu. Il n'hésita pas. « Allez-y avec le bélier, les gars », ordonna-t-il, en s'écartant.

Leur élan manquait de force mais, au quatrième coup, Brashen vit les planches fléchir. Il fit signe aux hommes de s'écarter, ils reculèrent en toussant, au bord de l'asphyxie. Brashen grimpa sur la plate-forme et martela le bois qui le séparait du salut. Les planches de la trappe cédèrent brutalement et dégringolèrent autour de lui en le meurtrissant. La lueur jaune des flammes éclaira les visages barbouillés en dessous de lui.

Il sauta, s'agrippa au bord de l'orifice et se hissa. La cloison de la chambre brûlait mais le feu ne s'était pas étendu à l'intérieur. « Montez ! cria Brashen avec ce qui lui restait de force. Sortez de là pendant qu'il en est encore temps ! »

Clef était déjà près du trou. Brashen l'empoigna par son bras valide et le tira. Il gagna le pont, le gamin sur ses talons. Il fut douché par une pluie glacée. D'un rapide coup d'œil, il constata que Parangon était seul dans l'eau. Un unique serpent blanc tournait avec curiosité autour du navire. La pluie battante était une auxiliaire puisqu'elle noyait le feu mais, à elle seule, elle n'y suffirait pas. Les flammes continuaient de lécher le grand mât et couraient furtivement le long du rouf. Le gréement effondré abritait de petites poches de tisons et de toile ardents. Brashen dégagea le panneau de cale des braises, le décoinça et l'ouvrit à toute volée. « Montez par là ! cria-t-il. Tout le monde sur le pont, sauf l'équipe de pompe. Débarrassez... » Il dut s'interrompre pour tousser et dégager ses poumons. Les hommes commencèrent à se hisser sur le pont. Le blanc des yeux ressortait de façon saisissante sur les visages noircis de suie. Des gémissements et des toux s'échappaient de la cale. « Dégagez tout ce qui brûle. Aidez les blessés à sortir sur le pont, qu'ils puissent respirer. » Il se retourna, se fraya un chemin parmi des débris calcinés. Il jeta par-dessus bord des cordages emmêlés et un morceau d'espar qui brûlaient allègrement. Le déluge glacé était aussi aveuglant que la fumée en bas mais, au moins, l'air était respirable. A chaque souffle qu'il exhalait, ses poumons se purgeaient.

Il atteignit le gaillard d'avant. « Parangon, referme tes coutures. Pourquoi essaies-tu de nous tuer ? Pourquoi ? »

La figure de proue ne répondit pas. La clarté capricieuse des flammes dansait sur son visage. Parangon regardait droit devant lui dans la tempête. Ses bras étreignaient sa poitrine. Les muscles noués de son dos trahissaient son attitude crispée. Le serpent blanc émergea devant eux. Il inclina sa tête à crinière et fixa de ses étincelants yeux rouges la figure de proue. Il chantait à l'adresse du navire, mais n'obtenait pas de réponse.

Clef déclara soudain derrière lui : « J'ai allé chercher Ambre. Elle est plus en danger. »

Personne n'était encore hors de danger. « Parangon ! Referme tes coutures ! » hurla Brashen.

Clef le tira par la manche. Le capitaine baissa les yeux sur le petit visage perplexe. « Il l'a d'jà fait. Vous sentez pas ?

— Non. » Brashen agrippa la lisse, chercha à entrer en contact avec la figure de proue. Rien. « Je ne le sens pas du tout.

— Moi, si. J'les sens tous les deux », dit un Clef énigmatique. Il ajouta bientôt : « Etalez, cap'. »

Avec une étonnante brusquerie, le navire se redressa. Le clapotement des eaux de la sentine fit tanguer le pont. Brashen entendit derrière lui éclater de partout des jurons de stupéfaction mais il sourit dans l'obscurité. Ils flottaient bas sur l'eau mais d'aplomb, et si Parangon avait refermé ses coutures et qu'on continuait à actionner les pompes, si la tempête ne forcissait pas, ils pourraient en réchapper. « Navire, mon navire, je savais que tu ne nous laisserais pas mourir.

— C'était pas lui. Enfin, pas tout à fait. » Le garçon baissa la voix jusqu'à marmonner. « C'est eux et lui. Les dragons. » Brashen rattrapa le gamin qui allait s'affaisser sur le pont. « Ça fait un bout d' temps que j'rêv' d'eux. J'croyais qu'c'était just' un rêve. »

*

« Remonte-les », aboya Kennit à l'adresse de Jola. Il regarda, irrité, Hiémain et Etta qu'on amenait à bord. Le dépit menaçait de le dévorer. Il avait mouillé dans cette crique pour attendre la fin du grain et décider que faire. Il lui faudrait peut-être changer son plan initial et renoncer à rejoindre Partage. Il avait espéré avoir plus de temps seul avec Althéa, sans même parler de Foudre.

« Je ne vous ai pas envoyé chercher » déclara-t-il à Etta d'un ton froid alors qu'elle embarquait. Elle ne parut pas impressionnée par le reproche.

« Je sais. J'ai pensé profiter de l'embellie pour revenir.

— Que je l'aie ordonné ou non », fit remarquer Kennit aigrement.

Elle s'arrêta sans le toucher, visiblement perplexe. Elle dit d'une voix peinée : « Il ne m'est pas venu à l'idée que tu ne désirais pas mon retour. »

Jola le regarda bizarrement. Kennit était bien conscient que ses hommes affectionnaient Etta et qu'ils avaient idéalisé ses relations avec la putain. La situation présente étant à ce point incertaine, à quoi bon les troubler, et troubler Etta ?

« Sans te soucier des risques que tu prends ? corrigea-t-il sèchement. Va dans la cabine. Tu es trempée. Hiémain aussi. J'ai des nouvelles à vous apprendre. »

Kennit fit demi-tour et les précéda. Qu'ils soient maudits tous deux pour l'avoir forcé à se hisser sur le pont sous cette pluie glacée. Son moignon commençait à l'élancer. Quand il atteignit sa chambre, il se laissa tomber dans le fauteuil et lâcha sa béquille. Etta, ruisselante, la ramassa machinalement et la rangea à sa place dans le coin. Il les regarda dans un silence désapprobateur tandis qu'ils enlevaient leurs vêtements trempés.

« Bon. Alors vous voilà. Pourquoi ? » dit-il sur un ton de défi avant qu'ils aient pu ouvrir la bouche. Il leur donna à peine le temps de rassembler leurs idées et, alors que Hiémain prenait son souffle, il le devança : « Pas la peine de répondre. Je le vois sur vos figures. Après tout ce que nous avons traversé, vous continuez à douter de moi.

— Kennit ! » s'écria Etta, sincèrement consternée. Il dédaigna la protestation.

« Qu'est-ce qui vous paraît si suspect en moi ? Mon jugement ? Mon honneur ? » Son visage se contracta sous l'effet d'un amer remords. « J'ai bien peur que vous n'ayez raison. J'ai montré un piètre jugement quand j'ai fait cette promesse à Hiémain, et j'ai failli à mon honneur envers mon équipage en lui faisant courir des risques pour tenir cette promesse. » Il adressa à Hiémain un regard perçant. « Ta tante est vivante, elle est à bord. Elle dort dans ta cabine. Arrête ! ordonna-t-il alors que Hiémain se levait précipitamment. Tu ne peux pas aller la voir maintenant. Elle a eu froid, elle a été très éprouvée par son séjour prolongé dans l'eau. Elle a pris du pavot. C'est la moindre des choses que de ne pas la déranger. Malgré l'hostilité dont a fait preuve le *Parangon* à notre égard, je m'en tiendrai, quant à moi, au respect du drapeau blanc. » Il reporta le regard sur Etta. « Et vous, madame, vous resterez à l'écart d'Althéa Vestrit et de sa guerrière des Six-Duchés. Je crains qu'elles ne soient dangereuses pour toi. La Vestrit fait de jolis discours mais qui sait quelles sont ses intentions réelles ?

— Ils nous ont approchés avec le drapeau parlementaire et ils ont attaqué ? demanda Hiémain, incrédule.

— Ah ! Alors tu as regardé, hein ? Ils ont provoqué nos serpents en leur lançant des flèches. Ils ont pris la retraite des serpents pour une fuite. Alors, ils se sont enhardis et nous ont défiés directement. Finalement, nous l'avons emporté. Malheureusement, on a perdu une prise précieuse. » Il secoua la tête. « Le navire était décidé à périr. » Le récit était suffisamment vague pour qu'il puisse en modifier les détails plus tard, si besoin était, si Hiémain doutait. Pour le moment, le gamin était blême et contraint.

« Je ne savais pas », commença-t-il maladroitement, mais Kennit le fit taire d'un geste sec.

« Bien sûr que tu ne savais pas. Parce que tu n'as rien appris de mes leçons. J'ai cédé à mes sentiments pour toi et je t'ai fait des promesses qui m'ont coûté cher. Eh bien, j'ai tenu parole. Le navire n'est pas content, j'ai risqué la vie de mes hommes, et on a perdu une prise rare. Mais j'ai tenu parole, Hiémain. Comme Etta m'en avait prié. Malheureusement, cela ne vous fera plaisir ni à l'un ni à l'autre », conclut-il sur un ton las. Il les regarda tout à tour et secoua la tête, écœuré par sa propre stupidité. « J'ai la bêtise d'espérer que vous vous plierez à ma volonté en ce qui concerne Althéa Vestrit. Tant que je n'ai pas mesuré la menace qu'elle représente pour nous, je souhaiterais la garder isolée. Bien traitée mais isolée à la fois du navire et de l'équipage. Je n'ai pas envie de la tuer, Hiémain. Mais je ne peux pas non plus risquer qu'elle découvre l'accès secret à Partage ni qu'elle sape mon autorité auprès du navire. Sa simple présence dans ces eaux a suffi, dirait-on, pour que tu te retournes contre moi. » Il secoua la tête d'un air abattu. « Je n'aurais jamais cru que tu serais aussi prompt à douter de moi. Jamais. » Il alla jusqu'à enfouir la tête dans ses mains. Les coudes sur les genoux, il se ploya, affectant le chagrin. Il avait entendu le pas léger d'Etta qui s'approchait mais fit semblant de sursauter quand elle posa les mains sur ses épaules.

« Kennit, je n'ai jamais douté de toi. Jamais. Si tu juges que c'est préférable, je retournerai sur la *Marietta*, jusqu'à ce que tu m'envoies chercher. Quoique j'aie horreur d'être séparée de toi…

— Non, non. » Il se força à lui tapoter la main. « Maintenant que tu es ici, tu peux aussi bien rester. A condition que tu évites soigneusement Althéa et sa compagne.

— Si c'est ce que tu désires, je ne discuterai pas. En ce qui me concerne, tu as toujours eu raison. (Elle marqua une pause.) Et je suis sûre que Hiémain est d'accord avec moi, souffla-t-elle au garçon infortuné.

— Je voudrais voir Althéa », répondit Hiémain piteusement. Kennit savait l'effort qu'il lui en coûtait, et il éprouva une pointe d'admiration pour la ténacité du garçon. Pas Etta.

« Mais tu feras ce que Kennit a dit. »

Hiémain baissa la tête, vaincu. « Je suis sûr qu'il a de bonnes raisons pour cela », finit-il par admettre.

Etta massait le cou et les épaules de Kennit. Il se détendit à son contact et laissa se dissiper la dernière de ses inquiétudes. C'était fait. Parangon avait disparu, Althéa Vestrit était à lui. « Nous allons à Partage », dit-il tranquillement. Là, il trouverait un prétexte pour qu'Etta reste à terre. Il lança un regard au garçon morose. Avec un profond regret, il se demanda s'il ne serait pas obligé de renoncer aussi à lui. Il faudrait qu'il offre quelque chose à Foudre en gage de réconciliation. Ce pourrait être le départ de Hiémain, qu'il renverrait à sa prêtrise.

12

Vols

Reyn n'aurait pas cru possible de s'endormir dans les serres du dragon, mais il s'était bel et bien endormi. Il se réveilla en sursaut et poussa un petit cri en voyant ses pieds pendiller dans le vide. Il sentit Tintaglia glousser mais elle ne dit rien.

Ils commençaient à bien se connaître. Il devinait sa lassitude au rythme des battements de ses ailes. Il fallait qu'elle se repose bientôt. S'il n'avait pas été là, lui avait-elle dit, elle aurait plongé dans les bas-fonds près d'une île, l'eau aurait amorti son atterrissage. Parce qu'elle le tenait dans ses pattes antérieures, elle cherchait une plage assez vaste qui lui permettrait de se poser lourdement. Dans les Iles des Pirates, ce n'était pas facile à trouver. Les îlots, très accores, pointaient sous eux, comme des sommets de montagne. Quelques-uns offraient des plages de sable fin. A chaque période de repos, elle choisissait un endroit et descendait en cercles vertigineux. Puis, à l'approche du sol, elle battait si violemment de ses grandes ailes parcheminées que leur mouvement coupait le souffle de Reyn et soulevait des nuages de poussière et de sable. Une fois en bas, elle le lâchait négligemment et lui ordonnait de s'écarter. Qu'il obéisse ou non, elle reprenait son essor. Les turbulences provoquées par son passage suffisaient à le plaquer au sol. Elle restait absente quelques heures ou une demi-journée, pour chasser, se nourrir, dormir et, parfois, se nourrir une deuxième fois.

Reyn profitait de ces heures de solitude pour allumer un feu, manger ses provisions qui diminuaient, puis il se roulait dans sa cape pour dormir ; s'il n'arrivait pas à trouver le sommeil, il était tourmenté par la pensée de Malta, ou il se demandait ce qu'il adviendrait de lui si le dragon ne revenait pas.

Dans la lumière déclinante de l'après-midi d'hiver, Reyn aperçut une plage de sable noir hérissée d'amas de rochers noirs. Tintaglia vira sur l'aile et se dirigea vers l'endroit en se balançant. Alors qu'elle décrivait des cercles au-dessus d'eux, quelques-uns des rochers noirs qui jonchaient la plage se mirent à bouger. Des mammifères marins qui faisaient la sieste relevèrent la tête. La vue du dragon les fit galoper lourdement dans les vagues. Tintaglia jura : « Si tu n'étais pas là, j'aurais un splendide repas bien gras dans mes serres à l'heure qu'il est. C'est rare de trouver des bœufs de mer si loin au nord à cette époque de l'année. Je n'aurai plus d'occasion comme celle-là ! »

La couche de sable noir sur le tuf se révéla moins profonde qu'il n'y paraissait. Tintaglia atterrit sans dignité, ses immenses serres raclèrent la plage comme les griffes d'un chien sur un sol dallé. En cinglant violemment de la queue pour garder son équilibre, elle faillit tomber sur lui avant de réussir à s'arrêter.

Quand elle l'eut lâché sur la plage, il détala pour s'écarter mais elle ne repartit pas immédiatement. Elle marmottait toujours, se désolait à propos de ces beaux et gras bœufs marins. « Une viande maigre, bien rouge, des couches de graisse et, ah... un foie riche, incomparable, doux et chaud dans la bouche », se lamentait-elle.

Il se retourna vers l'île couverte d'une épaisse forêt. « Je ne doute pas que tu puisses trouver du gibier ici », assura-t-il.

Mais elle ne se laissa pas consoler. « Oh, certainement. Des lapins étiques à la pelle, ou une biche décharnée. Ce n'est pas ce dont j'ai envie, Reyn. Cette viande-là me sustentera mais mon corps exige de grandir. Si j'avais éclos au printemps, comme j'aurais dû, j'aurais eu tout l'été pour chasser. Je serais devenue forte, puis grasse, puis de nouveau forte, et encore plus grasse jusqu'à ce que l'hiver s'annonce. J'aurais eu des réserves pour subsister facilement sur des animaux maigres. Mais ce n'est pas le cas. » Elle secoua les ailes et s'examina d'un air affligé. « J'ai tout le temps faim, Reyn. Et quand je suis provisoirement rassasiée, mon corps réclame du sommeil, pour pouvoir se refaire. Mais je sais que je ne peux pas dormir tout mon soûl ni chasser ni manger à ma faim. Parce que je dois tenir ma promesse, si je veux sauver les derniers survivants de ma race. »

Il resta sans voix, en la voyant subitement sous un jour entièrement nouveau. Elle était jeune, elle était en pleine croissance, bien qu'ayant déjà vécu une centaine de vies. Quel effet cela faisait de revenir à la vie après une attente interminable pour être happé par l'impérieux devoir d'altruisme ? Il eut soudain pitié d'elle.

Elle avait dû sentir son émotion mais ses yeux chavirèrent froidement. Elle replia les ailes sous son corps. « Ecarte-toi », avertit-elle, mais elle ne lui laissa pas suffisamment de temps pour bouger. Le vent de ses ailes souleva un nuage de sable irritant qui mit sa peau à rude épreuve.

Quand il se risqua à ouvrir les yeux, elle était déjà un éclair de bleu, iridescent comme un colibri, qui s'élevait dans le ciel. Son cœur célébra la pure beauté de cette créature. Quel droit avait-il de la retarder dans sa mission de sauvetage ? Alors il pensa à Malta et sa résolution s'affermit. Une fois qu'elle serait en sécurité, il serait prêt à consacrer tous ses efforts à aider Tintaglia.

Il choisit un endroit abrité sous des rochers. Le jour d'hiver était clair et le pâle soleil presque tiède. Il mangea frugalement sa nourriture séchée et but de l'eau à son outre. Il essaya de dormir mais les meurtrissures provoquées par les griffes le faisaient souffrir et le soleil frappait trop directement ses paupières. Il guettait son retour, les yeux au ciel, mais il n'aperçut que des mouettes qui tournoyaient. Résigné à une longue attente, il s'aventura dans la forêt en quête d'eau douce.

Il éprouvait une impression bizarre à marcher sous les arbres, sur la terre ferme. La végétation luxuriante du désert des Pluies qui dominait les marais était la seule forêt qu'il connaissait. Ici, les branches ployaient bas et les taillis étaient plus touffus. Le tapis de feuilles mortes était épais sous ses pieds. Il entendait des oiseaux mais il releva peu de traces de petit gibier, et aucune de daim ou de sanglier. Peut-être cette île n'abritait-elle aucun gros animal. Et en ce cas, il se pouvait que Tintaglia revienne le ventre vide. Le terrain devint plus escarpé et il douta tout à coup d'y dénicher un ruisseau. Il revint à contrecœur vers la plage.

Alors qu'il approchait d'un endroit où la forêt obscure était trouée de la lumière venant de la plage, il entendit un bruit singulier. Profond et résonnant, il lui rappela le son produit par un objet mou sur un tambour de peau. Il ralentit le pas et hasarda un œil à travers un buisson avant de s'aventurer à découvert.

Les bœufs marins étaient revenus. Cinq ou six se prélassaient sur le sable. L'un leva son mufle ; son poitrail épais se dépliait et se repliait comme un soufflet pour produire ce son. Reyn écarquilla les yeux, fasciné. Il n'avait jamais vu d'aussi près des bêtes de cette taille. L'animal baissait sa tête massive et flairait bruyamment le sable, visiblement intrigué par l'odeur inconnue du dragon. Avec un air de dégoût, il découvrit des défenses jaunes, secoua la tête puis s'affala de nouveau sur le sable. Les autres qui somnolaient ne lui prêtaient aucune attention. Un bœuf se retourna sur le dos et s'éventa mollement avec ses nageoires. Il tourna la tête vers Reyn et dilata les naseaux. Le jeune homme crut qu'il allait se remettre sur pattes et patauger jusqu'à la mer mais l'animal ferma les yeux et se rendormit.

Une idée prit naissance dans l'esprit de Reyn. Il se

retira sans bruit. Parmi les bâtons qui foisonnaient sous les arbres, il en choisit un bien droit, long et robuste, puis l'épointa avec son couteau. Il n'avait jamais chassé, ni tué de proie, mais cela ne le découragea pas. Serait-il très difficile de ramper jusqu'à l'une de ces grasses bêtes pacifiques et de la tuer ? Une lance enfoncée dans le cou leur procurerait de la viande à tous les deux. Quand il fut satisfait de son arme de fortune, il épointa un deuxième bâton en réserve puis parcourut la forêt jusqu'à l'autre extrémité de la plage. En sortant de sous les arbres, il se baissa et fonça pour se placer entre les animaux et la mer, et leur barrer ainsi la retraite.

Il s'était attendu à ce qu'ils soient inquiets en le voyant. Un ou deux tournèrent la tête pour le regarder mais le plus gros du troupeau continua à somnoler et à se prélasser au soleil. Même celui qui avait beuglé en flairant l'odeur du dragon l'ignora. Enhardi, il choisit sa cible à la frange du groupe dispersé : un beau bien gras, marqué de cicatrices par une longue vie. Si la viande n'était pas tendre du moins serait-elle abondante, et il supposa que la quantité serait le principal pour Tintaglia.

Il perdit stupidement du temps à s'accroupir. Le veau n'ouvrit même pas un œil jusqu'à ce que Reyn soit à un jet de lance de distance. Presque honteux de tuer une proie aussi apathique, Reyn tira le bras en arrière. Le cuir ridé de l'animal paraissait épais. Il voulait lui donner une mort rapide. Il respira à fond et mit toute sa force dans son élan puis il frappa.

Une seconde avant que la pointe ne touche la chair, le bœuf marin se remit debout en mugissant. Reyn sut qu'il avait mésestimé le caractère de l'animal. La lance avec laquelle il visait le cou se planta profondément dans l'épaule. Le sang jaillit des naseaux de la bête. Reyn lui avait transpercé le poumon. Il se cramponna fermement à son arme et essaya de l'enfoncer plus avant alors que le troupeau commençait à s'agiter.

Avec un rugissement, l'animal fit volte-face. Accroché à sa lance, Reyn fut entraîné et tiré sur le sable. Il avait grand-peine à ne pas lâcher prise, son bâton pointu paraissait maintenant aussi efficace qu'une poignée de marguerites, mais c'était la seule arme dont il disposait. Il parvint à ramasser ses pieds sous lui et, d'une brusque détente, il plongea la lance plus profondément. L'animal beugla, le sang coulait à présent de sa gueule et giclait de ses naseaux. Reyn allait gagner. Il sentait à travers son bâton les forces de l'animal décliner.

Alors un autre veau marin le happa par sa cape et le fit tomber. Il lâcha son bâton et l'animal blessé se retourna contre lui. Ses grandes défenses semblèrent tout à coup bien aiguës et puissantes tandis qu'il chargeait Reyn, la gueule béante. Celui-ci roula sur le côté mais s'empêtra dans sa cape. Il dégagea son second bâton pointu du tissu qui l'entravait puis retira d'une secousse son pied devant les mâchoires claquantes. Il voulut se relever mais l'autre le harponnait toujours par un coin de son vêtement. Il agitait la tête dans tous les sens et fit tomber Reyn à genoux. Les autres se rapprochaient rapidement. Il essaya de tirer sur sa cape pour la déchirer, se libérer et fuir, mais les nœuds tenaient bon. Dans le feu de l'action, il avait dû perdre son bâton pointu. Un veau le heurta et le projeta contre celui qui s'accrochait à sa cape. Il entrevit brièvement sa proie qui s'effondrait, morte, sur le sable. Mais il était bien avancé, à présent !

Le *ki-i-i* aigu de Tintaglia déchira le ciel d'hiver. Sans lâcher l'étoffe, le veau tourna la tête pour regarder vers le ciel. Puis le troupeau tout entier se mit à galoper vers l'eau à la débandade. Reyn fut entraîné par sa cape restée accrochée aux défenses du bœuf marin.

Quand le dragon frappa l'animal, Reyn crut que sa nuque allait se rompre. Ils glissèrent ensemble sur le sable, la bête piaillant avec des cris étonnamment perçants alors que les mâchoires de Tintaglia se refermaient sur son cou. D'un seul coup de dents, elle sépara presque la tête du tronc épais. Le corps se tordit sous les pattes postérieures du dragon, la tête toute flasque retomba sur le côté. Etourdi, Reyn rampa jusqu'à lui et dégagea sa cape des défenses.

« C'est à moi ! rugit Tintaglia en dardant vers lui une figure menaçante. Ma proie ! Ma nourriture ! Ecarte-toi. »

Alors qu'il reculait précipitamment en chancelant, elle baissa la gueule sur le ventre de la bête. Un coup de dents, et elle étira le cou, pour happer et gober les entrailles pendantes. Une puanteur de boyaux flotta jusqu'à Reyn. Elle avala. « Ma viande ! » répéta-t-elle, et elle baissa la tête pour reprendre une nouvelle bouchée.

« Il y en a un autre là-bas. Tu peux le manger aussi », dit Reyn. Il agita la main vers le veau transpercé de la lance. Il s'effondra sur le sable et réussit enfin à délacer les cordons de sa cape. Il l'ôta d'un geste brusque et la rejeta d'un air dégoûté. Qu'est-ce qui avait pu lui faire croire qu'il était capable de chasser ? Il était un terrassier, un penseur, un explorateur. Pas un chasseur.

Tintaglia s'était figée, une bouchée dégouttante d'entrailles pendillait de ses mâchoires. Elle le fixa de ses yeux d'argent étincelant. Puis elle rejeta la tête en arrière, avala sa bouchée et demanda : « Je peux manger ta proie ? C'est ce que tu as dit ?

— Je l'ai tuée pour toi. Tu ne penses tout de même pas que je pourrais engloutir une bête de cette taille ? »

Elle tourna la tête comme si elle ne l'avait jamais vu. « Franchement, je suis étonnée que tu aies pu en tuer un. J'ai cru que c'était parce que tu avais très faim.

— Non. C'est pour toi. Tu as dit que tu étais affamée. Il n'empêche, j'en emporterais bien un peu pour demain. » Peut-être que d'ici là, le spectacle du dragon se repaissant et l'odeur du sang lui paraîtraient moins écœurants.

Elle pencha la tête et cisailla la nuque bossue du bœuf marin. Elle mâcha deux fois et avala. « C'était vraiment pour moi ? Quand tu l'as tué ?

— Oui.

— Et que veux-tu de moi en retour ? demanda-t-elle sur ses gardes.

— Rien de plus que ce que nous avons déjà convenu : aide-moi à retrouver Malta. J'ai vu que tu ne dénicherais pas beaucoup de gibier ici. On voyagera mieux si tu es rassasiée. Je n'ai pensé qu'à ça.

— Vraiment. »

Il ne put interpréter l'inflexion bizarre de sa voix. Il s'approcha en boitant de l'animal qu'il avait tué et réussit, à la troisième tentative, à arracher sa lance. Il reprit son couteau, le nettoya et le remit dans son étui.

Tintaglia dévora sa proie jusqu'à ne laisser qu'un amas d'os avant de s'attaquer à l'autre. Reyn l'observait, saisi d'une sorte de crainte respectueuse. Il n'aurait jamais cru que l'estomac du dragon ait une capacité aussi vaste. A la moitié de son repas, elle avait quelque peu calmé sa voracité. Des mâchoires et des griffes, elle prit la dépouille du veau et la tira hors de portée de la marée montante, près du feu qu'avait allumé Reyn. Sans un mot, elle se coucha en rond autour de la carcasse et sombra dans un profond sommeil.

Reyn se réveilla en tremblant dans l'obscurité complète. Le froid et l'humidité de la nuit avaient pénétré sa cape déchirée et le feu était réduit à des braises. Il ajouta du bois et découvrit soudain qu'il avait faim. Il passa sur la pointe des pieds devant la queue enroulée du dragon et se pencha sur la carcasse dans le noir. Pendant qu'il tâchait de trouver des parties intactes que les dents et la salive de Tintaglia n'avaient pas gâtées, elle ouvrit un œil énorme. Elle le considéra sans surprise. « Je t'ai laissé les deux nageoires de devant », dit-elle, puis elle referma les paupières.

Il se douta qu'elle lui avait laissé les morceaux les moins appétissants ; il trancha les nageoires : de la taille d'un plat, grasses, rosâtres, pelées avec leurs griffes noires émoussées, elles n'étaient guère pour le tenter mais il en enfila une sur un bâton qu'il plaça au-dessus du feu. Peu après, l'odeur alléchante de la viande grillée remplit la nuit. Son estomac gargouillait. Il n'avait jamais rien mangé d'aussi savoureux que ce gras croustillant et dégoulinant, et la chair des doigts qui avaient réduit à la cuisson. Il mit l'autre nageoire à griller avant d'avoir achevé la première.

Tintaglia se réveilla, les naseaux frémissants, au moment où il tirait du feu la seconde brochette. « Tu en veux ? demanda-t-il à contrecœur.

— Sûrement pas ! » répondit-elle avec une pointe d'humour. Tandis qu'il s'attaquait à la deuxième nageoire, elle dévora le reste de l'animal. Elle mangeait plus lentement, à présent, avec un plaisir évident. Reyn rongea les derniers os et les jeta dans les braises. Il alla laver ses mains graisseuses dans les vagues glacées et clapotantes. Il revint près du feu, rajouta du bois pour chasser le froid plus vif de la nuit. Tintaglia soupira de contentement et s'étira, le ventre tourné vers les flammes. Assis entre le dragon et le feu, Reyn se trouva blotti dans une tiède hébétude. Il s'allongea sur sa cape et ferma les yeux.

« Tu es différent de ce que je croyais, fit remarquer Tintaglia.

— Tu ne ressembles pas non plus à l'idée que je me faisais d'un dragon, répondit-il en laissant échapper un soupir de satisfaction. On s'envole au lever du jour ?

— Bien sûr. Pourtant, si cela ne tenait qu'à moi, je serais bien restée ici pour ramasser encore quelques veaux marins.

— C'est impossible que tu aies encore faim.

— Pas maintenant. Mais on devrait toujours se soucier du lendemain. »

Durant un moment, le silence resta suspendu entre eux. Puis Reyn finit par demander : « Vas-tu grandir encore ?

— Bien sûr. Pourquoi ne grandirais-je pas ?

— Je pensais... eh bien, tu me parais déjà très grande. Ils ont quelle taille, les dragons ?

— Nous continuons à grandir notre vie durant. Alors ça dépend si nous vivons longtemps.

— Tu crois que tu vas vivre longtemps ? »

Elle eut un reniflement amusé. « Aussi longtemps que possible. Et toi, tu crois que tu vas vivre combien de temps ?

— Eh bien... quatre-vingts ans, ce serait une longue vie. Mais rares sont les habitants du désert des Pluies qui atteignent cet âge. » Il s'appliqua à calculer. « Mon père est mort à l'âge de quarante-cinq ans. Si j'ai de la chance, j'espère vivre encore vingt ans. Assez pour avoir des enfants et les voir sortir de l'enfance.

— Aussi bref qu'un éternuement. (Tintaglia s'étira avec nonchalance.) Je crois que ta vie va beaucoup se prolonger maintenant que tu as voyagé avec un dragon.

— Tu veux dire que ça semblera plus long ? demanda Reyn, qui cherchait à adopter un ton léger en réaction à ces paroles troublantes.

— Non. Pas du tout. Tu ne sais donc rien ? Crois-tu que quelques écailles ou des yeux de bronze sont tout ce qu'un dragon peut partager avec son compagnon ? Plus tu acquiers de mes attributs, plus ta vie s'allonge. Je ne serais pas surprise que tu passes le siècle en conservant l'usage de tes membres. Du moins, c'était ainsi avec les Anciens. Certains vivaient jusqu'à trois ou quatre siècles. Mais bien sûr, ceux-là avaient derrière eux des générations de contact avec les dragons. Il se peut que toi, tu ne vives pas aussi longtemps, mais ce sera probablement le cas pour tes enfants. »

Reyn s'assit, soudain parfaitement réveillé. « Tu plaisantes ?

— Mais non. Pourquoi plaisanterais-je ?

— Pour rien. Je... c'est seulement que je ne suis pas sûr d'avoir envie de vivre aussi longtemps. » Il garda un moment le silence. Il s'imaginait voir mourir sa mère et son frère aîné. C'était tolérable ; on s'attend à voir mourir ses parents. Mais s'il fallait voir Malta vieillir et mourir ? Et s'ils avaient des enfants, et qu'il devait être témoin de leur affaiblissement et de leur disparition alors que lui resterait lucide et alerte ? Une vie prolongée lui paraissait une récompense équivoque pour l'honneur équivoque d'être le compagnon d'un dragon. Il dit tout haut : « Je donnerais toute mon espérance de vie pour une seule année avec Malta. »

Prononcer son nom, ce fut comme s'il prononçait une invocation magique. Il la vit en pensée, le lustre de ses cheveux noirs, et ses yeux qui brillaient en le regardant. Sa mémoire perfide l'entraîna au bal d'Eté, il la tenait dans ses bras tandis qu'ils tournaient sur la piste de danse. C'était son bal de présentation, et il ne lui avait accordé qu'une seule danse avant de se précipiter pour sauver le monde. Au lieu de quoi il avait tout perdu, y compris Malta.

Sa main se souvenait de la petitesse de ses doigts. Elle lui arrivait au menton. Il refusa farouchement l'image de Malta à bord d'une galère chalcédienne. La façon dont se conduisaient les Chalcédiens avec les femmes sans protection était bien connue. Une peur affreuse et une colère bouillonnante fusèrent en lui. Dans leur sillage, il se sentit faible, insignifiant. C'était sa faute à lui si elle était exposée à de tels périls. Elle ne pourrait pas lui pardonner. Il n'oserait même pas solliciter son pardon. Même s'il la sauvait, qu'il la ramenait saine et sauve chez elle, il doutait qu'elle tolère jamais sa présence. Le désespoir troubla son âme.

« Quelle tempête d'émotions ! Comme vous, les humains, vous pouvez en soulever rien qu'en imagination », fit remarquer le dragon sur un ton condescendant. D'une voix plus réfléchie, il demanda : « Est-ce parce que vos vies sont si brèves ? Vous vous racontez de folles histoires sur ce qui pourrait arriver demain et vous éprouvez toutes les émotions en songeant à des événements qui n'arriveront jamais. Peut-être est-ce pour suppléer au passé dont vous ne pouvez vous souvenir que vous inventez un avenir qui n'existera pas.

— Peut-être », convint Reyn malgré lui. L'amusement de Tintaglia le piquait. « Je suppose que les dragons n'ont pas besoin d'imaginer l'avenir, puisqu'ils ont de si riches souvenirs. »

Tintaglia émit un bruit de gorge bizarre. Etait-elle amusée ou agacée par son coup de pointe ? « Je n'ai pas besoin d'imaginer l'avenir. Je le connais. Les dragons vont reprendre leur véritable place comme Seigneurs des Trois Règnes. Nous régnerons à nouveau sur le ciel, la mer et la terre. » Elle ferma les yeux.

Reyn réfléchit à ce qu'elle venait de dire. « Et où se trouve cette Terre des Dragons ? En amont de Trois-Noues, au-delà du désert des Pluies ? »

Elle entrouvrit un œil. Cette fois-ci, il fut certain de

lire de l'amusement dans les reflets d'argent. « La Terre des Dragons ? Comme s'il n'y en avait qu'une, un espace délimité par des frontières ! C'est bien un avenir que seul un humain peut imaginer. Nous régnons sur le ciel. Et sur la terre. Toute la terre, partout. » Elle referma son œil.

« Mais, et nous ? Et nos villes, nos fermes, nos champs et nos vignes ? »

L'œil se rouvrit. « Et quoi ? Les hommes continueront à se quereller entre eux pour savoir qui doit récolter et où, quelle vache appartient à qui. Ainsi va le monde des hommes. Les dragons sont plus sages. Ce qui est sur la terre appartient au premier qui le mange. Ma proie, c'est ma nourriture. Ta proie, c'est ta nourriture. Tout est très simple. »

Tout à l'heure, dans la journée, il avait éprouvé pour elle presque de l'amour. Il s'était émerveillé devant son étincelle bleue alors qu'elle miroitait dans le ciel. Elle était venue à son secours quand les bœufs marins auraient pu le tuer et la délivrer ainsi de sa promesse. A présent, il se reposait, protégé par le feu et le rempart qu'elle lui avait fait de son corps. Mais toutes les fois qu'ils frôlaient la vraie camaraderie, elle faisait des remarques arrogantes, étranges, qui réveillaient en lui la méfiance. Il ferma les yeux mais ne put s'endormir : il songeait à la créature qu'il avait lâchée dans le monde. Si elle tenait sa promesse et sauvait Malta, alors il serait obligé de tenir la sienne. Il imagina les serpents qui se métamorphosaient en dragons, d'autres dragons émergeant de la cité ensevelie. Etait-il en train de vendre l'humanité, de la livrer à l'esclavage pour l'amour d'une femme ?

En dépit de tout, il n'arrivait pas à estimer le prix trop élevé.

*

Malta frappa à la porte puis se hâta d'entrer sans attendre la réponse. Elle poussa une exclamation d'agacement, irritée par l'obscurité qui régnait dans la pièce. En deux enjambées, elle traversa la chambre. Elle écarta le rideau devant la fenêtre. « Vous ne devriez pas rester allongé dans le noir et vous apitoyer sur vous-même », dit-elle sévèrement à Cosgo.

Depuis sa couche, il l'observa, les yeux plissés, à peine entrouverts. « Je me meurs, geignit-il d'une voix rauque. Et personne ne s'en soucie. C'est exprès qu'il fait tanguer le navire, je le sais. Comme ça, il peut se moquer de moi devant l'équipage.

— Mais non. C'est le mouvement habituel du *Bouffon*. Il m'a montré hier soir, au dîner. C'est dû à la forme de sa coque. Si vous montiez sur le pont pour respirer un peu d'air frais et regarder la mer, le tangage ne vous troublerait pas autant.

— C'est vous qui le dites. Moi, je sais ce qui me ferait du bien. Fumer. C'est un remède souverain contre le mal de mer.

— C'est vrai. J'ai été malade les deux premiers jours. Le capitaine Rouge m'a conseillé d'essayer et j'étais si mal en point que je l'ai fait. Ça marche. Il a expliqué quelque chose à propos du mouvement du bateau par rapport à la mer. Quand vous restez là à fixer les cloisons, ou que vous vous recroquevillez dans le noir, votre ventre ne comprend pas ce que vous dit votre tête.

— Il se peut que mon estomac ne comprenne pas ce que me dit ma tête, rétorqua Cosgo. Je suis le Gouverneur Magnadon de Jamaillia. Pourtant, une bande de canailles me retient prisonnier dans des conditions intolérables. J'occupe le Trône de Perle, je suis le Bien-Aimé de Sâ. Je descends d'une lignée de sages souverains qui remonte aux origines du monde. Pourtant, vous me parlez comme si j'étais un enfant, et vous n'avez même pas l'élémentaire courtoisie de vous adresser à moi dans les formes. » Il se tourna vers la cloison. « La mort est préférable. Laissez-moi mourir, et le monde se soulèvera, animé d'un juste courroux, et vous châtiera tous pour ce que vous avez fait. »

Le peu de sympathie que Malta éprouvait à son égard se dissipa à cet accès d'apitoiement. Conditions intolérables, vraiment. Il voulait dire que sa chambre était petite et que personne sauf elle ne s'occupait de lui. Il était furieux qu'on eût attribué à Malta une cabine particulière. Le *Bouffon* n'était pas de vastes proportions mais ces pirates-là accordaient une grande importance au confort. Elle avait eu l'intention de le persuader, à force de cajoleries, de venir à la table du capitaine. Elle renonça à cette idée mais tenta un dernier effort. « Vous feriez mieux de montrer un peu de force d'âme au lieu de bouder comme un enfant et d'imaginer une vengeance qui s'exercera après votre mort. Pour le moment, le nom que vous portez est la seule chose qui vous rende précieux à leurs yeux. Levez-vous, prouvez-leur qu'il y a un homme derrière le titre. Alors il se peut qu'ils vous respectent.

— Le respect de pirates, d'assassins et de voleurs ! Que voilà un noble but, digne de moi ! » Il roula sur lui-même pour lui faire face. Son visage était pâle et émacié. Il la toisa d'un regard dégoûté. « Et ils vous respectent pour vous être si vite retournée contre moi ? Ils vous respectent pour vous être si promptement prostituée à eux, dans l'espoir de sauver votre vie ? »

L'ancienne Malta aurait giflé l'insolent. Mais la nouvelle pouvait dédaigner les insultes, ravaler les affronts et s'adapter à toutes les situations. Cette Malta-là survivrait. Elle secoua ses jupes superposées rouge, jaune et bleu. Ses bas rouge et blanc étaient très chauds ; sa chemise blanche sous un gilet douillettement ajusté jaune et rouge. Elle l'avait cousu elle-même la nuit dernière. Elle avait dérobé des bouts de tissu et s'était confectionné un couvre-chef.

« Je vais être en retard, lui dit-elle froidement. Je vous apporterai quelque chose à manger plus tard.

— Je n'ai que peu d'appétit pour vos restes », répondit-il avec aigreur. Elle était à la porte quand il ajouta : « Votre “chapeau” ne va pas. Il ne cache pas la cicatrice.

— Il n'est pas fait pour ça. » Elle ne lui jeta pas un regard.

« Apportez-moi des herbes à fumer, hurla-t-il soudain. Je sais qu'il y en a à bord. Il doit y en avoir ! Vous mentez quand vous dites qu'il n'y en a pas. C'est la seule chose qui puisse me remettre le ventre, et vous faites exprès de me les refuser. Vous êtes une putain, une buse ! Une femelle imbécile ! »

Dehors, une fois qu'elle eut refermé la porte derrière elle, elle s'appuya à la cloison et respira à fond. Puis elle souleva ses jupes et courut. Le capitaine Rouge n'aimait pas qu'on arrive en retard à sa table.

A la porte, elle s'arrêta pour reprendre haleine. Par une habitude qui lui venait d'une autre vie, elle se pinça les joues pour les rosir et se tapota les cheveux. Elle lissa rapidement ses jupes et entra. Ils étaient déjà tous attablés. Le capitaine Rouge la considéra d'un regard grave. Elle plongea dans une profonde révérence. « Pardonnez-moi, messieurs. J'ai été retenue.

— En effet. » Ce fut l'unique réponse du capitaine. Elle se hâta de prendre place à sa gauche. Le second, un homme tatoué du front à la gorge, était à sa droite. Le tatouage du capitaine Rouge était plus discret, exécuté avec une encre jaune qui se voyait à peine, si l'on n'était pas au courant. Quoique les esclaves musiciens et comédiens fussent des possessions fort prisées, leurs propriétaires évitaient d'ordinaire de les marquer de façon trop visible, ce qui pouvait déprécier leur talent. L'équipage du *Bouffon* était largement composé d'une troupe théâtrale qui avait été libérée par le capitaine Kennit.

A un signe du capitaine, le mousse s'anima et se mit à servir. La nappe d'une blancheur immaculée, la lourde porcelaine et le cristal étincelant démentaient la simplicité de la chère. La cuisine variait peu d'un navire à l'autre. Le pain était dur, la viande salée et les légumes consistaient en des racines. Au moins, sur le *Bouffon*, Malta ne se contentait-elle pas des restes ; elle prenait ses repas à table, avec des couverts. Le vin, butin récent pris sur un navire chalcédien, surpassait de loin les mets qu'il accompagnait.

Il y avait aussi une conversation qui, si elle n'était pas toujours très élevée, était du moins polie et civilisée, grâce à la composition de l'équipage. L'esclavage ni la piraterie n'avaient entamé l'intelligence et la vantardise de ses membres. Privés de théâtre, ils transformaient la table en scène pour leurs spectacles et Malta était leur public. Ils rivalisaient d'efforts pour la faire rire ou la surprendre. L'esprit vif était requis à table, ainsi que les bonnes manières. Si elle n'avait rien su, elle n'aurait jamais deviné que ces hommes qui plaisantaient et jouaient avec les mots étaient aussi des pirates sanguinaires capables de massacrer toutes les âmes sur un navire. Elle avait l'impression de marcher sur un fil quand elle dînait en leur compagnie. Ils l'avaient accueillie avec courtoisie parmi eux mais elle se gardait bien d'oublier qu'elle était aussi leur prisonnière. Elle n'aurait jamais cru que les manières gracieuses qu'elle avait acquises, comme fille de Marchand, lui seraient d'un aussi grand secours.

Pourtant, alors qu'ils conversaient en faisant assaut d'esprit sur le rôle du fils de la veuve dans les comédies de Redoief ou débattaient de Saldon, de sa maîtrise de la langue contre son déplorable manque de rythme dramatique, elle mourait d'envie d'orienter la conversation sur des informations plus substantielles. L'occasion ne se présenta qu'à la fin du repas. Alors que les autres s'excusaient et se levaient de table, le capitaine reporta son attention sur Malta.

« Alors, notre Gouverneur Magnadon Cosgo n'a pas encore jugé bon de se joindre à nous ? »

Elle se tapota les lèvres et prit son temps pour répondre. « Capitaine, je crains qu'il ne soit encore indisposé. Son éducation ne l'a guère habitué aux rigueurs du voyage en mer, malheureusement.

— Son éducation ne l'a habitué à aucune rigueur. Dites plutôt qu'il dédaigne notre compagnie.

— Sa santé est délicate, et sa situation le déprime », répondit-elle, décidée à ne pas critiquer le Gouverneur. Si elle se retournait contre lui, elle ne serait plus considérée comme sa loyale et peut-être précieuse servante. Elle s'éclaircit légèrement la gorge. « Il a encore réclamé des herbes à fumer, pour soulager son mal de mer.

— Bah. Fumer ne soulage pas du mal de mer, ça ne fait que vous hébéter, de sorte que vous en oubliez votre malaise. Je vous ai dit que ce n'était pas autorisé à bord. Ce sont les dettes dues aux herbes à fumer et autres amusements qui nous ont amenés sur le billot des tatoueurs.

— Je le lui ai dit, capitaine. Hélas, il ne me croit pas.

— Il en a très envie, c'est pour cela qu'il ne peut pas imaginer qu'on s'en passe », railla le capitaine. Il se racla la gorge. Son attitude se modifia. « Il ferait bien de se joindre à nous demain. Nous voudrions discuter avec lui, poliment, des termes de sa rançon. Insistez pour qu'il soit là demain.

— Je le ferai, répondit Malta avec empressement. Mais je crains de ne pouvoir le convaincre que cela améliorera ses conditions de captivité. Peut-être me permettrez-vous de servir d'intermédiaire, dans cette discussion. Je suis habituée à son caractère.

— Dites plutôt que vous êtes habituée à son mauvais caractère, à ses bouderies, son arrogance, sa méchanceté puérile. Quant à faire part de mes intentions, eh bien, tous sont d'accord pour penser que le Gouverneur de Jamaillia sera un beau cadeau pour Kennit, le roi des Iles des Pirates. Nombre d'entre nous trouveraient amusant que notre gamin Gouverneur finisse ses jours avec une couronne tatouée près du nez et des fers aux pieds. Peut-être pourrait-on lui apprendre à servir à la table de Kennit.

« Mais notre chef est enclin au pragmatisme. Je soupçonne que le roi Kennit rendra contre rançon le Grand Seigneur Gâté à qui le voudra. Il appartiendra à Cosgo de déterminer de qui il pourrait s'agir. Il me plairait de le présenter à Kennit avec une liste de personnes appelées à faire une offre. »

Kennit. L'homme qui avait pris son père et son navire. Qu'est-ce que cela signifiait ? Etait-il possible qu'elle-même finisse par se trouver devant cet homme et qu'elle négocie, d'une façon ou d'une autre, la libération de son père ? Le Gouverneur Cosgo acquit soudain une valeur nouvelle à ses yeux. Elle inspira et réussit à sourire.

« Je vais le convaincre de dresser cette liste », assura Malta. Elle suivit le second des yeux ; il était le dernier à quitter la pièce. « Si vous voulez bien m'excuser, je vais voir si je ne peux pas commencer dès ce soir. » La porte se referma sur l'officier. Elle maudit le battement accéléré de son cœur, car elle savait que le sang lui montait aux joues et la trahissait. Elle sourit en avançant tout doucement vers la porte.

« Etes-vous si pressée de me quitter ? » demanda le capitaine Rouge avec une tristesse feinte. Il se leva et contourna la table pour s'approcher d'elle.

« Je m'empresse de vous obéir », répondit Malta, en laissant filtrer dans ses yeux un éclair de coquetterie. Elle devait user de prudence avec cet homme. Il avait une haute opinion de lui-même, et c'était à l'avantage de Malta. Il se plaisait à supposer qu'elle le désirait, il appréciait la cour qu'il lui faisait et les occasions théâtrales qu'elle lui fournissait. Il s'en targuait devant son équipage. Et la cicatrice ne le troublait pas. Quand un homme a été marqué contre sa volonté, songeait-elle, peut-être est-il moins gêné par les marques sur le visage des autres.

« Vous ne pourriez pas rester et m'obéir ici ? » demanda-t-il avec un sourire plein de chaleur. Il était très bel homme, ses manières étaient raffinées. Une partie d'elle, froide et dure, calculait que, si elle devenait sa maîtresse, elle pourrait l'utiliser contre Kennit. Mais non. Ce n'était pas le souvenir des larges épaules de Reyn ni de leurs mains jointes dans la danse qui la retenaient. Pas du tout. Elle avait écarté toute pensée de son fiancé du désert des Pluies, c'était un avenir qu'elle ne verrait jamais. Leur mariage était hors de question, désormais. Mais il lui était encore possible, si elle se montrait assez brutale, de sauver son père. Malgré tout ce qui était advenu à sa fille, il continuerait de l'aimer, du grand amour d'un père.

Elle avait été trop distraite. Le capitaine Rouge lui avait saisi les mains et la regardait avec amusement. « Je dois vraiment y aller, murmura-t-elle en feignant le regret. Je n'ai pas encore apporté à dîner au Gouverneur. Si je tarde trop, il sera de méchante humeur et obtenir cette liste de noms peut se révéler…

— Qu'il jeûne donc, déclara le capitaine brusquement, en la dévisageant. Je parie qu'on n'a encore jamais essayé cette tactique avec lui : peut-être est-ce précisément ce qu'il faudrait pour le rendre raisonnable. »

Elle réussit à dégager doucement une main. « Si sa santé n'était pas si délicate, je serais certainement tentée par l'expérience. Mais il est le Gouverneur, le seigneur de Jamaillia. Un homme de cette importance doit être conservé en bonne santé. Vous n'êtes pas de cet avis ? »

En réponse, il lui enlaça la taille de sa main libre, l'attira à lui et se pencha pour l'embrasser. Elle ferma les yeux et retint son souffle. Elle essaya de remuer les lèvres comme si elle accueillait le baiser mais elle ne faisait que se demander comment tout ceci finirait. Soudain, il fut le marin chalcédien, avec un genou entre ses jambes. Elle se dégagea brusquement, haletante. « Non. Je vous en prie, je vous en prie. Non ! »

Il s'arrêta aussitôt. Il y avait peut-être une trace de pitié dans son amusement. « Je m'en doutais. Vous êtes une très bonne petite comédienne. Si nous étions tous deux à Jamaillia, moi un homme libre et vous sans cicatrice, nous aurions fait quelque chose de vous. L'équipage qui vous a retenue prisonnière a dû abuser de vous. C'était vraiment dur, n'est-ce pas ? »

Elle ne comprit pas qu'un homme pût poser cette question. « J'ai été menacée, mais seulement menacée », parvint-elle à dire. Elle détourna les yeux.

Il ne la crut pas. « Je ne vous forcerai pas. N'ayez crainte. Je n'ai pas besoin de forcer une femme. Mais il ne me déplairait pas de vous désapprendre la peur. Et je ne me montrerai pas impatient. » Il tendit la main et lui caressa la joue. « Votre attitude et vos manières montrent que vous avez été bien élevée. Mais nous sommes tous deux ce que la vie nous a faits. Pas de retour possible vers un passé innocent. Le conseil peut paraître rude mais il est né de ma propre expérience. Vous n'êtes plus la fille vierge de votre père qui se garde pour une union bien avantageuse. C'est fini. Alors, acceptez de bon cœur votre nouvelle vie. Profitez du plaisir et de la liberté qu'elle vous offre à la place de vos anciens rêves de mariage convenable et d'une position dans la bonne société. Malta la fille de Marchand de Terrilville a disparu. Devenez Malta des Iles des Pirates. Il se peut que vous trouviez cette vie plus douce que l'ancienne. » Il fit glisser ses doigts avec légèreté jusqu'au creux de sa gorge.

Elle se força à rester calme en tirant sa dernière arme. « Le coq m'a dit que vous aviez une femme et trois enfants à l'Anse-au-Taureau. On peut jaser. Votre femme en serait blessée.

— On jase toujours », assura-t-il. Ses doigts jouaient avec le col de Malta. « Ma femme n'y fait pas attention. Elle dit que c'est le prix qu'elle paie pour avoir un mari beau et intelligent. Faites comme moi, n'y pensez pas. Ma famille n'a rien à voir avec ce qui se passe sur ce navire.

— Vraiment ? fit-elle à mi-voix. Et si votre fille était prise par des envahisseurs chalcédiens, approuveriez-vous qu'on lui donne ce conseil ? Devenir de bon cœur ce qu'ils feraient d'elle ? Lui diriez-vous que son père refuserait de la reprendre parce qu'elle ne serait plus "sa fille vierge" ? Vous serait-il indifférent de savoir qu'elle a été violée, combien de fois et par qui ? » Elle leva le menton.

« Sacré nom ! » jura-t-il avec admiration. Le dépit étincelait dans ses yeux mais il la lâcha. Elle recula avec soulagement. « Je vais demander les noms au Gouverneur, dit-elle en manière de compensation. Je lui ferai comprendre que son salut dépend de ce qu'il peut tirer de ses nobles. Il fait grand cas de sa propre vie. Je suis sûre qu'il sera généreux avec leur argent.

— Il a intérêt. » Le capitaine Rouge avait recouvré un peu de son aplomb. « Cela rachètera l'avarice avec laquelle vous ménagez vos faveurs. »

Malta lui adressa un sourire sincère et se permit de quitter la chambre d'un pas fier et superbe.

A paraître prochainement, chez le même éditeur, la suite de Ombres et flammes.

Table

Photocomposition C*MB* Graphic
44800 Saint-Herblain

Achevé d'imprimer par GGP Media GmbH, Pößneck
en octobre 2007
pour le compte de France Loisirs, Paris

N° d'éditeur : 49784
Dépôt légal : novembre 2007

Imprimé en Allemagne